추천의 글

영화를 만들다보면 시대극과 SF가 별다르지 않다는 걸 느낀다. 과거와 미래 사이엔 커다란 간극이 있지만, 아무도 가보지 못한 시간과 공간을 현재의 관점에서 재구성하는 일이란 점에서 유사한 작업이기 때문이다. 오랫동안 과거를 천착하다보니 미래의 한 조각을 영화로 만들고 싶다는 유혹이 스멀스멀 피어오르는 요즘, 『나의 아로니아공화국』이란 유쾌한 소설을 만나게 되었다.

지옥 같은 한국이 싫어서 떠난다는 이야기는 여럿 있지만 아예 나라 하나를 만들어버리겠다는 상상은 그 자체로 전복적이다. 그토록 어마어마한 일이 대단하고 비장한 동기가 아니라, 오로지 재미를 추구하겠다는 천진난만한 마음들에서 비롯한다는 점에서 도발적이다. 1980년대 신림동의 허름한 만화방과 2028년의 미래국가 아로니아공화국을 엮어내는 경쾌한 방식은, 한국의 SF가 나아갈 방향에 대해 많은 영감을 던져준다.

이준익_ 영화감독, 〈왕의 남자〉 〈사도〉 감독

"돈만 있으면 한국처럼 살기 좋은 데도 없다." 한국의 부자들이 종종 하는 얘기다. 맞다. 돈이 없으면 한국은 최소한의 자기존엄성도 지키기 어렵다. 그래서 우리에게는 김대현이 보여주는 이상적인 국가, 아로니아공화국의 얘기가 더욱 필요하다.

토마스 무어의 『유토피아』 이래로, 우리는 언제나 이상을 꿈꾸면서 현실을 조금씩 바꾸어왔다. 목숨 걸고 하루하루를 전쟁처럼 치르는 나라가 아니라, 살살 살아도 모두 의미 있고 행복한 나라를 우리는 꿈꿀 수 없는 것일까? 열심히 사는 사람들이 잘사는 나라, 이건 20세기적 상상이다. 그다음 단계의 국가는 어떤 것일까? 김대현과 함께 새로운 상상이 시작된다. 국가를 바꿀 수 없다면, 국가를 만들자!

우석훈_ 경제학자, 『88만원 세대』 『국가의 사기』 저자

한때 시나리오작가였고 지금은 소설가인 김대현은 마치 재미가 의미보다 크다고 일갈하듯 시대의 우울과 분노를 비누거품처럼 경쾌하게 터뜨려버린다. 만화방에서나 느낄 법한 소년의 몽상을 '새 나라 만들기'까지 몰아붙인 뚝심 역시 그답다.

텔레비전 속 '자연인'처럼 산에서 살고 싶은 나는, 어젯밤 김대현이 만든 소설 속 '아로니아공화국'으로 이민 가고 싶었다. 그 나라가 유토피아든 디스토피아든 그 사이 어디든.

조철현_ 영화감독, 〈나랏말싸미〉 〈몽유도원도〉 감독

나의
아로니아
공화국

나의 아로니아 공화국

김대현 장편소설

다산
책방

2038년 7월 3일 토요일

아로니아 제3구역 야자수길 3호에서

아로니아공화국 대통령 김강현이 쓰고 엮었다.

차
례

1부

잘 자고 일어났더니 한밤중

나는 아로니아공화국 대통령 김강현이다.

"나는 시민의 존엄과 자유와 행복을 위하여 대통령의 직무를 성실하게 수행하고, 최선을 다하여 헌법을 준수하고 보호하며 보존할 것을 블루토피아 아래에서 엄숙히 선서합니다."

2028년 7월 7일, 쏟아질 듯 눈부시게 빛나는 멋진 날이었다. 나는 파랗고 하얗게 빛나는 '블루토피아' 깃발을 왼손으로 꼭 움켜쥐고 아로니아광장을 가득 메운 시민들을 향하여 오른손을 높이 치켜든 채 굳은 맹세를 했다.

빌어먹을!

올해 초 지나온 일들을 꼼꼼하게 적기로 마음먹었다. 하고 싶은 일이었고 할 수 있는 일이었고 해야만 하는 일이었다. 어릴 적부터 적어온 일기들과 파일 형태로 보관하던 자료들을 읽고 살피고 정리하면 주르륵 단숨에 써 내려갈 수 있을 것 같았다. 겨우 3테라바이트! 무식한 건지 용감한 건지, 일과 중에는 도무지 책상머리에 조용히 앉아 있을 시간이 나지 않았다. 물리적으로 시간이 없다면 자면서라도 적어보자. 꿈속에서 멋진 문장들이 쏟아져 나올 수도 있다. 그 터무니없는 일이 실제로 일어났다. "나는 아로니아공화국 대통령 김강현이다." 간단하고 단순하고 정확하고 분명했다. 지나온 일들을 시작하는 첫 문장으로 더할 나위가 없었다. 아로니아광장을 가득 메운 시민들 앞에서 대통령 선서를 하던 모습이 그림처럼 이어졌다. 이쯤 되면 문학에도 제법 소질이 있다는 생각에 우쭐했던 것도 같다. 딱 거기까지였다. 벌써 며칠째인지도 잘 모르겠다. 닷새, 엿새, 한 열흘쯤 수없이 뱅글뱅글 맴만 돌았다. "나는…… 멋진 날…… 굳은 맹세를 했다." 문학적 소질은 개뿔이었고 밑도 끝도 없이 똑같은 구절만 반복하는 꿈속은 깔축없는 공포였다. 오늘 밤도 나는 틀려먹었다.

12시 10분? 깜깜했다. 깜깜한 12시 10분이면 한밤중이라는 소리다. 어제는 아로니아공화국 건국일. 온 아로니아가 먹고 마시고 노래 부르며 춤추고 노는 날. 특별히 무리할 만한 일과가 없었는데도 몸뚱이가 슬슬 나잇값을 하려는지 점심 무렵부터 관자놀이가 지끈거리고 목덜미는 으슬으슬한 게 분명히 감기 기운이었다. 제기랄, 눈치 빠른 비서실장이 호들갑을 떠는 바람에 주치의가 들이닥쳤고, 검사를 하자 병원으로 가자 옥신각신 실랑이 끝에 이부프로펜 1알을 삼키기로 겨우 합의를 본 다음에 집으로 돌아와 잠이 들었다. 그때가 얼추 오후 4시 무렵이었으니까, 12시 10분이면 잘 만큼 잘 자고 일어났구나. 으슬으슬하던 목덜미는 가뿐했고 지끈거리던 관자놀이도 말끔했다. 먼저 커피부터 한 잔 마셔야겠다.

"맙소사, 뭐하세요?"

엇, 뜨거! 머그컵에 든 달달한 커피를 막 한 모금 하려던 순간이었다. 기겁한 커피가 요동치더니 손이며 턱이며 가슴팍에 튀어 박혔다. 도대체 어떤 염병할 녀석이 한밤중에 무턱대고 쳐들어와서 악을 쓴다는 말인가? 이건 테러다.

"커피를 드시면 어떡합니까? 주무셔야죠."

테러범은 프랭크였다. 목구멍까지 치고 올라온 주먹만 한 욕지거리는 일단 욱여넣었다. 녀석은 머그컵을 낚아채더니 다짜고짜 커피가 튀어 박힌 웃옷을 홀러덩 벗겨냈다. 엉겁결에 당했다. 개수대로 달려간 녀석은 수건에 더운물을 적시며 떠들었다.

"이야기하지 않았습니까? 감기와 폐렴 초기 증상은 구분하기가 쉽지 않아요. 그래서 제가 검사를 하자고 했던 겁니다. 폐렴이라면 기관지와 폐에 염증이 생깁니다. 이때 고열이 나기 때문에 감기로 착각할 수 있죠. 물론 정말로 감기 초기 증상일 수도 있으니까 쉬셔야죠. 주무셔야 합니다. 아실 만한 분께서 지금 뭘 하신 겁니까?"

젖은 수건으로 내 손과 턱과 가슴팍을 닦아대던 녀석이 안경을 들추고 홧홧한 살갗을 살폈다. 억울했다. 단지 잘 만큼 잘 자고 일어나 달달한 커피를 마셔보겠다고 어슬렁거렸던 것뿐인데 녀석은 아로니아 대통령을 말썽꾸러기 잡듯이 닦아세웠다.

"따끔거리겠지만 부풀어오르거나 물집이 생기진 않겠군요. 바셀린을 바르는 게 좋겠습니다. 거실에 가 계세요. 윗도리 찾아서 꼭 입으시고요. 벗고 돌아다니시면 절대로 안 됩니다. 아직도 감기는 약이 없어요. 아시겠죠?"

모른다면 어쩔래, 팰래? 견딜 만큼 견뎠고 참을 만큼 참았다. 부글부글 부아가 치밀어오르더니 주방을 나서다가 뚜껑이 뺑 열려버렸다. 제발 그 아가리 좀 닥쳐줄래, 멍청아…… 꿀꺽, 하마터면 한동안 후회할 뻔했다. 혀끝에서 발사 대기 중이던 욕지거리들이 스르르 녹아내렸다. 다행이었다. 노벨생리의학상 수상자가 주방 바닥에 엎드려 쏟아진 커피를 훔쳤다. 인간의 심장이 인간의 뇌처럼 경험한 사실들을 기억하고 저장하며, 그것이 후세로 유전되는 원리를 인류 최초로 밝힌 노벨생리의학상 수상자가 혹시라도 커피 자국을 놓칠세라 주방 바닥을 이리저리 꼼꼼하게 보고 또 살폈다. 아무렴, 벗고 돌아다니다가 감기에 걸리면 안 되니까 그렇지. 윗도리를 찾아서 꼭 입고 그렇고말고. 빈틈없는 아로니아 대통령 주치의이고 명성 높은 블루토피아심장센터장이며 또한 존경받는 노벨생리의학상 수상자이자 친애하는 동성애자 프랭크 선생님이 바셀린을 살살 발라줄 때까지 거실에서 얌전히 대기하기로 마음먹었다.

프랭크 포겔. 프랭크는 미국 존스홉킨스의학대학원 심장학과 교수였다. 환자 몸 안에 직접 이식할 수 있는 인공심장 개발에 참여했고 심장이식 수술 100케이스를 돌파한 프랭크는 아로니아공화국 건국준비위원회 시민부장이었던 사진작가 겸 칼럼니스트 비비안 포겔이 업어서 키웠다던 남동생이었다. 2025년 9월, 나는 비비안과 함께 프랭크가 근무하던 볼티모어로 날아갔다.

"도대체 아로니아가 어딥니까?"

껑충한 프랭크가 악수를 하며 물었다.

"2028년 6월, 북위 29도 51분 15초, 동경 126도 53분 27초를 중심으로 23.48제곱킬로미터, 한반도 최남단 마라도에서 남쪽으로 365킬로미터, 중국 저장성 저우산에서 동쪽으로 433킬로미터, 일본 가고시마현 구마게에서 서쪽으로 343킬로미터, 일본 오키나와현 이헤야에서 북서쪽으로 326킬로미터 지점에 건국하게 될 강하고 새로운 국가입니다."

프랭크가 모니터에 세계지도를 띄우더니 좌표를 찾아들어갔다. 한국과 중국과 일본이 둘러싸고 있는 바다, 동중국해 한복판을 이리저리 살피던 프랭크가 비비안에게 나지막이 말했다.

"이 자식, 완전 사기꾼이야."

비비안이 갑자기 낄낄대다가 바닥에 털썩 주저앉았다.

"티슈, 티슈!"

비비안은 줄줄 눈물을 흘리고 팽팽 코까지 풀어댔다. 미쳤구나!

"깐깐한 우리 누나를 어떻게 구워삶았는지 들어나 봅시다."

프랭크는 휴가를 내고 사흘 동안 아로니아 이야기를 들었다.

"재밌네!"

그날 이후 프랭크는 아로니아공화국 건국준비위원회와 함께했다. 5년 후 블루토피아심장센터를 개관하던 날, 나는 문화부 장관 비비안에게 물었다.

"그날 왜 웃었어? 난 당신이 미친 줄 알았잖아."

비비안이 속삭였다.

"당신은 나를 사기 치고, 나는 프랭크를 사기 치고, 프랭크는 자기 애인을 사기 치고, 사기가 새끼를 치고 그러다가 사기꾼 세상이 되니까 웃기잖아!"

비비안은 또 낄낄댔다.

아로니아를 건국하는 동안 수도 없이 사기꾼이라는 소리를 들었다. 알량한 자신의 이득을 위하여 남을 속이고 속이다가 스스로조차 속아서 진실과 거짓이 얽히고설켜버린 추잡하고 너절하고 추레한 인간, 사기꾼. 나는 동중국해 한복판에 영토를 건설했고 강하고 새로운 시민들과 함께했으며 누구도 침범할 수 없는 비가역적 주권국가를 선포했다. 도대체 누가 사기꾼이라는 말인가? 웃, 지, 마! 불끈 화라도 냈어야 했는데, 여자들은 여자들만의 짜증나는 정신세계가 있다는 사실을 새삼스레 확인하면서 나는 실없이 웃었다.

"감기 한 번 걸린 적이 없던 분이라서 낮에는 많이 놀랐습니다."

인간아, 제발 좀 닥쳐주라. 프랭크는 1872년 미국에서 발명했다는 바셀린의 내력을 줄줄 꿰며 내 손과 턱과 가슴팍에 인류 최고의 가정상비약을 꼼꼼하게 발랐다. 만족한 듯 미소가 번진 녀석이 아아, 입안을 살피고 톡톡, 청진도 했다.

"장담하건대 대통령께서는 앞으로 30년 동안 병원 갈 일이 없을 겁니다."

웃기시네, 터무니없는 너스레라는 것을 알면서도 괜스레 미소가 번졌다.

"꼭 다시 주무셔야 합니다. 아시겠죠?"

그놈의 아시겠죠. 너그럽다. 나는 너그럽고 자비하다.

"혹시 제가 이야기했던가요?"

뭘?

"거실 말입니다. 정말로 멋져요. 대통령을 꼭 닮았거든요."

바이, 녀석이 손을 까닥거리며 밖으로 나갔다. 날 닮았다고? 날 닮았다는 거실을 빙 둘러보았다. 영락없는 만화방. 올해로 내 나이가 반만 뚝 잘라다가 폐기처분하고 싶은 일흔이니까, 정확하게 55년 전 아지트로 삼았던 동구만화방이었다.

내가 사는 마당 넓은 집은 아로니아 한복판에 자리 잡은 하트 모양의 바다 '블루하트'가 훤하게 내려다보이는 제3구역, 아름드리 야자수가 키재기를 하며 줄줄이 늘어선 야자수길, 귀여운 계집아이 폴라네 집과 지난달 막 옹알이를 시작한 종빈 성빈 쌍둥이네 집 사이에 있다. 나는 아침 6시 30분에 일어나 달달한 커피를 마시며 대충 눈곱을 떼고 텔레비전에 뜬 뉴스를 쓱 확인한 다음, 6시 55분 자전거를 타고 집을 나선다. 종아리 알통이 불끈거리게 10분쯤 달려서 제2구역 해바라기길 초입에 있는 고 송성철 국가영웅 댁 앞에 도착하면, 고인의 부인이자 아로니아공화국 건국준비위원회 재정부장이었던 백민정과 함께 아로니아 국기 블루토피아를 게양한다.

My life is beautiful. Our life is wonderful.

Beautiful, Wonderful, Wonderful, Beautiful, Forever Aronia!

블루토피아 게양식을 기다리며 모여든 시민들과 함께 아로니아 국가 〈포에버 아로니아〉를 목청껏 부르고, 다시 자전거를 타고 해변 도로를 빙 둘러서 블루토피아 피트니스센터에 도착한다. 이때가 7시 30분. 30분 정도 수영을 하고 피트니스센터 앞에 있는 아리가토 레스토랑에서 요리사 히라노 세이치가 차려준 아침밥을 먹는다. 세이치, 당신이 만든 가지볶음은 지구상에서 최고야! 레스토랑 화장실에서 이를 닦으면 8시 30분. 다시 자전거를 타고 10분쯤 달려서 제1구역 광장길 한가운데 자리한 국무원청사에 도착한다. 출근하는 직원들과 인사를 하며 계단을 뛰어 올라가면 5층에 대통령 집무실이 있다. 옷을 갈아입고 커피 한 잔 마시면 9시. 이제 아로니아 대통령의 하루 일과 시작. 일정에 따라서 시계불알처럼 이리저리 종종거리면 오후 5시. 점심시간 2시간 빼고 6시간의 근무시간이 끝나면 명목상 퇴근이란 것을 하지만, 이때부터 여기저기 불려 다니다가 집으로 돌아오면 밤 10시를 넘기기 일쑤다. 어영부영 씻고 잘까 말까 망설이다가 잠자리에 누우면 어느새 밤 12시. 에고, 하루가 이렇게 흘러간다. 외국에 나가거나 특별한 일과가 없는 한 이 일정에 따라서 아로니아 초대 대통령으로 5년을 살았다. 주말이나 공휴일이라고 뒹굴거리거나 빈둥거리며 하루를 보낸 일은 없었나? 잘라서 말하건대 없었다. 휴가기간에도 아로니아를 벗어나지 않았다. 할 일은 많았고 해야 할 일은 해도 해도 줄지 않았으며, 혹시라도 할 일이 떨어질까봐서 하고 싶은 일을 만들고 또 만들었다. 2032년, 나는 아로니아 제2대 대통령으로 재선되었고 또 돌고 돌며 4년 11개월을 지냈다. 다음 달이면 지난 10년 동안 쳇바퀴 같았던 대통령의 일상에서 마침내 벗어난다. 내가 원하던 일이던가? 모르겠다. 저절로 그렇게 된 일이고 마땅히 받아들여야 할 일이며 원하지 않는다고 해도 어쩔 수 없는 일이다. 뭐, 인생이 다 그렇다고 하더라.

대통령에서 물러나면 무엇을 할 것인지 정하지 않았다. 그저 닥치는 대로 뭐든지 하면 될 일이라고 생각했다. 꼬박꼬박 연금이 나올 테니까 먹고살 걱정은 없을 테고, 심심해서 주리를 틀 때쯤이면 장독이라도 깼다 붙였다 하겠지. 아, 어디서 깰 만한 장독도 하나 구해놔야겠구나. 올해 3월 초, 한국과 국교를 맺은 후 처음으로 서울을 방문하러 올라탄 비행기 안에서 기막힌 생각이 떠올랐다. 만화방. 만화방을 하자. 세상에 둘도 없는 만화방을 만들어 재밌게 놀아보자. 동구만화방을 만들어야지. 55년 전 아지트로 삼았던 그곳. 그렇지, 간판은 동구만화방이 아니라 강현만화방? 김강현대통령만화방? 아로니아 전직대통령 김강현만화방! 너무 긴가, 아무렴 어때. 당장 비서실장을 불러서 동구만화방을 찾아보라고 했다. 만약 없어졌다면, 당연히 없어졌겠지만, 서울특별시 관악구 신림5동에 있던 동구만화방과 관련된 누구라도 찾으라고 했다. 국빈 방문 둘째 날, 위대할 손 비서실장이 득의양양하게 고동구와 함께 나타났다.

두툼한 검정 뿔테안경을 쓰고 부스스 까치집 머리를 한 동구만화방 주인아저씨가 무동을 태워 다니던 고동구가 멋쩍게 서 있었다. 5살이었던 고동구는 나를 기억하지 못했다. 이름이 고성찬이었던 주인아저씨는 20년 전 돌아가셨고 동구만화방은 45년 전 사라지고 없었다. 고동구는 동구만화방에서 찍은 사진들을 선물로 건넸다. 동구만화방 주인아주머니가 한 달에 한 번 친정에 가는 날이면 주인아저씨가 기분 좋게 소주 한 잔 걸치고 불콰해진 얼굴로 자랑스럽게 목에 걸고 나오던 니콘카메라로 찍은 사진들이 분명했다.

　얼룩덜룩 쥐새끼들이 갈겨놓은 오줌 자국이 선명한 천장 턱밑까지 벽면을 빼곡하게 채운 만화책들은 퀴퀴한 종이 냄새를 폴폴 피웠고, 게으르고 나른한 엉덩이들이 요리조리 뭉그적거려놓은 자리마다 누리끼리한 테이프를 덕지덕지 붙여놓은 까맣고 긴 등받이 의자는 새까만 탁자와 짝꿍을 먹고 삐걱삐걱 알은체를 했으며, 담배꽁초가 수북한 허리 높이의 스테인리스 재떨이들은 번쩍번쩍 반갑다고 아우성을 쳐댔다. 주전부리계의 최강자 쥐포와 하얗게 분이 피어오른 마른 오징어와 대가리를 잃어버린 채 납작하게 달라붙은 문어 다리들. 불량식품으로 낙인찍힌 쫀드기, 왕눈이, 아폴로, 쫄쫄이, 코코아와 이름도 가물가물한 기타 등등 옆으로 위용을 자랑하는 뻥튀기봉지가 '대본', '무협', '만화'라고 쓰인 유리창가에 오순도순 모여서 돈 없으면 꺼지라고 을러댔고, 주인아저씨 말고는 누구도 차지할 수 없었던 빨간 플라스틱 앉은뱅이 의자와 연탄 2장이 끼워 맞춘 듯 쏙 들어가던 화덕에는 굵은 철사를 요리조리 엮어서 만든 시커먼 석쇠가 자리를 잡았으며, 벽에 매달린 대한전선 벽걸이 선풍기는 초록색 날개를 뱅뱅 죽어라고 돌려댔다. '간첩 신고는 113, 범죄 신고는 112.' 자다가도 툭 치면 튀어나올 것 같은 표어가 붙어 있었고, 주인아저씨가 정성을 다해 붉은 정자체로 써내려간 '대본료 선불', '도서 훼손 시 엄벌'은 창업 이래로 동구만화방이 추구해온 절체절명의 사명처럼 읽혔다.

뭔가 빠졌는데, 세상에! 1982년 3월, 동대문야구장에서 열린 MBC청룡과 삼성라이온즈의 한국프로야구 개막전 연장 10회 말 투아웃 만루 상황에서 MBC의 주장이자 좌익수 겸 6번 타자 이종도가 국가대표 출신 삼성 투수 이선희의 세 번째 공을 빨랫줄처럼 왼쪽 담장 너머로 날려버린 끝내기 홈런의 순간, 주인아저씨가 얼싸안고 폴짝거리다가 시멘트 바닥에 와장창 박살내버렸던 빨간 골드스타 14인치 컬러텔레비전. 멍텅구리가 된 텔레비전을 껴안고 허공만 바라보던 주인아저씨를 내버려둔 채 까치발로 살금살금 빠져나왔던 동구만화방 일당들은 100원, 500원, 1000원짜리 지폐를 석 달 열흘 모으고 모아서, 시멘트 바닥에 떨어지면 박살나는 골드스타 대신 까만 쓰리스타 컬러텔레비전을 동구만화방에 기증했다.

사람이라면 모름지기 캄캄한 밤에는 헛짓거리 말고 반드시 자야 한다는 명제를 실현하고자 야간 통행금지를 선포했던 대통령 박정희가 이름도 희한한 '시바스 리갈'이라는 양주를 퍼마시며 남들 다 자는 밤에 여자들과 노닥거리다가 철석같이 믿었던 부하의 권총을 맞고 죽자, 머리가 훌떡 벗겨지고 오른 손목에 시계를 차던 전두환이라는 별 2개짜리 군인이 시절을 잘 만나서 박정희 대신 대통령 자리에 앉아 있던 최규하를 까딱까딱 손가락으로 내려오게 만들더니 제5공화국을 선포하고 스스로 대통령에 올랐던 그즈음, 술은 밤에 마시고 취해야 제맛이라는 사실을 증명하고자 야간 통행금지가 해제됐고 텔레비전은 역시 꺼무죽죽한 흑백 대신 알록달록한 컬러가 제격이라는 선언과 함께 컬러 방송을 시작했는데, 이때 본격적으로 등장한 컬러텔레비전 가격이 거금 30만 9000원. 당시 한국 최고라던 현대건설에 당당히 입사한 주인아저씨의 자랑, 막내 여동생 첫 월급이 25만 원이었으니까 동구만화방 일당들은 한마디로 미쳤었다. 미쳤다고 믿었고 또한 의심하지도 않았다. 사나이들의 진정한 의리란 이런 것이라며 엉엉 통곡으로 감격하던 주인아저씨는 텔레비전을 기증한 일당들에게 1년 동안 무제한 무료로 만화책을 볼 수 있는 특권을 부여했고…… 쫀듸기, 왕눈이, 아폴로, 쫄쫄이, 기타 등등 주전부리는 예외…… 하느님 밑에 백인천 감독이라며 신앙으로 떠받들던 MBC청룡 대신 "고개 떨군 이선희여 부활하라"를 외치며 삼성라이온즈의 열혈 추종자로 개종을 했었는데, 아무튼 동구만화방을 찍은 사진들 속에는 골드스타든 쓰리스타든 텔레비전이 보이지 않았다. 텔레비전을 등지고 찍은 사진들이구나. 또 뭐가 빠졌을까?

여름이면 입안 가득 꽁꽁 얼얼 아이스하드를 팔던 파란 하드통과 겨울이면 따끈따끈 호호호호 호빵을 팔던 원통 모양의 호빵통과 걸핏하면 드잡이를 하던 동네 할아버지들이 100원짜리 내기 장기를 두던 빤질빤질 긴 나무의자가 동구만화방 입구를 지켰을 테고, 하얗게 서리가 내리면 노랗게 물든 유난히도 작은 잎사귀들을 우수수 털어놓던 두 아름도 넘는 커다란 은행나무가 동구만화방과 함께 세월을 품었으리라.

"우리 집 거실을 요 사진들 고대로 만들 거야."

웬 헛소리? 눈만 끔벅거리던 비서실장은 자초지종을 듣자마자 두 주먹을 불끈 쥐었다.

"하죠, 합니다, 하구말구요."

이러쿵저러쿵 말은 없어도 나와 비서실장은 죽이 제대로 맞았다. 그날 이후 비서실장은 한국을 몽땅 뒤져서 1980년대 한국 만화책들을 찾아냈고 희귀본과 대한전선 벽걸이 선풍기, 스테인리스 재떨이, 까맣고 긴 등받이 의자와 새까만 탁자, 연탄 화덕과 굵은 철사로 만든 석쇠, 쓰리스타 컬러텔레비전, 온갖 불량식품들은 3D 스캔을 해서 아로니아로 공수해왔다.

4월, 5월이 지나고 6월이 되자 우리 집 거실은 동구만화방으로 변모했다.

"만화방 총무는 제가 할 겁니다."

대통령 임기를 마치면 더불어 실업자가 될 처지였던 비서실장의 계획은 원대했다. 우리 집 거실을 동구만화방으로 완벽 복원하고 침실과 주방, 서재는 통으로 튼 다음에 각국 만화책들로 가득 채우겠다고 했다.

"그럼 나는 어디서 살지?"

"비서실에서 사용하는 별채가 있잖습니까? 퇴임하시면 방을 만들어드릴게요. 혼자 사는 데 전혀 문제없습니다."

우리는 대통령 임기를 마치면 간판도 깔끔한 '아로니아 김강현만화방'을 성대하게 개업하기로 의기투합했다. 물론 그전까지는 쥐도 새도 모르는 대외비!

왜 하필이면 동구만화방이었을까?

돌이켜보면 지나온 시절은 동구만화방을 분기점으로 둘로 나뉘었다. 뭣도 모르고 살던 시절과 뭣도 알아야 살던 시절. 남을 불행하게 만들면 천벌을 받아서 죽을 수도 있다는 엄중한 세상의 법칙을 깨달았고, 무작정 남을 믿는다는 것이 얼마나 초라해질 수 있는지 너무도 빨리 알아차렸던 그때로 다시 돌아가고 싶은 마음은 새로운 시작을 앞둔 나에게 너무나 자연스러운 일이었다. 동구만화방에서 다시 시작한다면 나는 또 무엇이 될까?

집안의 불들을 모두 껐다. 나는 다시 잠들지 않겠지만 잠들었다고 믿어라. 커튼 사이로 빠끔히 마당 건너편 비서실 직원들이 사용하는 별채를 살폈다. 역시, 불이 꺼졌다. 별채에서 나온 프랭크가 이쪽을 힐끗 살폈다. 가라, 집에 가! 넌, 잠도 없냐? 녀석이 헬멧을 쓰더니 자전거를 타고 멀어져갔다. 잘 가, 프랭크. 이제 이 집 안에는 오로지 나뿐이다. "꼭 다시 주무셔야 합니다. 아시겠죠?" 웃기시네. 잘 만큼 잘 자고 일어났더니 한밤중이야. 너 같으면 또 잘 수 있겠냐? 누가 뭐래도 커피부터 한 잔 마실 거다. 아무렴, 꼭!

뭘 하든지 부엉이 눈은 못 되니까 일단 불부터 켜야겠다.

당신 새끼만 돼요?

"맞고 줄래, 그냥 줄래?"

"10원도 없어. 진짜야 씨발!"

"아, 좆만 한 새끼. 누가 욕하래?"

박민규의 눈동자에 공포가 스쳤다. 움켜쥔 주먹을 녀석의 옆구리에 꽂았다. 아이고, 녀석은 죽는다고 땅바닥에 오그라졌다. 뒤져서 나오면 10원에 1대씩. 주머니를 탈탈 털고 마지막으로 들춰본 양말목에서 1장씩 고이 접어둔 1000원짜리 지폐 2장이 삐죽 고개를 내밀었다. 2000원이면 10원에 1대씩 200대. 뒷덜미를 낚아채 녀석을 일으켜 세우고 철썩 뺨을 쳤다. 199대 남았다. 뚜두둑, 녀석의 눈에서 눈물이 쏟아졌다. 2대, 3대, 4대…… 나를 귀찮게 만든 벌이다. 9대, 10대…… 앞으로 뻥치면 죽는다. 벌겋게 부풀어 오른 녀석의 왼뺨이 흘러내리는 눈물에 젖어서 손바닥에 척 감겼다. 찰나, 녀석이 나를 와락 밀치더니 후다닥 빠져나갔다.

"이리 와."

녀석은 오지 않았다. 공포에 질려서 차마 덤벼들 순 없지만 가슴 속 깊숙한 곳에서 치밀어올라온 분노가 녀석의 눈자위에서 아롱아롱 피어올랐다.

"잡히면 처음부터 다시 맞는다."

까딱까딱, 녀석에게 오라는 시늉을 하며 다가갔다. 녀석은 허우적 허우적 물러서며 핏대를 세우고 악다구니를 쳤다.

"뒈져라, 씨발놈아!"

땅을 박차고 녀석을 덮쳤다. 싹둑, 싹을 잘라버려야 한다. 녀석의 몸뚱이에 올라탄 채 무수한 주먹을 닿치는 대로 꽂아넣었다. 헉, 한 번도 맛보지 못한 묵직한 통증이 목덜미에 가해졌다. 박민규? 녀석 의 두 손은 얼굴을 감싼 채 옴짝달싹 못했다. 녀석이 아니라면 누군 가 등 뒤에 있다는 소리였다. 고개를 돌려서 올려다보았다. 장승처 럼 내려다보고 서 있는 시커먼 덩어리. 햇살을 가르며 시커먼 덩어 리에서 튕겨나온 커다란 발이 얼굴로 날아들었다. 윽, 구기박질러졌 다. 뜨끈한 코피가 흘렀다. 정체를 확인해야 한다. 그저 생각뿐 땅바 닥에 늘어진 나는 꼼짝할 수 없었다. 덩어리는 전혀 서두르지 않았 다. 기선을 제압하고 엎어진 몸뚱이에 올라타 무차별로 주먹을 꽂아 넣는 것이 이 동네 개싸움이었다면 덩어리는 정밀한 타격과 절제된 몸놀림과 기다릴 줄 아는 속도감으로 싸움을 즐기는 고수였다. 걸리 면 끝장. 덩어리의 실체가 드러나자 나는 결심했다. 도망치자. 몸뚱 이를 일으키는데 퍽, 커다란 발이 복부를 걷어찼다. 온몸으로 퍼져

나간 통증이 실낱같이 남아 있던 저항하고픈 의지마저 칭칭 감아버렸다. 넌, 누구냐? 햇살이 눈을 찔렀다. 시커먼 덩어리가 저승사자처럼 서서히 눈 안으로 들어왔다. 맥없이 사지를 파닥이며 뒷걸음질을 쳤다. 아, 아버지…… 햇살을 등지고 서서히 다가오는 시커먼 덩어리는 분명히 아버지였다. 퀭한 눈동자, 굳게 다문 입술, 표정 없는 얼굴, 불끈 쥔 두 주먹, 툭툭 땅바닥을 걷어차며 다가오는 구둣발. 죽는다는 건 많은 준비가 필요하지 않았다.

"당신 새끼만 돼요? 내 새끼도 돼요!"

까물까물, 눈 안으로 악을 쓰는 어머니 얼굴이 휙 스쳐갔다.

"정신 차리라."

짝짝, 뺨을 치는 소리에 들락날락하던 정신이 돌아왔다. 나는 어머니 치마폭에 누워 있었다.

"정신 들왔나?"

살았구나. 죽지는 않았구나. 나를 낳아주신 아버지에게 맞아 죽지 않았고 나를 길러주신 어머니 품에서 다시 살아났다는 서러움과 고마움에 왈칵 눈물이 쏟아졌다.

"엄마."

나는 와락 안아주는 자궁 같은 어머니 품속을 간절히 원했다.

"어데서 헛짬뱅이 소리를 지껄이고 자빠졌노? 엄마? 얼라가? 정신 차렸으면 빨딱 안 일라나!"

아뿔싸, 어머니는 나를 내팽개치더니 치마를 탈탈 털었다. 그제야 빙 둘러싸고 있는 사람들이 보였다. 눈, 눈, 눈…… 세다가 지칠 만큼 수많은 눈들이 말없이 나를 내려다보았다. 두려웠다. 까만 눈동자와 하얀 눈자위가 그토록 두렵고 무섭다는 사실을 나는 처음으로 알았다.

털레털레 어머니 꽁무니를 쫓아서 집으로 돌아왔다. 아버지는 다짜고짜 나를 홀딱 벗기더니 목욕탕에 처넣고 찬물을 끼얹었다. 오들오들 떨렸다. 아버지는 입을 꾹 다문 채 간호원 누나가 그려진 안티푸라민연고 한 통을 초라한 몸뚱이 곳곳에 문질러 발랐다. 숨도 쉬지 못할 만큼 아팠다. 참았다. 끙, 소리라도 냈다가는 아버지가 다시 시커먼 덩어리로 변신해서 나를 꼬깃꼬깃 구겨버릴지도 모른다는 생각에 이를 악물고 참아냈다. 아버지가 나가자 거울에 비친 몸뚱이를 살폈다. 달걀만 한 시뻘건 눈두덩에 반쯤 감긴 두 눈, 퉁퉁 부풀어오른 주먹만 한 코, 뻥 뚫린 것처럼 불그죽죽 피멍이 든 명치. 무엇보다도 비참한 것은 시커먼 거웃 사이로 보일 듯 말 듯 오그라들어버린 새끼손톱만 한 자지였다. 죽지는 않았지만 몰골은 쓰레기였다.

'나는 깡패 새끼입니다.' 나무판대기에 휘갈겨 쓴 글자 한 자 한 자가 화살처럼 날아와 턱턱 가슴에 꽂혔다. 아버지는 나무판대기 양 귀퉁이에 송곳으로 구멍을 뚫더니 빨간 나일론 끈을 묶어서 내 목에 걸었다. 이제 나는 깡패 새끼다. 저절로 고개가 숙여졌다.

"돌아뻤나? 야가 깡패 새끼믄 당신은 뭐고? 깡패 애비가? 나는 깡패 에미고?"

마루에서 튀어나온 어머니가 목에 걸린 나무판대기를 확 벗겨내더니 우지끈 두 손으로 쪼개서 콱콱 발로 밟아버렸다.

"당신은 안 매고? 나도 매고, 당신도 매고, 셋이 줄줄이 매고. 와 가재미눈을 하고 째려보노? 틀렸나?"

"안 틀렸다!"

아버지는 버럭 소리를 지르더니 대문을 벌컥 열어젖혔다.

"뭐 하노, 앞장 안 서고!"

무슨 수로 감히 앞장서지 않을 수 있겠는가?

쓰레기 몰골에 교복을 입은 나, 상갓집 갈 때나 꺼내 입던 까만 양복으로 성장한 아버지, 걸을 때마다 찰랑찰랑 흔들리는 꽃무늬 원피스에 살짝 굽 높은 하얀 샌들을 신은 어머니가 집을 나섰다. 지질하게도 못난 자식새끼에게 한바탕 푸닥거리를 하고 괜스레 미안한 마음에 맛있는 고기라도 사 먹일 작정으로 길을 나서는 단란한 가정공동체의 모양새로 보였다면 세상을 아름답게 보려는 자의 착각일까? 맞다, 착각이다. 나는 가가호호 피해자들을 방문했다. 피해자들 앞에서 무릎을 꿇고 고개를 숙이고 잘못을 빌었다. 아버지, 차라리 저를 백 대만 더 패주세요. 아버지는 피해자들의 부모에게 악수를 청하며 갈취당한 금액을 현금으로 보상했다. 어머니, 저를 죽도록 내버려두시지 왜 구하셨나요? 어머니는 피해자들의 두 손을 맞잡고 심심한 위로와 더불어 앞날에 무궁한 발전이 함께하기를 기원했다. 삽이라도 들었다면 당장 땅을 파고 들어가고만 싶었다. 물색없는 피해자들은 서로서로 손을 맞잡고 우리 가정공동체의 앞길을 열며 다음 피해자 집으로 희희낙락 인도했다. 새끼줄이라도 있다면 목을 매고 캑 죽고만 싶었다.

햇살 뜨겁던 토요일 오후, 빌어먹을 해는 길기만 하고 이 동네 저

동네 헤집고 돌아다녀도 피해자들은 끝도 없이 고개를 내밀고 기어나왔다. 100원, 500원, 1000원씩 뜯어온 금액이 막 10만 원을 넘어갈 즈음 드디어 마지막 피해자 집 앞에 도착했다. 이 모든 사달의 근원이었던 박민규가 왼뺨에 커다란 거즈를 붙이고 눈앞에 서 있었다. 도무지 까닭은 알 수 없었지만 나는 멀뚱하게 서 있는 녀석을 보자마자 와락 끌어안고 눈물이 터져버렸다.

"민규야, 민규야, 민규야!"

나는 녀석의 이름만 애타게 부르다가 주저앉아 엉엉 울어버렸다. 미안했고 잘못했고 또 잘못했고 미안했다.

반공일 이른 퇴근을 하던 아버지는 신림사거리 모퉁이에서 나를 봤다. 천하에 둘도 없는 아들놈이 코흘리개 국민학생 두 놈을 뒷골목으로 끌고 가 협박과 갈취를 저지르는 삥의 현장. 아버지는 뒤를 밟으며 내 일거수일투족을 살폈다. 마침내 같은 반이었던 박민규에게 잔인한 폭력을 행사하는 순간 아버지는 아들놈을 응징하는 시커먼 덩어리가 되고 말았다.

녀석은 제 몸도 성치 않은 주제에 우리 어머니에게 뛰어가 사실을 알렸다. 어머니가 달려오고 동네 사람들이 모여들고 나는 죽지 않았다. 녀석은 쓰레기에게 억울하게 당한 피해자이면서 동시에 쓰레기를 구해준 고마운 은인이었다. 아버지는 정말로 나를 때려죽이려고 했던 것일까? 고민할 필요도 없이 그건 아니라는 생각이 스치자 울음 한 덩어리가 꿀꺽 목구멍을 넘어갔다.

"울지 마, 울지 마, 울지 마!"

박민규가 털썩 주저앉더니 흐르는 눈물을 닦아주며 울먹였다.

"씨발이라고 욕해서 미안해, 뒈지라고 욕해서 미안해, 돈 있는데 없다고 뻥쳐서 미안해."

하, 나는 정말로 나쁜 새끼다. 고귀하고 순결하다 못해서 아름답기까지 한 녀석에게 천하에 둘도 없는 몹쓸 짓을 저질렀구나. 흐느끼는 녀석 앞에 무릎을 꿇었다.

"울지 마, 미안해요, 잘못했어요."

나는 녀석과 두 손을 맞잡고 엉엉 울었다.

"오빠, 울지 마."

애는 또 뭐냐? 또랑또랑 조막만 한 계집아이가 튀어나오더니 나와 녀석 사이에 끼어서 눈물 콧물을 쏟았다. 박주연. 녀석의 여동생이었다. 우리는 서로를 부둥켜안고 이리 보고 울고 저리 보고 울고, 울고 불었다. 열다섯 해를 살면서 흘린 눈물보다 그날 하루 흘린 눈물이 분명 더 많았으리라. 아버지도 어머니도, 녀석의 아버지도 어머니도, 눈뜨고 보기 힘든 광경을 말없이 지켜만 봤다.

그전 주까지 20만 원. 그날 2000원을 합치면 고귀하고 순결하다 못해서 아름답기까지 한 박민규에게 갈취한 돈은 자그마치 20만 2000원이었다. 끙, 아버지는 앓는 소리를 냈고 흠, 어머니는 한숨을 삼켰다. 놀라기는 나도 마찬가지였다. 무슨 말인지 알아듣지는 못했지만, 녀석의 부모님은 합리적인 경제관념을 심어주기 위하여 녀석이 빗자루로 골목길을 쓸거나 밥상 차릴 때 숟가락을 올려놓거나 머리를 감아서 향긋한 샴푸 냄새가 날 적마다 보상을 해왔다고 했다. 별 시답잖은 그따위 일들이 보상받을 만한 값어치가 있는지 갸우뚱했지만, 그렇게 한 푼 두 푼 모은 돈으로 녀석은 쭈쭈바도 사 먹고 학용품도 사 쓰고 심지어 학교등록금도 냈다고 했다. 나는 그 사실을 몰랐지만 녀석은 마르지 않는 화수분이었고 갈취의 단골이었다.

"월요일에 은행 문 열자마자 넣어주꾸마."

박민규는 제 이름으로 된 통장도 있었다. 아버지 어머니는 다시 한 번 녀석의 부모님에게 고개를 숙였다.

"학교에서 보자."

녀석이 악수를 청했다. 나는 녀석이 내민 손을 잡으며 고개만 끄덕였다.

"잘 가, 친구야."

친, 구. 녀석은 여동생 박주연과 함께 대문 밖까지 나와서 멀어져 가는 나에게 마구 손을 흔들었다. 졌다. 돌이킬 수 없는 처참한 패배.

"돈은 어데다 썼노?"

어느새 어둑어둑한 골목길을 터덜터덜 걸어서 집으로 돌아가는 길이었다. 둥근 달이 훤하게 눈을 뜨고 내려다보는데 숨기고 자시고 할 일이 없었다.

"텔레비전을 샀습니다."

아버지 어머니가 걸음을 멈추고 물끄러미 바라봤다.

"야가, 뭐라노?"

"뭣이 우쨌다고?"

쓰리스타 컬러텔레비전. 박민규에게 갈취한 20만 원과 기타 등등에게 빼앗은 10만 원, 그리고 동전 부스러기는 시멘트 바닥에 떨어지면 박살나는 골드스타 대신 동구만화방 일당들의 의리를 실현하기 위한 쓰리스타 컬러텔레비전을 사기 위하여 차곡차곡 쌓이던 돈이었다. 쓰리스타는 30만 9000원. 그렇다면 30만 원과 동전 부스러기는 내가 협박과 갈취를 일삼아 모은 돈이었고, 다른 동구만화방 일당들이 모은 돈은 불과 몇천 원도 안 됐다? 아니다. 정확하게 1500원을 뺀 나머지 돈도 모두 내게서 나왔을 가능성이 높았다. 제기랄, 다른 일당들은 한 푼도 모으지 않았구나! 빌어먹을, 멍청하게도 나는 아비규환의 아수라를 겪고 나서야 비로소 그 사실을 깨달았다.

세상이 심심했다. 중학교 1학년 어느 일요일 오후, 나는 샛노란 은행잎들이 우수수 떨어지는 동구만화방 앞에 서 있었다. 누가 들어오라고 손짓하지도 않았고 딱히 동구만화방에 들어가야 할 까닭이 있던 것도 아니었다. 그저 세상이 심심하고 샛노래서 드르륵 동구만화방 문을 열고 들어갔다. 별천지. 그날 이후 나는 동구만화방의 충실한 고객이었고 동구만화방은 살맛 나는 아지트가 되었다.

용돈을 정해놓고 따로 받지는 않았지만 동구만화방을 들락거릴 만한 돈은 주머니에 차고 넘쳤다. 아버지 김기천 씨는 땅을 사 집을 짓고 그 집을 파는 동국건설이라는 조그만 점방을 했다. 동네 사람들은 동국건설을 또박또박 월급 나오는 엄연한 기업이라고 불렀지만 아버지는 언제나 동국건설을 점방이라고 불렀다. 앞바퀴 하나 뒷바퀴 둘, 기름 냄새만 맡아도 굴러간다는 삼륜차 두 대에 짐칸 한가득 동국건설 직원들이 시끌벅적 올라타고 "오라이", 목청도 경쾌하게 집을 지으러 출발하는 광경은 새벽마다 볼 만한 동네 구경거리였다. 나는 새벽잠을 쫓으며 구경거리 언저리에서 수입을 챙겼다. 기업이든 점방이든 아버지는 틀림없는 사장이었고 사장 아들내미가 새벽부터 얼쩡거리며 인사를 하는데 모른 척할 수 있는 강심장 직원이 몇이나 되겠는가? 100원, 500원, 1000원짜리가 주머니에 쌓여가는 건 당연했다. 간혹 아버지에게 들켜서 몽땅 압수당하고 '와이로'를 건넨 직원들이 아버지의 지청구를 듣기도 했지만, 그럴수록 은밀하게 주고받는 와이로는 새벽마다 기다려지는 쏠쏠한 재미였다. 쉽게 들어온 돈은 쉽게 나가는 법. 주머니에 들어온 돈은 동구만화방을 들락거리며 그날 모조리 다 써버렸다.

펑! 빨간 골드스타 컬러텔레비전이 시멘트 바닥에 떨어져 박살났던 그날, 동구만화방을 제집처럼 들락거리던 12명의 일당들은 까치발을 하고 동구만화방 앞 은행나무 밑으로 몰려나왔다. 말들이 많았다. 피가 마르는 한국프로야구 개막전, 피가 들끓는 만루홈런을 날려버린 MBC청룡의 이종도가 틀림없이 수훈선수로 선정될 텐데, 부상으로 받게 될 오토바이가 대림혼다인지 효성스즈키인지를 놓고 설전이 벌어졌다. 효성스즈키의 우세로 판가름 날 즈음, 교통사고를 당해서 머리통이 쫙 쪼개져 죽었다가 사흘 만에 다시 살아났다는 해골이 삐쭉 손을 들었다. 동구만화방 일당들은 머리통을 마구잡이로 꿰매놓은 수술 자국 때문에 그를 해골이라고 불렀다.

"테레비가 부서졌잖아요. 그니까 우리가…….”

해골의 말이 끝나기도 전에 다른 일당들이 핏대를 세웠다.

"우와, 다이너마이트 터진 줄 알았다니까.”

"즈그 마누라 알면 아마 죽여버릴 거야.”

"관 뚜껑 덮으면 축의금은 쫌 낼 수 있다.”

"빙신, 조의금!"

이게 아닌데, 이리저리 굴러다니던 해골의 눈동자가 나와 딱 마주쳤다. 대신 말 좀 해주라.

"우리가 돈을 모아서 테레비를 사주면 어떨까요?"

짝짝짝, 해골이 바로 그 말이 제 말이라는 표정으로 손뼉을 쳤다.

"어떤 테레비로 살 건지부터 정해야지."

"웃기는 새끼네. 돈을 모아야 사든지 말든지 하지."

"이 새끼는 걸핏하면 브레끼부터 잡고 지랄이야. 먼저 정하고 모을 수도 있지!"

"근데 왜 테레비를 사주는 거냐?"

"야, 나도 칼라테레비로 바꿔야 되는데, 얼마나 하냐?"

지리멸렬. 싹싹 빗자루로 쓸어다가 탁탁 쓰레기통에 처넣고 싶었다.

"투표로 정하면 어떨까요?"

돈을 모으든 말든 나는 중구난방으로 떠들어대는 상황을 빨리 벗어나고 싶었다. 좋네, 좋다, 나도 좋고. 그래, 투표하자. 얼렁뚱땅 의견이 모아진 일당들은 민주적인 방식으로 손을 들어서 돈을 모을지 말지 결정하기로 했다.

"눈 뜨고 할까? 감고 할까?"

"빙신아, 눈 감고 하면 어느 쪽이 이겼는지 어떻게 아냐?"

"멍충아, 샛눈 뜨고 살짝 보면 알지."

터졌다고 다 입이 아니다. 이건 아가리고 주둥아리다. 마음 같아서는 입이든 아가리든 주둥아리든 모조리 꿰매놓고 싶었지만 제기랄, 실과 바늘이 없었다.

"돈 모으는 것에 찬성하는 사람은 손을 드세요. 눈 감지 말고 뜨고!"

은행나무 밑에 모인 12명의 일당들이 서로 눈치를 살피며 손을 들고 또 안 들었다. 나와 해골을 포함해 찬성 6명, 반대 6명. 염병할, 서로 눈치만 살피며 한동안 말들이 없었다.

"무효야! 무슨 투표를 그따위로 해?"

동구만화방 앞 빤질빤질 긴 나무의자에 옹기종기 모여서 내기 장기를 두던 할아버지 셋이 어슬렁어슬렁 은행나무 밑으로 모여들었다. 도대체 어느 나라 어느 시절의 역사인지 알 길은 없었지만 제2공화국 장면 정권의 참의원 선거 때 애국애족당 소속으로 출마했다가 낙선한 적이 있다는 할아버지가 보통, 직접, 평등, 비밀의 선거 원칙을 역설하며 재투표를 선언했다. 무슨 소리를 하는 건지 도무지 깜깜했지만 우리는 제5공화국 통치이념이라는 '정의사회구현'의 필요성에 따라서 재투표에 돌입했다. 이 투표에는 동구만화방 일원으로서 할아버지 셋도 참여했다.

"무효나 기권은 민주주의의 적이다."

민주주의를 찬양하는 동구만화방 일당들은, 12월 달력을 북 찢어 만든 투표용지를 1장씩 받아들고 기표소로 삼은 은행나무 뒤에서 ○나 ×로 표시를 한 후, 해골이 구해온 남양유업 분유깡통을 투표함 삼아 접고 또 접은 투표용지를 차례로 집어넣었다. 동구만화방 일당 12명과 할아버지 3명, 도합 15명은 진지하고도 차분한 가운데 동구만화방 텔레비전 기증 모금에 대한 찬반투표를 모두 마쳤다. 참의원 낙선 할아버지가 투표종료를 선언하고 곧이어 개표에 들어갔다. 찬성, 반대, 찬성, 찬성…… 해골이 막대기로 땅바닥에 찬성과 반대의 수를 바를 정 자로 적었다. 반대, 반대, 찬성, 반대…… 누가 감히 상상이나 했겠는가? 은행나무 밑에서 벌어진 개표현장은 손에 땀을 쥐고 입술이 바싹바싹 마르는 접전, 초접전의 양상으로 펼쳐졌다. 찬성, 찬성, 반대, 반대, 반대, 찬성, 이제 마지막 남은 1표. 개표현장은 찬성파와 반대파가 노소를 불문하고 어깨동무를 한 채 숨을 죽였다. 찬성이 7명, 반대가 7명. 마지막 투표용지를 펼치는 참의원 낙선 할아버지의 입가에 가늘게 미소가 번졌다. O! 찬성파가 지르는 환호와 반대파가 내쉬는 한숨이 뒤섞였다. 승복과 배려는 민주주의의 미덕. 잠시나마 찬성과 반대로 갈라졌던 동구만화방 일당들과 할아버지 셋은 악수와 격려를 나누며 선거라는 이름의 민주주의 꽃이 피어나는 순간을 찬양하고 찬미했다.

선거결과를 실천하는 과정은 그야말로 일사천리였다. 철공소 아들이었던 누군가가 남양유업 분유강통을 열고 닫을 수 있는 모금함으로 개조했고, 철물점 아들이 최신형 자석자물쇠를 들고 와 철컥 매달자 마침내 동구만화방 텔레비전 기증 모금함이 완성됐다. 격론 끝에 모금함 위치는 동구만화방에서 눈에 가장 잘 띄는 대한전선 벽걸이 선풍기 밑에 매달기로 만장일치를 보았다. 나는 첫 번째로 모금함에 돈을 넣는 영광을 차지했다. 그날 새벽, 아버지 눈을 피해서 와이로로 받은 일금 3000원을 딱 한 번만 접어 모금함에 넣었다. 환호가 터지고 두 번째 영광은 해골에게 돌아갔다.

"미안해, 난 이것밖에 없어."

해골은 본래는 까맸지만 물이 빠져서 회색으로 변해버린 말표 학생화의 깔창을 들추고 꼭꼭 숨겨뒀던 500원짜리 지폐 1장을 꺼내 모금함에 넣었다.

"우리 큰아들이 관악구청 공무원인 거 다들 알지?"

참의원 낙선 할아버지는 내일을 약속했고 당장 돈이 없던 나머지 일당들도 모금을 약속하며 환하게 웃었다. 마지막으로 모금함을 관리 유지하고 일주일마다 결산 보고하는 중요한 임무는 해골에게 돌아갔다. 해골은 새벽마다 조선일보와 서울신문을 돌리며 야간고등학교를 다녔는데 신문보급소 2곳이 동구만화방 바로 앞에 있었으므로 접근성이 뛰어나다는 이유로 총무라는 직책을 부여받았다.

"해골은 너무 가난하지 않아?"

오촌 조카가 쓰리스타 양판점을 한다는 할아버지가 뜬금없이 어깃장을 놓았다. 너무, 가난하지, 않아? 말은 달랐지만 의미하는 것은 하나였다. 가난한 놈이니까 모금함을 들고 튈 수 있다. 해골의 얼굴이 벌겋게 물들었다.

해골은 한때 신림5동에서 제일 잘나가던 연쇄점 '관악상회'의 1남 2녀 중 맏아들이었다. 중학교 1학년 여름, 해골은 술 처먹은 놈이 몰던 그라나다 승용차에 치여서 머리통이 박살났다. 관악상회는 세 차례에 걸친 해골 수술비를 대다가 다른 사람 손에 들어갔고, 번듯했던 이층집마저 은행에 넘겨주고 5식구가 문간방을 찾아서 전전하던 해골네는 그나마 아들내미의 목숨만은 구했다는 사실에 감사하며 독실한 개신교 신자로 거듭난 집안이었다.

"나이를 똥구멍으로 처먹었나, 헛소리를 지껄이고 옘병이야?"

조금이라도 집안에 보탬이 되고자 새벽마다 신문을 돌리던 해골은, 아침에는 양계장에서 닭똥을 치우고 점심에는 기사식당에서 휘휘 걸레를 돌리며 세차를 한 뒤 동구만화방에 들러서 만화책 1권을 꺼내 들고 보다가 오후가 되면 성남고등학교 야간부에 등교했다. 해골네 부모님이 다니던 신림반석교회 권사 할아버지는 이 사실을 너무나 잘 알았기 때문에 한 번만 더 어쩌고저쩌고 했다가는 사회정화 차원에서 확 고발해버리겠다며 으름장을 놓았다.

"해골, 말이 그렇다는 거니까 기죽지 말고. 쑥스럽구먼."

오촌 조카가 쓰리스타 양판점을 한다는 할아버지가 해골 어깨를 툭툭 두드렸다.

"테레비는 골드스타 말고 쓰리스타로 하면 어떨까요?"

배알도 없는지 해골이 환하게 웃으며 말했다. 중구난방으로 쓰리스타에 대한 찬양이 쏟아졌다. 오촌 조카에게 잘 말해서 제일 좋은 놈으로 들고 오겠다는 할아버지의 굳은 약속을 마지막으로 은행나무 밑에서 펼쳐졌던 아름다운 민주주의의 현장은 대단원의 막을 내렸다. 모금함으로 변모한 남양유업 분유깡통에 그려진 젖먹이가 해맑게 웃던 참으로 아름다운 오후였다.

"큰일이네. 이러다가 1년도 더 걸릴 거야."

일주일 만에 열어본 모금함은 휑했다. 1000원짜리 4장에 500원짜리 지폐 1장과 날아가는 학이 찍힌 새로 나온 500원짜리 동전 1개, 도합 5000원. 철석같이 모금을 약속했던 동구만화방 일당들은 언제일지도 모를 다음을 약속하며 미안하다는 말만 입에 달았고 참의원 낙선 할아버지와 오촌 조카가 쓰리스타 양판점을 한다는 할아버지와 신림반석교회 권사 할아버지는 비가 주룩주룩 내리던 금요일 오후부터 통 볼 수가 없었다.

"아무리 아껴도 난 한 달에 500원밖에 못 낼 것 같아."

해골은 모금함이 걸린 다음 날부터 만화책을 보지 않았다. 한 달에 500원. 그 돈은 해골이 등교하기 전 노동으로 지친 몸뚱이를 잠시나마 쉬고자 길창덕의 『꺼벙이』나 박수동의 『고인돌』을 꺼내 들고 보다가 졸다가 하면서 부리는 유일한 사치였다. 해골은 사치를 포기했다. 나도 심각했다. 새벽마다 챙겨오던 와이로가 화요일 아침부터 딱 끊어지고 말았다.

"앞으로 와이로 멕이는 직원은 무조건 모가지다. 알았냐?"

뜬금없이 아버지가 자식 버릇을 잡는다는 이유로 추상같은 엄포를 놓았고 그날 이후 나는 빈털터리였다.

"어떡하지?"

해골이 슬픈 표정으로 물었다. 그 순간 나는 결심했다. 삥, 삥을 뜯자!

왜 하필이면 삥이었을까? 굳이 이유를 따지고 들자면 나는 키가 컸다. 185센티미터. 내가 다니던 신림중학교에서 다섯 손가락 안에 꼽힐 만큼 키가 컸다. 더구나 나는 껑충하게 키만 큰 것이 아니라 아버지를 닮아서 어깨가 딱 벌어지고 뼈대가 굵었기 때문에 올망졸망 고만고만한 놈들에게 공포의 대상이 되기에 충분했다.

"야, 있잖아, 돈 있으면 쫌만 꿔줄래?"

처음은 어려웠다. 벅벅 말을 더듬었고 살짝 눈도 깔았다. 두 번째

부터는 일취월장했다.

"씨발, 돈 있냐? 좆만 한 새끼, 뒤져서 나오면 뒈진다!"

동네에서 멀찍이 떨어진 난곡중학교 부근에서 시작한 삥은 점차 대범해지더니 남서울중학교를 거쳐서 으슥한 신림중학교 부근 골목길까지 무대를 넓혀나갔다.

"오늘은 나도 500원 넣었어. 다 합쳐서 1500원!"

모금함이 묵직해질수록 해골의 얼굴은 나날이 환해졌고, 나는 삥 뜯는 일이 적성에 딱 맞았다. 얼마나 모일까 싶었던 다른 일당들도 매주 일요일마다 발표되는 결산의 순간을 숨죽이며 기다렸고 자석열쇠를 허리띠에 차고 다니던 해골을 목이 빠지도록 기다렸다. 4월, 5월이 지나고 6월이 되자 모금함은 어느새 30만 9000원을 채우고 대롱대롱 매달렸던 대한전선 벽걸이 선풍기 밑에서 바닥으로 내려왔다. 드디어 오촌 조카가 쓰리스타 양판점을 한다던 할아버지가 '쓰리스타'라고 커다랗게 쓰인 픽업트럭을 타고 나타났다. 오, 까만 쓰리스타 14인치 컬러텔레비전이 동구만화방 일당들의 감동과 동구만화방 주인아저씨의 통곡 속에서 휘황찬란한 환호성을 질렀다.

"야, 이리 와봐."

멈춰야 했다. 혼자 걸어가는 국민학생이나 중학생 혹은 어리바리한 고등학생만 보면 손가락이 까딱까딱 저절로 움직였다.

"씹새끼야, 눈깔 깔아. 확 파버린다."

끝내야 했다.

"친구예요. 할 말이 있어서요."

간혹 지나가던 어른들이 무슨 일이냐고 물어오면 나는 어깨동무를 한 채 뺑을 쳤다.

"꼰대한테 이르면 면상 갈아버린다."

겁은 대가리와 함께 집을 나갔고 착착 헛바닥에 감기는 찰진 욕으로 무장한 나는 간이 배 밖으로 나와서 어슬렁거렸다. 정말로 멈춰야 했고 끝을 냈어야 했다. 동구만화방 텔레비전 기증 모금이 성공적으로 마무리된 후에도 나는 뺑의 추억에서 빠져나오지 못했다. 박민규, 너는 어쩌자고 내가 가는 곳마다 죽자 사자 나타났었다는 말이냐? 뺑을 적성으로 알았던 석 달 동안의 최후는 참혹하고 비참했지만, 그날 시커먼 덩어리로 변신한 아버지에게 걸려서 박살이 났던 건 정말로 행운이었다.

잠이 오지 않았다. 아버지에게 얻어맞은 몸뚱이가 욱신거린 탓도 있었지만 참을 수 없는 배신감에 이를 앙다무느라 말똥말똥 잠이 오지 않았다. 왜 나는 동구만화방 텔레비전 기증 모금을 하자고 했던가? 동구만화방 일당들은 함께 텔레비전을 봤고 끝내기 만루홈런의 순간에 팔짝거리며 너나없이 환호했다. 텔레비전을 껴안고 오두방정을 떨다가 시멘트 바닥에 내동댕이쳤던 사람은 주인아저씨였지만 박살나버린 텔레비전이 오로지 주인아저씨만의 탓이었을까? 동구만화방이 나에게 아지트였듯이 일당들에게도 틀림없이 보호되고 보존되어야 할 아지트였으리라. 동구만화방 컬러텔레비전은 아지트를 보호하고 보존해야 할 의무가 있는 동구만화방 일당들이 더불어 책임을 져야 한다. 함께 환호했으면 함께 슬퍼하는 것 또한 당연하다. 이것이 내 생각이었고 해골의 생각도 다르지 않았으리라. 은행나무 밑에서 꽃을 피웠던 민주주의의 결과물 또한 일당들이 나와 해골의 생각에 동의했다는 뜻이었다. 제기랄, 나와 해골을 제외한 일당들과 할아버지 셋은 단 한 푼도 모금함에 넣지 않았다. 염병할, 빼도 박도 못할 엄연한 사실. 그들은 1년 동안 무제한 무료로 만화책을 볼 수 있는 특권을 마치 제 것인 양 만끽했다. 그 입 닫아라. 쓰리스타 컬러텔레비전을 마치 자신들의 공로인 양 웃고 떠들었다. 그 아가리 다물라. 그들은 정의를 선언하고 의리를 찬양했다. 그 주둥아리 닥치지 못할까? 협박과 갈취를 일삼던 나는 쓰레기였다. 입만, 아가리만, 주둥아리만 나불대다가 달콤한 열매가 떨어지자 아귀아귀 처먹은 그들 또한 모조리 쓰레기임이 분명했다.

"미안해, 미안해."

모금함에서 30만 9000원이라는 거금을 확인하던 순간 해골은 밑도 끝이 없이 나에게 미안하다는 말을 했다. 해골은 30만 9000원 중 1500원을 뺀 나머지 돈이 어디서 나왔는지 알고 있었으리라. 동구만화방 일당들은 협박과 갈취를 일삼던 나를 정말로 몰랐을까? 끝까지 그들을 믿은 나는 멍청했고 끝까지 그들을 믿은 해골은 쓸데없이 오지랖만 넓었다. 새벽녘 뉘 집 첫닭이 울 때 나는 다짐했다. 동구만화방에 다니지 않겠다. 다시는 일당들과 할아버지 셋을 알은체하지 않겠다. 그들이 어디서 무엇을 하든지 나는 꼴도 보기 싫었다. 그날 이후 키가 자라지 않았다. 협박과 갈취는 내 갈 길이 아니었다.

나는 해골과 쓰리스타 컬러텔레비전에 대하여 한마디도 하지 않았다. 한참 뒤 길에서 마주친 적이 있었지만 해골은 그저 "안녕"하며 지나갔다. 해골도 동구만화방에 다니지 않았다. 나도, 해골도 상처받았고 스스로 치유하는 방법을 알았다. 또 한참이 흐른 뒤 나는 우연히 길에서 해골을 만났다.

"강현아, 나야, 나. 해골!"

해골은 백골단이었다. 하얀 하이바를 벗고 하얀 이를 드러낸 채 환하게 웃던 해골은 마구잡이로 꿰매놓은 빡빡머리가 아니라 머리카락을 멋지게 기른 서울지방경찰청 특수기동대 소속 순경이었다. 폭도진압 및 사복체포조로 활동하던 해골, 독재타도와 민주쟁취를 외치며 민주학생으로 자부하던 나는 최루탄 연기 자욱한 을지로 한복판에서 만났다.

"잘 지냈어?"

"잘 지냈어!"

어색한 인사를 주고받자 말문이 꽉 막혀버렸다.

"나는 이쪽으로 갈 거야."

"나는 저쪽으로 가야 돼."

난감하고 난처하고 쑥스럽고 지랄맞은 순간.

"강현아, 물어볼 게 있어."

"어, 물어봐."

"혹시, 해골 말고 내 진짜 이름 알아?"

나는 해골을 쳐다보았다. 너는 알지? 너는 내 이름 알지? 해골의 까만 눈동자가 안쓰럽게 대답을 기다렸다. 알지, 알고말고. 내가 왜 모르겠어요.

"구인화!"

"자식, 알고 있을 줄 알았어!"

해골이 환하게 웃으며 말했다.

"이쪽으로 가, 저쪽은 진압할 거야."

나는 한 번도 해골을 구인화, 인화 형이라고 부르지 않았다. 동구 만화방 일당들은 누구나 인화, 구인화 형을 해골이라고 불렀다. 해골은 쪼개지고 갈라진 해골이 아니라 구인화라는 자신의 이름으로 불리고 싶었다.

"구인화, 인화 형, 잘 가!"

"김강현, 강현아, 잘 가!"

저쪽으로 발길을 옮기는데 인화 형이 나를 불렀다.

"이쪽으로 가야지. 저쪽은 조금 있다가 강제진압 들어가."

"알아!"

"알, 아?"

저쪽을 놔둔 채 나만 살겠다고 이쪽으로 가는 것은 쓰레기다. 인화 형의 입가에 배시시 미소가 번졌다.

"인화 형, 안녕!"

인화 형이 두 손을 마구 흔들며 환하게 웃었다.

"강현아, 조심해. 친구야!"

친구라는 두 음절이, 을지로를 쩌렁쩌렁 울리던 독재타도, 민주쟁취의 함성보다도 더 커다랗게 들렸다. 나는 이쪽으로, 인화 형은 저쪽으로 멀어져갔다.

한참이 흐른 뒤 나는 인화 형의 이름을 신문 한 귀퉁이에서 봤다. '낙도 경찰관 낚시꾼 구하고 숨져.' 전라남도 신안군 흑산파출소에서 근무하던 구인화 순경이 바다낚시를 하다가 파도에 휩쓸려가던 낚시꾼 2명을 구하고 자신은 바다에서 빠져나오지 못한 채 숨졌다는 기사였다. 촉망받던 서울지방경찰청 소속 경찰관이 낙도 근무를 자원한 지 일주일 만에 벌어진 안타까운 사고라고 했다. 어려움에 빠진 사람을 그냥 두고 보지 못하던 인화 형은 그렇게 세상을 떠났다. 부고를 받지는 않았지만 다음 날 나는 목포경찰서에서 거행된 고 구인화 경장 영결식에 참석했다. 죽어서 경장으로 진급한 구인화 경장의 영정 앞에서 나는 한동안 눈물을 흘렸다. 해골, 잘 가요⋯⋯ 고마웠어요. 내 친구, 인화 형!

"뭐하세요?"

오른쪽이 아니라 왼쪽이야

제기랄, 이번에는 의기양양 비서실장이었다.

"주무셔야죠. 날 밝으면 선거일인데 투표 안 하실 겁니까?"

도대체 현관문은 보안이 되는 거야, 마는 거야. 어떻게 막 들어오지?

"프랭크가 연락했어요. 분명히 안 주무실 테니까 늦더라도 한번 가보라고."

예리한 놈. 비서실장은 싸들고 온 보자기를 탁자 위에 올려놓더니 은근슬쩍 소파에 자리를 잡았다. 한창 글발이 올랐는데 뭉개고 있을 모양이었다.

"뭐 쓰세요?"

네 이야기 썼다. 어쩔래?

"제 생각에는 투표 마감 1시간 전, 오후 7시에 투표를 하시는 것이 우리 아로니아시민당에 도움이 될 겁니다. 대통령께서 투표하시는 것을 기다리는 시민들이 제법 많을 테니까요. 누굴 찍을지 망설이는 시민들과 함께 고, 고!"

2038년 6월 24일. 날이 밝으면 아로니아공화국 제3대 대통령 선거일이다. 더불어 제3대 의정의원과 행정 제1, 2, 3구역의 제3대 구역장을 선출하는 날, 나는 우리 아로니아시민당이 승리하기를 누구보다도 갈망한다. 빌어먹을, 그린머슬아로니아당의 기세가 작년부터 등등했다. 머슬, 머슬, 그린, 머슬! 구호랍시고 유치찬란한 놈들은 시퍼런 깃발을 펄럭이며 아로니아 전체를 피트니스센터로 만들 작정이었다. 18세 이상의 아로니아 유권자는 전체 시민 2만 4350명 중 2만 111명. 어제까지 집계한 놈들의 당원 수가 4820명. 우리 아로니아시민당원은 5025명. 놈들이 바로 턱밑까지 쫓아온 셈이었다. 크게 걱정할 일은 아니었지만 안심하기에는 놈들의 당원 수가 계속 마음에 걸렸다. 무슨 걱정이냐? 38세의 아로니아시민당 대통령 후보 토마스 스완슨은 앞으로 아로니아의 5년, 10년을 이끌어나갈 멋진 녀석이다. 토마스를 믿는다. 우리 아로니아 시민들을 믿는다.

"안 주무시고 출출하실까봐서 한번 만들어봤습니다."
비서실장이 탁자 위에 올려놓은 보자기를 주섬주섬 풀자 매콤하고 달콤하고 고소한 냄새가 솔솔 풍겨 나왔다. 어라, 골뱅이무침! 하얗고 새까만 깨들이 콕콕 박힌 먹음직스런 골뱅이무침이 동글동글 말아놓은 호박국수들과 도란도란 어우러져 있었다. 한번 비서실장은 영원한 비서실장. 아무렴, 그렇고말고. 식성까지 완벽하게 꿰뚫는 비서실장은 노란 호박국수 한 덩이와 빨간 골뱅이무침을 들고 온 파란 접시에 먹기 좋게 덜어주었다. 파랗고 빨갛고 노랗고 하얗고 까맣고…… 김 가루까지 솔솔 뿌렸다. 맛있다. 정말로 맛있다. 후루룩, 먹는 모습을 흐뭇하게 바라보던 비서실장이 혜벌쭉 웃었다.

"이거, 만화방 개업하면 한쪽에서 팔아볼까 궁리 중인데 어때요?"

"당연하지. 팔아, 팔아!"

참, 가관이구나. 지금 시각 새벽 1시 35분. 일흔 먹은 두 노인네가 골뱅이무침을 앞에 두고 늘그막에 장사할 생각으로 희희낙락하는 모습이 보기 흔한 광경은 아니었다.

"민규야!"

"갑자기 왜 그러세요?"

"왜 그러기는, 너 박민규 맞잖아?"

"내 이름이 박민규는 맞는데 갑자기 왜 그러냐고?"

"내가 삥 뜯고 뺨 때리다가 우리 아버지에게 박살났던 날……."

아로니아공화국 대통령 비서실장 박민규가 오른뺨을 만지작거렸다.

"오른쪽이 아니라 왼쪽이야."

"알아…… 왜, 그래서 왜?"

"그날, 왜 우리 어머니에게 가서 알렸냐?"

지난 55년 동안 그때의 일을 묻지 않았다. 녀석 또한 나와 55년을 함께하면서 한 번도 삥을 뜯기던 잔혹했던 기억의 순간을 말하지 않았다. 그때의 일은 그때의 일로써 끝났던 것일까? 궁금했다. "뒈져라, 씨발놈아!" 외치던 녀석이 어째서 우리 어머니를 불러왔는지, 무슨 생각으로 그랬는지 정말로 궁금했다. 골뱅이를 골라 먹던 녀석이 입을 열었다.

"친구잖아."

하, 너무나 단순한 한마디, 친구.

"중학교 2학년 때, 내가 운동장에서 야구를 하다가 관자놀이에 야구공을 정통으로 얻어맞고 기절을 했었어. 다들 혼날까봐 말들만 많았던 모양인데 지나가던 네가 나를 둘러업고 신림사거리 동백병원까지 달려갔었지. 잘은 몰라도 2킬로미터가 넘었을걸?"

내가?

"정신 돌아오고 엑스레이 찍고 의사가 괜찮다고 하니까 지켜보던 네가 그러더라. '의사라면 괜찮다고만 하지 말고 무엇이 어떻게 괜찮은지 앞으로 무엇을 얼마나 조심해야 하는지 제대로 설명해보시죠.' 멋지더라. 뻥한 얼굴로 바라보던 의사가 넌 누구냐고 물었는데 네가 그랬지…… '난, 이 새끼 친굽니다.' 연락받고 우리 아버지랑 어머니랑 오셨을 때 넌 없었어. 나중에 알고 보니까 동구만화방에 갔더라. 우리 어머니가 그랬지. '모두들 모른 척하는데 혼자서 업고 뛰고 곁을 지키는 것이 누구나 할 수 있는 일은 아니란다. 우리 민규가 평생친구를 얻었구나.' 아버지 어머니가 고맙다는 인사를 하고 싶다고 너랑 같이 집으로 오라고 했는데, 나는 네 이름도 몰랐어. 2학년 때는 같은 반도 아니었고…… 점심시간에 물어서 찾아갔더니 네가 뭐라고 한 줄 아냐?"

모른다. 도무지 기억이 없다.

"씨발, 자는데 어떤 새끼가 깨우고 지랄이야."

"내가 그랬다고?"

"마지막으로 쐐기도 박았지."

"뭐라고 했는데?"

"꺼져."

녀석이 뻥을 치거나, 내가 쓰레기였거나, 둘 중 하나다.

"3학년에 올라가서 같은 반이 됐고…… 궁금했어. 학교 오자마자 도시락부터 까먹고 책상에 엎어져서 하루 종일 잠이나 퍼자던 네가 도대체 뭐하는 놈인지 궁금해서 졸졸 쫓아다녔는데, 그때마다 너한테 걸려서 뻥을 뜯겼던 거야. 서너 번 뜯기자 아예 뻥 뜯길 만큼 주머니에 돈을 넣고 다녔지…… 몰랐냐?"

빌어먹을, 나는 아무짝에도 쓸모없는 진정한 쓰레기였구나.

"난 이 새끼 친굽니다…… 우리는 친구니까…… 뻥을 뜯기면서도 입을 다물었고, 친구니까 얼어맞아서 죽을지도 모르는 너를 그냥 둘 수는 없었어."

얼굴이 화끈거렸다. 나는 정말로 몰랐다.

"왜 그동안 아무 말 안 했어?"

녀석이 골뱅이에 묻은 파를 골라내며 말했다.

"쪽팔리잖아."

녀석은 누구에게도 나에게 뻥을 뜯던 너절한 기억을 말하지 않았다. 모든 것을 믿고 보듬고 의지하며 베풀 수 있는 사이, 친구. 나는 속으로만 고마워할 것이 아니라 이제라도 고맙다는 말을 내뱉는 것이 가슴 저리도록 고마운 친구이자 영원한 동지에게 마땅한 도리라고 생각했다.

"민규⋯⋯."

"강현⋯⋯."

말들이 엉켰다.

"비서실장 먼저 말씀하세요."

웬 높임말? 녀석도 뜨악했는지 괜스레 헛기침을 하며 말했다.

"맵다. 나⋯⋯ 물 좀 줄래?"

지랄, 친구니까 그 정도는 해줘야지. 자리에서 일어나는데 녀석이 덥석 손을 잡았다. 허, 깜짝이야. 나는 기겁했지만 짐짓 목소리를 깔았다.

"뭐냐?"

"고마워."

"알면 됐다."

슬쩍 손을 빼는데 녀석이 더 꼭 쥐었다.

"강현아⋯⋯ 나는 언제 어디서나 네가 자랑스러워."

제기랄, 갑자기 훅 가슴팍을 파고드는 헛소리를 지껄이면 나보고 어쩌라는 거냐? 안다. 알고말고. 나도 언제 어디서나 녀석이 자랑스러웠는데⋯⋯ 뭐냐, 골뱅이무침이 온통 파뿐이었다. 녀석이 골뱅이만 쏙쏙 골라 먹은 게 분명했다.

"혼자 다 처먹을 거면 골뱅이는 왜 들고 왔냐?"

"아니야, 몇 개 안 먹었어."

"나, 딱 1개 먹었다. 골뱅이가 싹 다 어딜 가? 바다로 쏙 기어들어가?"

개뿔, 먹을 것 앞에서는 동지고 친구고 몽땅 꽝이었다. 이럴 때 꼭 필요한 한마디.

"꺼져!"

요망한 년

"옷 입고 나온나!"

아침밥을 먹고 배가 꺼질 듯 말 듯하던 일요일 오전, 쭐레쭐레 아버지를 쫓아서 복닥거리는 신림시장 맞은편 골목으로 한참을 들어가 꾀죄죄한 건물 옆 좁다란 계단을 올라갔다. 아버지가 '무림합기도'라고 쓰인 문을 벌컥 열어젖히며 소리쳤다.

"민 관장!"

까만 도복을 입은 남자가 부리나케 튀어나왔다.

"어서 오십시오, 형님."

민 관장이라는 남자는 아버지 손을 맞잡고 굽실대다가 나를 바라봤다.

"너, 강현이지? 얼굴이 왜 그 꼬라지냐? 눈탱이가 밤탱이가 돼서 나 보이냐? 나 몰라? 합기도 천재 민경한 아저씨!"

아, 민경한 아저씨, 합기도 천재…… 모르는 아저씨였다.

"어떤 개상노무 새끼가 애를 완전히 못쓰게 만들어놨습니까? 그런 쳐 죽일 새끼는 모가지를 끌어다가 척추를 꺾어서 반쯤 죽인 다음에 삼청교육대에 확 처넣어야죠. 누굽니까? 가십시다!"

합기도 천재 민경한 아저씨가 당장 사고를 칠 듯이 아버지 손을 끌었다.

"나다."

민경한 아저씨가 아버지를 멀뚱멀뚱 쳐다봤다.

"귓구멍이 막힌나, 개상노무 쳐 죽일 새끼가 바로 나라고!"

오, 합기도 천재는 그제야 막힌 귓구멍이 뚫린 모양이었다.

"시끄럽고, 야 사람 쫌 맹그라바라. 할 수 있나?"

비로소 합기도 천재 민경한 아저씨도, 눈탱이가 밤탱이가 돼서 완전히 못쓰게 만들어진 나도, 아버지가 왜 나를 무림합기도에 끌고 왔는지 알아차렸다.

"굳센 체력에서 슬기로운 마음이 나온다."

합기도 천재 민경한 관장은 무림합기도에서 배우게 될 무도의 길을 떠들었다.

"몸과 마음을 수련하기에 앞서서 주변을 깨끗이 하는 것은 만고불변의 법칙이다. 알겠나?"

예, 대답과 함께 만고불변하다는 법칙을 실현하고자 빗자루와 대걸레를 들고 무림합기도 마룻바닥을 반짝반짝 청소하기 시작했다. 뭔가 속았다는 기분이 살짝 들기도 했지만 왠지 모르게 완전 뿌듯하기도 했다.

"잠시 나갔다 올 테니까 그동안 명상의 시간을 갖기 바란다. 2시부터 사형하고 수련에 들어가라."

저, 점심밥은 언제 먹나요? 묻고 싶었지만 도복을 벗고 깔끔하게 단장한 민 관장은 후다닥 나가버렸다. 저, 저도 까만 도복을 주세요. 강호의 무인들이 득시글대야 할 무림합기도는 황량하게도 나 혼자뿐이었다. 도대체 명상은 무엇이고 사형은 또 무엇일까? 아무리 머리를 쥐어짜도 명상의 정체는 알 길이 없었지만 사형은 어렴풋이 알 듯도 싶었다. 사형, 죄지은 사람을 목매달아 죽이는 것. 사형은 2시에 집행된다. 사형이 집행되는 시간에 맞춰서 수련에 들어가라. 수련은 안다. 수련장, 문제를 풀면서 공부하는 것. 민 관장이 한 말은 정체를 알 수 없는 명상이란 것을 하다가 사형 집행시간인 2시부터 새롭게 태어난다는 기분으로 합기도 공부를 하라는 뜻 같았다. 뭔지도 모르는 명상을 할 수는 없어서 벽시계만 바라본 채 멍하니 앉아 있었다. 마음이 착 가라앉았다. 때를 놓쳤지만 배도 고프지 않았다. 세상이 아름답게도 보였다.

뚜, 뚜, 뚜. 시계바늘이 2시를 가리키자 드르륵 문이 열리며 새까만 그림자가 들어왔다. 사람인가? 여자였다. 아, 사형은 사람을 목매달아 죽이는 것이 아니라 저 사람, 저 여자가 사형일지도 모른다. 나는 벌떡 일어나 큰 소리로 외쳤다.

"사형님, 안녕하십니까?"

하마터면 숨이 넘어갈 뻔했다. 밤처럼 까맣고 별처럼 반짝이는 단발머리, 세상에서 단 1명뿐인 절대장인의 손으로 깎고 빚은 조막만 한 하얀 얼굴, 세상의 빛을 모조리 품은 까만 운동복으로 위아래를 감싼 탄탄하고 매끈한 몸뚱이.

"넌, 뭐냐?"

사형이 얇고 하얗고 가느다란 맨발로 사뿐사뿐 다가왔다.

"넌 뭐냐고?"

대답을 할 수 없었다. 넌, 뭐, 냐, 고? 흡, 흡, 흡, 흡, 한 글자 한 글자 내뱉는 사형의 달콤한 숨결을 마셔버린 나는 알 수 없는 취기에 꿀꺽 침만 삼켰다. 사형이 물끄러미 바라보다가 스쳐갔다.

"신림중학교 3학년 12반 김, 강, 현입니다."

입에서 나온다는 소리가 겨우 그것뿐이라니!

"무림합기도 꼴 잘 돌아간다. 이젠 별 희한한 꼴통까지 기어들어 오고 지랄이야."

두근거리던 심장이 발 아래로 뚝 떨어졌다. 커다란 거울 앞에 선 사형이 허리를 이리저리 돌리다가 거울에 비친 나와 딱 눈이 마주쳤다.

"아, 짜증나!"

맥을 놓고 스르르 주저앉았다. 나는 존재만으로도 사형을 짜증나게 만들었고 사형은 말만으로도 나를 죽일 수 있는 무림의 절대고수였다.

휙휙 이리저리 목을 꺾고, 쭉쭉 요리조리 팔다리를 늘리고, 확확 허리를 접어서 몸뚱이를 일자로 만들더니, 쫙쫙 가랑이를 벌려서 마룻바닥에 털썩 앉았다. 차원이 달랐다. 사형은 한낱 동네 조무래기였던 내가 근접하기에는 너무나 두려운 존재였다.

"야, 이리 와봐."

"옛, 사형님!"

"짜증나니까 사형이라고 부르면 죽는다."

"그럼 뭐라고 부를까요, 사형님?"

"한 대 맞자."

사형…… 무림의 절대고수가 번쩍 발을 들어서 가슴팍을 찍었다. 아이고, 저절로 무릎이 꿇렸다. 아버지의 발이 둔탁하고 묵직했다면 절대고수의 발은 날카로운 칼날 같았다. 슴벅, 베이는 아픔. 걸리면 무조건 죽는다는 점이 두 사람의 공통점이었다.

"누나라고 불러라."

"옛, 사…… 누나!"

피식, 누나가 웃었다.

"질문 있습니다. 누나 성이 사 씨고, 이름이 형입니까?"

"사 씨? 이름이 형? 사형? 으하하!"

뭔가 단단히 잘못됐구나.

"얘 웃기네."

나는 웃긴다.

"너 진짜 무식하구나."

나는 무식하다.

"생긴 것만 꼴통인 줄 알았더니 대가리도 꼴통이야!"

맞다. 나는 꼴통이고 무식하고 웃기는 놈이었다. 으하하, 이름이 사형은 아닌 것으로 판명난 누나가 배를 붙잡고 웃었다. 나도 웃었다. 누나가 아무리 웃어도 절대로 명상은 물어보지 말아야지. 그건 마지막 남은 초라한 자존심이었다.

명상. 고요히 눈을 감고 깊이 생각함. 또는 그런 생각. 별것도 아니었다. 그날 밤, 책꽂이에서 발견한 두꺼운 국어사전을 뒤지고 뒤져서 마침내 명상이라는 단어를 찾은 나는 명상을 했다. 고요히 눈을 감고 깊이 누나를 생각했다. 또는 누나에 대한 그런 생각. 누나 이름은 강, 수, 영. 이름도 얼굴만큼이나 참 예쁘다. 버스 타고 20분쯤 가면 되는 미성여자고등학교 2학년 1반 반장. 뭔지는 잘 모르지만 문과라고 했고 제기랄, 전교 1등. 빌어먹을, 수학을 가장 잘한다고 했다. 신림본동에 사는 수영 누나는 평일에는 학교가 끝나고 밤 8시쯤 무림합기도에서 수련을 하고, 토요일에는 오후 2시에 수련을 한 후 성당에 가며, 일요일에는 성당에 갔다가 오후 2시에 수련을 한다고 했다. 참, 성당이 뭘 하는 곳인지 물어볼걸, 멍청이!

일요일 아침 8시 30분. 여느 때였으면 널브러져 잠이나 퍼잤을 그 시각, 나는 신림동성당을 찾아갔다. 왜 왔느냐고 묻는 사람도 없었고 누구를 찾느냐고 묻는 사람도 없었다. 성당 입구에 서 있는 외국인 아주머니 동상에 꾸벅 인사를 하는 사람들을 쫓아서 건물 안으로 들어갔다. 뭔가 근엄하고 장엄하고 쫙 가라앉으면서 왠지 입 다물고 조용히 앉아 있어야 할 것만 같은 분위기였다. 이럴 때 꼭 입을 여는 놈도 있다.

"안녕하세요?"

아까부터 힐끗거리던 또래가 꾸벅 인사를 했다. 모르는 놈이었다.

"나 알아?"

"지지난주에 우리 집에 오셨는데요."

"내가?"

또래가 고개를 푹 꺾더니 입을 열었다.

"뻥, 뜯겼는데요."

아뿔싸, 나도 고개를 푹 꺾었다.

"미안해."

또래가 환해지더니 물었다.

"성당 다니세요?"

"아니, 누구 좀 만나려고…… 혹시 강수영이라고 알아?"

또래가 다시 한번 환해졌다.

"미카엘라요?"

미카엘라? 나는 외국인이 아니라 한국인을 찾았다.

"성가대 연습하고 있을 거예요."

성가대라는 곳에 미카엘라라는 외국인이 있는데 그 외국인이 수영 누나를 안다는 소리인 듯했다. 쉬운 말을 어렵게 하고 지랄이야. 나는 뻥을 뜯겼던 또래를 따라서 성가대라는 곳을 찾아갔다.

아, 천사. 나풀나풀 하얗고 기다란 옷을 입은 수영 누나가 환한 미소를 지으며 펄럭펄럭 내게로 날아왔다.

"너, 뭐냐?"

조금만 더 친절하고 살짝만 더 거룩했더라면 수영 누나가 정말로 천사라고 홀딱 속아 넘어갈 뻔했다. 아니다. 천사라고 모두 다 똑같다는 법은 없다. 하늘을 날아다니는 수많은 천사 중에는 분명히 성격이 지랄맞은 천사도 하나쯤 있으리라. 그 천사가 수영 누나라면 아무렴, 말이 되지!

천사라고 믿어 의심치 않을 수영 누나로부터 많은 사실들을 들었다. 먼저, 미카엘라는 외국인이 아니라 수영 누나의 세례명이었다. 천주교 신자들은 자신이 따르고 싶은 성인 이름을 따 세례명을 짓고 서로 부른다고 했다. 그럼 나는 600만 불의 사나이 스티브 오스틴! 뚜뚜뚜, 뭐든지 다 볼 수 있는 왼쪽 눈과 불도저 같은 힘을 발휘하는 오른팔과 자동차보다도 빠르게 달리는 두 다리로 무장한 스티브 오스틴도 분명히 어른이니까, 성인이니까, 나는 스티브 오스틴이 되기로 마음먹었다. 두 번째로, 나에게 삥을 뜯겼던 또래는 나보다 두 살 많은 조동석 안토니오라는 고등학생이었다. 녀석은 수영 누나에게 삥에 대해서 한 마디도 하지 않았다. 어차피 서로 죽고 싶을 만큼 비참한 기억이었으니까…… 앞으로 절대로 삥은 안 된다, 수영 누나 때문에! 마지막으로 성당 입구에 서 있는 외국인 아주머니 동상은 세상의 모든 죄인을 대신해 십자가에 못 박혀 돌아가신 예수의 어머니 마리아라는 사실. 예수라는 아들 때문에 지독하게도 마음고생이 심했던 마리아에게 존경을 표하는 것이 천주교 신자의 도리라고 했다. 옛날이나 지금이나 동양이나 서양이나 어디를 가든지 아들이란 놈들이 어머니 마음고생을 많이 시키는 모양이었다. 아들놈이 오죽했으면 마리아가 사람들 앞에서 아직도 두 손을 모으고 빌겠는가? 어머니, 죄송해요. 저도 진정으로 잘할게요.

"누나, 저도 오늘부터 천주교 신자가 되겠습니다."

세례명을 스티브 오스틴으로 하겠다는 말은 일단 참았다. 입이 근질거렸지만 꾹 다물었다.

"그래? 그러든가."

수영 누나가 알려준 천주교 신자가 되는 길은 멀고도 험난했다. 되고 싶다고 아무나 막 되는 게 아니었다. 6개월 동안 예비자 교리라는 것을 공부하고 시험을 치고 합격한 다음에 신자가 되겠다는 맹세를 해야 한다고 했다. 또 예비자 교리를 공부하는 동안 두꺼운 성경책을 모조리 읽고 베껴서 적은 다음, 성경책보다는 얇지만 어쨌든 두꺼운 기도문들과 미사통상문이라는 것을 한 줄도 틀리지 않게 달달 외우고 하루도 빠지지 않고 성당에 나와서 미사라는 것을 보거나 성체조배라는 것을 해야만 한다고 했다. 아무렴, 600만 불의 사나이 스티브 오스틴이 되고 싶다고 아무나 그냥 막 공짜로 되겠는가? 나는 주먹을 불끈 쥐고 말했다.

"누나, 반드시 천주교 신자가 되겠습니다."

이유는 단 한 가지, 오로지 수영 누나!

"앞으로 공부라는 것을 해보고 싶습니다."

선경스마트책가방에 스마트하게 노란 양은도시락 하나만 달랑 넣고 학교라는 것을 다니던 나는 저녁밥상 앞에서 무릎을 탁 꿇고 결연한 선언을 했다.

"공부는 뭐 할라꼬?"

어머니가 물었다.

"고등학교에 다니고 싶습니다."

으하하, 아버지가 밥풀을 뿜으며 말했다.

"그라믄 야가 우리 집에서 최고로 가방끈이 긴 거가?"

"나도 고졸이다, 모르나?"

"안다, 껌정고시, 하양고시!"

국민학교 5학년을 중퇴한 아버지와 국민학교는 정식으로 졸업했지만 중학교와 고등학교를 검정고시로 마친 어머니는 내 굳은 결심을 한낱 우스갯소리로 여겼다.

당시 고등학교에 다니려면 연합고사라는 시험을 봐야 했다. 체력장 20점, 연합고사 180점, 총 200점 만점에 140점 정도를 맞아야 인문계 고등학교에 다닐 수 있는 자격이 주어졌다. 중학교 3학년이 되면서 매달 모의고사라는 것을 봤는데, 본 것 같은데, 봤는지는 잘 모르겠지만 아무튼 책가방 한구석에서 발견한 6월 모의고사 점수가 45점이었다. 전교 꼴등에서 2번째. 꼴등이나 꼴등에서 2번째나 깻잎 한 장 차이일 테고, 아버지 어머니가 나를 웃기는 놈으로 생각한 건 두말할 필요가 없었다. 그래도 100미터 달리기, 던지기, 턱걸이, 윗몸일으키기, 제자리멀리뛰기, 1000미터 오래달리기로 점수를 매기는 체력장은 무조건 20점 만점을 받을 테고, 거기다가 75점을 더 맞아서 합계 140점 꽉 채우고 혹시 아슬아슬할 수도 있으니까 한 5점쯤 더 맞아서 꼭 고등학교에 다니고 싶었다. 아버지 어머니는 항상 말했다.

"아버지 점방에 견습생 자리 하나 비워놨다. 고등학교 안 댕기면 집 지으러 댕겨야지, 뭐 할끼고? 밥만 처묵고 똥이나 왕창 쌀라꼬?"

내 미래는 영락없이 예정돼 있었지만 정말로 나는 고등학교에 다니고 싶었다. 수영 누나가 고등학생 아닌가?

"공부가 나쁜 짓도 아니고 한번 해보든가."

어머니가 큰 인심을 쓰듯 말했다.

"뭐 하노, 똑바로 앉아서 밥이나 무라."

아버지가 히죽히죽 웃었다.

"한 가지 더 알려드릴 게 있습니다."

아버지 어머니가 물끄러미 바라봤다.

"앞으로 성당이라는 곳을 다니려고 합니다."

물론 무림합기도에서 만난 수영 누나가 성당에 다닌다는 말은 하지 않았다. 탁, 어머니가 숟가락을 밥상 위에 내려놓았다.

"에미가 일요일마다 관악산 호압사에 기어올라가서 불공을 드리는 것을 아나 모르나?"

"압니다."

"그라믄 느그 외할아버지가 중생구도에 큰 뜻을 품고 늦은 연세에 출가한 스님인 거는 아나 모르나?"

"압니다."

"그라믄 또, 느그 외할아버지가 경상남도 김해군 생림면 생철리 작약산자락에 자리 잡은 태고종 천진사의 존경받는 주지 스님인 것은 아나 모르나?"

"압니다."

어머니가 숟가락을 다시 들더니 말했다.

"밥이나 처무라."

"그래도 성당에 다니고 싶습니다."

푸하하, 아버지가 또 밥풀을 내뿜었다.

"앵간하믄 실실해라."

그럼에도 불구하고 어떠한 고난과 시련이 닥쳐도 나는 반드시 천주교 신자가 되겠다고 다짐했다. 오로지 수영 누나뿐!

　얻어맞아서 죽을 작정이 아니라면 절대로 해서는 안 되는 말이 있다. "아무리 먹어도 살이 안 쪄요." 나쁜 년! "세상에서 공부가 제일 쉬웠어요." 죽일 놈! 나쁜 년, 죽일 놈이 될 생각은 추호도 없지만 사실 나는 공부가 체질이었고 먹고 또 먹어도 살이 안 쪘다. 중학교 3학년의 7월부터 공부라는 것을 시작했다. 책꽂이에 꽂혀 있던 교과서들을 좍 늘어놓고 쭉 살폈더니 먼지 한 톨 묻지 않은 새 책들이었다. 도덕, 국어, 한문, 수학, 영어, 사회, 국사, 과학, 기술, 공업, 음악, 미술, 체육까지 달달 외우기 시작했다. 멍청한 놈, 체육은 왜 외웠을까? 아비규환의 아수라 이후 친구가 된 박민규가 말하기를, 음악과 미술은 연합고사에 나오지만 체육은 연합고사에 안 나온다고 했다. 제기랄, 그럼 돈 받고 교과서를 팔지 말았어야지. 영어가 문제였다. 읽을 줄을 몰랐다. 영어라고는 '아임 어 보이', '유 아 어 걸'밖에 모르던 나는 염치불구하고 녀석을 쫓아가 영어 읽는 방법을 배웠다. 영어도 외워버렸다. 수학도 외워버렸다. 문제와 답을 통째로 외워버렸다. 나는 외우는 데 타고난 소질이 있는 듯했다. 신림동성당 예비자 교리도 달달 외웠다. 기도문을 외우고 미사통상문을 외우고 또 외웠다. 성경책을 읽고 베끼고 또 적었다. 무림합기도에도 빠지지 않았다. 막고 차고 구르고 찌르고 터지고 깨지면서 수영 누나에게 무도의 길을 배웠다. 하루 종일 중얼거리며 다녔다. 누군가는 미쳤다고 했고 또 누군가는 돌았다고도 했다. 아무렴 어때라, 고등학교에 다니겠다는데, 천주교 신자가 되겠다는데, 오로지 수영 누나뿐인데!

  심심해서 죽을 것 같던 하루가 터무니없이 짧았고, 한 달은 후다닥 흘러갔으며, 두 달 세 달이 지나서 10월이 되자 은근히 모의고사란 것이 기다려지기도 했다. 6월 모의고사에서 45점을 맞았던 나는 9월 모의고사에서 78점을 맞았다. 42점만 더 맞으면 체력장 합쳐서 140점. 맙소사, 10월 모의고사에서 나는 114점을 맞았다. 고지가 눈앞에 보였다. 아버지 어머니 앞에서 으스대고 싶었지만 아직은 멀었다는 생각에 꾹 참았다. 수영 누나에게는 더더욱 말할 수 없었다. 체력장 빼고 180점 만점을 받아버리겠다고 다짐했다. 역시 세상에서 공부가 제일 쉬웠다.

  "따라와!"

  담임에게 뒷덜미를 잡힌 채 학생부실로 끌려갔다. 연합고사를 앞두고 마지막으로 본 11월 모의고사에서 나는 2문제를 틀렸다. 제기랄, 전교 1등이었다. 아는 문제도 적당히 틀려야 했는데 주변머리 없이 체력장 빼고 178점을 맞아버렸다. 전교 꼴등이 전교 1등이 되는 초유의 사태를 바로 볼 수 있는 선생이 몇이나 되겠는가? 담배 연기 자욱한 학생부실에서 나는 재시험을 치렀다. 재시험을 보는 동안 학생부 선생들은 내 머리통을 당구 큐로 툭툭 치고 대걸레자루를 뽑아서 휙휙 스윙 연습을 했다.

  "틀리는 개수대로 맞는다."

  씨발, 욕지거리를 입에 물고 재시험을 끝냈다. 채점이 끝나자 학생부 선생들은 똥 먹은 얼굴로 나를 바라봤다. 180점, 체력장 20점 합치면 200점 만점. 틀렸던 수학 2문제까지 모조리 맞혀버렸다. 한참 동안 기다렸지만 담임과 학생부 선생들은 나에게 미안하다는 말을 하지 않았다. 비겁했다. 사과를 할 줄 모르는 너절한 선생들을 뒤로 하고 나는 쾅, 부서져라 학생부실 문을 닫았다.

연합고사는 모의고사보다 쉬웠다. 나는 신림중학교에서 유일하게 200점 만점을 맞았다. 아버지 어머니는 성적표를 보더니 딱 한 마디씩 했다.

"야가 날 닮았네."

탕수육을 먹으러 가자는 아버지 어머니를 팽개쳐두고 뚜뚜뚜, 600만 불의 사나이 스티브 오스틴처럼 무림합기도로 내달렸다.

"누나, 연합고사 만점 받았어요."

수영 누나 얼굴 앞에 성적표를 쫙 내밀었다. 힐끗 성적표를 본 수영 누나도 딱 한 마디를 했다.

"그러네."

끝? 제기랄, 끝이었다.

"뭐 하냐? 수련 안 하냐?"

하죠, 합니다, 아무렴 내가 안 할 거 같습니까? 그날따라 수영 누나는 지랄맞은 천사 아니랄까봐 이리저리 날아다니며 나를 박살냈다. 염병할, 찌르기 한 방에 코피를 쏟고서야 그날의 수련이 끝났다.

"고개 들지 말고 숙여라. 피는 삼키지 말고 뱉고!"

정체 모를 눈물이 후두둑 떨어졌다. 뭔가 억울하고 슬프고 짠했다.

"아프냐?"

"아뇨, 그냥 뭔가가 흐르는 것 같습니다."

수영 누나가 따뜻한 물을 적신 수건을 건넸다. 나는 수건으로 줄줄 흐르는 눈물과 핏물을 이리저리 닦았다.

"칠칠맞기는, 줘봐."

수영 누나가 수건을 뺏더니 찬찬하고 꼼꼼하게 내 얼굴을 닦아줬다. 아, 달콤하고 향긋한 향기. 수영 누나의 향기에 취한 나는 스르르 눈을 감았다.

"오늘이 마지막이다."

번쩍 눈을 떴다. 뭐가 마지막이라는 말인가?

"놀라기는…… 밤에 하는 수련은 오늘이 마지막이라고. 내가 이제 고3이잖아. 주말에는 그대로 한다."

"옛!"

"넌 평일에도 빠지지 말고!"

"옛!"

수영 누나가 피 묻은 수건을 나에게 툭 던지며 말했다.

"연합고사 만점 맞은 것 축하해!"

수영 누나는 나빴다. 사람을 들었다가 났다가 팽개쳤다가 집었다가…… 진짜로 나쁜 년이었다. 내가 몰랐을까봐?

천주교 신자는 6개월 동안 예비자 교리를 공부하면 누구나 될 수 있었다. 천주교 신자가 되려고 성경책을 모조리 읽고 베껴서 적을 필요는 없었다. 기도문과 미사통상문을 달달 외우지 않아도 됐고 하루도 빠지지 않고 성당에 나와서 미사를 보거나 성체조배를 하지 않아도 됐다. 나는 수영 누나가 말하는 대로, 시키는 대로 다했다. 오로

68

지 수영 누나뿐인데 무엇인들 못 할까? 나는 수영 누나가 와락 안아주기를 갈망했다. 간절하게 원하면 이루어진다고 했던가? 수영 누나 얼굴이 슥 내게로 다가왔다. 나는 시력을 잃었다. 수영 누나 두 손이 목덜미를 그러안았고 물컹한 두 가슴이 가슴팍으로 고스란히 전해졌다. 나는 두 손으로 수영 누나 허리를 감싸고 붉은 입술을 찾아서…… 제기랄, 그저 허튼 생각뿐…… 수영 누나에게 사로잡힌 채 덜덜덜 처분만 기다렸다. 빌어먹을, 눈물 핏물 범벅인 수건이 뭐라고 손에 꼭 쥐고 있었을까? 쪽, 말랑한 무언가가 입술에 닿았다가 스르르 떨어졌다. 서서히 수영 누나 얼굴이 시야에 들어왔다. 뭐였을까? 나는 입술에 닿았던 정체 모를 무언가를 알고 싶었다. 붉은 입술, 수영 누나 붉은 입술, 귓불까지 불그스름하게 물든 수영 누나의 붉디붉은 입술이 열렸다.

"잘했어, 다 잘했어!"

꿀꺽, 나는 아무 말도 하지 못했다.

"안녕."

수영 누나가 손을 흔들며 후다닥 나가버렸다. 침묵, 고요, 적막 그리고 소름 끼치도록 짜릿한 첫 입맞춤. 좋았다. 캑, 죽어도 좋았다. 와르르, 이대로 세상이 꺼지고 무너져도 다 좋았다.

차마 잠들 수 없었다. 명상이 필요한 순간이었다. 나는 고요히 눈을 감고 깊이 수영 누나를 생각했다. 또는 수영 누나에 대한 그런 생각을 하다가 영화를 찍었다. 600만 불의 사나이 김강현과 지랄맞은 천사 강수영이 펼치는 스펙터클 액션 호러 감성 충만 에로틱 포르노. 맙소사! 새벽녘, 이불이 축축해지도록 몽정을 한 나는 두려웠다.

이불 홑청을 뜯어서 박박, 빨래를 해치운 나는 성당으로 달려갔다. 하느님, 비록 지랄 맞지만 천사라고 믿어 의심치 않는 수영 누나에게 음란한 상상을 한 600만 불의 사나이를 용서하소서! 바쁘고 바쁜 하느님이 그렇고 그런 사내놈의 시시콜콜한 이불 속 사정까지 들추고 살필 겨를이 있었겠는가마는, 나는 진실로 진심이었다.

성탄절 전야 전날, 나는 세례를 받고 마침내 천주교 신자가 됐다. 600만 불의 사나이 스티브 오스틴은 분명히 성인이지만 천주교 성인은 절대로 아니라는 사실에 완전히 실망했던 나는, 스티브 오스틴 대신 미카엘이라는 세례명을 얻었다. 하느님 곁을 지키는 대천사 미카엘. 미카엘의 여성형은 미카엘라. 그러므로 나와 수영 누나는 같은 세례명으로 불리는 예수의 형제요, 자매가 되는 셈이었다. 그날은 아버지 어머니도 성당에 나왔다. 종교가 없던 아버지는 몰라도 천진사 주지 스님의 딸로서 신실한 불교 신자인 어머니가 예수를 믿고 마리아를 따르는 천주교 성당에 발을 들였다는 사실은 천지가 개벽할 노릇이었다. 아버지 어머니는 천주교 신자들을 따라서 앉았다가 일어났다가 무릎을 꿇었다가 섰다가 고개를 숙였다가 들었다가 해가며 아들놈의 종교에 존경을 표했다. 대부님으로 모신 생선가게 프란치스코 아저씨와 십자고상 밑에서, 성모마리아상 아래에서, 이리저리 사진을 찍으며 김강현 미카엘의 탄생을 축하하던 어머니가 물었다.

"누고?"

그때 수영 누나가 나풀나풀 날아서 다가왔다.

"미카엘, 축하해!"

"누나, 고마워요!"

"미카엘 부모님이시구나?"

"옛. 이쪽은 아버지, 요쪽은 어머니."

멍청아, 아버지 어머니도 구별 못 할까?

"안녕하세요, 강수영이라고 합니다. 성당도 함께 다니고 무림합기도에도 다녀요."

어머니가 누나를 위아래로 훑더니 물었다.

"야가, 가가?"

나는 무슨 말인지 몰랐지만 끄덕끄덕 아버지가 고개를 끄덕였다. 그 순간!

"요망한 년!"

분명히 어머니 입에서 나온 말이었다. 요, 망, 한, 년. 어머니가 당황한 수영 누나 두 손을 덥석 붙잡고 가증스럽게 웃었다.

"들었나? 들었구나? 들었으면 우짜노? 호호호."

요망한 누나가 어머니를 따라 웃으며 말했다.

"하하하, 미카엘이 아버님 어머님을 닮아서 키도 크고 잘생겼어요."

뭐라고? 잘생겼다고? 왜들 이러십니까?

국민학교 시절, 나는 아버지 점방 동국건설 경리과장 겸 어머니 유귀례 씨를 쫓아서 관악산 호압사에 다녔다. 어려서부터 중생구도의 큰 뜻을 품었다든지 산천경개를 바라보며 호연지기를 기르고 싶었다든지 따위의 고상한 이유는 절대로 아니고 점심때 호압사에서 주는 비빔밥이 정말로 맛있었기 때문에 밥을 얻어먹으려고 산길을 따라다녔다.

"어머니, 살쾡이예요, 살쾡이!"

그날도 비빔밥에 군침을 삼키며 따라나섰던 산길에서 커다란 살쾡이를 만났다.

"고양이 아니고?"

"예, 이빨이 엄청나요."

"확 잡아뿌라, 저녁때 국 끓여묵구로."

어머니는 뒤도 안 보고 성큼성큼 앞장서 가버렸다. 무시무시한 이빨을 드러내놓고 학학거리는 살쾡이를 정말로 잡으라는 소린가? 저녁에 국을 끓여서 먹으려면 무시무시한 살쾡이를 꼭 잡아야 할 텐데, 다리는 달달 떨리고 이마에서는 줄줄 땀이 흘렀다. 가라, 제발…… 살쾡이국은 먹기 싫단 말이다. 말귀가 통했는지 한참 동안 눈싸움을 벌이던 살쾡이가 휙 숲속으로 사라졌다. 털썩, 땅바닥에 주저앉은 나는 곰곰이 생각했다. 어머니는 어머니가 아니다. 만약 어머니였다면 어린 나를 산중에 내팽개친 채 그냥 갈 리가 없다. 살생을 금하는 절에 불공을 드리러 가면서 저녁 때 국 끓여먹겠다고 살쾡이를 잡아서 메고 가는 해괴망측한 짓은 절대로 시키지 않았으리라. 어영부영 집으로 돌아온 나는 그날 저녁 살쾡이국 대신 콩나물국을 먹다가 물었다.

"어머니, 저를 낳아주신 제 어머니는 어디에 계신가요?"

어머니도 아버지도 물끄러미 바라만 봤다.

"저도 클 만큼 컸으니까 이제라도 사실을 알려주세요."

탁, 어머니가 숟가락으로 머리통을 내려쳤다.

"지랄을 안 하나? 자궁, 탯줄? 뱃속에서 발길질하던 거 하나도 기억 안 나나? 야가 당신 닮아서 기억력이 파이라!"

아버지가 말했다.

"니가 내 아들놈인 거는 확실하지 않지만 니가 느그 어무이 아들놈인 것만은 확실하다. 내가 두 눈으로 똑디 단디 봤다."

그날 밤, 나는 어머니가 아니라 아버지를 고민하면서 밤을 꼴딱 새우고, 식전 댓바람부터 퀭한 눈으로 아버지에게 물었다.

"아버지, 제 아버지는 어디에 계신가요?"

"눈까리는 장식이가? 봐라, 봐도 모르겠나? 쏙 빼다 박았다 아이가? 내가 니 애비다!"

부모와 자식 사이에서 벌어진 친자확인 절차는 얼렁뚱땅 마무리됐지만 그 후로도 오랫동안 나는 아버지와 어머니의 정체를 의심했다. 그리고 1명 더 추가. 수영 누나의 정체!

'미카엘이 아버님 어머님을 닮아서 키도 크고 잘생겼어요.' 안다. 나는 못생겼다. 우락부락 여드름 범벅에 덩치만 커다란 내가 잘생겼다고? 아버지 어머니에게도 들어본 적 없는, 세상에 태어나서 처음 듣는 소리였다. 어쩌랴, 하늘을 날아다니는 수많은 천사들 중에는 성격이 아주 지랄맞은 천사가 딱 하나 있는데 그 천사는 뻥도 아주 잘 친다. 나를 위해서…… 그래, 이거다. 나는 신림동성당 마당 한복판에서 환하게 웃던 수영 누나를 보며 굳은 맹세를 했다. 수영 누나를 위해서라면 무엇이든 하겠노라. 나는 수영 누나의 것, 수영 누나는 나의 것. 미카엘로 새로 태어난 나는 이제부터 수영 누나와 영원히 함께하겠노라. 미카엘이 미카엘라에게 다짐하고 하느님 앞에서 맹세하노라.

돌이켜보면 다짐은 함부로 하는 것이 아니다. 순간의 감정에 사로잡혀서 죽는 날까지 무르거나 되돌릴 수 없는 맹세는 결코 하는 것이 아니다. 하고 싶다고 할 수 있다고 무조건 해서는 결단코 안 된다. 멍청하게도 그날 나는 다짐과 맹세의 엄중한 의미를 정말로 몰랐다.

무엇을 더 바랄까?

한국은 이상한 교육을 시켰다. 국민학교, 중학교, 고등학교 모두 무조건 외우라고 가르쳤다. 나는 이상한 교육의 수혜자였다. 외우는 데 타고난 소질을 계발한 나는 대학 입학 학력고사에서 세 문제를 틀렸다. 수영 누나처럼 한 문제만 틀리고 싶었는데 아까웠다. 나는, 인간의 자유와 국가의 미래를 탐구하고자 서울대학교 정치학과에 다니던 수영 누나를 따라 정치학과에 다니고 싶었지만 혹시라도 싫어할까봐…… 정확하게 표현하자면 졸졸 쫓아다닌다고 지랄할까봐 법학과에 들어갔다. 마지막 모의고사는 엉망이었지만 학력고사는 기가 막히게 찍었다며 좋아하던 박민규도 서울대학교에 들어갔다.

"강현아, 잠사학과는 뭘 배우는 거야?"

"잠사라…… 나라고 알겠냐?"

관악산의 정기를 이어받은 성진고등학교는, 뭘 배우는지도 모르고 서울대학교에 합격한 녀석과 달달 외우는 데 최적화된 나를 모교를 빛낸 졸업생이라며 떠받들었다. 뭘 하자는 건지…… 아무튼 나는 수영 누나를 쫓아갔고 녀석은 나를 쫓아왔다.

돌멩이가 우우우 날아다녔다. 최루탄이 펑펑펑 쏟아졌다. 화염병이 쨍쨍쨍 터졌다. 수영 누나는 "독재타도", "민주쟁취", "반전반핵", "양키고홈"을 외쳤다. 나는 수영 누나가 다칠세라 옆에서 구호를 외치고 돌멩이를 던지고 화염병도 던졌다. 어느새 박민규도 나를 놓칠세라 구호를 외치고 돌멩이를 던지고 화염병은 무섭다며 나에게 건넸다.

왜? 국가의 주인은 국민이다. 국가권력은 국민으로부터 나온다. 국민으로부터 나온 국가권력을 총과 칼로 빼앗은 전두환 군부독재 정권은 진정한 국가의 주인인 국민을 억압하고 탄압하고 살해했다. 결론은 명확했다. 국민을 보호하고 국가를 보존하기 위하여 전두환 군부독재 정권은 반드시 타도해야 할 절대악이었다. 나는 절대악을 타도하고자 목청껏 구호를 외쳤고 단단한 돌멩이를 던졌으며 시너와 휘발유를 혼합한 화염병을 던졌다.

"데모하는 빨갱이들은 모조리 때려잡아서 죽여야 돼."

왜 그러는 거냐? 국가의 주인은 국민이라는데 한국의 주인, 한국 국민들은 혀를 빼물고 게거품을 물었다.

김세진, 이재호, 이동수, 박종철이 죽었다. 이한열이 최루탄을 머리에 맞고 사경을 헤매자, 데모는 빨갱이 짓거리라며 손가락질하던 한국 국민들이 뭔가 바뀔 때가 됐다면서 데모대에게 물병을 건넸고 손뼉을 쳤고 경적을 울렸고 구호도 외쳤다.

대통령직선제. 기억도 가물가물한 1971년, 고무신 한 켤레를 받아들고 막걸리 한 사발을 받아먹으며 박정희를 대통령으로 뽑아본 후로 한 번도 대통령 선거를 해본 적이 없던 한국 국민들은 군부독재 정권 우두머리 전두환의 절친한 친구 노태우가 약속한 대통령직선제를 덥석 입에 물었다. 그날 이후 한국 국민들은 "데모는 이제 그만, 학생은 학교로, 국민은 일터로"를 외치며 최루탄과 돌멩이로 어질러진 길거리를 쓸고 닦았다. 대통령직선제 쟁취, 민주주의 만세. 지랄하고 자빠졌네. 잘라서 말하건대, 일본 국왕에게 혈서로 충성을 맹세하던 일본군 장교 출신으로 여의도광장에 탱크를 몰고 들어와 국가권력을 찬탈하더니 늙어 죽을 때까지 대통령을 해먹겠다고 술수를 부리다가 비명횡사한 박정희를 필두로, 민주주의를 외치는 광주 시민들을 공수부대와 화염방사기와 헬리콥터로 무차별 학살한 전두환과 전두환을 흠모하던 육군사관학교 동기 노태우로 이어지는 군부독재 정권은, 소멸하지 않았다.

나는 배신당했다. 대통령직선제라는 달달한 떡고물을 입에 문 한국 국민들은 박정희 덕분으로 거지꼴을 면했고, 따지고 보면 전두환도 잘한 일이 많다며 고무신과 막걸리 대신 현금봉투를 받아들고 쓰러져가던 군부독재 정권에게 기꺼이 1표를 희사했다. 나는 국가의 주인, 한국의 주인, 한국 국민들에게 철저하게 배신당했다. 한동안 패배감으로 잠들지 못하던 나는 그럼에도 불구하고 한국 국민으로서 지켜야 할 병역의 의무를 다하고자 서울대학교 법학과를 휴학했다. 제기랄, 현역병 복무가 면제되는 징병검사 신체 5급 대상자. 사지 멀쩡한 내가 왜? 넌 눈 나쁘니까 군대 오지 마! 눈이 나쁜 줄은 알았지만 병역의 의무도 퇴짜 맞을 만큼 나쁜 줄은 몰랐다. 뭔가 억울했지만 오지 말라는 곳에 일부러 우겨서 가고 싶은 생각은 없었다.

"이제 학교도 안 가고 난 뭘 하지?"

수영 누나를 붙잡고 물었다.

"왜 법학과에 들어갔어?"

에고, 수영 누나를 따라서 정치학과에 가려다가 졸졸 쫓아다닌다고 지랄할까봐 법학과에 들어갔다고 말할 수는 없었다.

"법을 공부하려고!"

"법은 공부해서 어디다 쓰려고?"

글쎄다, 나는 법을 공부한 다음에 무엇을 할 것인지 아무 생각이 없었다.

"사법시험을 준비해야겠어."

"왜?"

"시작을 했으니까 끝도 봐야지."

"사법시험이 나쁜 짓도 아니고 한번 해보든가."

헉, 어머니가 꼭 그렇게 말했다.

"공부가 나쁜 짓도 아니고 한번 해보든가."

완전히 새로운 돌파구. 나는 무림합기도에서 사법시험 공부를 시작했다.

합기도 천재 무림합기도 민경한 관장은 서울구치소에 있었다. 깔끔하게 잘생긴 민 관장은 스무 살이 되자마자 결혼을 한 적은 있지만 딸린 자식 하나 없는 깨끗한 이혼남이었다. 말솜씨도 좋았고 매너도 좋았고 몸도 건강했던 민 관장은 날씬한 여자, 통통한 여자, 귀여운 여자, 발랄한 여자…… 세상에서 규정하는 모든 종류의 여자를 오로지 한 가지로 규정했다. 사랑하는 여자! 흠이라면 사랑하는 여자가 터무니없이 많았다는 사실 정도. 혼인빙자간음. 남자가 결혼하자고 여자를 구슬려 섹스를 한 후 결혼을 하지 않거나 모른 척하는, 오로지 남자들만 저지르는 희한한 범죄. 혼인빙자간음을 범죄로 규정하면 여자는 스스로 아무런 판단도 할 수 없고 남자 말만 믿고 따르며 순종하는 가엾고 불쌍한 인간이라는 이상한 결론이 나온다. 시간이 흐른 뒤 이상하고 희한한 범죄라는 사실을 눈치챈 한국은 형법에서 혼인빙자간음이라는 죄목을 지워버렸지만 그즈음 민 관장은 상습 혼인빙자간음을 저지른 엄연한 범죄자였다.

"수영아, 강현아, 이번에는 금방 못 나갈 것 같으니까 무림합기도를 반드시 사수해라."

무림의 강호들이 모조리 떠나고 정말로 합기도 천재인지 아닌지 통 알 길이 없었던 민 관장마저 떠나버린 무림합기도에서 나는 헌법, 민법, 형법, 경제학개론, 문화사, 국사 그리고 선택과목으로 국제법을 펼쳐들고 달달 외우기 시작했다.

뭐 이런 황당한 경우가 다 있나? 무슨 문제가 어떻게 나오는지 구경이나 하려고 1차 사법시험에 응시한 나는 객관식 320문항 중에서 312문항을 맞혀버렸다. 확실히 외우는 데는 타고난 모양이었다. 한국에서 가장 어렵다는 사법시험도 이리 꼬고 저리 비틀고 훌러덩 뒤집어 문제를 낸다고 한들 결국 무작정 외우는 놈들을 위한 그저 그렇고 그런 시험에 불과했다. 나는 2차 시험에도 응시했다. 2차 사법시험 310명의 합격자 가운데 김강현이라는 이름이 있었다. 나? 내가? 재수가 좋은 건지 실력이 뛰어난 건지 굳이 알고 싶지는 않았지만 3차 면접시험을 통과한 나는 사법시험에 최종합격했다. 다시 한번 말하지만 한국의 모든 교육과 시험은 인성과 감성, 창의력과 표현력, 독창성과 정의로운 인간성 따위는 애초에 눈을 씻고 찾아보려야 찾을 수 없는, 달달 잘 외우는 놈들을 위하여 존재하고 존속되는 요상하고 망측하기 짝이 없는 제도였다. 나는 한국 교육과 시험의 특출한 수혜자였다.

판사, 검사, 변호사…… 꼭 뭔가가 되고 싶다는 생각은 없었다. 서울대학교 법학과에 복학하고 싶은 생각도 없었다. 사법연수원에 들어가지 뭐. 나는 무엇을 할 것인가? 누구라도 변호받을 권리가 있으므로 악마라도 변호하는 변호사라는 직업이 싫었다. 법조문에 얽매인 경솔한 한마디로 누군가의 인생을 허접쓰레기로 만들어버릴지도 모르는 판사라는 직업이 싫었다. 모든 범죄를 수사하고 증거를 수집하며 경찰의 업무를 지휘하고 법원에 재판을 청구하며 재판의 집행을 감독하는 국가공무원, 검사…… 괜찮네. 사법연수원을 차석으로 수료한 나는 판사, 변호사가 싫어서 검사가 됐다.

내가 검사가 되는 동안 서울대학교 사회과학대학원에서 정치학 박사과정을 밟던 수영 누나가 머리카락을 어깨까지 길렀다. 예뻤다. 정말로 예쁜 수영 누나와 나는 죄를 지었다. 천주교 신자는 합의에 의한 섹스라고 할지라도 혼인성사를 받지 않은 남녀가 섹스를 하면

죄를 짓는 일이다. 죄를 지은 천주교 신자는 고해소에서 자신의 죄를 고백하고 같은 죄를 짓지 않겠다는 맹세와 함께 하느님의 이름으로 사제가 내리는 사죄경을 받아야 한다. 사법시험에 합격한 다음 날, 나와 수영 누나는 누가 먼저랄 것도 없이 무림합기도에서 밤을 꼬박 새우며 죄를 지었다.

"하느님…… 다시는 같은 죄를 짓지 않기로 맹세하오니 저희를 용서하소서."

맹세는 개뿔. 죄라는 것이 처음은 어렵고 부끄럽지만, 두 번 세 번 짓다 보면 뻔뻔해진다. 죄, 죄, 죄…… 아차, 또 죄. 나와 수영 누나는 손을 맞잡고 문턱이 닳도록 고해소를 들락거렸다.

"장하다, 강현아…… 김 검사, 네가 대통령까지 다 해먹어라!"

교도소를 만기출소한 민경한 관장은 무림합기도를 정리하고 스태미나의 상징인 전복을 양식하겠다며 고향 전라남도 완도로 내려갔다. 동네 꼴통과 무림의 절대고수가 만났고, 피를 튀기고 눈물을 쏟으며 무도의 길을 배웠고, 소름 끼치도록 짜릿한 첫 입맞춤을 나눴고, 돌파구 삼아서 달달 사법시험 공부를 했으며, 달아오른 몸뚱이들이 격렬하게 죄를 짓던 곳, 무림합기도. 나와 수영 누나는 무림합기도와 아쉬운 작별을 했다. 이제 어쩐다. 한 번도 해보지 못한 굳은 결심이 필요한 순간이었다.

"수영아……."

"누나라고 제대로 불러라."

나는 아랑곳없이 수영 누나 어깨를 붙잡고 말했다.

"수영아, 우리 고해소 그만 들락거리자."

나를 바라보는 수영 누나 눈동자가 마구 흔들렸다. 비록 형사상 처벌을 받지 않는 종교법상의 죄일망정 나는 더 이상 죄인이 되고 싶지 않았다. 좀 더 솔직하게 표현하자면 수영 누나와 섹스를 하려고 새로운 무림합기도를 찾아다니고 싶지 않았다.

소복소복 새하얀 눈이 온 세상을 가득 채우던 날, 오로지 한 여자만 쳐다보던 동네 꼴통과 세상에서 가장 지랄맞은…… 뺑도 잘 치는…… 천사는 하느님 앞에서 영원히 변하지 않는 부부가 되기로 맹세하고 혼인성사를 받았다. 무엇을 더 바랄까? 우리는 세상 부러울 것이 없었다.

수영의 아버지 어머니, 강종환 씨와 손인순 씨. 산부인과 의사였던 두 분은 나와 수영이 결혼하기를 기다렸다는 듯 대림동에서 운영하던 햇살산부인과를 정리하고 아프리카로 떠난다는 선언을 했다.

"왜 하필이면 머나먼 아프리카로 가세요?"

아프리카는 산모와 젖먹이들이 너무나 많이 죽는다고 했다. 소독용 알코올과 아스피린만 있어도 살릴 수 있는 사람들을 죽도록 내버려두는 것은 인간의 도리가 아니라고 했다.

"자네가 있어서 든든해. 알지?"

장모가 두 손을 꼭 잡았다.

"내 말이 그 말이다."

장인이 나를 꼭 안았다. 모두들 환하게 웃으며 새로운 시작을 위하여 한국을 떠나는 두 분에게 손을 흔들었다.

"사돈어른들 와 이래 멋지노?"

어머니가 손수건을 꺼내 눈물을 콕 찍었다.

"미카엘라야, 이리 온나, 안아주께!"

커다란 수영이 몸뚱이를 접어 자그마한 어머니 품 안으로 폭 들어가 안겼다.

시어머니 유귀례 씨와 며느리 강수영 씨. 시어머니와 며느리는 아무리 친하다고 해도 본래 물과 기름 같은 짜증 나는 사이 아닌가? 더구나 첫 만남부터 '요망한 년'이었던 수영과 "우짜노"를 연발했던 어머니는 요상하게도 죽이 잘 맞았다. 두 사람은 일주일이 멀다 하고 동네 목욕탕에서 때를 밀고 팔짱을 낀 채 요구르트를 하나씩 물고 집으로 돌아왔다. 키득키득, 뭐가 우스운지 귓속말을 속삭이며 서로 엉덩이를 툭툭 치다가도, 어쩌고저쩌고 이게 맞다, 저게 틀리다, 우기고 어르며 소리를 지르더니, 오줌 누고 똥 눈다며 손을 맞잡고 화장실로 함께 들어갔고…… 미친 거 아냐? 이것 먹어라, 저것 맛봐라, 넣어주고 먹여주며 깔깔거렸다. 불교와 천주교라는 엄연한 종교적 차이도 두 사람에게는 한낱 석탄절과 성탄절의 차이로밖에 보이지 않았다. 날짜는 다르지만 둘 다 빨간 날! 어머니는 수영을 "미카엘라"라고 불렀고 수영은 어머니를 "보살님"이라고 불렀으니 다른 건 말해서 무엇할까?

"아버지, 목욕탕 가실래요?"

"새벽에 다녀왔다."

"강현아, 밥 먹을래?"

"방금 혼자 먹었습니다."

할 말이 떨어져버린 나와 아버지는 깔깔거리는 보살님과 미카엘라 곁을 기웃기웃 어슬렁거렸다.

　1992년 9월 9일 오전 10시 15분. 손톱도 있고 발톱도 있고 머리카락도 있는 나와 수영의 딸, 김지민이 세상에 태어났다. 오물오물, 자그마한 붉은 입술로 수영의 젖을 빠는 녀석을 보며 나는 엉엉 울었다. 지민아, 반가워요. 고마워요, 지민아. 수영도 울었다. 아버지도 울었다. 어머니도 울었다. 국제전화로 장인도 울고 장모도 울고 모두가 기뻐서 훌쩍훌쩍 울었다. 혹시라도 못생긴 나를 닮았을까봐 노심초사했지만 천만다행으로 지민은 수영을 쏙 빼닮은 녀석이었다. 녀석이 태어나 처음으로 한 일은 우리 가족 모두를 울리는 일이었다. 수영은 어머니가 됐고 나는 아버지가 됐다.

배롱나무길 맨 마지막 집

새벽 3시 30분. 한동안 앉아 있었더니 허리가 뻐근했다.

마당으로 나왔다. 세상이 온통 파랬다. 조금만 걸을까? 찰싹찰싹, 파도소리가 들려오고 소쩍소쩍, 소쩍새가 울었다. 아로니아 한복판에 자리 잡은 블루하트가 눈앞에 펼쳐졌다. 밀려온 파도가 다칠세라 상할세라 한 꺼풀 한 꺼풀 조심조심 까만 어둠을 벗겨냈다. 푸르스름한 속살이 드러나는 블루하트를 물끄러미 지켜봤다. 좋았다. 대통령에서 물러나면 일찍 자고 일찍 일어나야겠다. 일찍, 새벽 3시 30분에 일어나서 걸어야지. 아무도 없는 해변 산책로를 슬슬 걷다 보니 어느새 제2구역 배롱나무길이었다.

배롱나무길 맨 마지막에 그녀 집이 있다. 갈까 말까 망설였지만 나는 철 이른 붉은 배롱나무꽃들이 우수수 떨어진 그녀 집 앞에 서 있었다. 나처럼 너무 일찍 일어났나? 거실이 훤했다. 거실이 보일까 싶어서 고개를 빼고 살폈다. 아무도 보이지 않았다. 초인종이라도 눌러볼까? 용기는 없었다. 또 오지 뭐! 그럴싸한 변명이었다. 혹시나 그녀가 뒷마당에 있을지도 모른다. 그녀 집을 한 바퀴 빙 둘러서 가야겠다고 생각했다. 맙소사, 그녀가 뒷마당 흔들의자에 앉아서 차를 마신다. 커피? 그녀는 커피를 마시지 않는다. 심장이 두근거려서 싫다고 했다. 히비스커스. 불그스름한 꽃잎을 찌고 말리고 덖어서 만든 새콤하면서 떫떠름하다가 마지막에 입안 한가득 침이 고이는 차. 찻잔에 담긴 히비스커스를 마시는 그녀를 한동안 지켜봤다. 느꼈을까? 그녀도 나를 바라봤다. 그녀가 천천히 의자에서 일어났다. 다행이었다. 어두워서…… 내가 그녀 얼굴을 볼 수 없듯이 그녀도 당황한 내 얼굴이 보이지 않았으리라. 어색하게 오른손을 들었다. 그녀도 왼손에 찻잔을 든 채 오른손을 살짝 들었다.

"엄마!"

그녀가 얼른 집 쪽을 살폈다. 나는 들킬세라 서둘러 자리를 피했다.

쿵쾅, 심장이 두방망이질을 했다. 헉헉, 폐 속 깊숙한 곳에서 바람 소리가 올라왔다. 어쩌자고, 어떡하자고 그녀에게 갔다는 말인가? 어때서, 두 발 달린 사람이 사람을 찾아가는 것이 뭐가 어때서? 제기랄, 자리는 왜 피했을까? 당당하게 안녕, 인사라도 할 것을! 그녀도 웃었을까? 나는 어색하게 손을 들었을망정 환하게 웃었다. 그녀도 환하게 웃었으면 좋으련만, 나는 그녀 얼굴을 보지 못했다.

빌어먹을, 미친 듯이 걸어서 집으로 돌아오고 말았다.

다녀오꾸마

"이게 다 뭐꼬?"

방바닥에 경매 부동산 서류들과 커다란 지도를 쫙 펼쳐놓았다.

"찬찬히 살펴보세요."

나는 지도 위에 빨간 동그라미로 부동산들의 위치를 표시했다. 아버지가 돋보기를 쓰더니 꼼꼼하게 지도를 살폈다.

박정희, 전두환, 노태우로 승승장구하던 군부독재 정권은 1987년 민주화운동으로 더 이상 군부독재가 가능하지 않다는 사실을 알아차렸다. 그들은 자신들의 거수기 노릇을 하던 민주정의당과 충청도를 지지기반으로 하던 박정희의 조카사위 김종필이 만든 신민주공화당, 경상도를 지지기반으로 군부독재 정권 타도 투쟁을 하는 것 같았던 정치인 김영삼의 통일민주당을 구국의 결단이라는 이름으로 합당하고 민주자유당이라는 새로운 정당을 만들었다. 민주와 자유가 애먼 곳에서 개고생을 시작하고 군부독재 정권이 보수라는 이름으로 새롭게 태어나는 순간이었다. 그들은 희망찬 미래를 위하여 지나온 과거에 연연하지 않고, 국가 혼란을 부추기는 공산주의 세력에 맞서서 한국전쟁의 은인인 미국과 굳건한 혈맹을 공고히 하며, 자유민주주의에 입각한 합리적인 정치, 경제, 사회제도를 추구하는 보수의 깃발을 앞세우고 한국 국민들의 지지를 받았다. 이름을 갈았다고 본성이 달라질까? 그들은 민주적인 절차와 질서를 보존하는 진정한 보수가 아니라 하찮은 자신들의 권력을 유지하고 너절한 자신들의 자산을 늘려나가는 데 눈알이 시뻘건 군부독재 정권의 후예들일 뿐이었다.

어째야 쓸까? 문민정부라는 이름으로 탄생한 김영삼 정권 동안 한국은 아파트가 주저앉고 달리던 열차가 전복되고 비행기가 추락하고 여객선이 침몰하고 한강 다리가 동강나고 도시가스가 폭발하더니 백화점이 순식간에 무너져내렸다. 부정과 부패와 무사와 안일이 원인이었고 혈연과 지연과 학연이면 무엇이든 할 수 있다고 믿었던 한국이 자초한 결과였다. 사고공화국이라고 스스로 폄훼하던 한국은 대통령 김영삼 임기를 석 달 남겨둔 1997년 11월, 국가를 아예 통째로 말아먹었다.

한보그룹, 삼미그룹, 진로그룹, 대농그룹이 망했다. 한신공영그룹, 기아그룹, 쌍방울그룹, 해태그룹, 뉴코아그룹, 고려증권, 한라그룹이 무너지더니 주식시장이 대폭락하고 한국중앙은행의 외환 보유고가 바닥을 드러냈다. 제기랄, 국가가 이 지경인데 대통령 김영삼은 경제부총리가 이 사실을 털어놓기 전까지 국가위기상황을 까맣게 몰랐다. 도대체 뭐하는 인간이었을까? 국가신용등급 BBB−. 국가부도 일보 직전의 한국은 어쩔 수 없이 국제통화기금 IMF에 두 손을 내밀었다.

"돈 좀 빌려주소."

그러지 뭐. IMF는 외화를 빌려주는 대가로 한국 경제를 마음대로 주물렀다. 노동자들은 찍소리 못하고 일자리에서 쫓겨났고 돈줄이 꽉 막힌 중소기업인과 자영업자들은 스스로 목숨을 끊었으며, 이놈 저놈 쳐들어온 외국자본들은 쓸 만한 기업들을 싹쓸이했다.

비참하고 참담한 IMF 사태 와중에 대통령 선거가 치러졌다. 전라도를 지지기반으로 하던 김대중 후보가 대통령으로 당선됐다. 놀라운 일이었다. 줄곧 경상도가 정권을 장악하던 한국에서 전라도가 대통령으로 당선됐다는 사실은 놀랄 만한 일이었지만 정말로 놀라운 일은 민주정의당, 민주자유당, 신한국당으로 이름을 갈아가며 떵떵거리던 군부독재 정권의 후예들이 40.3퍼센트 대 38.7퍼센트, 겨우 1.6퍼센트 차이로 아깝게 졌다는 사실이었다. 주저앉고 전복되고 추락하고 침몰하고 동강나고 폭발하고 무너져내려서 몇백 명씩 죽어나가고 국가가 부도 직전에 몰려서 너덜너덜 거지꼴이 됐는데도 군부독재 정권의 후예들은 쫓겨나지도, 스스로 목숨을 끊지도, 싹쓸이 당하지도 않았다. 왜? 그들에게는 1948년 한국 정부수립 이래로 입에 달고 살던 무소불위한 무기가 있었다.

빨갱이. 그 말 한마디면 까부는 놈, 반대하는 놈, 떠드는 놈, 꼴 보기 싫은 놈 그리고 진짜 빨갱이를 단숨에 쓸어버릴 수 있었다. 군부독재 정권의 후예들은 기가 막힌 무기 하나를 빨갱이 앞에 추가로 장착했다. 전라도. 게으르고 추잡하고 음흉하며 투덜거리고 배신을 밥 먹듯 하는 쓸잘머리 없는 전라도 놈들! 광주민주화운동? 웃기고 자빠졌네, 쟈들이 다 빨갱이라, 싹 쓸어버려야 국가가 바로 선다 아이가? 앞으로 우리를 반대하는 놈들은 무조건 다 전라도고 빨갱이다, 알제? 우리가 남이가? 경기도와 충청도와 강원도와 제주도는 전라도 빨갱이가 되지 않기 위해서 경상도가 장악한 군부독재 정권의 후예들과 함께 우리가 됐다. 전라도 빨갱이의 위력은 강력했다. 국가권력 기관에서 전라도 출신은 배추밭에서 무 한 뿌리 나듯 했고 재벌기업에서 전라도 출신은 종적을 감췄으며, 학교에서도 전라도 출신은 냄새나는 홍어로 불리며 왕따를 당했다. 서울의 부자 동네 강남에서는 경상도 사투리가 표준어처럼 쓰였고, 텔레비전 드라마에서도 멋진 회장님은 경상도 사투리를 썼으며 개념 없는 동네 아줌마는 전라도 사투리를 썼다. 깡패도 멋진 놈은 경상도 사투리를 썼고 비루하고 추레하고 멍청한 건달은 전라도 사투리를 썼다. 아따, 으째야 쓰까이…… 전라도는 필사적으로 전라도 사투리를 고치고 주소와 본적을 서울로 옮겨가며 호적세탁을 시도했다. 그런다고 전라도 빨갱이라는 낙인이 감춰질까? 경상도는 전라도를 희생양 삼아서 뭉쳤다. 만사가 편안했고 일사가 천리였다. 끼리끼리 다 해처먹었다. 억울하다 못해서 억장이 무너진 전라도도 똘똘 뭉쳤다. 흩어지면 끝장이라는 각오로 선거 때만 되면 묻지도 따지지도 않고 전라도를 죽어라고 찍어댔다. 여기서 기절초풍할 사실 하나. 민주주의의 꽃, 선거는 단 1명이라도 많은 쪽이 이긴다. 경상도는 얼렁뚱땅 65퍼센트만 뭉쳐도 95퍼센트, 99퍼센트의 지지율로 똘똘 뭉친 전라도를 이겼다. 경상도의 머릿수가 그만큼 많았다. 쪽수. 머릿수. 낯바닥 수. 절대로 지지 않는 확실한 무기를 확인한 군부독재 정권의 후예들은 승승장구했다. 국가를 팔아먹고 또 다시 식민지가 되면 모를까, 정말로 국가부도가 터지고 거지꼴을 못 면하는 세상이 들이닥치면 모를까, 군부독재 정권의 후예들은 불사신이었다. 죽지도 않고 승승장구할 줄로만 알았던 군부독재 정권의 후예들은 IMF 사태 앞에서 1.6퍼센트 차이로 쓰라린 패배를 맛봤다. IMF 사태로 전라도는 빨갱이라는 낙인을 지우고 진정한 승리를 쟁취했을까? 돌반지, 결혼반지, 집안의 금붙이라면 떨어진 금니까지 찾아 들고 나와서 눈물로 길고 긴 줄을 서며 부도 직전의 국가를 살려보겠다고 금 모으기에 동참했던 한국 국민들이 절대로 알아차리지 못한 IMF 사태의 진정한 승리자는 따로 있었다.

"경부고속도로를 중심으로 서울에서 50킬로미터 안은 노른자라고 할 수 있습니다. 별표를 한 요 부동산들은 현재 감정가의 25퍼센트 수준에서 낙찰이 가능합니다. 거저먹는 거죠. 특히 분당과 판교, 수지와 동백, 멀기는 하지만 일산은 당장 수익을 보장할 겁니다. 아버지, IMF는 하늘이 준 기회입니다. 다시는 이런 기회가 오지 않을 겁니다."

아버지는 빨간 동그라미가 그려진 부동산들의 경매가를 계산기로 두드렸다.

한국 정부수립 후 처음으로 정권을 잡은 전라도 김대중 정권은 IMF 사태로 기업들이 속절없이 자빠지자 IMF에서 빌려온 자금을 가장 먼저 경제적 파급력이 큰 재벌기업들에게 쏟아부었다. 재벌기업들은 빌빌대기는 했지만 당장 자빠지지는 않았다. 다행은 다행이었는데 급한 불부터 끄자는 생각에 엄청난 사실 하나를 간과하고 말았다. 망해서 자빠질 뻔한 재벌기업 회장들과 자식새끼들과 일가붙이 나부랭이들. 그들의 주머니는 땡전 한 푼 축나지 않았고, 빌빌대던 기업은 슬슬 살아났으며, 골치 아픈 노동자들은 모조리 잘렸고, 살아난 기업은 경영 합리화와 아웃소싱이라는 이름으로 이리저리 쪼개서 자식새끼들과 일가붙이 나부랭이들에게 골고루 나눠줬다. 김대중 정권은 어이없게도 그들의 더러운 코를 대신 풀어준 셈이었다. 기업은 망해도 재벌기업 회장들과 자식새끼들과 일가붙이 나부랭이들은 망하지 않았다. 노동자들은 갈 곳을 잃고 길거리를 헤매다가 스스로 목숨을 끊어도, 재벌기업 회장들과 자식새끼들과 일가붙이 나부랭이들은 갈 곳을 잃거나 헤매지도 않았고 스스로 목숨을 끊지도 않았다. 사재를 털어서 기업을 살리고 노동자들과 함께 기업 구조를 개선하며 공적자금이 들어간 자신의 기업을 국가에 헌납하는 아름다운 기업인들을 바란 것은 결코 아니었지만, 그래도 시늉이라도 바라며 일말의 양심을 기대했다면 세상을 아름답게 보려는 자의 착각이었을까? 착각은 무슨, 어리석은 민중이지.

자본은 양심이 없다. 결코 자본은 아량과 관용과 선의라는 단어들과 양립할 수 없다. IMF 사태 속에서 재벌기업 회장들과 자식새끼들과 일가붙이 나부랭이들은, 한국에서 부동산은 절대로 패배하지 않는다는 명제를 실현하고자 한 푼도 축나지 않은 제 주머니를 탈탈 털어서 두 토막 세 토막으로 폭락한 부동산들을 싹쓸이했다. 국가부도 일보 직전에서 찬란한 승리를 거둔 승리자는 정권을 장악한 김대중의 전라도 정권이 아니라 바로 자본가들이었다. 진정한 승리자들은 또한 대부분 경상도 사람들이었고 그들에게 전라도는 여전히 전라도 빨갱이들이었다.

한참 동안 지도를 살피던 아버지가 드디어 입을 열었다.

"이런 귀중한 정보들은 다 어데서 났드노?"

"검찰 내부에 네트워크가 있습니다. 정계와 관계, 재계와 언론계 실무자들을 불러서 상호소통하는 네트워크죠. 사실은 거기서 동국건설에 대한 이야기를 들었습니다."

"우리 점방 말이가?"

"예."

나는 환하게 웃었다.

1990년대 제법 먹고살 만해진 한국 국민들이 더운 물 펑펑 나오는 아파트에 열광할 때 서울 성북동, 한남동, 남산동과 경기도 성남, 광주, 용인, 남양주 등 경치 좋은 곳곳마다 한국의 진짜 부자들이 널따란 마당이 있는 커다란 주택을 짓고 살았다. 토지매입, 주택설계, 기반공사, 주택시공 및 주택분양에서 애프터서비스까지 모든 과정을 원스톱으로 처리하는 동국건설은 그들의 요구와 취향을 고려한 맞춤형 주택을 지었다. 건설업계 최초로 미국 캘리포니아 내진 설계기준을 주택건설에 도입했고 스칸디나비아 스타일, 젠 스타일, 가우디 스타일을 한국에 소개하며 고객들의 열렬한 환호를 받았다. 노가다를 아티스트로 업그레이드한 동국건설은 사우디아라비아와 UAE, 카타르 등의 주택건설과 세계 곳곳의 리조트건설에 심혈을 쏟았고 유럽으로 진출해 호평을 받았다. 아파트건설에 목을 매던 건설업체들이 줄도산을 하고 부채비율이 2000퍼센트, 3000퍼센트가 넘던 IMF 사태 시절, 창립 이후 오로지 주택건설만을 고집하던 동국건설의 부채비율은 0퍼센트였다. 그뿐만 아니라 자기자본비율이 150퍼센트였다. 당장 동원 가능한 현금이 5억 달러가 넘는다는 전언도 있었다. 하룻밤 자고 나면 환율이 치솟던 그즈음 한국 원화로 1조 원에 육박하는 엄청난 금액이었다. 정통한 경제분야 소식통에 따르면 IMF 사태를 계기로 동국건설이 주식시장에 상장만 한다면 단숨에 재벌기업이 될 것이라고 했다. 이참에 동국건설 비상장 주식을 사놓으면 100배, 200배 대박을 맞을 것이라고도 했다. 아버지 점방 동국건설은 더 이상 점방이 아니었다. 나는 동국건설을 몰랐다. 굳이 알고 싶어 하지도 않았고 아버지 어머니가 이야기한 적도 없었다. 동국건설은 아버지 어머니에게 언제나 점방이었으니까. 언론계 소식통 하나는 전혀 다른 이야기를 전했다. 동국건설은 대표이사가 국민학교 중퇴에 노가다 출신이라서 절대로 재벌기업이 되는 일은 없을 것이라고. 미친 새끼, 아버지 김기천 씨가 재벌기업 회장이 되지 말라는 법은 없지 않은가?

나는 머지않은 미래의 재벌기업 회장 아들내미를 꿈꾸며 환한 미소를 머금고 아버지에게 말했다.

"경매물건을 취득하는 것은 채무자의 부채를 탕감하고 채권자의 채권을 원활하게 회수해주는 정말로 좋은 일입니다. 만약 동국건설 같은 기업이 나서지 않는다면 이런 알짜배기들은 분명히 외국자본들에게 넘어갈 겁니다. 외국자본이 아니더라도 재벌기업들이 싹쓸이할 가능성 또한 높습니다. 아버지, 앞으로 5년, 늦어도 10년 후면 엄청난 보답을 할 겁니다."

아버지가 쫙 펼쳐놓은 서류들을 주섬주섬 챙기더니 방바닥에 탁탁 치며 정리를 했다.

"그렇구나, 귀하고 중한 일 하느라 애 많이 쓴다."

"굳이 경매가 아니더라도 동국건설 명의로 직접 구매할 수 있는 루트를 뚫겠습니다."

아버지가 정리한 서류들을 돌돌 말더니 느닷없이 내 머리통을 후려쳤다.

"아나, 이 새끼야!"

번쩍, 눈에서 불이 튀었다.

"국민세금으로 월급 받아 처먹고 사는 공무원 새끼가 이 따위 똥걸레 같은 걸 싸들고 와서 뭐가 어쩌고 어째? 하늘이 줬어?"

퍽, 퍽, 퍽. 아버지는 서류 몽둥이가 갈가리 찢어질 때까지 무차별로 머리통을 후려쳤다.

"아버지!"

"아버지라고 부르지도 마, 이 새끼야!"

벌컥, 어머니와 수영이 방문을 열고 들어왔다.

"당장 꺼지라!"

비참했다. 결코 불법을 저지르자는 소리가 아니었다. 추호도 양심에 거리낄 일이 아니었다. 정당하고 합법적으로 자산을 늘리고 기업을 키울 수 있는 결정적인 기회를 놓치지 말자는 이야기였다. 아버지는 나를 추잡한 쓰레기로 취급했다. 국민세금을 갉아먹는 파렴치한 벌레 취급을 했다.

"꺼지라, 안 꺼지나?"

서러웠다. 어머니도 수영도 입을 다물었다. 두 사람의 침묵이 아버지에게 얻어맞은 것보다 더 서럽고 짜증났다. 미래의 재벌기업 회장 아들내미를 꿈꾸던 나는 아버지의 커다란 손바닥으로 뺨을 얻어맞고 방에서 쫓겨났다.

맞구나…… 국민학교 중퇴에 노가다. 동국건설은 대표이사가 국민학교 중퇴에 노가다라서 재벌기업이 되는 일은 없을 것이라던 구질구질한 언론계 소식통의 판단은 정확했다. 아버지에게 얻어맞은 일은 억울하고 비참했지만 나는 아버지를 확실하게 알았다. 아버지는 국가의 위기를 이용해 알량한 자신의 이득이나 챙기고 있을 쓰레기가 결코 아니었다. 또한 아버지는 재벌기업 회장이 될 만한 인물이 결단코 아니었다. 재벌기업 회장이 되기에는 너무나도 양심이 똑발랐다.

"아프냐?"

위로랍시고 수영이 말을 건넸다.

"너 같으면 안 아프겠냐?"

"아버지가 많이 아파."

"나도 많이 아파."

"아버지가 많이 아프다고."

"다 큰 아들놈을 죽도록 두들겨팼는데 아프겠지. 당연히 아버지도 손이 아프고 팔이 아프고 마음도 아프지 않겠냐?"

"꼴통 새끼야, 아버지가 진짜로 많이 아프다고!"

수영이 버럭 소리를 질렀다. 뭔가 잘못됐다는 생각이 들었다.

"어디가?"

입술을 깨물던 수영이 말했다.

"췌장암이야."

커다란 망치로 쾅, 뒤통수를 얻어맞았다. 수영은 아버지가 지난주 췌장암 진단을 받았다고 말했다.

"어머니도 알아?"

"어머니도 함께 들었어."

"수영이 너도 알고, 어머니도 알고, 지민이도 알겠네…… 나만 모르고…… 이 지랄을 떤 거네."

수영이 담담하게 췌장암을 설명하다가 울먹였다.

"3개월 남았어."

뭐가? 나는 수영의 말을 알아듣지 못했다.

"우리가 아버지를 볼 수 있는 시간이 3개월 정도야."

커다란 망치가 쾅, 쾅, 쾅, 뒤통수를 부쉈다.

5퍼센트. 담당의사는 아버지 수술 성공확률이 5퍼센트라고 했다.

정확하게 말하자면 수술 후 5년 생존율이 5퍼센트라고 했다. 0퍼센트가 아닌 것이 다행이었고 100퍼센트가 아닌 것이 원망스러웠다.

"수술 후 5년 안에 95퍼센트는 죽는다는 말이가?"

담당의사는 아무 말도 하지 않았다.

"그라믄 5퍼센트는 사네? 수술 안 하믄 3개월 안에 죽고 수술하믄 5퍼센트는 5년은 살고? 여보 귀례야…… 나 할란다!"

어머니는 아무 말도 하지 않았다.

"하지 않고 후회하느니 하고 후회하는 편이 훨씬 나을끼라. 의사 양반, 하십시다. 잘못돼도 원망 안 할 테니까 한번 해보입시다."

수술날 아침, 아버지는 텔레비전에 빠져 있었다. US 여자오픈 골프대회 연장전. 텔레비전에서는 4라운드까지 승부를 가리지 못한 한국의 박세리와 미국의 제니 추아시리폰이 18홀 연장전의 첫 번째 티샷을 하고 있었다.

"추아퐁인가 추아뽕인가 쟈는 와 옷이 저 모양이고, 머리는 와 또 저 꼴이고? 우리 쎄리 봐라. 아가, 야물다 아이가!"

아버지는 생전 골프를 쳐본 적이 없었다. 골프클럽을 꼴프빠다라고 부르는 아버지는 오로지 구멍에 공을 자~알 굴려넣으면 이긴다는 사실 하나만 알았다. 아, 나이샷도 알았다. 나이스 샷! 아버지는 필드에 한 번 나갈 때마다 쌀 몇 가마니씩을 팔아야 하는 골프는 운동이 아니라 사치라고 말했다. 그런 아버지가 박세리의 열혈 추종자였다.

나는 아버지에게 박살났던 그날 이후 잘못했다는 말을, 죄송하다는 말을 하지 못했다. 용서를 빌고 싶었다. 아버지와 꼭 화해하고 싶었지만 적당한 기회가 없었다.

　담당의사가 병실로 들어왔다. 수술시간이 다 됐다는 뜻이었다. 아버지가 힐끗 어머니를 보더니 말했다.

　"이야기 안 했드나?"

　"와 안 했습니까? 했는데 이래 된 거 아입니까?"

　아버지는 마지막 4라운드를 꼭 보고 수술을 하겠다고 우겼다. 이 눈치 저 눈치 봐가며 어렵게 수술을 하루 미뤄놨는데 하필이면 연장전까지 치르게 될 줄 누가 알았겠는가?

　"봐야 하는데…… 우짜노, 또 연기하믄 여러 사람에게 폐가 될 거 아이가?"

　아버지가 간절한 눈빛으로 담당의사를 쳐다봤다. 담당의사는 단호했다.

　"다녀오시죠."

　흠, 결심을 굳힌 아버지가 자리에서 일어났다.

　"지민아, 할무이랑 쪼매만 놀고 있으라."

　"할부지 다녀오세요."

　아버지는 지민이와 뽀뽀를 했다.

　"의사 양반, 나 걸어가도 되지요?"

　"예, 그러십시오."

　"나오지 마라."

　아버지는 병실을 걸어서 나갔다. 말해라, 어서…… 지금 말해라!

　나는 아버지를 쫓아갔다. 아버지 등이 눈앞에 보였다. 와락, 아버지를 그러안고 널따란 등에 기대어 말하고 싶었다. 아버지, 죄송합니다. 잘못했습니다, 아버지…… 침만 꿀꺽 삼켰다. 아버지가 걸음을 멈췄다. 흠칫, 나도 멈췄다. 아버지가 돌아서더니 나를 바라봤다. 아, 지금! 아버지…… 아무 말도 나오지 않았다. 아버지가 먼저 입을 열었다.

"강현아."

아버지 목소리가 떨렸다. 털썩 무릎을 꿇고 엉엉 통곡이라도 하고 싶었다. 멍청한 놈. 나는 그럴 용기가 없었다. 그저 아버지가 먼저 아무 말이라도 해주기를 간절하게 바랐다.

"와 따라오노? 수술실에 같이 드갈라고?"

"아, 아닙니다."

"아니믄 퍼뜩 가서 우리 쎄리 녹화해놔라, 알았제?"

아버지는 그 말만 남긴 채 돌아섰다.

"예, 알겠습니다."

덜 떨어진 놈…… 그것도 대답이라고, 나는 덜 떨어진 멍청한 놈이었다.

"다녀오꾸마."

아버지가 수술실로 내려가는 엘리베이터에 올라탔다. 나는 어색하게 손을 들었다. 아버지는 천장만 바라봤다. 엘리베이터 문이 닫혔다. 나는 아버지에게 잘 다녀오라는 말을 하지 못했다. 제기랄, 아무 말도 하지 못했다.

'수술 중'이라는 불빛은 오래도록 꺼지지 않았다. 6시간, 7시간…… 수술실에서 나온 아버지는 잠들어 있었다. 통통 부은 아버지 얼굴이 낯설었다. 담당의사가 나를 병실 밖으로 불렀다. 췌장을 떼어냈다고 했다. 십이지장과 담도와 담낭을 제거했다고 했다. 예후가 좋지 못할 것이라고도 했다. 간과 폐에도 암 덩어리가 있다고…… 마음의 준비를 하라던 담당의사는 더 이상 입을 열지 않았다.

"강현아, 아버지 일어났다."

아버지에게 달려갔다.

"쎄리는, 우리 쎄리는 우예 됐노?"

하, 아버지는 마취에서 깨어나자마자 퀭한 눈으로 박세리를 물었다.

"이겼습니다. 우승했어요."

"장하다…… 강현아?"

"예, 아버지!"

"녹화했제?"

"예."

"한숨 자고 같이 보자…… 멋지다, 강현아!"

"예, 아버지."

"여보 귀례야, 나 쫌 자께."

"주무시소. 그만 말씀하시고 주무시소!"

"수영아, 지민아, 이따 보자."

아버지는 길게 한숨을 쉬더니 곧 잠이 들었다. 가여웠다. 나는 아버지 손을 살며시 잡았다. 맥없는 아버지 손이 차가웠다. 차갑고 가여운 아버지 손을 꼭 그러잡고 되뇌었다. 고맙습니다. 죄송합니다. 잘못했습니다.

나는 아버지와 함께 박세리가 우승하는 장면을 보지 못했다. 워터
해저드 턱에 걸린 공을 치려고 신발을 벗고 양말을 벗고 하얀 맨발
로 물속으로 들어가 멋지게 나이샷을 날리던 우리 쎄리를 함께 보지
못했다.

"한숨 자고 같이 보자…… 멋지다, 강현아!" 아버지가 나에게 남
긴 마지막 말이었다. "멋지다, 강현아!" 박세리가 멋지다는 말이었
을까? 박세리 경기를 녹화한 것이 멋지다는 말이었을까? 아니면 내
가…… 멋지다는 말이었을까? 아버지는 깨어나지 못했다.

아버지가 돌아가셨다.

남사스럽구로!

아버지.

신림사거리 뒷골목을 굽이굽이 돌아가 막다른 오색여인숙 골목 귀퉁이였습니다. 열다섯 살. 친구 주머니를 털다가 아버지에게 딱 걸렸던 아들놈이 어느새 머리가 하얗게 센 일흔 살을 먹었습니다. 참 희한하지요. 어릴 적 찍은 사진들 중에는 삼륜차를 타고 관악산 계곡으로 놀러갔던 사진들이 수두룩한데도 저는 그 시절의 아버지 모습이 떠오르질 않습니다. 햇살을 등지고 다가오는 퀭한 눈동자, 표정 없는 얼굴, 불끈 쥔 두 주먹, 툭툭 땅바닥을 걷어차는 구둣발. 항상 죽지 않을 만큼만 얻어터지던 그 순간의 아버지부터 떠오르는 건 순전히 제 탓이겠지요. 아버지는 입을 꾹 다문 채 안티푸라민연 고 한 통을 초라한 제 몸뚱이에 문질러 발랐습니다.

"옷 입고 나온나." 천둥 같은 아버지 목소리가 지금도 또렷합니다.

"뭐 하노, 앞장 안 서고!" 감히 무슨 수로 앞장을 서지 않을 수 있었겠습니까?

"시끄럽고, 야 사람 쫌 맹그라바라." 저는 아버지 덕분으로 비로소 가여운 사람을 가여워할 줄 알았고 나쁜 사람을 미워할 줄 알았으며 다른 사람을 존중할 줄 알았고 옳고 그른 것을 가릴 줄도 아는 사람이 됐습니다.

아버지에게 두 번째로 얻어맞던 날. 저는 아버지를 잘 몰랐습니다. 하늘에서 내려준 기회라며 서류들을 펼쳐놓았을 때 저를 바라보던 아버지 얼굴이 아직도 선합니다. 부끄럽지만 저는 국가의 위기를 기회로 삼아 부자가 되고 싶었던 너절한 쓰레기였고 국가로부터 월급을 받아먹는 공무원으로서 공공의 이익보다 사사로운 이익을 먼저 챙기려 했던 파렴치한 벌레였습니다.

"꺼지라, 안 꺼지나?" 저는 촛불처럼 꺼졌습니다. 만약 아버지 앞에서 꺼지지 않고 버티고 앉았었더라면 저는 더도 덜도 아니고 너절하고 파렴치하고 무능력하며 추잡하고 초라하고 조잡스러운, 딱 한국의 사회지도층이 됐겠지요.

"다녀오꾸마." 수술실로 향하는 엘리베이터 앞에서 아버지는 참으로 무심도 했습니다. 아니요, 아닙니다. 덥석 아버지 손을 붙잡고 죄송합니다, 잘못했습니다, 용서해주세요, 말하지 못한 저는 참으로 바보였습니다. 알량한 자존심도 아니었고 하찮은 잘난 척도 아니었으니까 아버지 앞에서는 언제나 게으르고 모자라고 멍청하고 어리석었던 까닭이었습니다.

"하지 않고 후회하느니 하고 후회하는 편이 훨씬 나을끼다." 저는 하지 않고 후회합니다. 지금도 저는 죄송하다고 잘못했다고 용서해 달라고 말하지 못했던 순간을 후회합니다. 마음속에 구기박질러져 있던 몇 마디 말들이 지금 이 순간 커다란 바위가 돼서 한없이 초라한 몸뚱이를 짓누릅니다. 만약 제가 엘리베이터 앞에서 용서를 구했더라면 아버지는 분명히 "치아라, 뭐 하노, 남사스럽구로!" 하며 환하게 웃었을 겁니다. 아버지는 언제나 아버지였으니까요.

"멋지다, 강현아!" 아버지가 저에게 남긴 마지막 말은 저에게 한 말이 아니었습니다. 저도 압니다. 하지만 저는 아버지가 저에게 남긴 말이었다고 믿고 싶습니다. 염치없게도 바보 같은 아들놈이 아버지에게 꼭 듣고 싶었던 말이었으니까요.

"요 짜서 늘어지게 한숨 잤으믄 조옿것다." 오래전 아버지가 한 말처럼 천진사 널찍한 앞마당 커다란 호두나무 아래에 아버지를 모시던 날, 저는 이승과 저승이 멀리 있지 않다는 사실에 위안을 받으며 날이 저물도록 아버지가 잠든 호두나무 아래에 서 있었습니다. 서울로 돌아오는 길, 어머니가 물으시더군요. "느그 아버지가 남긴 것이 동국건설 주식뿐이다. 강현이 니가 주식을 물려받으면 회사로 들어와야 맞는 거 아닌가 싶다. 과장 자리 정도면 안 되겠나? 과장으로 들어오더라도 견습생활은 1년쯤 해봐야 할 끼라. 뭘 알아야 과장을 해도 할 거 아이가?" 어머니 눈에는 검찰청 검사나 동국건설 과장이나 매한가지였나 봅니다. "아버지 주식을 물려받지 않을 겁니다. 아버지가 낳아주고 길러주고 가르쳐준 것만으로도 저는 차고 넘칩니다. 저는 검사가 좋습니다." 물끄러미 바라보던 어머니가 수영에게 물으시더군요. "미카엘라야, 야가 와 이라노?" "보살님께서 꽤 괜찮은 아드님을 둔 거죠." 저와 수영은 한 번도 말한 적은 없었지만 같은 마음이었습니다. 아버지가 평생 일궈온 일을 물려받지도 않으면서 아버지가 남긴 몫만 달랑 챙겨 물려받는 것은 옳지 못한 일이라고 생각했으니까요. 아버지 몫은 아버지가 하던 대로 돌아가면 될 일이었습니다. 그날 밤 잠이 오지 않았습니다. "안 자고 뭐 하노?" 불쑥 아버지가 나타나 물어볼 것 같았습니다. "강현아, 요즘 나쁜 놈들은 약삭빠르고 천박한 데다가 낯바닥까지 두껍더라. 그런 놈들을 잡아 처넣으려면 국가가 정신이 똑바로 박혀야지. 우리 강현이는 잘 할 끼라." 아버지가 그리웠습니다. 아버지가 사라지고 난 자리 위로 나지막한 울음소리가 들렸습니다. 이제는 홀로 된 어머니의 방. 어머니가 울고 있었습니다.

"어머니는 왜 아버지하고 결혼했어요?" 수영과 혼인성사를 앞둔 날 밤, 저는 어머니에게 물었습니다. "멋졌제. 멋지드라. 언제고? 천진사가 태풍으로 쑥대밭이 안 되었드나. 서까래를 고치러 온 이가 바로 느그 아부지다. 내가 밥도 해 맥이고, 한 두어 달 있었제. 느그 외할아버지가 그라더라. 쟈, 괘않다. 느그 외할아버지가 사람 보는 눈이 있다 아이가. 나보다 공부도 짧고 덩치는 소만 하고 부모형제도 없는 데다가 나이도 열 살이나 안 많았나. 캐도 멋졌다. 뭣보다 사람이 듬직했다. 평생을 믿고 의지할 사람이구나, 감이 오더라…… 콩깍지가 씠제." 주방에서 부산하던 아버지가 그러셨죠. "밥 묵자. 여보 귀례야, 내가 된장 찌짔다. 퍼뜩 온나!" 빨갛게 볼이 물들던 어머니가 말씀하시더군요. "가자, 밥 묵어야제." 제가 거기를 왜 가겠습니까? "싫으면 말고!" 어머니는 후다닥 사라지셨죠. "강현이는?"

아버지가 물으시자 어머니가 말했습니다. "쟤는 뱃속에 돌댕이를 잡아 넣는갑다. 안 먹는다네!" 하, 백 년, 천 년 먹은 여우…… 저는 사랑스런 어머니가 정말로 좋았습니다…… 어머니가 울었습니다. 장례를 치르는 동안 한 번도 눈물을 흘리지 않던 어머니가 아버지가 떠나버린 어두운 방안에서 홀로 울었습니다. 저는 어머니를 위로할 수 없었습니다. 무슨 말로 어머니의 깊은 슬픔을 나눌 수 있을까요? 오로지 어머니 몫이었습니다. 아무것도 할 수 없는 저는 바닥에 주저앉아 주르르 눈물만 흘렸습니다.

아버지…… 제가 아버지의 비밀을 하나 알고 있습니다. "아버님께서는 언제나 어디서나 행복하실 거예요." 아버지의 장례식장, 누구에게도 들어보지 못한 독특한 조문인사였습니다. 타이트한 블랙 원피스로 볼륨 있는 몸매를 감싸고 오렌지 빛이 감도는 토마토 레드 컬러 립스틱을 바른 여자가 환하게 웃으며 저에게 악수를 청했습니다. 저는 그녀의 미소 때문에 아버지가 정말로 행복할 것이라고 믿었습니다. "강현 씨, 보고 싶었어요." 나를? 그녀는 자신이 누구라는 말도 없이 어머니와 손을 맞잡고 인사를 나누더니 장례식장을 떠났습니다. 저는 방명록에서 그녀의 이름을 확인했습니다. 영문으로 흘려 쓴 달필. 'Club HoHo, Lygia Peck'. 리기아 펙? 클럽호호? 클럽호호는 룸살롱 이름일 테고 리기아 펙은 그녀의 닉네임이 분명했습니다. 어머니는 그녀의 정체를 아는가? 저는 제가 유추한 사실들을 어머니에게 알리지 않았습니다. 아버지의 숨겨둔 연인, 리기아 펙…… 저만 알고 있는 비밀로 고스란히 묻어두기로 마음먹었습니다…….

아버지, 방금 화장실에 갔다가 깜짝 놀랐습니다. 입가에 굵은 주름이 팬 무뚝뚝한 아버지. 거울 속에 아버지가 서 있더군요. 압니다. 거울 속에 있는 사람은 아버지가 아니라 바로 지금의 제 모습이었으니까요. 영락없는 아버지. 저는 활짝 웃었습니다. 아버지도 웃으시더군요. 제가 밥상머리에 무릎을 꿇고 공부란 것을 해보겠다고 선언하던 중학교 시절의 아버지처럼 으하하, 웃었습니다. 아버지. 아버지. 아버지…… 머지않아 아버지를 다시 볼 날이 오겠지요. 두리번두리번 어리둥절 겁먹은 얼굴로 저승에 들어서면 아버지는 검게 그을린 커다란 손을 번쩍 쳐들고 으하하, 웃으며 말하겠지요. "강현아, 어서 온나. 집에 가서 밥 묵자!"

아버지 살아생전 게으르고 모자라기 짝이 없던 아들놈이 한 번도 단 한 번도 말하지 못했던 말을 허옇게 머리가 세고서야 비로소 합니다. 저는 아버지가 참 좋습니다. 보고 싶습니다, 아버지…… 아, 두 번만 맞은 게 아니었군요. 그때도 저는 아버지에게 맞아죽을 뻔했습니다.

나는 아버지에게 세 번, 꼭 세 번 얻어맞았다.

아무도 오지 마

6시 30분. 창밖이 훤했다. 책상머리에서 일어났다. 커피 한 잔을 뽑아들고 거실로 나오다가 기겁을 했다. 귀, 귀신인가? 아침햇살이 채 닿지 못한 어둑한 현관 한쪽에 작달막한 귀신이 우두커니 서 있었다. 조심스레 정체를 물었다. 누구야?

"할아버지……."

폴라? 한 손에 헬멧을 든 옆집 폴라가 노르스름한 머리카락을 풀어헤친 채 아침잠을 잔뜩 묻히고 서 있었다.

"무슨 일이야, 폴라?"

"블루토피아 하는 데 갈래요."

맙소사! 얼마 전 폴라 엄마가 한 말이 떠올랐다. 폴라가 아침마다고 송성철 국가영웅 댁 앞에서 열리는 블루토피아 게양식 뉴스를 보더니 자기도 가겠다고, 나랑 함께 가겠다고, 아침 일찍 깨워달라고,

몇 번을 깨워도 안 일어났다고, 징징 짜증을 내기에 다시는 안 깨워
줬다고…… 폴라가 드디어 제힘으로 일어나 나랑 함께 가겠다고 쳐
들어온 것이었다. 도대체 현관문에 무슨 일이 벌어진 거야? 어떻게
막 들어오지? 왜 아무 소리도 안 내는 거냐? 당장 박민규를 부르려
다가 촉촉하게 젖은 파란 눈으로 깜박깜박 바라보는 폴라에게 홀딱
반해버렸다. 아로니아광장에서 잔치를 한 게 엊그제 같은데 어느새
이렇게 컸구나…… 가자, 함께 가자꾸나. 쪼르륵, 폴라가 달려와 안
겼다.

2028년 9월 20일, 한국 출신 아버지 심민식과 어머니 고상희 사
이에서 심첫째가 태어났다. 이름도 첫째. 첫째는 아로니아에서 태
어난 첫 번째 아이였다. 열흘 후, 아로니아 시민들은 누가 먼저랄 것
도 없이 아로니아광장에 모여서 첫째의 탄생을 축하하는 잔치를 벌
였다. 아로니아를 이끌어갈 첫 번째 시민의 탄생은 아로니아의 경사
였다.
　　결혼한 부모 사이에서 태어났든 결혼하지 않은 부모 사이에서 태
어났든 건강하게 태어났든 불편하게 태어났든 아로니아에서 태어난
모든 아이들은 태어난 지 열흘째 되는 날, 아로니아광장에서 신나는
잔치와 함께 시민들의 축복을 받았다. 아로니아는 잔치의 모든 비용
을 부담했고, 나는 대통령으로서 아로니아 열매 5알이 주렁주렁 매
달린 모양을 본떠 만든 황금펜던트에 새로 태어난 아로니아 시민의
이름을 새겨서 목에 걸어주었다.
　　"아로니아 시민으로서 영원히 행복할 의무를 부여합니다."

첫째가 태어난 지 10년, 어제까지 2048명의 새로운 아로니아 시민들이 태어났고 나는 2048명의 소중한 아이들의 목에 아로니아 황금펜던트 목걸이를 걸어주었다. 아로니아에서 태어나는 모든 아이들은 앞으로 영원히 아로니아광장에서 아로니아 황금펜던트 목걸이를 목에 걸게 될 것이다.

나는 아이들의 생일잔치 때마다 초대를 받았고 어느 누구라도 허투루 할 수 없는 소중하고 귀중한 아이들이었기에 일과가 끝나면 반드시 참석했다. 몸은 하나인데 동시에 여러 생일잔치에 가야만 하는 난감한 상황이 벌어졌다. 그렇다고 나 때문에 생일잔치를 몰아서 하라고 하는 것은 본말이 전도된 일이었다. 두 번째 대통령 임기를 시작하면서 내가 직접 편지를 적어서 축하인사를 대신하는 방법으로 바꿨다. 아로니아에서 태어난 모든 시민들은 자신의 생일날 대통령이 손으로 직접 쓴 축하편지를 받게 될 것이다.

안녕 폴라, 여섯 번째 생일 축하해! 드디어 두발자전거를 타는 데 성공했다는 소식을 들었어. 알지? 헬멧은 꼭 써야 한다. 날 잡아서 자전거시합 한판 할래? 이기는 사람이 아이스크림 사주기. 생일 축하해, 폴라 해밀턴!

"로아 킴 할아버지, 빨리 오세요. 늦을지도 몰라요!"

헬멧을 쓴 폴라가 자전거를 타고 앞장섰다. 나는 자전거를 타고 뒤따라갔다. 로아 킴. 로아 킴은 'Republic of Aronia Kim ganghyeon'을 줄여서 부르는 내 애칭이었다. 아로니아 건국을 선포하던 날, 아로니아 국가 〈포에버 아로니아〉를 작사 작곡한 아르헨티나 출신 엔리코 피네다가 처음으로 나를 로아 킴이라고 불렀다. 그날 이후 아로니아 시민들은 나를 로아 킴이라고 불렀다. 뉴스도 그렇게 불렀고 다른 국가들도 나를 언급할 때는 로아 킴이라고 불렀다. 나는 로아 킴이라는 이름이 좋았다.

> 나는 아름다운 사람, 푸른 바다 위에 산다네.
> 우리는 행복한 사람들, 빛나는 국가를 세우고 만들었다네.
> 더불어 행복한 우리는 아로니아와 영원할 테니
> 아름다워라 아로니아! 높이 세우리라 아로니아!

> My life is beautiful. Our life is wonderful.
> Beautiful, Wonderful, Wonderful, Beautiful. Forever Aronia!

> 믿음과 최선과 절반은 아로니아의 약속.
> 나는 약속을 지키는 사람, 우리는 하나 되어 행복하리니
> 보라 세상아 아로니아를, 노래하라 그대여 빛나는 아로니아를!

> My life is beautiful. Our life is wonderful.
> Beautiful, Wonderful, Wonderful, Beautiful. Forever Aronia!

파란 하늘과 맞닿은 블루토피아 깃발이 너울너울 춤을 췄다. 폴라는 오른손을 가슴에 얹고 소리 높여서 〈포에버 아로니아〉를 불렀다.

몇 번이나 후렴구를 부르고 또 불렀는지 모른다. 손뼉과 환호 속에서 블루토피아 게양식이 끝나자 시민들은 삼삼오오 모여서 서로의 안부를 물으며 인사를 나눴다.

아로니아는 국기 게양식이 따로 없다. 블루토피아는 365일 밤낮 없이 공공건물의 게양대에서 펄럭거렸다. 아로니아 건국을 선포하고 반 년쯤 지난 어느 날, 자전거를 타고 이른 출근을 하던 나는 블루토피아를 게양하는 백민정과 만났다.

"아침마다 블루토피아를 걸면 그이가 좋아할 거예요."

그이…… 고 송성철 국가영웅. 아로니아 국토건설을 진두지휘하던 그는 아로니아 건국을 1년 앞두고 급작스럽게 별세했다. 아로니아는 그를 국가영웅이라고 부르고 아로니아광장 북쪽에 세워진 '기억의 벽'에 그의 이름을 새겨넣었다. 나는 고인을 기리는 백민정을 따라서 아침마다 블루토피아 게양식에 참여했다. 아침운동을 하는 시민들이 함께했고 〈포에버 아로니아〉도 함께 불렀다. 벌써 10년. 비가 오나 바람이 부나 태풍이 몰아쳐도 하루에 열댓 명, 많으면 스무여 명, 아로니아 건국일이나 오늘처럼 선거가 있는 날이면 많은 시민들이 모여서 블루토피아 게양식을 함께했다. 누가 강요하지도 않았고 여기서 이런 것을 한다고 떠벌이지도 않았다. 그냥 알아서 모였고 알아서 모인 시민들이 〈포에버 아로니아〉를 합창했다.

"정확하게 146명. 어린이나 미성년자로 보이는 애들 빼면 128명."

블루토피아 게양식에 코빼기도 비친 적이 없던 박민규가 쑥 다가왔다.

"웬일이야?"

"보면 아시죠."

녀석이 두 손을 입에 대고 소리쳤다.

"안녕하세요. 로아 킴 비서실장 박민규입니다."

시민들이 녀석을 쳐다봤다.

"오늘, 대통령 선거일인 것 다들 아시죠?"

예, 시민들이 환하게 대답했다.

"오늘 로아 킴은 오후 7시, 국무원청사 투표소에서 투표할 예정입니다. 로아 킴과 함께 투표하실 분들은 국무원청사 앞으로 7시까지 모여주세요. 아로니아의 미래를 앞장서서 만들어나갈 대통령과 시민의 입과 귀와 손과 발을 대신할 의정의원, 행정구역장 선거에 다 함께 참여하세요. 감사합니다."

짝짝짝, 시민들이 손뼉을 쳤다.

"뭐 한 거야?"

"1표라도 긁어모아야죠."

녀석이 주머니에서 종이를 꺼내며 웃었다.

"보세요. 유권자 2만 111명 중에서 우리 아로니아시민당원이 5025명, 그린머슬아로니아당 4820명, 아로니아카스테라당 512명, 타도신보수주의동맹 502명, 포치드에그당 572명. 총 1만 1431명이니까 어떤 정당에도 가입하지 않은 유권자는 8680명, 전체 유권자 중 43.1퍼센트. 오늘 선거는 이 사람들에게 달렸습니다. 지난 달 로아 킴 지지율이 72.5퍼센트. 수치로만 따지면 1만 4580명이 로아 킴을 지지한다는 소리니까 이들 중 우리 아로니아시민당원을 빼면 얼마? 9760명. 9760명 중에는 다른 당원들도 들어 있다는 소리가 됩니다. 따라서 결론은 로아 킴이 9760명을 끌고 투표소로 간다면 어떻게 된다? 흐흐흐, 우리가 이긴다. 물론 로아 킴이랑 투표한다고 꼭 1번을 찍는다는 보장은 없지만 사람 마음이 간사하잖아요. 얼굴 봐서라도 2번 찍으려다가 1번 찍을지 누가 압니까? 그래서 오늘 제가 나온 겁니다."

깔끔한 놈. 나는 녀석의 어깨를 툭 치고 자전거에 올라탔다.

"폴라야, 할아버지 간다!"

백민정이 폴라와 함께 손을 흔들었다.

"폴라 나랑 아침밥 먹을 거야! 폴라 엄마한테 내가 연락할게요. 7시에 봐요."

"예, 나중에 봐요."

막 출발하려는데 녀석이 앞을 가로막았다.

"왜 또?"

"헬멧 쓰세요."

폼이 안 나잖아. 나는 자전거 탈 때 헬멧 안 쓴다.

"대통령이 헬멧 안 쓴다고 그린머슬 놈들이 문제제기할 거랍니다."

녀석이 커다란 배낭을 벗어서 펼치더니 헬멧을 꺼냈다.

"빌어먹을, 그린머슬 놈들!"

쉿, 녀석이 한마디 덧붙였다.

"오늘 아리가토레스토랑 문 안 엽니다. 세이치 입원했어요."

"왜?"

"새벽에 응가하다가 펑, 터졌답니다…… 치질."

아침 굶게 생겼구나. 녀석이 배낭에서 보온병을 꺼내보았다.

"짜잔, 저랑 식사하시죠. 대구탕! 기가 막힙니다. 제가 만들었어요."

꿀꺽, 침이 넘어갔다. 녀석의 배낭을 통째로 낚아채 어깨에 둘러멨다.

"안 돼!"

녀석이 대자로 자전거 앞을 가로막았다.

"함께 먹어야죠. 2인분인데!"

"나 혼자 다 먹을 거야."

"그럼 헬멧은?"

"오늘 그린머슬 놈들 다 떨어질 거야! 닥치라고 해!"

"아, 진짜…… 제가 5시까지 댁으로 가겠습니다."

"왜?"

"7시에 투표하셔야죠."

"5시부터 와서 뭐 하자고? 오지 마. 내가 알아서 갈 테니까, 비서실 직원들도 나오지 말라고 하고, 절대로 아무도 오지 마! 그리고, 비켜!"

까딱, 손짓에 녀석이 자전거 앞을 비켜섰다. 아, 멍청한 현관시스템…… 말을 해야 하나? 놔둬, 아무도 안 오면 문제없지! 쌩, 페달을 밟았다. 온전히 나만의 하루를 보내고 싶었다. 정말로!

쓰레기장을 탈출하는 요령

"꼴랑 상고밖에 못 나온 변호사 나부랭이 새끼가 정치 쫌 한답시고 깝죽대다가 대통령이 됐다믄 우예들 생각하노?"

"국격을 갉아먹는 일입니다."

"그라믄 그 우라질노무 아마추어 새끼가 주제 파악도 못하고 설치고 싸돌아댕기믄 뭐라고 불러야 쓰겠노?"

"빨갱이."

"빨갱이가 뭐꼬, 질 떨어지구로?"

"뭐라고 부를까요?"

"종북좌파."

"앞으로 전라도든 빨갱이든 종북좌파로 통일!"

"오늘은 기쁜 날이니까 묵고 죽자!"

씨발, 주둥아리 수준들하고는…… 제16대 대통령 노무현의 탄핵소추안이 한국 헌정사상 최초로 국회에서 가결된 날이었다. 서울중앙지방검찰청 제3차장검사 우병근이 상석을 차지했고 좌우로 우병근이 끌고 다니는 부장검사 10명이 사법연수원 기수 순으로 자리를 잡았으며, 한 칸 건너뛴 다음 부장검사들 밑으로 줄줄이 딸린 부부장검사 10명이 역시 사법연수원 기수 순으로 앉아서…… 염병할, 무슨 조직폭력배 단체회식도 아니고…… 파도를 타고 넘어오는 폭탄주를 마셔댔다. 검사가 된 지 얼추 12년, 여기저기 부임지를 옮겨 다니다가 승진할 차례가 되어 저절로 부부장검사가 된 나도 말석에서 폭탄주를 받아먹었다.

그들은, 노무현의 탄핵소추 사유를 국가원수로서 본분을 망각하고 특정 정당을 위한 불법 선거운동을 계속해왔고 본인과 측근들의 권력형 부정부패로 국정을 정상적으로 수행할 수 없는 국가적 위기 상황을 초래했으며 국민경제를 파탄시켰다고 씨불였지만 모조리 헛소리, 잡소리, 생소리였다. 그들에게 노무현은 경상도에서 태어나 능수능란하게 경상도 사투리를 구사함에도 불구하고 살인, 강도, 강간보다 무서운 죄…… 죄 중에서도 용서받지 못할 극악무도한 죄…… 괘씸죄를 저지른 천인공노할 종북좌파였다.

"강현아!"

특수수사 제5부장검사 고두석이 나를 불렀다.

"예, 부장님!"

"유럽간첩단, 공판까지 직관으로 네가 다 맡아라. 차장님 하명이다."

상석의 우병근을 쳐다보았다. 까닥까닥, 우병근이 손가락으로 나를 불렀다. 나는 우병근 옆으로 달려가 허리를 접고 폭탄주 세 잔을 연거푸 비웠다.

"잘 들어라, 강현아!"

"예, 차장님."

"우리가 남이가?"

제기랄, 뭐라는 거야? 일단 고개를 끄덕였다.

"남이라고?"

"아닙니다, 차장님."

우병근이 옆구리를 쿡 질렀다.

"우리 강현이가 여기 있는 이유가 뭐겠노? '우리는 남이 아니다' 이 소리 아이가?"

얼추 알고 있는 사실이었다. 우병근 휘하의 부장과 부부장들은 모두 경상도였다. 나도 경상도였고 우리였다. 나는 폭탄주를 말아서 우병근에게 건넸다.

"나랑 끝까지 가야지?"

나는 고개를 푹 꺾으며 말했다.

"감사합니다."

"강현아, 유럽간첩단 잘 해보자."

우병근이 폭탄주를 비우고 히죽 웃었다. 하, 빌어먹을!

1969년 4월, 국가정보원의 전신이었던 중앙정보부는 영국 케임브리지대학교 국제문제연구소 연구원 임주호와 당시 대통령 박정희의 거수기 노릇을 하던 민주공화당 국회의원 조남규를 자택에서 각

각 연행했다. 중앙정보부 남산대공분실로 연행된 두 사람은 변호인 입회도 없이 일주일 동안 조사를 받았다. 중앙정보부 조사에 따르면 도쿄대학교 법학과 동기였던 두 사람은 동베를린을 거쳐서 평양으로 들어가 조선노동당에 입당하고 공작금을 수령한 후 국가기밀을 빼돌려 보고하는 등 간첩행위를 했다. 현역 국회의원과 영국 유명 대학교 연구원이 간첩이라는 중앙정보부 발표는 당시 한국 국민들에게 간첩신고 표어를 명언으로 되새기며 반공방첩 정신을 드높이는 계기가 됐다. '이상하면 살펴보고 수상하면 신고하자.'

중앙정보부에서 사건을 넘겨받은 당시 서울지방검찰청 공안부검사 최주식은 두 사람을 국가보안법과 반공법 위반 및 간첩혐의로 기소했다. 검사 최주식의 조사를 받는 동안 임주호는 유럽을 여행하다가 호기심으로 동베를린을 거쳐서 평양에 들어갔던 사실은 인정했지만 조선노동당 입당과 공작금 수령 및 간첩혐의 등은 완강하게 부인했고, 조남규는 중앙정보부에서 진술한 모든 사실을 부인했다. 두 사람은 중앙정보부에서 협박과 구타와 고문을 당했고 진술조서는 중앙정보부 수사관이 부르는 대로 썼다고 주장했다. 주장은 일리가 있었다. 두 사람은 자백을 제외하고 어떠한 물증도 없었다. 하지만 검사 최주식은 두 사람이 주장하는 협박과 구타와 고문은 허위 주장이라고 공소장에 적었다. 서울지방법원 재판장 전기철, 판사 최석수, 판사 변성식은 자백뿐인 두 사람의 간첩혐의에 대하여 혐의가 없다고 인정하고 사형을 선고했다. 잠깐만, 혐의가 없는데 사형을 선고했다? 분명히 그렇게 적혀 있었다. 두 사람은 즉시 서울고등법원에 항소했다. 서울고등법원 재판장 전병식, 판사 김중환, 판사 선주병도 두 사람의 간첩혐의에 대하여 혐의가 없다고 인정하고 역시 사형을 선고했다. 판사들이 단체로 약을 처먹은 것도 아닐 텐데, 그들은 간첩혐의가 없다고 판결해놓고도 두 사람에게 사형을 선고했다. 두 사람은 대법원에 상고했지만 기각당했다.

1972년 7월, 두 사람은 대통령 박정희의 재가로 각각 사형이 집행됐다. 두 사람이 사형당한 지 26년. 임주호의 누나와 아들, 조남규의 부인이 서울중앙지방법원에 두 사람의 재심을 청구했다. 서울중앙지방법원은 재심을 청구한 지 6년 만에 그들의 재심 청구를 받아들였고, 간첩 사건은 서울중앙지방검찰청으로 다시 돌아왔으며, 나는 두 사람의 담당검사가 됐다. 서울지방법원과 서울고등법원에서 있었던 55차례의 공판 동안 두 사람은 일관되게 중앙정보부의 수사 과정에서 협박과 구타와 고문당한 사실을 털어놓았다. 후…… 나는 유럽간첩단이라고 불리던 두 사람의 모든 담당자를 만나야 했다.

임주호와 조남규의 변호인 2명은 고령으로 사망했다. 담당재판부 판사 6명 중 4명은 질병과 교통사고로 사망했고 1명은 뉴질랜드로 이민을 갔으며 나머지 1명, 서울지방법원 재판장이었던 전기철은 헌법재판소 재판관으로 있었다. 전기철과 뉴질랜드로 이민을 간 판사 선주병에게 참고인 조사를 받으라는 출두명령서를 보냈다. 서울지방검찰청 담당검사 최주식은 자택에 있었다. 퇴근길에 최주식에게 전화를 걸고 찾아갔다. 집 안으로 들어서자 구린내가 진동했다. 최주식은 나를 아빠라고 불렀다. 알츠하이머 환자였다. 임주호와 조남규를 불법연행하고 수사한 중앙정보부 수사관은 모두 10명이었다. 수사관 중 5명은 고령으로 사망했고 10년 전 미국으로 이민을 간 2명은 거주지 파악이 불가능했다. 남은 사람은 3명. 변도술, 민종환, 이기석. 요양전문병원에 입원한 이기석은 인공호흡기를 매달고 있었다. 의사소통이 불가능했다. 중앙정보부를 거쳐서 국가안전기획부에서 퇴직한 민종환은 안수를 받고 개신교 목사로 있었다. 민종환은 참고인으로 검찰청에 출두했다.

"오래전 일이라…… 간첩수사를 하다 보면 머리를 쥐어박는 정도는 있었겠지만 이 사건은 통 기억이 나질 않습니다."

거짓말. 나는 책상 위에 임주호와 조남규를 비롯한 5명의 옛날 사진들을 펼쳐놓았다. 민종환은 임주호와 조남규의 사진을 쳐다보며 진술했다. 나는 임주호와 조남규의 사진만 남겨두고 나머지 사진들은 뒤집어놓았다. 민종환이 웃었다.

"현명하신 판사님들이 판결을 했으니까 틀림없는 간첩들 아니겠습니까? 내일 심령대부흥회가 있어서 그만 일어나야겠네요."

뚜껑이 들썩거렸다.

"좆 까고 자빠졌네."

민종환이 물끄러미 바라봤다.

"예수가 당신 같은 사람 목사 노릇하라고 십자가에 못 박혀 돌아가신 게 아니야. 예수 이름에 먹칠하지 말고, 고개 푹 꺾고 있는 듯 없는 듯 사는 게 좋을 거야. 안 그러면 내가 무슨 짓을 할지 모르니까…… 회개할 일 있으면 계속 앉아 있고 아니면 꺼져라, 민종환!"

민종환은 슬그머니 자리에서 일어났다.

변도술은 당시 중앙정보부 수사관 중에서 가장 젊었고 다른 수사

관들이 정보기관에서 은퇴한 것과 달리 1970년에 중앙정보부를 그만둔 사람이었다. 나는 고향에서 횟집을 하던 변도술에게 기대를 걸었다.

"열정적이라면 열정적이겠지만 악랄하다라면 악랄하다고 할 수도 있습니다. 이기석하고 민종환이라는 사람이 특히 심했습니다. 둘다 육군본부 정보국 방첩대 CIC 출신이었습니다. 조남규는 제 담당이 아니었지만 임주호는 확실히 기억합니다. 임주호가 평양에 다녀왔다고 진술한 상태였으니까 먼저 자빠뜨릴 필요가 있었지요…… 임주호를 발가벗겨 놓고 밤샘조사를 시작하는데 중앙정보부장 김형욱하고 대공수사단장 박종민이 찾아왔습니다. 김형욱이 권총을 빼들고 임주호의 관자놀이에 겨눴지요. 이런 새끼는 쏴 죽인 다음에 휴전선 철책 안에다가 던져버리면 아무도 모른다고 했습니다…… 임주호는 불쌍하게 맞았습니다…… 군용담요로 둘둘 말아놓고 피와 땀으로 흥건하게 젖을 때까지 곡괭이자루로 팼습니다. 막대기를 무릎 사이에 끼워서 통닭처럼 거꾸로 매달고 얼굴에 고춧가루 탄 물도 부었지요. 전기고문도 했습니다. 간첩 새끼 좆이라고 30센티미터짜리 쇠자로 성기도 때렸습니다. 한동안 피오줌을 쌌습니다. 임주호는…… 한숨도 잘 수 없었습니다. 눈꺼풀이 내려앉자마자 얼음물을 쏟아부었으니까요. 임주호는 고문을 당하느라 밥 먹을 시간도 없었습니다. 팔뚝에다가 포도당 링거를 꽂았습니다. 반드시 살아 있어야 했으니까요. 똑똑 떨어지는 링거 방울 수대로 손톱과 발톱 밑을 대바늘로 찔렀습니다. 제 아무리 독립투사라도 딱 사흘이면 시키는 대로 말합니다…… 임주호가 지린 똥을 치우다가 손에 똥이 묻었습니다. 아무리 닦고 문질러도 똥냄새가 사라지지 않더군요. 밥을 먹을 수 없었습니다…… 머리카락이 빠지고 건강도 좋지 않았습니다. 이 듬해 중앙정보부를 그만뒀습니다. 비로소 똥냄새가 사라지더군요."

변도술은 한동안 말이 없었다.

"말씀하시기 힘드셨을 텐데…… 고맙습니다."

"제가 고맙습니다. 가족들에게도 말할 수 없었으니까요. 필요하다면 법정에도 출두하겠습니다. 아주 많이 늦었지만 두 사람에게 사죄하고 싶습니다."

"법정에 나오실 일은 없을 겁니다."

꽉 막혔던 숨통이 탁 트이는 기분이었다.

"유럽간첩단, 많이 힘들지?"

제기랄, 부장검사 고두석이 중간보고를 하지 않은 것 때문에 트집을 잡을 모양이었다.

"참고인 조사는 다 끝났나?"

"두 사람이 출석하지 않았지만 문제될 것은 없습니다."

"나는 문제가 되는데, 아주 심각하게 문제가 되는데 김강현은 문제가 없다고 하니까 희한하게 돌아가는 것 아닐까?"

고두석이 빙빙 둘러서 능쳤다.

"하시고 싶은 말씀이 뭡니까?"

고두석이 종이 1장을 탁자 위에 올려놓았다. 헌법재판소 재판관 전기철에게 보낸 참고인 출두명령서였다.

"강현아, 희한하지?"

염병할, 당시 임주호와 조남규에게 사형을 선고한 헌법재판소 재판관 전기철은 서울중앙지방검찰청장 황주한의 장인이었다. 내가 전기철에게 보낸 참고인 출두명령서는 전기철이 황주한에게, 황주한이 우병근에게, 우병근이 고두석에게, 고두석이 마침내 나에게 다시 돌아왔다.

　"의도가 뭐냐?"

　"불법연행, 불법감금, 폭행과 고문 등 불법행위로 강요된 자백뿐인 간첩사건 피고인들에게 왜 사형을 선고했는지 담당재판장의 진술이 필요했습니다…… 지금은 필요하지 않습니다. 담당검사로서 원칙대로 구형하겠습니다."

　"원칙대로 뭘 어떻게 구형해?"

　"무죄 구형하겠습니다."

　"씨발, 대가리에 총 맞았냐? 고문 좀 당했다고 종북좌파가 거짓말을 하겠냐? 빨갱이들이 저 죽을 줄 알면서도 뻥을 치겠냐고! 우리 지청장님 장인어른께서 판결하신 사건이다…… 야, 이 씨발 김강현아, 우리가 남이가?"

　가슴은 들썽거렸고 머리는 차가웠다.

　"원하시는 게 뭡니까?"

　"원안대로 가야지. 원안대로 사형을 구형해야지!"

　나는 벌떡 일어나 고두석을 뻥, 뻥, 뚫어지라고 쳐다봤다.

　"일단 앉아라."

　나는 앉지 않았다.

　"김강현 부부장검사님, 좀 앉아주세요."

"서서 듣겠습니다."

고두석이 한숨을 쉬고 말했다.

"원안대로 가는 게 무리라면…… 불법연행, 불법감금, 불법행위 따위가 문제라면 백지구형도 좋은 방법이다. 윗선은 내가 막아볼 테니까…… 부탁이다. 부탁한다. 고두석이 제발 부탁 좀 하자. 중용의 덕을 발휘해야지. 강현아, 백지 구형으로 가자!"

비겁한 짓이다. 백지 구형은 검사가 담당사건에 대한 법률의 적용과 모든 판단을 전적으로 판사에게 맡기고 검사로서 마땅히 해야 할 구형을 하지 않는 것이다. 고두석은 나에게 비겁해지라고 강요했다. 임주호와 조남규는 사형을 당했다. 두 사람은 명백하게 사법으로 살해당했고 국가가 죽였다. 35년이 지난 후, 나는 이 모든 사실을 알았다. 나는 새로운 담당검사로서 고인이 된 두 사람에게 무죄를 구형하고 국가의 잘못에 대하여 사죄를 구하는 것이 마땅하고 옳은 일이라고 생각했다. 마땅하고 옳은 일을 하지 않고 판사에게 모든 판단을 떠맡기는 백지 구형은 비겁할 뿐만 아니라 국가권력기관 검사가할 일이 결단코 아니었다. 나는 내 결심을 부장검사 고두석과 나누고 싶지 않았다. 고두석은 그럴 만한 가치가 없었다.

"참고하겠습니다."

나는 추잡한 눈길을 뒤로하고 부장검사실을 빠져나왔다.

잠이 오지 않았다. 거실을 어슬렁거렸다. 휴대폰이 울렸다.

'ㅊㅈㅈㅣㅅ ㄱㅊ사건 ㄱㅍ 최영한.'

발신자는 서울중앙지방검찰청 공판 제4부검사 김광수였다. 서울중앙지방검찰청장 황주한의 지시로 나를 유럽간첩단 사건 담당검사에서 배제하고 공판 제5부부장검사 최영한에게 공판을 넘겼다는 메시지였다. 흐, 고등학교 후배가 쓸 만하구나. 공판은 내일 아침 10시. 예상할 수 있는 일이 예상할 수 있는 시각에 예상을 빗나가지 않고 예상대로 벌어졌다. 자자. 내일 일은 닥쳐서 닥치는 대로 해결한다.

푹 자고 일어났더니 여느 때처럼 6시 30분이었다. 샤워를 하고 거울을 봤다. 못생긴 놈…… 서울중앙지방법원으로 향했다. 7시 30분. 주차를 하고 법원으로 들어섰다. 경비원이 무슨 일인가 하고 고개를 갸웃했다. 신분증을 달고 꾸벅 인사를 한 다음 자판기에서 커피 한 잔을 뽑았다. 믹스커피를 눌렀는데 설탕하고 크림이 나오지 않았다. 확, 신고해버려? 꼴통아…… 그냥 마셨다. 쓰디쓴 커피를 꿀꺽 마시고 계단으로 올라 514호 법정으로 향했다. 7시 45분. 법정문은 잠겨 있었다. 검사대기실도 잠겨 있었다. 지나는 자동차들을 구경했고 녹음으로 무성한 가로수들을 구경했고 무심한 사람들을 구경했다. 8시 30분. 넋 놓고 기다릴 일이 아니었다. 로비로 내려가 인사를 나눈 경비원에게 검사대기실 문을 열어달라고 부탁했다. 8시 40분. 검사대기실로 들어갔다. 검사대기실 출입문을 잠갔다. 이 구역의 검사는 나 하나면 충분하다. 휴대폰을 껐다. 아무도 나를 막을 수 없다. 9시 정각. 준비한 검사복으로 갈아입었다. 의자에 앉아서 법정에서 할 논고를 머릿속으로 되새겼다.

9시 30분. 법정문이 열린 모양이었다. 방청객들이 법정으로 들어오는 소리가 들렸다. 방청객들 중에는 국가권력에 의하여 살해당한 고 임주호와 고 조남규의 가족들도 있으리라. 나는 그들을 만나지 않았다. 그들 중에는 고인이 된 두 사람과 함께 중앙정보부에서 고초를 겪은 사람도 분명히 있으리라. 나는 그들을 찾아가 참담한 기억들을 되살리고 싶지 않았다. 모든 사실은 진술조서와 항소이유서와 재심청구서와 공소장과 속기록과 판결문 안에 고스란히 들어 있었다. 지난 35년 동안 그들은 간첩의 가족으로 살았다. 변변한 직장을 구하지 못했을 것이고 경찰의 눈초리를 피해야 했을 것이며 간첩이라는 말만 들어도 가슴이 벌렁거렸을 것이다. 그들이 지금 법정에 있다. 쿵, 쿵, 잠가놓은 검사대기실 문이 들썩거렸다. 9시 40분. 서울중앙지방검찰청장 황주한의 지시를 받은 공판 제5부부장검사 최영한이 문 밖에 있다는 소리였다. 최영한, 너는 죄가 없다. 지금 물러간다면 너는 죄가 없지만 그 문을 열고 들어와 법정으로 들어서는 순간 너는 고인들에게 또 다른 죄를 짓는 죄인이 된다. 탁자를 밀어 쿵쿵거리는 출입문을 막았다.

9시 45분. 법정으로 들어갔다. 얼핏 본 방청석이 방청객들로 가득했다. 딸깍, 법정으로 들어오는 검사대기실 출입문을 잠갔다. 검사석에 있는 의자 2개 중 하나를 출입문 손잡이에 비스듬히 괴여놓았다. 설령 검사 최영한이 검사대기실 문을 열고 탁자를 밀치고 들어온다고 하더라도 법정으로 쉽게 들어오지는 못할 것이다. 만약 기를 쓰고 들어온다면? 한국 사법사상 최초로 법정에서 검사에게 얻어터지고 들것으로 실려 나가는 유일무이한 검사 새끼가 될 것이다. 검사석에 앉았다. 재판부석에는 아무도 없었다. 9시 50분. 나는 변호인석을 살피지 않았다. 방청석도 살피지 않았다. 피고인석은 비어 있으리라. 나는 형장에서 죽어간 두 사람의 자리를 살피지 않았다. 용서를 구하러 가는 길…… 열다섯 살, 뼹을 뜯긴 피해자들을 가가호호 방문하던 순간과 하나도 다르지 않았다. 나는 손목에 찬 시계만 봤다. 9시 56분.

"모두 일어나주십시오."

재판부 3명의 판사들은 예정시각보다 4분 일찍 법정으로 들어왔다.

"재판장님!"

벌컥, 방청객 출입문이 열리더니 검사복을 입은 최영한이 뛰어들었다. 갈 때까지 가보자 이거지? 재판장이 물었다.

"뭡니까?"

"제가 이 사건 공판 담당검사입니다."

까닥까닥, 재판장이 손으로 나와 최영한을 불렀다.

"무슨 상황인지 대충 감이 오는데, 둘 중 한 사람은 꺼지는 겁니다. 1분 줄 테니까 여기서 결정하세요."

재판장이 시계를 보며 말했다.

"시작."

나지막하지만 강렬하게, 시작이라는 말과 동시에 나는 최영한을 노려보며 쏟아부었다.

"좆만 한 새끼, 확 눈깔을 파버릴라. 귓구멍 열고 똑바로 들어라. 꺼져…… 왜 대답 안 해? 씨발 새끼, 혓바닥을 쏙 뽑아버릴라!"

나는 검지를 세워서 최영한의 명치를 정확하게 찔렀다. 허, 최영한이 명치를 부여잡고 일그러졌다. 결정적인 한마디가 필요했다.

"최영한, 대갈통 빠개버리기 전에 꺼져라!"

겁에 질린 최영한은 한마디도 못하고 휘적휘적 법정을 빠져나갔다. 득의양양한 표정으로 재판부석을 쳐다봤다. 재판장과 배석판사들이 엉거주춤 선 채로 바라봤다. 강렬하고 나지막했던 욕지거리들을 모조리, 전부 다, 한 글자도 빠짐없이 들은 모양이었다. 꼴통아, 눈앞에서 씹어뱉은 쌍욕이 안 들렸겠냐?

"김강현 검사, 법정에서 폭력과 모욕죄를 저질렀습니다. 압니까?"

재판장이 말했다.

"압니다. 피해자는 저를 고소하지 않을 겁니다. 만약 판사님들께서 저를 고발하신다면 응분의 처벌을 받겠습니다. 단, 공판이 끝날 때까지만 유예해주시기 바랍니다."

재판장이 한숨을 푹 쉬더니 꺼지라는 손짓을 했다. 나는 검사석으로 돌아왔다. 자, 이로써 이 구역의 검사는 오로지 나 하나뿐이다.

"이 재판은 35년 만에 열리는 재심재판입니다. 재판부는 법과 양심에 따라서 공정한 재판이 되도록 노력하겠습니다. 검찰 측과 변호인 측도 이점 명심하시고 재판에 성실하게 참여하시기 바랍니다."

침묵이 흘렀다.

"검찰 측 논고하세요."

나는 자리에서 일어나 피고인석을 쳐다봤다. 피고인석에는 액자에 담긴 낯익은 사진들이 세워져 있었다. 고 임주호와 고 조남규. 사진 속의 두 사람이 나를 바라봤다.

"피고인 고 임주호와 고 조남규는 1969년 4월 11일, 중앙정보부 제6국 남산대공분실에 불법으로 연행됐습니다. 두 사람은 불법으로 감금됐고 감금된 7일 동안 변호인의 조력을 받지 못했으며 무수한 폭력과 협박과 가혹한 고문을 당했습니다. 두 사람은 조선노동당에 입당한 간첩이 됐고 가슴 절절한 항변에도 불구하고 법원에서 사형을 선고받았습니다. 명명백백해야 할 증거는 오로지 중앙정보부의 폭력과 협박과 고문 속에서 작성한 진술조서가 전부였고 간첩행위의 물증은 단 하나도 없었습니다. 허술하기 짝이 없고 도저히 이해할 수도 없는 법원의 판결에도 불구하고 국가는 두 사람의 사형을 집행했습니다. 두 사람은 살해당했습니다. 국가가 두 사람을 사법이라는 이름으로 살해한 겁니다. 본 검사는 법률의 적용에 앞서 억울하게 고인이 된 피고인들의 영정 앞에서 고개를 숙입니다⋯⋯ 대한민국 헌법 제12조 1항, 모든 국민은 신체의 자유를 가진다. 누구든지 법률에 의하지 아니하고는 체포, 구속, 압수, 수색 또는 심문을 받지 아니하며 법률과 적법한 절차에 의하지 아니하고는 처벌을 받지 아니한다. 대한민국은 불법으로 피고인들의 신체의 자유를 억압했습니다. 2항, 모든 국민은 고문을 받지 아니하며, 아니하며! 형사상 자기에게 불리한 진술을 강요당하지 아니한다, 아니한다! 4항, 누구든지 체포 또는 구속을 당한 때에는 즉시 변호인의 조력을 받을 권리를 가진다. 7항, 피고인의 자백이 고문, 폭행, 협박, 구속의 부당한 장기화 또는 기망 기타의 방법에 의하여 자의로 진술된 것이 아니라고 인정될 때 또는 정식 재판에 있어서 피고인의 자백이 그에게 불리한 유일한 증거일 때에는 이를 유죄의 증거로 삼거나 이를 이유로 처벌할 수 없다, 처벌할 수 없다! 처벌할 수 없음에도 불구하고 대한민국은 피고인들의 하나뿐인 생명을 빼앗았습니다. 대한민국 헌법

제10조, 모든 국민은 인간으로서의 존엄과 가치를 가지며 행복을 추구할 권리를 가진다. 국가는 개인이 가지는 불가침의 기본적 인권을 확인하고 이를 보장할 의무를 진다. 대한민국은 피고인들의 존엄과 가치를 빼앗았고 행복을 추구할 권리를 박탈했으며 불가침의 기본적 인권을 침해했고 무참하게 짓밟았습니다. 35년. 결코 되돌릴 수 없고 결단코 되돌려지지도 않을 것입니다."

방청석에서 울음이 터져나왔다. 나는 논고를 이어나갔다.

"본 검사는 대한민국을 대신해 고인이 된 피고인들에게 고개를 숙입니다. 본 검사는 대한민국을 대신해 유족들에게 고개를 숙여서 용서를 구합니다. 잘못했습니다…… 재판장님과 배석판사님, 본 검사는 원안사건번호 서울지방법원 1969년 11월 3일 선고 69고 21658, 21659 판결, 국가보안법상 잠입탈출을 제외한 조선노동당 입당, 공작금수수, 대남공작 지령수수 및 간첩혐의로 사형을 선고받은 피고 고 임주호와 잠입탈출, 조선노동당 입당, 공작금수수, 대남공작 지령수수 및 간첩혐의로 사형을 선고받은 피고인 고 조남규에게 각각…… 무죄를…… 구형합니다."

방청석에서 박수가 터져나왔다. 부끄러웠다. 나는 부끄러워서 방청석을 쳐다볼 수 없었다. 재판장이 변호인에게 물었다.

"변호인 측 하실 말씀 있습니까?"

변호인이 자리에서 일어났다.

"예…… 검찰 측에서 무죄를 구형할 것이라고는 생각하지 못했습니다. 늦었지만, 아주 많이 늦었지만, 진실을 바로 본 검찰의 용기 있는 결정에 감사드립니다. 존경하는 재판장님과 배석판사님, 본 변호인은 피고인 고 임주호, 피고인 고 조남규에게 무죄를 선고해주시기를 간절하게 바랍니다. 이상입니다."

재판장과 배석판사들이 서로의 의견을 묻고 들었다. 재판장이 마이크를 켰다.

"추후 선고기일을 잡고 선고를 하는 것이 법원의 관례지만 검찰 측에서 무죄 구형을 했고 변호인 측에서도 무죄를 주장하고 있으며 35년을 기다린 유족들과 재심청구인들이 지켜보고 있으므로 본 재판부는 본 사건에 대한 선고를 이 자리에서 하도록 하겠습니다. 판결문은 일주일 후 고지합니다. 본 재판부는 다음과 같이 선고합니다. 2004재고합 123, 124, 피고인 고 임주호, 피고인 고 조남규, 무죄!"

와, 방청석에서 환호가 터져나왔다. 변호인이 살짝 목례를 했다. 나도 목례를 했다. 자리에서 일어나던 재판장이 나를 바라봤다. 서울중앙지방법원 제35형사부장판사 정상철. 퇴정하던 재판장 정상철이 나를 바라보며 피식 웃었다. 나는 정상철에게 목례를 했다. 목구멍에 탁, 걸려 있던 가래가 컥, 하고 빠져나가는 기분이었다.

휴대폰을 켰다. 부재중 전화 25통, 읽지 않은 메시지 35개. 전화를 걸지 않았고 메시지도 확인하지 않았다. 뚜벅뚜벅, 나는 서울중앙지방검찰청으로 걸어갔다. 애타게 나를 찾는 얼굴들을 직접 보면 될일 아닌가? 공판 제5부부장검사 최영한은 자리에 없었다. 특수수사 제5부장검사 고두석도 자리에 없었다. 제3차장검사 우병근 또한 자리에 없었다. 멍청하게도 검찰청을 뱅글뱅글 돌고 나서야 곧장 청장실로 향하지 않은 것을 후회했다. 청장실 비서가 나를 보자마자 벌떡 일어났다. 똑똑, 예의상 청장실 문을 두드렸다.

"들어와!"

하, 가관이었다. 황주한이 우병근, 고두석, 최영한을 줄줄이 세워 놓고 욕지거리를 퍼부었다.

"뭐꼬, 저 새끼!"

황주한이 재떨이를 던졌다. 까짓것, 슬쩍 피했다. 와장창, 재떨이 가 벽에 맞아서 산산조각났다.

"빨갱이 새끼가 여기가 어디라고 들어와?"

고두석이 이빨을 앙다물고 다가왔다. 아무튼 아랫것들이 더 지랄 이다.

"웃어?"

고두석이 팔을 뻗어 내 멱살을 움켜쥐었다.

"검찰청에서 더구나 청장실에서 폭력이 난무하면 쓰겠습니까?"

나는 고두석의 주먹을 꽉 움켜쥐었다. 부서져라…… 고두석이 무 릎을 꿇으며 주저앉았다. 곧이어 우병근의 발이 복부를 향해서 날아 왔다. 이것들이 단체로 미친 거 아냐? 우병근의 발을 피하자 최영한 이 뒤에서 나를 감싸 안았다. 관례상 몇 대 맞는 게 좋을 것 같았다. 우병근이 뺨을 때렸다. 1대, 2대. 이만하면 충분하다. 빌어먹을, 황주 한이 주먹을 휘둘렀다. 이 경우는 피해야 한다. 황주한의 허술한 주 먹은 고두석의 턱에 정통으로 꽂혔다.

주먹은 언제나 법보다 가깝다. 주먹은 언제나 법보다 가까우며 효 과적이고 즉각적이다. 황주한을 비롯한 우병근, 고두석, 최영한은 법 을 움켜쥐고 권력을 휘두르는 검사일망정 가장 가깝고 효과적이며 아주 즉각적인 주먹으로 나를 응징하려고 했다. 응징? 무엇에 대한 응징? 우리라고 부르는 너절하고 추잡하고 쓰레기 같은 종자들에게 얼음물을 쏟아부었다는 분노에 대한 즉각적인 응징. 쓰레기종자들이 지위와 권력을 앞세우고 폭력을 휘두르는 동안 나에게 필요한 것은 오로지 한 가지, 깡이었다. 깡으로 무장한 나는 거칠 것이 없었다. 허공을 가른 날카로운 발은 타격할 곳을 정확하게 타격했고 빛보다 빠른 묵직한 주먹은 꽂혀야 할 곳에 한 치도 어긋나지 않게 꽂혔다. 억, 헉, 컥, 꽥…… 채 1분도 지나지 않아서 서울중앙지방검찰청장실 바닥에는 쓰레기종자들이 나뒹굴었다. 나는 꼴통이었다. 어차피 빼도 박도 못할 확실한 꼴통, 극강의 꼴통 맛을 보여줄 순간이었다. 죽는 시늉을 하는 황주한의 머리채를 낚아채 대가리를 들어올렸다.

"형법 제261조 특수폭행. 단체 또는 다중의 위력을 보이거나 사람의 신체에 대하여 폭행을 가한 자는 5년 이하의 징역 또는 1000만 원 이하의 벌금에 처한다. 폭력행위 등 처벌에 관한 법률 제2조 2항, 2명 이상이 공동하여 죄를 범한 사람은 형법 각 해당 조항에서 정한 형의 2분의 1까지 가중한다. 황주한, 우병근, 고두석, 최영한, 지금 체포한다. 너희들은 진술을 거부할 수 있고, 진술한 사항이 법정에서 불리하게……."

머리채를 붙잡힌 황주한이 울먹였다.

"그만 합시다…… 김강현 검사!"

씨발, 와작와작 물어뜯어서 자근자근 씹어주고 싶었다. 손톱으로 똑 까서 인간 껍데기를 홀라당 벗겨버리고 싶었지만 멈춰야 할 때는 멈춰야 하는 법. 나는 황주한의 대가리를 툭 내려놓았다.

"엑스레이도 찍고 주사도 한 방씩 맞고 즐거운 마음으로 내일 보도록 하죠."

나는 혹시라도 묻을세라 닿을세라 널브러진 쓰레기종자들을 요리조리 피하며 청장실 문을 꽉, 열고 나왔다.

다음 날, 공판 제5부부장검사 최영한은 병가를 냈다. 특수수사 제5부장검사 고두석도 병가를 냈다. 제3차장검사 우병근 또한 병가를 냈다. 서울중앙지방검찰청장 황주한은 파스 냄새가 진동하는 청장실에 있었다. 청장실로 들어서자 황주한이 자리에서 벌떡 일어났다.

"차, 차 한잔 하시겠습니까?"

지랄 염병, 혓바닥이 반 토막뿐인 줄로만 알았던 황주한이 높임말을 했다. 나는 안주머니에서 봉투를 꺼내 건넸다.

"뭡니까?"

황주한이 공손하게 두 손으로 받아들었다. 辭, 職, 書. 황주한의 입가에 보일 듯 말 듯 미소가 번졌다. 좋겠다, 쓰레기야.

"김강현 검사…… 어제 있었던 불미스러운 사건은 서로를 위해서 없었던 일이 되는 겁니다."

그러든가 말았든가.

돈이라면 영혼까지 팔아서 악마들을 두둔하는 변호사라는 직업이 싫었다. 교만하고 자만하며 자신의 영달을 위해서 짤따란 혓바닥으로 무고한 사람의 목숨도 빼앗을 수 있는 판사라는 직업이 싫었다. 남은 것은 검사였다. 나는 국민을 대신해 국가권력을 휘두르는 검사라는 직업이 나쁘지 않았다. 눈코 뜰 새 없이 사건현장을 돌아다녔고 산처럼 쌓인 서류더미에 머리를 처박았다. 사건의 진실을 놓고 피의자와 다퉜으며 피해자의 억울하고 참담하고 서글픈 현실에 함께 분노했다. 좋았다. 검사라는 직업이 좋았고 국민세금으로 월급을 받는다는 사실에 자부심도 느꼈다. 나만 잘하면 된다고 생각했다.

쓰레기. 검찰은 사소한 사건에도 피의자의 구속영장을 남발했고, 피의자는 구속영장을 피하려고 현금을 싸들고 퇴직한 검사가 검찰청 바로 앞에 개업한 변호사 사무소를 찾아가야 했다. 검찰과 퇴직한 검사는 공생했다. 법원도 다르지 않았다. 법원은 퇴직한 판사와 공생했다. 법원은 퇴직한 판사가 고위직이었으면 고위직이었을수록, 퇴직한 지 오래되지 않았으면 않았을수록, 퇴직한 판사를 변호사로 선임한 사건에 한없이 너그러웠다. 정황이 명확한 강간범이 무죄로 풀려났고, 일방폭행이 쌍방폭행으로 둔갑했으며, 교통사고 피해자가 가해자가 되어 징역을 살았다. 나만 잘하면, 나만 공명정대하면 된다고 생각했다.

웃기는 생각이었다. 우리라고 규정된 검사들은 우리를 위하여 수사했고 우리를 위하여 담합했고 우리를 위하여 무마했다. 국민을 위하여 꼬리치고 국민을 위하여 용감하고 국민을 위하여 투철해야 할 검찰은 우리를 위하여 오로지 우리만을 위하여 복무했다. 한마디로 검찰은 쓰레기였고 검찰청은 쓰레기장이었다.

설마 검찰청 안에 있는 모든 검사들이 쓰레기였겠는가? 국민에게 충성하고 국민에게 봉사하고 국민을 두려워하는 검사는 1명도 없었는가? 있었다. 분명히 있었고 그들이 있어서 그나마 숨통이 트였지만 쓰레기장에 숨어 있는 한 그들 또한 쓰레기 취급을 받을 수밖에 없었다. 쓰레기의 속성. 쓰레기는 주변의 깨끗하고 쓸모 있는 존재들조차도 모조리 다 쓰레기 취급을 받게 만든다. 주변의 완벽한 쓰레기장화.

나는 뚜벅뚜벅 걸어서 쓰레기장을 빠져나왔다. 무엇을 상상하든 항상 그 이상을 보여주는 쓰레기장을 빠져나왔다. 결코 변하지 않을 테고 변하고 싶지도 않고 변할 가능성이라고는 눈곱만큼도 없는 그 끝이 어딘지도 모를 광활한 쓰레기장을 빠져나왔다. 그날은 대통령 노무현의 탄핵소추안이 헌법재판소에서 기각된 날이었다.

사직서.

나는 국가에 봉사하고 국민에게 헌신하고자 검사가 됐다. 하지만 나는 검찰의 일원으로서 우리라는 이름으로 검찰에 헌신했고 우리라는 이름으로 검찰에 봉사했다. 나는 자만하도록 배웠고 오만하도록 길들여졌다. 비로소 나는 오만하지 않으려고 한다. 더 이상 자만하지도 않으려고 한다. 봉사는 너희에게 하는 것이 아니었고 헌신 또한 너희에게 해서는 안 되는 일이었다. 잘라서 말한다. 나는 너절하고 파렴치하고 무능력하며 추잡하고 초라하고 조잡스러운 쓰레기들과 우리라는 이름으로 잠시도 함께할 수 없으므로 검찰이라는 쓰레기장을 떠난다. 서울중앙지방검찰청장 황주한은 쓸데없는 짓거리 말고 즉시 사직서를 수리해라.

2004년 5월 14일 김강현

나는 13년 동안 몸담던 검찰청을 스스로 탈출하는 데 성공했다.

2부

큰놈 하나 작은놈 하나

바빴다. 밥도 짓고 국도 끓이고 감자도 볶고 달걀프라이도 부쳤다. 출근 준비로 부산한 어머니와 수영, 등교하는 지민이를 위해서 아침밥을 차렸다. 모두들 맛있다고 난리북새통이었다. 오, 이참에 아침밥 전문점을 차려볼까? 재미있었다. 일주일 단위로 식단을 짜고 요일별로 청소구역도 설정했다. 월요일은 유리창, 화요일은 목욕탕, 수요일은 마당…… 일요일은 성당도 가고 푹 쉬어야지. 생선가게 프란치스코 대부님에게 생선 고르는 법을 배웠고 수영의 대모님 베로니카정육점 자매님에게 소 잡는 날을 확인했으며 수요일 오전 10시, 이동도서관이 어린이놀이터 앞에서 2시간 동안 정차한다는 사실도 알았다. 검찰청을 탈출한 후 나는 정말로 바쁘고 재미있었다. 전업주부. 어쩌면 전업주부가 나에게 최적화된 직업이라는 생각이 들었다.

"앞으로 집안일은 내가 다 할 테니까 두 사람은 아무 걱정 마세요. 지민아, 들었냐?"

내 말을 곧이곧대로 믿은 사람은 아무도 없었다.

모르는 것이 너무나 많았다. 수영이 석 달 후면 중국 항저우로 떠난다는 사실을 몰랐다.

"왜, 무슨 일인데?"

무슨 일이기는…… 동국대학교 정치학과 교수로 있던 수영이 중국 항저우 저장대학교 사회과학학원 정치학과 교수로 초빙된 사실을 몰랐다. 내가 검사 노릇을 하는 동안 수영은 서울대학교를 거쳐서 중국 베이징 칭화대학교에서 정치학 박사학위를 받았다. 제기랄, 어머니와 수영과 지민이 환하게 웃는 기념사진들 속에는 언제나 내가 없었다. 열두 살 지민이 지난달 생리를 시작했고 브래지어를 한다는 사실을 몰랐다. 딸내미의 은밀한 사생활은 몰랐다고 치더라도 지민이 내년에 초등학교를 졸업하면 수영이 있는 항저우에서 중학교를 다닐 거라는 정도는 알았어야 하는 것 아닌가?

"뭐라고? 우리 지민이가 유학을 간다고?"

좀 알려주지…… 당연히 알려줬겠지…… 설마 알려주기만 했을까? 설명하고 상의하고 결론도 냈겠지. 수영이 칭화대학교에서 박사과정을 밟는 동안 꼬물거리는 지민이는 어머니와 출근을 했다. 아버지 뒤를 이어서 동국건설 대표이사가 된 어머니는 지민이를 계기로 동국건설 안에 영유아 보육시설과 초등학생들을 위한 방과 후 학습 놀이시설을 만들었다. 염병할, 나는 지민이 저절로 불쑥 큰 줄 알았다. 어머니가 앞으로 5년 후 동국건설 대표이사직에서 물러나고 보유한 주식 중 노후생활을 위한 1퍼센트만 남기고 모조리 동국건설에 양도할 예정이며 아버지를 모신 천진사로 들어간다는 계획을 새까맣게 몰랐다.

"뭐라고요? 어머니가 머리를 깎고 비구니가 된다고요?"

"나는 머리통이 짱구라서 머리 깎으면 안 예쁘다."

무효야. 몽땅 다 무효! 소리라도 지르고 싶었지만 염치가 없었다. 알량한 검사 노릇을 하느라고 나는, 설명과 상의와 결론을 귓등으로 흘렸고 스스로 왕따를 자처했으며 우리 집 여자들에 대하여 아는 것이라고는 하나도 없었다. 도대체 뭐하는 인간이었을까?

나는 어머니와 수영과 지민에게 익숙했다. 익숙한 것은 사람을 무심하게 만든다. 무심한 것은 사람을 외면하게 만든다. 외면하는 사이는 더 이상 함께할 수 없다. 지나온 동안 수영과 나는 누나였고 아내였고 또한 남편이었다. 지민이 태어났고 어머니가 자리를 지켰고 우리는 언제나 가족이었다. 사람들은 가족을 영원할 것처럼 말한다. 틀렸다. 부모자식은 비가역적일지 몰라도 부부는 떨어지면 깨지는 그릇이다. 언제든지 되돌릴 수 있는 가역적인 관계. 부부는 믿음이라는 약속으로 끊임없이 서로를 신뢰해야만 유지되는 잠정적인 관계일 뿐이다. 검사 노릇을 하는 동안 부모가 자식을 죽이고, 자식이 부모를 죽이고, 비가역적인 부모자식 관계도 산산조각나는 장면을 수없이 봤다. 가족은 영원하지 못하다. 영원한 가족을 원하는 것은 희망이다. 그나마 희망이기에 절망보다는 낫다는 것뿐이다. 나는, 수영과 지민과 내가 희망이기를 바랐다. 아버지와 어머니와 나처럼 영원한 가족이기를 바랐다. 서로 외면하지 않기를, 서로 무심하지 않기를, 서로 익숙해지지 않기를 바라고 또 원했다. 어머니가 한마디 할까? 지랄하시네, 너만 잘하세요. 예, 예…… 하고말고요. 이제부터라도 잘할 수 있을까? 무조건 잘하고 싶었다. 빌어먹을, 어떻게 잘하지?

"강현아, 도대체 어디야?"

무작정 잘하겠다는 각오로 전업주부의 소소한 기쁨을 즐기던 월요일 아침, 박민규가 다짜고짜 집으로 오겠다고 전화를 걸었다. 월요일이니까 유리창 청소나 시켜야지. 뭘 배우는지도 모르고 서울대학교 잠사학과에 들어갔던 녀석은 예기치도 않았던 꿈틀꿈틀 누에고치를 공부하다가 서울방송 시사교양국 프로듀서가 됐다.

"들어와, 들어와, 어서 들어와!"

녀석은 혼자가 아니었다. 왕혜윤이라는 작가와 함께 나타났다.

"비주얼 좋으신데요."

초면에 하는 인사치고는 독특했다.

"마스크가 별로야."

녀석이 거들자 그녀가 위아래로 나를 훑었다.

"슈트발이면 충분해. 우리가 마스크로 승부할 것도 아니고."

뭐라는 거야? 녀석은 〈나는 간첩입니다〉라는 프로그램을 준비 중이었다. 중앙정보부, 국가안전기획부, 국가정보원으로 이어지는 국가정보기관에 의하여 조작된 간첩사건들을 속속들이 파헤치는 아이템이었다.

"뭐가 있는 거지? 바로 다음 날 사표 냈잖아."

녀석은 유럽간첩단을 취재하다가 무죄 구형을 한 담당검사가 나라는 사실을 알았다. 녀석의 말을 받아서 그녀가 물었다.

"혹시 서울중앙지방검찰청장실 재떨이가 왜 깨졌는지 아시나요?"

이런, 넘어가면 안 된다.

"맞았어?"

녀석이 호들갑을 떨었다.

"맞겠니? 팼겠지!"

헉, 눈동자가 흔들렸다.

"청장실 비서가 고등학교 후배예요. 걔가 귀가 밝거든요."

그녀는 사태 파악이 끝난 듯했다.

"오늘은 유럽간첩단 때문에 온 게 아닙니다…… 변호사는 안 하실 건가요?"

"생각 없습니다."

나는 말려들었다.

"함께 일 안 하실래요? 지금보다 더 나은 미래를 위하여 〈서치라이트〉가 세상의 어둠을 밝히겠습니다. 철저한 검증과 합리적 대안을 제시하겠습니다. 열혈 전직검사가 진행하는 〈서치라이트〉! 프로그램 제목이 서치라이트입니다. 멋진 진행자가 필요합니다. 우리랑 하시죠?"

기다렸다는 듯 녀석이 가방에서 계약서를 꺼냈다.

"일단 5회만 하자. 시청률 보고 1년 단위로 계약하자고. 다시 계약할 때 여기에 동그라미 하나 더 붙일 수 있다. 하자, 강현아!"

"박민규, 미쳤니?"

그녀가 계약서를 낚아채더니 박박 찢어버렸다. 사기꾼 연놈들…… 둘러치고 얼러대고…… 계약서는 제발 찢지 말아달라고 붙잡을 것 같았지? 나는 손발이 척척 맞는 두 사람의 관계가 궁금했다.

"뭐냐, 둘?"

그녀가 피식 웃었다.

"저는 전남편이 둘에다가 전남편마다 하나씩, 사내아이가 둘이나 딸린…… 아직은 꽤 괜찮은 이혼녀죠. 만약 다시 결혼한다면 아마도 아이가 생길 테고, 그러면 셋. DNA 수집이 취미도 아니고 성이 다른 아이 셋은 좀 이상하지 않나요? 사람 일이야 알 수 없지만 박민규가 저를 여자로 안 보죠."

녀석이 고개를 끄덕였다.

"비즈니스, 동업자, 완벽한 한 쌍의 직장동료!"

웃기고 자빠졌네…… 녀석은 꿀 떨어지는 눈으로 그녀를 쳐다보았다.

"오늘은 이만 가겠습니다. 잘 생각해보시고 연락주세요."

"생각도 안 하고 연락도 안 합니다."

"왜요?"

"완벽한 전업주부로 살 겁니다."

아무렴, 누구도 내 결심을 가로막지 못하리라. 두 사람이 입을 헤벌리고 바라봤다.

"둘 다 꺼져줄래?"

나는 찢어진 계약서를 녀석의 손에 꼭 쥐여주었다.

딩동, 반드시 잘하고 말겠다는 각오로 막 유리창 청소를 시작하려는데 초인종이 울었다.

"꺼지라니까…… 왜, 또?"

대문 앞에 낯선 사내가 서 있었다.

"김강현 선생님, 참말로 반갑습니다."

낯선 사내는 명함을 건네며 환하게 웃었다. '동북아시아 해양개발 연구소장 송성철'.

"저는 모르는 분인데, 누구시죠?"

"지금까지는 통 모르는 사람이 맞지요. 초면에 실례를 무릅쓰고 제가 요로케 선생님을 찾아온 이유는……."

말을 가로챘다.

"집은 어떻게 알았습니까?"

"한번 봬볼라고 휴대폰으로 여러 번 전화를 드렸는디 영 안 됩디다."

모르는 전화는 안 받는다.

"전화번호는 어떻게 알았습니까?"

하하하, 송성철이라는 사내가 웃었다.

"이야기가 기요만 요것만 전해주고 갈라요."

사내는 두툼한 서류봉투를 들이밀었다. 나는 얼결에 서류봉투를 받았다.

"다시 뵙고 싶소. 꼭 다시 뵀으면 참말로 좋것소."

사내는 정중하게 고개를 숙이더니 돌아갔다. 마흔 중반쯤의 사내는 다부진 몸피에 밝고 경쾌했으며, 강렬한 전라도 사투리를 쓰는 목소리는 맑고 단단했다. 사내의 말들은 여러 번 되새긴 말들이었

다. 내가 중간에 말을 잘랐지만 사내는 웃음으로 무마하고 서류봉투
를 내밀며 아퀴를 지었다. 누굴까? 서류봉투에는 사내의 마음을 담
은 듯 또박또박 '김강현 선생님에게 드립니다. 송성철'이라고 쓰여
있었다. 나는 서류봉투를 열었다. 스프링으로 묶은 A4용지 30~40장
분량의 서류. 겉표지에 적힌 제목이 눈길을 사로잡았다.

「큰놈 하나 작은놈 하나」.

"로아 킴, 폴 스완슨입니다."

너 같으면 서겠냐?

갑자기 텔레비전이 켜지더니 국가안전방위부 장관 폴 스완슨이 화면에 나타났다. 텔레비전이 저절로 켜지는 경우는 오로지 한 가지뿐, 더구나 폴이 직접 나왔다면, 비상상황. 나는 책상머리에서 벌떡 일어나 한쪽 벽면을 차지한 텔레비전 앞으로 다가갔다.

"폴, 무슨 일입니까?"

"그건 제가 묻고 싶은 말입니다."

제기랄, 박민규가 일정 조정을 하지 않았구나!

아로니아 대통령의 일정은 국가안전방위부에 통보되고 국가안전방위부는 대통령의 라이프워치를 통하여 실시간으로 대통령의 동선을 파악한다. 만약 일정과 동선이 일치하지 않는다면 국가안전방위부는 즉시 확인절차에 들어간다. 오늘은 선거일이고 선거일은 임시공휴일. 8시 55분. 임시공휴일이지만 여느 때였다면 대통령 집무실로 향하는 시간이었다. 공식일정은 투표가 전부였다. 아무도 오지 마! 오늘은 집에 있겠다고 분명히 박민규에게 통보했다. 빌어먹을, 이 녀석은 일정 조정도 해놓지 않고 도대체 어디를 싸돌아다닌다는 말인가? 걸리기만 해봐라, 보이기만 해봐라, 확 밟아버린다.

"라이프워치를 확인합니다."

손목의 라이프워치가 불그스름한 색깔로 바뀌며 혈압, 맥박, 체온 등 바이털사인을 확인했다. 곧이어 국가안전방위부의 아로니아 안전시스템 ASS(Aronia Security System)가 하우징시스템을 확인했다.

국가안전방위부는 아로니아 국무원의 8개 행정부서…… 국가안전방위부, 내무부, 교육부, 재정경제부, 국토개발부, 외교부, 법무부, 문화부 중에서 아로니아의 안전과 방위를 책임지는 제1행정부서다. 국가안전방위부는 아로니아 안전시스템 ASS를 통하여 아로니아 시민의 안전을 책임진다. ASS는 다목적 인공위성 7기와 아로니아 전역에 구축된 유무선 통신망을 기반으로 시계, 반지, 목걸이 등 다양한 액세서리 형태와 셔츠, 점퍼, 슈트 등 의류 형태로도 만들어진…… 이동통신망, 사물네트워크망, 가상현실시스템과 인공지능이 탑재된 라이프워치를 통하여 아로니아뿐만 아니라 세계 어디든지 실시간으로 운용된다.

아로니아공화국의 행정부 수장인 대통령과 입법부 수장 의정원장, 사법부 수장 법무원장과 제1행정부서 국가안전방위부 장관은 365일 24시간 반드시 라이프워치를 착용하고 ASS와 실시간으로 연결되며, 그 밖의 공무원들은 근무시간 중에만 5분 단위로 연결된다.

공무원을 제외한 아로니아 시민은 스스로 원하는 경우에만 라이프워치를 착용하고 5분 단위로 30분까지 자유롭게 ASS와 연결할 수 있다. ASS 운용지침은 대통령, 의정원장, 법무원장, 국가안전방위부장관, 공무원과 시민을 막론하고 동일하게 적용된다. 아로니아 시민은 스스로 원한다면 누구나 대통령과 같은 수준의 안전을 보장받는 셈이다. ASS 덕분으로 아로니아에는 대통령 경호실이 없다. 대통령 경호실의 임무를 ASS가 대신한다.

국가안전방위부의 ASS는 라이프워치를 착용한 시민이 언제 어디서 누구와 무엇을 어떻게 하는지 한눈에 알아볼 수 있다. ASS는 보호와 감시라는 양날의 칼이다. 보호는 안전을 목적으로 하지만 감시는 처벌을 목적으로 한다. 아로니아는 안전을 목적으로 한 보호만을 ASS의 기능으로 한정했다. ASS에 기록된 정보는 본인이 아니면 누구도 열어볼 수 없다. 라이프워치를 착용한 시민이 설령 범죄를 저지르는 현행범일지라도 아로니아는 결코 시민의 정보를 열거나 열어보라고 할 수 없다. ASS에 기록된 어떠한 정보도 처벌을 목적으로 한 사법의 증거로써 법적 효력을 가지지 못한다. ASS가 단 한 건이라도 시민의 안전이 아닌 다른 목적으로 사용된다면 아로니아는, ASS를 부수고 짓밟아서 없애버릴 것이다.

나는 자랑스럽게 이야기한다. 아로니아는 시민의 생명과 안전을 지키고 시민의 존엄과 자유와 행복을 추구한다. 시민은 늘 항상 언제나 국가권력보다 무겁고 소중하며 우선돼야 한다. 오로지 이것만이 아로니아가 존재하는 이유다. 시민의 생명과 안전을 허투루 여기는 국가는 국가로서 자격이 없다. 시민의 존엄과 자유와 행복을 나

몰라라 하는 국가는 국가로서 존재 이유가 없다. 자격이 없고 존재 이유가 없는 국가는 반드시 사라져야 마땅하다. 잘라서 말한다. 아로니아 시민은 곧 아로니아 국가 그 자체다.

"모두 확인됐습니다."

"수고했어요."

"대통령 비서실장으로부터 조정된 일정을 방금 통보받았습니다."

"뭐라고 합니까?"

"깜박했다고 합니다."

"박민규, 미친 거 아냐?"

폴이 배시시 웃었다.

"로아 킴, 한 가지 더 확인할 것이 있습니다. 어제 오후 4시 12분, 현관시스템을 모든 사람이 출입할 수 있도록 직접 변경하셨는데 알고 계십니까?"

뭔 소리? 아, 어제 오후 감기 기운에 이부프로펜 한 알을 삼키고 현관으로 들어설 때 현관시스템이 뭐라고 지껄였다. "닥치고 네 맘대로 해." 귀찮아서 내뱉었던 말인데, 현관시스템이 정말로 얼렁뚱땅 바꿔버린 모양이구나.

"로아 킴만 출입할 수 있도록 수정하겠습니다."

폴은 표정만으로도 나를 알아차렸다.

"폴, 따로 할 말이 있습니다."

"3분 후, 개인통신으로 연결하겠습니다."

"기다릴 테니까 천천히 하세요."

폴이 텔레비전에서 사라졌다.

폴 스완슨. 폴은 1960년 영국 런던에서 태어났다. 외교관이었던 아버지를 따라서 덴마크, 인도, 중국 등에서 어린 시절을 보낸 폴은 부모님이 이혼한 후 열다섯 살이 되던 해부터 어머니와 함께 홍콩에서 살았다. 어머니가 영문학 교수로 있던 홍콩대학교에서 전자공학을 전공한 폴은 1979년 틈틈이 쓴 SF소설 『더 로드(The Rod)』를 『사이파이픽(SiFi-Fic)』이라는 미국 잡지에 투고하고, 소설 『더 로드』를 시나리오로 컴퓨터게임을 만들었다.

SF소설 『더 로드』는, 당시 사회주의 종주국 소련과 전쟁 위기에 몰린 자본주의 종주국 미국이 바벨이라는 전략우주기지를 대기권 밖으로 쏘아올리고 쥐도 새도 모르게 소련의 국가수반이 잠든 모스크바 크렘린궁전 상공으로 이동한 후, 더 로드…… 텅스텐과 티타늄 합금으로 만들어진 기다란 회초리 모양의 50킬로그램짜리 금속봉 10기를 시속 2만 킬로미터의 속도로 줄줄이 떨어뜨려서 크렘린궁전을 흔적도 없이 사라지게 만든다는 내용의 소설이었다. '더 로드'는 위성항법 장치와 원격조정카메라를 장착한 금속봉을 중력의 힘으로 추락시켜서 타격점을 정확하게 박살내는 무기였으므로, 애꿎은 인명을 살상했다는 도덕적 비난과 핵폭발 같은 환경적 재앙에서 자유로울 뿐만 아니라 적의 우두머리를 단숨에 섬멸할 수 있는 세계 최고의 무기였다. 최고의 무기로 최소의 비용, 최대의 승리를 거둔 미국은 소설 『더 로드』에서 소련을 물리치고 세계 최강의 국가가 됐다.

SF소설 『더 로드』는 『사이파이픽』에 실리지 않았다. 야심차게 준비했던 컴퓨터게임 〈더 로드〉도 출시되지 못했다. 소설 『더 로드』를 『사이파이픽』에 투고한 지 일주일째 되던 날, 미국 국방부 직원이 폴을 찾아왔다.

"우리랑 같이 일하시겠습니까?"

일주일 후 폴은 미국으로 날아갔고 그로부터 20년 동안 그는 미국 국방부에서 근무했다. 훗날 알게 된 사실, 『사이파이픽』 편집장은 미국 중앙정보국 CIA 정보원이었다.

1983년, 미국은 스타워즈 계획이라고 불리는 전략방위계획 SDI(Strategic Defense Initiative)를 발표하고 폴의 '더 로드'를 '신의 회초리(The rod of God)'라는 이름으로 SDI에 포함시켰다. 하지만 SDI는 세계평화를 요구하는 국제사회의 강력한 반발에 부딪혔고 미국 상원으로부터 예산안을 뭉텅뭉텅 삭감당했다. '신의 회초리'는 시행되지 못했지만 여전히 유효한 SDI의 주요 계획이었다. 1998년 말까지 미국 국방부 국가안보전략기획실 NSS에서 전략 시나리오 개발팀을 총괄하던 폴은 1999년 초 미국을 빠져나왔다. 이유는 하나, 세계평화를 떠벌이며 인간존엄을 짓밟는 추악한 국가에서 더 이상 함께 놀고 싶지 않았다.

미국을 떠나온 폴은 은퇴한 어머니를 따라서 오스트레일리아 브리즈번에 정착했다. 아무것도 안하고 미친 듯이 놀고 싶었던 폴은 골드코스트해변을 어슬렁거리다가 사랑에 빠졌다. 세계적인 란제리 브랜드 빅토리아시크릿 모델, 에바 마리아 곤잘레스 카르다빌라. 폴은 골드코스트해변에서 화보촬영을 하던 에바에게 홀딱 반했다.

'컴퓨터게임회사 퍼피 대디 CEO'. 폴은 가장 먼저 그럴듯한 명함부터 만들었다. 명함은 가짜였지만 회사는 이제 막 시작하면 될 일이었다. 에바의 환심을 산 폴은 본격적으로 컴퓨터게임 개발에 몰두했다. 폴의 첫 번째 작품은 열아홉 살 시절에 만든 〈더 로드〉였다. 시나리오를 보강하고 그래픽을 혁신적으로 업그레이드한 〈더 로드〉는 이전의 컴퓨터게임들과 차원이 다른 온라인 전략 시뮬레이션 롤플레잉게임이었다. 〈더 로드〉는 날개 돋친 듯 팔려나갔다. 폴은 곧바로 〈공룡시대〉라는 새로운 게임을 출시했고 두 작품 만에 세계 컴퓨터게임 시장 1위 자리를 꿰찼다. 어쩌면 폴은 에바 때문에 에바에게 잘 보이고 싶어서 에바와 함께 새로운 인생을 시작한 셈이었다.

"폴, 퍼피 대디 사기였지?"

"알았구나. 그런데 왜 나랑 데이트 했어?"

"반했으니까…… 나도 첫눈에 반했으니까…… 폴이라는 남자가 미치도록 좋았어!"

첫눈에 반하고 반했던 두 사람에게 필요한 것은 아무것도 없었다.

2004년 9월, 나는 스페인 팔마 데 마요르카에 있는 폴의 별장에서 그를 처음 만났다. 빅토리아시크릿 모델이었고 세계적인 패션 브랜드 CODA의 CEO 에바도 함께 만났다. 아르헨티나 출신의 에바는 열다섯 살 연상의 폴과 결혼하지는 않았지만 두 사람 사이에서 난 다섯 살짜리 아들이 있었다.

"아저씨, 저는 커서 티라노사우루스가 될 거예요."

공룡이 되고 말 거라던 토마스가 어느새 아로니아시민당의 아로니아공화국 제3대 대통령 후보 토마스 스완슨이 됐다. 폴의 별장에 머무는 동안 나는 강하고 새로운 국가에 대하여 이야기했고 폴은 연신 "Salud!"를 외쳤으며 에바는 폴의 멋진 색소폰 연주에 맞춰서 나와 춤을 췄다.

"내가 할 일은 뭡니까?"

폴은 아로니아공화국 건국준비위원회 방위부장이 됐고, 에바는 내무부장 겸 대변인을 맡았다. 방위부장 폴은 시민의 안전을 책임지는 ASS를 설계했고, 국가의 방위를 책임지는 '하얀달방위전략프로젝트 WDSP(White moon Defence Strategy Project)'를 제작했으며, 아로니아 방위시스템 ADS(Aronia Defence System)를 완성했다. 훗날 나는 폴에게 물었다.

"왜 나랑 함께할 생각을 했어요?"

"왜냐고요? 이렇게 멋지고 재밌는 일을 왜 안 하겠습니까? 더구나 에바가 난리가 났는데 미치지 않고서야 안 할 이유가 없죠."

2028년 7월, 아로니아 초대 대통령으로 취임한 나는 폴을 국가안전방위부 장관으로 임명했고, 폴은 한 치의 빈틈도 없이 지나온 10년 동안 아로니아 시민의 안전을 책임지고 아로니아의 국토방위를 수호했다. 이제 일흔여덟 살. 폴은 임기를 마치면 격렬하게 놀다가 장렬하게 과로사를 하겠다고 말했다.

"놀아야죠. 말리지 마세요. 아시겠죠?"

아로니아는 대통령이 직무를 수행할 수 없거나 수행하지 못하게 되었을 경우, 30일 안으로 새로운 대통령이 선출될 때까지 국가안전방위부 장관이 대통령의 직무를 대행하도록 법률로 규정하고 있다.

만약 국가안전방위부 장관도 대통령의 직무를 대행할 수 없다면 내무부, 교육부, 재정경제부, 국토개발부, 외교부, 법무부, 문화부 장관 순으로 대통령의 직무를 대행한다. 아로니아 대통령과 대통령 유고 시 직무를 대행할 국가안전방위부 장관은 어떤 경우에도 1킬로미터 안에 함께 있을 수 없다. 만약 단 1밀리미터라도 1킬로미터 안에 함께 있게 된다면 라이프워치가 지랄 발광을 해댈 것이다. 폴은 영상으로만 국무회의에 참석했고 통화로만 서로의 안부를 물었다.

"폴, 봅시다. 내무부 장관을 1킬로미터 밖으로 쫓았으니까 우리 둘이 만나도 되는 거잖아요."

지나온 10년 동안 그렇게 딱 3번, 우리는 두주불사로 놀았다. 첫 번째는 폴의 일흔 번째 생일날이었고 두 번째는 폴과 에바의 결혼식 날이었다. 골드코스트해변에서 처음 만나 토마스를 낳고 함께 산 지 33년 만에 두 사람은 아주 늦은 결혼식을 올렸다. 에바는 눈부시게 아름다웠고 폴은 입이 찢어지라고 웃었다. 늙은 신부와 더 늙은 신랑은 행복했다. 폴과 두주불사가 됐던 세 번째 날은 나와 폴, 둘뿐이었다. 결혼식을 올린 지 3년이 못 되어 폴과 에바는 이혼했다. 그날 나는 죽어라고 마셔댔고 폴은 웨딩드레스를 입고 환하게 웃는 에바의 사진 위에다가 콕, 콕, 다트핀을 무수히 꽂아댔다.

에바 마리아 곤잘레스 카르다빌라는 멋진 여자였다. 에바는 아로니아 건국 후 국무원에 들어오는 대신 오스트레일리아 브리즈번에 있던 자신의 패션브랜드 CODA의 본사를 아로니아로 이전하고 기업인으로 돌아갔다. 에바는 아로니아 패션위크를 기획하고 조직했다. 2030년 8월, 블루하트 수상무대와 아로니아광장에서 열린 첫 번째 아로니아 패션위크에는 세계적인 패션디자이너 장 폴 고티에의 오트쿠튀르가 오프닝을 장식했고 세계에서 찾아온 젊은 패션디자이너들의 데뷔무대가 일주일 동안 계속됐다. 다음 해에는 크리스티앙 라크루아가 오프닝을 장식했고 마크 제이콥스, 안나 수이, 톰 포드가 뒤를 이었다. 블루하트 수상무대와 아로니아광장에서 매년 2월 둘째 주에 열리는 아로니아 SS패션위크, 8월 둘째 주에 열리는 아로니아 FW패션위크는 세계적인 패션디자이너들의 새로운 모드를 선보이는 컬렉션이었고 세계 패션산업이 주목하는 젊은 패션디자이너들의 데뷔무대였다.

아로니아 패션위크를 성공으로 이끈 에바는 새로운 시도를 했다. 머슬아로니아플랜. 행복하고 아름다운 아로니아를 위하여 무분별한 성형과 건강을 해치는 다이어트를 완전히 추방하고 건강한 먹을거리와 활력 넘치는 피트니스, 화학제품을 배척한 미용 노하우를 공유하는 계획이었다. 머슬아로니아플랜은 아로니아뿐만 아니라 세계의 열렬한 지지를 받으며 팬덤을 형성했고, 어느새 정치적인 목소리를 높이더니 마침내 새로운 정당으로 출범했다. 머슬아로니아플랜당은 2033년 아로니아공화국 제2대 의정의원 선거에서 아로니아시민당에 이어서 두 번째로 많은 의정의원을 배출했다. 그해 말, 머슬아로니아플랜당은 아로니아 건국과 함께 창당한 태평양녹색당과 합당했다. 태평양녹색당의 그린과 머슬아로니아플랜당의 머슬아로니아를 합쳐서 만든 빌어먹을, 그린머슬아로니아당. 그린머슬아로니아당 대표최고위원이 바로 에바 마리아 곤잘레스 카르다빌라였다.

그린머슬아로니아당은 명실상부한 아로니아 제1야당이 됐고 국무원과 아로니아시민당을 괴롭혔다. 사사건건 끊임없이 괴, 롭, 혔, 다. 국가예산안을 1아로—아로는 아로니아 화폐단위다—까지 조목조목 따지고 훑었고 아로니아시민당이 발의한 법률안은 토씨 하나, 쉼표 하나까지 트집을 잡았으며 갖가지 경우의 수를 들먹거리며 딴죽을 걸었다. 어디 그뿐이었던가? 제기랄, 공무원체력건강법. 그린머슬아로니아당이 발의하고 의정원을 통과한 후 법률로 제정된 공무원체력건강법은 아로니아 시민의 손과 발이 되어야 할 모든 공무원의 체력 상태를 의정원에서 직접 관리한다는 내용이었다. 선출직, 임명직, 선발직 등 아로니아 시민이 주는 월급을 받는 모든 공무원의 체력을 1년에 한 번씩 측정해서…… 고맙게도 대통령은 빼주더라…… 3단계로 등급을 매기고…… 공무원이 무슨 쇠고기 등급도 아니고 염병할…… 등급이 떨어지거나 3등급을 맞은 공무원들은 식단 조절과 피트니스 프로그램을 반드시 이수하도록 명령했다. 맙소사, 공무원들은 발목에 모래주머니를 차고 뛰어다녔고 점심시간마다 국무원청사의 피트니스센터가 미어터졌다. 공무원체력건강법 때문에 아로니아 공무원 전체가 불끈불끈 피트니스 선수가 될 지경이었다. 아, 빌어먹을 태평양공동체연합 PCU(Pacific Commune Union). 제3대 아로니아공화국 대통령 선거와 의정의원, 행정구역장 선거를 앞둔 지금, 그린머슬아로니아당은 국가의 해체를 인간의 새로운 미래라고 떠들고 있다. 세상에 태어나는 순간 인간 개인의 자유의지와 상관없이 저절로 국가에 종속되는 현재의 국가시스템은 진정한 인간의 존엄과 자유와 행복을 보장할 수 없으므로 국가를 해체 소멸하고 코뮌(Commune)이라는 새로운 인간공동체를 만들자고 지껄인다. 뭐가 어쩌고 저쨌다고? 국가를 해체하자고? 아로니아공화국을 소멸시키자고? 에라, 오독오독 씹어먹을 미친 노무 새끼들!

폴, 언어가 다르고 인종이 다르고 국적이 다르고 종교가 다르더라도 남자와 여자는 사랑할 수 있지만, 두 사람 부모가 철천지원수라도 사랑에 빠질 수는 있지만, 정치적 견해가 다르고 지지하는 정당이 다르다면 남자와 여자는 절대로 함께 살 수 없습니다. 아, 한때는 정말로 멋진 여자였던 에바는 이제 더 이상 함께 살 수 없는 이상한 여자가 됐다. 폴과 에바는 정치적인 견해 차이로 끊임없이 다퉜고 마침내 이혼하고 말았다. 잘했어요, 폴. 아무렴요!

"로아 킴, 아침식사하셨습니까?"

폴이 텔레비전에 다시 나타났다.

"예, 했습니다."

"세이치가 치질수술을 한 데다가 비서실도 쉰대서 걱정했습니다."

"박민규가 대구탕을 끓였는데, 제법 나쁘지 않았습니다."

"비서실장 요리 잘하잖아요. 로아 킴도 요리라면 빠지지 않는 분인데……."

요리 이야기나 하려고 폴을 다시 부른 것은 아니었다. 나는 말머리를 돌렸다.

"오늘 밤이면 토마스가 대통령이 될 텐데 기분이 어때요?"

"개표를 해봐야겠지만…… 아직 잘 모르겠습니다."

"오늘 밤 봅시다. 개표 끝나면 토마스는 정신없을 테니까 우리끼리 흐벅지게 놀아봅시다. 박민규도 부를까요? 녀석한테 요리하라고 시키고 폴이 색소폰 실력 한번 보여주세요. 내무부 장관 레이나는 해외출장 중이니까 누구를 대행으로…….."

"교육부 장관 셸리아에게 맡기면 됩니다."

"오케이, 색소폰 소리가 귓가에서 윙윙거려요. 알죠?"

나와 폴은 동시에 외쳤다.

"모 베터 블루스!"

우리는 대통령 선거개표가 끝나고 토마스가 새 대통령으로 당선되면 밤 12시에 우리 집에서 만나기로 약속을 잡았다. 내가 하고픈 말은, 술 마시고 색소폰 연주나 하자는 말이 아니었다. 폴, 만약…… 정말로 기우에서 하는 말인데, 만약에 우리 토마스가 지거나 아로니아시민당이 의정원의 과반을 확보하지 못하면 말입니다. 은퇴하지 마세요. 절대로 물러서면 안 됩니다. 아로니아 김강현만화방에서 다시 모여야 합니다. 만화방에 모여서 '아로니아 원로회의'를 구성합시다. 그린머슬 놈들이 우리 아로니아를 마음대로 주무르게 해서는 결단코 안 됩니다. 아로니아 원로회의 이름으로 그린머슬 놈들을 사사건건 끊임없이 물고 늘어져야 합니다. 아시겠죠?

통화를 마치고 커피 한 잔을 마시며 텔레비전 채널을 골랐다.

아로니아는 지상파 텔레비전방송사나 공중파 라디오방송사가 없다. 아로니아의 모든 주파수는 아로니아 안전시스템 ASS와 아로니아 방위시스템 ADS를 구축하는 데 우선적으로 사용하고, 유휴주파

수 대역을 개인이나 기업, 단체와 공공기관 등에게 무료로 임대하고 있다. 아로니아의 모든 방송사는 개인이나 기업, 단체와 공공기관을 막론하고 누구나 자유롭게 개국할 수 있는 인터넷방송사다.

인터넷방송사들 중에서 가장 인기 있는 방송사는 한국 출신 코미디언 김준현이 제작하고 진행하는 〈꾸르꾸르꾸르륵〉이라는 요리 프로그램 방송사다. 〈꾸르꾸르꾸르륵〉은 2029년 7월 4일, 세계 동시 시청자 수 25억 명이라는 전무후무한 기록을 세웠다. 〈꾸르꾸르꾸르륵〉은 유명인들을 손님으로 초대하고 요리 재료를 구하러 세계 곳곳을 싸돌아다니다가 초대손님의 주방에서 요리를 한 다음 가족이나 친구들을 불러다놓고 우걱우걱 먹어치우는 프로그램이다. 요즘도 〈꾸르꾸르꾸르륵〉의 하루 평균 시청자 수가 3억 명이라니까, 나는 은근히 김준현이 우리 토마스를 초대해주기를 바랐다. 제기랄, 〈꾸르꾸르꾸르륵〉 김준현은 그린머슬아로니아당 대표최고위원 에바를 불러다놓고 바지락을 캔다며 한국의 서산 앞바다 갯벌에서 뻘짓을 하더니 봉골레 파스타 한 접시를 만들어놓고 게걸스럽게 먹어치웠다. 파스타? 그까짓 국수가 뭐가 맛있다고…… 꺼져라, 똥돼지 김준현. 망해라, 〈꾸르꾸르꾸르륵〉!

그나마 다행이었던 것은 에바가 제3대 대통령 선거에 출마하지 않는다는 사실이었다. 에바가 대통령 후보로 나왔더라면 아로니아는 아들과 어머니가 갈라서서 대통령 자리를 놓고 싸우는 역사에 길이 남을 요상하고 희한하고 낯부끄러운 광경이 펼쳐질 뻔했다. 폴과는 아예 부부의 인연을 끊어버렸던 에바도 그나마 모자지간의 인연은 끊고 싶지 않았으리라. 에바는 처음부터 그린머슬아로니아당 대통령 후보 경선에 참여하지 않았다. 그린머슬아로니아당은 누구도 예상하지 못했던 후보를 대통령 후보로 선출했다. 정말로 몰랐다. 정말!

내무부의 인터넷방송사 블루하트가 투표방법을 설명 중이었다.

아로니아는 고전적인 방식으로 투표를 한다. 18세 이상의 유권자가 투표소에 들어가 본인확인을 한 다음, 대통령과 행정구역장 입후보자의 기호, 이름, 사진이 인쇄된 투표용지를 받아들고 사방이 꽉막힌 기표소에 들어가 붓두껍 모양의 기표용구로 지지하는 후보의 칸에 동그라미를 찍은 후, 투표함에 직접 집어넣는 방식이다. 의정의원 투표도 같은 방식으로 하는데, 입후보한 후보를 직접 뽑는 것이 아니라 지지하는 정당에 투표를 하는 정당명부식 비례대표제 선거다.

아로니아 대통령은 5년 임기로 한 차례 연임할 수 있다. 아로니아 의정의원과 행정구역장 또한 5년 임기로 한 차례만 연임할 수 있다. 아로니아 대통령과 의정의원, 행정구역장 피선거권은 아로니아 건국시민이거나 아로니아 시민으로서 대통령은 35세 이상, 의정의원과 행정구역장은 아로니아에서 최소 10년을 거주한 18세 이상의 시민들에게 주어진다. 이제 아로니아공화국 10년. 제3대 아로니아 대통령 선거와 의정의원, 행정구역장 선거는 그동안 아로니아 건국시민만 주어지던 피선거권으로 치러지는 마지막 선거다. 앞으로 5년 후, 제4대 선거는 아로니아 건국시민뿐만 아니라 아로니아가 건국된 후 아로니아 시민자격을 획득한 새로운 시민들이 선거에 나설 수 있다. 제3대 선거는 아로니아 건국시대를 마무리하는 뜻깊은 선거가 될 것이다.

아로니아 대통령 선거와 의정의원, 행정구역장 선거는 정당이 없는 무소속 후보가 출마할 수 없다. 대통령이 되고 싶고 의정의원, 행정구역장이 되고 싶다면 반드시 먼저 정당을 만들어라. 아로니아는 18세 이상의 아로니아 시민 500명 이상이 모여서 당헌과 당규를 만들고 당비를 납부하는 당원 명부를 법무원장에게 제출하면 누구나 자유롭게 정당을 만들 수 있다. 아로니아가 무소속 후보의 출마를 원천적으로 불가능하게 한 이유는 책임 있는 정당정치를 아로니아 민주주의의 원칙으로 삼았기 때문이다.

아로니아의 모든 정당은 13세 이상 18세 미만의 청소년당원을 둘 수 있다. 민주주의의 원칙과 절차를 익히고 배운 청소년들이 아로니아의 당당한 시민으로 자라기를 바란다.

아로니아의 모든 공무원은 정당에 자유롭게 가입할 수 있다. 한국처럼 공무원의 정치적 중립 운운하는 헛소리는 집어치우고 아로니아 공무원은 누구나 시민의 정당한 권리로서 정치적 자유를 누린다. 인간은 누구나 정치적으로 자유로워야 한다.

아로니아는 득표수 500표당 1명씩 의정의원을 선출한다. 오늘 선거의 유권자가 2만 111명이므로 수치상으로 40.2명의 의정의원을 선출한다. 소수점 첫째 자리는 올림으로 계산하기 때문에 오늘 투표율이 100퍼센트라면 선출되는 의정의원은 41명. 물론 투표율이 낮으면 그만큼 선출되는 의정의원 수도 줄어든다. 아로니아 법률을 발의, 심의, 제정하고 아로니아 국무원의 예산을 심의하며 국무원을

164

감시하고 아로니아 법무원장을 재청하는 의정의원은 아로니아 시민이 주는 월급을 받는 선출직 공무원으로서 책임을 다한다. 만약 의정의원이 공무원의 책임을 다하지 못할 경우, 아로니아 시민 500명은 해당 의정의원의 소환을 법무원에 요구하고 법무원은 재판을 통하여 해당 의정의원의 파면 여부를 결정한다. 파면된 의정의원은 정원에서 제외하고 충원하지 않는다.

아로니아의 각 정당은 지난 열흘 동안 1번부터 41번까지 의정의원 후보 명부를 작성한 후 자신들의 공약을 유권자들에게 유세했고, 대통령 후보들은 함께 일할 국가안전방위부 장관을 지명한 후 아로니아의 미래에 대하여 자신들의 포부를 밝혔다. 드디어 오늘, 오전 8시부터 오후 8시까지 아로니아 제1, 2, 3구역 투표소에서 투표가 끝나면 대통령 선거 투표함과 의정의원 선거 투표함, 행정구역장 선거 투표함이 아로니아 제1구역 법무원으로 모두 모이고 법무원 로비에 설치된 개표장에서 개표에 들어간다.

아로니아 시민은 라이프워치를 통하여 세계 어디서나 투표가 가능하다. 그럼에도 불구하고 아로니아가 군이 고전적인 방식의 투표와 개표를 고집하는 이유는—물론 해외에 있거나 현장투표가 불가능한 경우에는 라이프워치를 통하여 투표를 한다. 이 경우에도 투표일 당일투표만 실시한다—민주주의의 꽃이라고 불리는 선거를 아로니아 시민의 축제로 삼았기 때문이다. 아로니아 시민을 대신하여 아로니아를 책임지는 대표를 뽑는 선거야말로 축제가 아니면 무엇이겠는가?

아로니아시민당의 인터넷방송사 'Tell Me Everything'으로 채널을 바꿨다. TME 화면 위로 베토벤의 합창 교향곡이 흐르고 자그마한 아이의 손이 기억의 벽에 새겨진 이름들을 하나하나 어루만졌다.

'루트거 반 페르시, 송성철, 다니엘 블레이크…… 리엔 알라베드.'

아로니아광장 북쪽에 세워진 기억의 벽에는 고인이 된 아로니아시민들의 이름이 하나하나 새겨져 있다. 선거일 아침, 아로니아시민당은 유권자들의 감성을 자극했다. 금방이라도 눈물을 쏟을 것 같은 토마스의 딸 유스티나와 아들 루드비코, 아내 레이첼이 기억의 벽 아래에 하얀 백합꽃 1송이씩을 살포시 내려놓았다.

'기호 1번 아로니아시민당이 그대들을 영원히 기억합니다.'

ㅎㅎㅎ, 속이 훤하게 보이는 감성팔이 전술이었지만 나는 가슴이 뭉클했다. TME의 실시간 시청자 수가 3000, 4000까지 죽죽 올라갔다. 토마스야 이기자, 꼭!

일정조정 때문에 번거롭게 한 점, 사과드립니다.
비서실장 꾸벅 ^ ^;;

저건 또 뭐하자는 시추에이션. 텔레비전 귀퉁이에 박민규가 보낸 메시지가 떠올랐다. 쌩을 까려다가 벌컥 현관문을 열고 밖으로 나갔다. 별채 창가에 그림자가 어른거렸다. 하, 다짜고짜 쳐들어가서 녀석을 끄집어내려다가 일단 메시지를 보냈다.

'나와라.'

'무슨 말씀이세요?'

'머리카락 보이니까 지랄 그만 떨고 나오라고!'

녀석이 별채에서 나왔다. 나는 녀석에게 성큼성큼 다가갔다.

"스톱!"

"왜?"

녀석이 빠르게 주위를 살피며 말했다.

"팰 거야?"

나도 주위를 빠르게 살피고 말했다.

"어!"

"한 발짝만 더 다가오면 도망간다."

녀석은 빠르다. 녀석은 중학교 시절 100미터를 11초에 달렸다. 올해 초 실시한 공무원체력측정에서도 녀석은 13초에 100미터를 끊었다. 녀석은 국무원 과장급 이상 중 가장 빨랐다. 도대체 뭘 처먹는 거야? 공무원체력측정에도 도핑테스트 도입이 시급하다. 나는 18초. 무작정 덤벼서는 절대로 못 잡는다. 일단 포기하고 현관문으로 향했다. 녀석이 조르르 쫓아오는 모습이 유리창에 비쳤다. 오케이, 녀석을 향하여 다시 달렸다. 녀석이 부리나케 도망을 했다. 이참에 확 잘라버릴까?

"잘라버리시든가!"

"미쳤냐? 누구 좋으라고."

"날마다 소리나 지르고, 당장 자르라니까!"

"돌았냐? 늙어 죽을 때까지 부려먹을 거야. 절대로 안 잘라!"

맙소사, 먹을 만큼 먹은 나이 일흔에 아로니아 대통령과 아로니아 대통령 비서실장이 대통령 자택 널따란 마당을 뱅글뱅글 돌면서 소리를 질러댔다.

"서, 거기 안 서!"

"너 같으면 서겠냐?"

누가 볼까봐 무서웠다. 진심으로 쪽팔렸다. 잡히기만 해봐라, 진짜
로 죽는다.

한일공동개발구역

　동북아시아 해양개발연구소장 송성철이 주고 간 「큰놈 하나 작은 놈 하나」는 다양한 지도와 도표와 사진들로 빼곡하게 채워진 일종의 보고서였다. 세 단락으로 구성된 보고서는 연달아 세 번을 읽을 만큼 재미있었지만 도대체 뭘 어쩌라고…… 이상했다.

　큰놈 하나 작은놈 하나는 한국과 중국과 일본이 둘러싸고 있는 바다, 동중국해에 위치한 수중 암초들이었다. 큰놈이라고 부르는 수중 암초는 북위 29도 51분 15초, 동경 126도 53분 27초에 위치했고, 작은놈은 큰놈에서 동남쪽으로 634미터 떨어진 북위 29도 51분 08초, 동경 126도 53분 49초에 자리 잡고 있었다. 평평한 해저면 위로 볼록볼록 솟아난 높이 25미터의 큰놈과 높이 19미터의 작은놈은 모래가 굳어져 만들어진 사암 봉우리들이었다. 두 놈은 밀물 때면 평균 18.5미터, 썰물 때면 15.3미터의 해수면 아래에 있으므로 30미터 이상의 거대한 파도가 치지 않는 한 결코 두 눈으로 볼 수 없는 놈들이었다. 해수면에서 보자면 둥그스름한 모양의 두 놈은 전체 지름이 1.8킬로미터, 둘레가 5.65킬로미터, 면적은 2.54제곱킬로미터로 2.9제곱킬로미터의 여의도보다 살짝 작았다. 만약 두 놈을 번쩍 들어낸다면 두 놈이 올라가 있는 평평한 해저면은 남북 방향으로 살짝 찌그러진 도넛 모양이었고, 도넛 모양 주위를 35~50도의 비탈진 경사면과 깊이 95~123미터의 골짜기가 마치 성곽의 해자처럼 빙 둘러싸고 있었다.

송성철은 표고차가 0.75미터에 불과한 도넛 모양의 평평한 해저면을 LFEN이라고 불렀다. LFEN? 그는 LFEN이 무슨 뜻인지 밝히지 않았다. LFEN도 큰놈 작은놈처럼 사암으로 이루어져 있었다. 넓은 곳의 폭은 2.5킬로미터, 좁은 곳의 폭은 1.5킬로미터, 둘레는 약 36.7킬로미터, 해수면에서 43.5미터 아래에 위치하며 면적은 23제곱킬로미터로 여의도의 8배 크기였다.

동중국해 해저면은 섬이나 육지에서 이어지는 평균수심 200미터 이하의 대륙붕이다. 동중국해 대륙붕은 해저면에서 평균 3500미터 속까지 펄과 모래, 실트와 셰일 같은 이암층과 갈탄층, 사암 중에서도 강도가 떨어지는 역암층 등이 뒤섞여 있다. 큰놈과 작은놈 그리고 LFEN은 평균 4000미터 이상을 파내려가야 나오는 규산질 사암층이 불쑥 솟아난 희한한 지형이었다. 평평한 해저면 주위로 골짜기가 형성된 것으로 봐서는 성격이 지랄맞은 해저면이 알 수 없는 이유로 불뚝 성질을 부리듯이 솟아올랐고, 그중에서도 극악한 큰놈과 작은놈이 마지막까지 패악을 부리듯 솟구쳐오른 별나고 희한하고 독특한 지형이었다.

착각했나? 여기까지 읽고 나자 송성철이 나를 해양학자나 지질학자로 오해했다는 생각이 들었다. 하지만 첫 번째 단락 말미에 적힌 문장을 보는 순간 나는 다음 단락을 읽을 수밖에 없었다.

세상에서 큰놈, 작은놈, LFEN의 존재를 알고 있는 사람은 지금까지 10명뿐이었소. 이제 1명 더, 김강현 선생님까지 11명이요.

지금까지 10명, 나까지 11명. 그가 어쩌다가 큰놈과 작은놈 그리고 LFEN을 발견했는지 나는, 궁금했다.

두 번째 단락은 뜬금없이 한일공동개발구역이라는 곳을 설명했다. 이건 또 뭔 소리? 아무튼 송성철의 「큰놈 하나 작은놈 하나」를 찬찬히 읽었다.

1966년, 국제연합 UN이 낙후한 아시아 국가들의 경제부흥을 원조하고자 설립한 아시아극동경제위원회 ECAFE가 경상북도 영일만 일대의 대륙붕 탐사에 나섰다. 탐사 결과, 석유와 천연가스가 묻혀 있을 가능성이 높다는 결론이 나오자 한국은 산유국이 된다는 부푼 꿈으로 한반도 주변 대륙붕을 8개의 해저광구로 나누고 대륙붕 개발을 선언했다.

로열더치쉘, 걸프, 텍사코, 쉐브런, 웬델필립스 등 세계적인 석유회사들이 귀신같이 알고 달라붙자 우리도 산유국이 될 수 있다며 잘 살아보세~ 노래를 부르던 그때, 일본이 한국의 대륙붕 개발에 시비를 걸어왔다. 한국이 설정한 해저광구 8개 중에서 제주도 남쪽의 제5광구 일부, 그리고 제5광구와 오키나와 북쪽 바다 사이에 있는 제7광구가 직선거리로 한국보다 일본에 더 가깝기 때문에 일본의 대륙붕이라고 지랄을 떤 것이다. 1958년 국제연합 해양법회의가 채택하고 1964년 발효된 대륙붕협약에 따르면, 대륙붕은 거리상으로 어디가 더 가까운지를 따지는 주장보다 대륙붕이 어디에서 시작하는지를 따지는 주장이 더 지배적이었다. 한국은 제5광구 일부든 제7광구든 모조리 다 한반도와 제주도에서 이어지는 한국의 대륙붕이라고 큰소리를 쳤지만 속내는 상당히 복잡했다.

당시 석유 한 방울 나오지 않던 한국은 식민지배의 철천지 원수 일본에게 막대한 차관을 끌어다 쓰는 꿀리는 입장이었고, 독자적으로 대륙붕 개발을 할 수 있는 기술력 또한 전무했으며 야심차게 밀어붙였던 대륙붕 개발마저 꿩 구워 먹은 소식이 되면서 심리적으로 제법 타격을 받은 상태였다. 더구나 1973년 이집트와 이스라엘의 제2차 중동전쟁이 발발하면서 걸프만의 산유국들이 석유생산량을 줄이고 무작정 가격을 올리는 오일쇼크로 인해 한국의 물가상승률은 3.5퍼센트에서 24.8퍼센트로 치솟았고 경제성장률은 12.3퍼센트에서 7.4퍼센트로 곤두박질했다. 죽을 맛이었다. 아, 대륙붕에서 뭐라도 터져만 준다면…… 일본아, 우리랑 공동개발 안 해볼래?

1974년, 한국은 할까 말까 망설이는 일본의 허리춤을 덥석 붙잡고 서울에서 '대한민국과 일본 양국에 인접한 대륙붕 북부구역 경계획정에 관한 협정', '대한민국과 일본 양국에 인접한 대륙붕 남부구역 공동개발에 관한 협정'에 서명했다. '한일대륙붕협정'이라고 불리는 이 협정들은 석유나 천연가스가 쏟아져나올지도 모르는 제5광구 일부와 제7광구를 향후 50년 동안 한국과 일본이 50 대 50의 비율로 탐사하고 투자하고 개발하고 분배한다는 내용이었다. 한국은 석유, 석유, 노래를 부르며 국회에서 협정 발효를 위한 비준안을 후다닥 통과시켰지만 일본 중의원과 참의원은 세월아 네월아, 4년이 넘도록 비준안 통과를 질질 끌었다. 칼자루는 일본이 쥐고 있었고 한국은 미치고 팔짝 뛸 노릇이었다. 1978년 6월 22일, 일본이 선심 쓰듯 한국을 도쿄로 불러들였다. 드디어 한국과 일본은 비준서를 교환했고, 2028년 6월 22일까지 유효한 50년짜리 '한일대륙붕협정'이 마침내 발효됐다. 이로써 제5광구 일부와 제7광구라고 불리던 바다는 '한일공동개발구역 JDZ(South Korea-Japan Joint Development Zone)'라고 불리게 됐다. 한국은 당장 내일이라도 석유가 쏟아져나올 것처럼 호들갑을 떨었고 가수 정난이가 부르는 〈제7광구〉라는 노래가 하루 종일 라디오와 텔레비전에서 흘러나왔다. 제, 7광구! 검은 진주~ 제, 7광구! 검은 진주~

한일공동개발구역 JDZ는 실패했다. 한국과 일본은 1980년부터 1986년까지 JDZ에서 모두 7곳의 시추공을 뚫었지만 석유나 천연가스는 나오지 않았다. 일본은 JDZ에서 손을 떼버렸고 한국은 단독으로 JDZ을 개발할 수 없었다. 한일대륙붕협정이 그랬다. 공동탐사, 공동투자, 공동개발, 공동분배. 일본이 참여하지 않는 한 한국이 석유를 캐보겠다고 혼자서 JDZ에 시추공을 뚫는 일은 불가능했다. 송성철은, 일본이 협정을 맺은 50년 중에서 겨우 8년, 달랑 7곳에 시추공을 뚫어보고 나 몰라라 해버린 까닭을 국제해양법 때문이라고 말했다.

1982년, 국제연합 해양법회의가 채택한 '해양법에 관한 국제연합협약 UNCLOS'는 바다에 대한 모든 국가의 권리와 책임을 규정하는 국제해양법이었다. 국제해양법은 한 국가의 영유권이 미치는 바다인 '영해(12해리, 22.2킬로미터)'와, 영유권이 미치지 않는 공해(公海)이지만 해당 국가의 통제권이 인정되는 바다 '접속수역(Contiguous Zone, 영해기선에서 24해리, 44.4킬로미터)', 그리고 썰물 때 드러나는 가장 낮은 해안선이나 육지로부터 가장 멀리 있는 섬들을 직선으로 연결한 영해기선으로부터 200해리(370.4킬로미터)까지를 '배타적경제수역(EEZ, Exclusive Economic Zone)'으로 정했다. 해당 국가는 공해상에 설정된 배타적경제수역의 해수면부터 해저면과 그 토양까지 모든 천연자원의 탐사와 개발 및 보전행위 등 주권적 권리(Sovereign rights)를 행사할 수 있었다. 만약 영해나 접속수역, 배타적경제수역이 주변 국가와 겹치게 될 경우에는 당사국끼리 형평성의 원칙에 따라서 경계선을 설정하도록 권고했다.

일본은 국제해양법이 채택되자 환호성을 질렀다. 동중국해에 있는 JDZ는 일본의 영해기선…… 도리시마와 난사군도, 류큐 열도에서 직선거리로 200해리 안에 들어오는 일본의 배타적경제수역이었다. JDZ가 몽땅 일본 것이라고? 문제가 하나 있었다. 국제해양법 제74조 4항. '해당 국가 간에 발효 중인 협정이 있는 경우, 배타적경제수역의 경계획정에 관련된 사항은 그 협정의 규정에 따라서 결정된다.' 1978년 발효된 한일대륙붕협정이 국제해양법보다 우선한다는 소리였다. 2028년 6월 22일까지 유효한 한일대륙붕협정. 안면 몰수하고 어영부영 몇십 년만 버티면 JDZ를 깡그리 먹을 수 있는데 일본이 한국과 공동탐사, 공동투자, 공동개발, 공동분배를 할 이유는 하나도 없었다. 국제해양법이 채택된 지 4년 만에 일본은 JDZ에서 손을 털었다. 일본은 약삭빨랐다.

한국은 멍청했다. 1979년, 군부독재 정권의 효시 박정희가 죽은 후 국가권력을 잡은 군부독재 정권의 후예들…… 전두환, 노태우, 김영삼 정권은 국제해양법의 의미를 몰랐다. 1996년, 김영삼 정권은 1994년 발효된 국제해양법을 국회에서 덥석 비준하고 한국도 당당한 국제사회의 일원이라고 떠벌였지만, 그 순간 한일대륙붕협정이 만료되는 2028년 6월 22일이 지나고 3년 후─한일대륙붕협정에 따르면 협정이 만료된 때 한국이나 일본 중 어느 한쪽이 서면으로 협정 종료를 통고하면 협정은 3년 후 자동종료된다─JDZ 대부분을 일본의 배타적경제수역으로 넘겨줘야 한다는 사실을 몰랐다. 하, 국가의 곳간이 텅텅 빈 줄도 몰랐던 군부독재 정권의 후예들이 국제해양법이라고 제대로 알았을까?

일본은 교활했다. 일본은, 1999년 IMF 사태로 넋이 빠진 한국에게 1965년 한일국교정상화를 담보로 체결한 '한일어업협정'의 종료를 선언하고 JDZ를 설정한 한일대륙붕협정을 무효로 하자고 덤벼들었다. 아이고, 어째야 쓰까? 국가부도 일보 직전에 정권을 잡은 대통령 김대중은 바다에서 물고기라도 잡아야 한다는 생각으로 후다닥 새로운 한일어업협정을 체결하고 한일대륙붕협정은 협정종료 전까지 건드리지 않기로 일본과 합의를 보았다. 뭔가 제대로 굴러간 듯 보였지만 속을 들여다보면 미치고 환장할 노릇이었다.

제기랄, 새로운 한일어업협정 제1조. '이 협정은 대한민국의 배타적경제수역과 일본국의 배타적경제수역에 적용한다.' 웬 배타적경제수역? 협정은 물고기 잡는 어업협정이었고 제목 또한 '대한민국과 일본국 간의 어업에 관한 협정'이었다. 뭐 한 거냐? 배타적경제수역협정은 물고기뿐만 아니라 바닷물부터 바다 밑바닥 속까지 모든 천연자원의 탐사와 개발, 보전행위 등 주권적 권리가 미치는 바다를 획정하는 협정이었다. 한국은 배타적경제수역이라는 용어 대신 배타적어업수역이라는 용어를 쓰는 것이 마땅하고 당연한 일이었다.

염병할, 새로운 한일어업협정 제15조. '이 협정의 어떠한 규정도 어업에 관한 사항 외의 국제법상 문제에 관한 각 체약국의 입장을 해하는 것으로 간주되어서는 아니 된다.' 뭐라고, 뭐가 어쨌다고? 아무튼 독도. 한국은 1965년 대통령 박정희가 한국 국민들의 격렬한 반대에도 불구하고 일본의 식민지배에 대한 사과와 배상을 얼렁뚱땅 포함시켜서 체결해버린 '한일기본관계조약'과 '한일어업협정'에서 독도를 한국 영토라고 제대로 못 박지 못했다. 하지만 일본이 아무리 독도를 다케시마라고 부른들 독도는 엄연하게 한국이 실효적으로 지배하는 한국 영토였으므로 한국은 대굴대굴 머리를 굴렸다. '어업에 관한 사항 외의 국제법상 문제', 즉 독도 문제를 한일어협협정과는 전혀 상관이 없는 문제라고 적어놨는데, 아뿔싸 그다음 문구, '각 체약국의 입장을 해하는 것으로 간주되어서는 아니 된다'. 이 말은 한국은 독도, 일본은 다케시마라는 입장을 서로 인정한다는 말이 되고 말았다. '이 협정은 각 체약국의 어업에 관한 협정으로 국한한다' 딱 한마디면 끝날 일을 뭐가 그렇게 잘났다고 어렵게 비비꼬는 바람에 제 발등에 도끼질을 한다는 말인가? 한국은 그토록 독도는 독도일 뿐 다케시마가 아니라고 주장하면서도 일본이 다케시마를 주장할 수 있다는 문서에 나서서 서명한 꼴이었다.

빌어먹을, 이번에는 JDZ. JDZ는 엄연한 한국 대륙붕으로 2028년 6월 22일까지 한국과 일본이 50 대 50으로 개발하고자 설정한 공동구역이었다. 따라서 JDZ에서 물고기를 잡으려면 최소한 50 대 50으로 나눠야 겨우 본전 아닌가? 더구나 JDZ는 2028년 6월 22일 이후 한국 대륙붕으로 되찾아오거나 어쩔 수 없이 일본과 배타적경제수역협상을 한다면 JDZ의 중간쯤에서 경계선을 그을지 말지 고민해야 하는 틀림없는 한국의 주권적 권리가 우선하는 대륙붕이었다. 맙소사, 한국은 JDZ의 80퍼센트를 일본의 배타적경제수역으로 넘겨주었다. 그뿐만 아니라 일본이 다른 국가와 체결한 협정을 존중한다면서 나머지 20퍼센트 중에서 또 대부분을 일본이 중국과 체결한 — 한국은 물고기를 잡을 수 없는 — 중일잠정조치수역으로 넘겨주었다. 7퍼센트. 결국 한국은 JDZ의 7퍼센트에서만 물고기를 잡을 수 있었다. 미쳤지? 미친 거 맞지? 미친 게 아니라면 한국 협상단 전체가 일본의 프락치였던 거지?

누구를 탓할까? 지지리도 못난 제 탓이 아니라면 중국과 일본에 둘러싸인 한반도에 터를 닦은 조상 탓이라도 해야 하는가? IMF 사태로 넋이 나간 한국은 물고기 잡는 어업협상과 대륙붕협상, 배타적경제수역협상을 어떻게 분리하고 어떻게 대응하고 어떻게 지켜나

갈지 개념도 없고, 의지도 없고, 뭘 하자는 건지도 잘 몰랐다. 일본은 달랑 물고기 잡는 어업협정 하나를 체결하면서 배타적경제수역과 대륙붕과 독도와 JDZ를 모조리 염두에 두고 한방에 한국을 호구로 만들어버렸다. 한국은 물고기 잡는 데 정신이 팔렸고 일본은 한일대륙붕협정이 만료되는 2028년 6월 22일 이후를 대비했다. 일본은 주도면밀했다.

새로운 한일어업협정은 병신 쪼다 같은 협정이었지만 협정시한을 3년으로 못 박았다는 점은 그나마 다행이었다. 3년 후면 한국과 일본 중 어느 한쪽이라도 협정종료를 선언할 수 있고 6개월 후 협정은 자동종료된다. 모든 것이 원점으로 되돌아간다면 한국은 멍청한 과거를 뼈아프게 반성하고 다시는 꿀리지 않는 새로운 협상을 할 수 있을까? 믿을 게 따로 있지…… 한국은 한일어업협정이 유지되기를 바랐다. 한일어업협정을 종료했을 때 닥치게 될 복잡한 미래가 두려웠다. 일본도 한일어업협정이 유지되기를 바랐다. 한일어업협정을 한일대륙붕협정이 만료되는 2028년 6월 22일 이후 자동종료시점까지 3년만 더 유지한다면 JDZ 대부분은 한국이 빼도 박도 못할 확실한 일본의 배타적경제수역이 된다. 돌았다고 한일어업협정을 손보고 자시고 할 필요가 있었겠는가? 한일어업협정 체결 3년 후, 한국과 일본은 어느 한쪽도 협정종료를 선언하지 않았다. 다음 해에도 또 다음 해에도 한일어업협정은 1999년 이후 단 한 글자도 바뀌지 않았고 별 탈 없이 그대로 연장됐다. 일본이 바라고 원하는 대로 이루어지고 있었다. 한국은 앞날이 캄캄했다.

1999년, 국제연합 해양법회의가 국제해양법을 비준한 국가들에게 자국의 영토에서 이어지는 대륙붕의 한계를 조사해 10년 후인 2009년 5월 12일까지 대륙붕한계위원회 CLCS에 보고서로 제출하라는 요청을 했다. 대륙붕한계위원회는 각국이 제출한 보고서를 바탕으로 배타적경제수역 200해리를 넘어가는 각국의 대륙붕 한계를 최종적으로 획정하겠다고 밝혔다. 캄캄한 암흑 속에서도 실낱 같은 한줄기 빛이 보였다.

한국 영토로부터 자연적으로 형성된 대륙붕은 최저 수심 2717미터의 오키나와해구에서 끝난다. 일본 쪽에서 시작한 대륙붕은 일본 영해 바로 앞 오키나와해구에서 끝나기 때문에 JDZ는 일본이 입맛을 다시고 말고 할 대륙붕이 아니었다. 오히려 일본이 아닌 중국의 동해안에서 이어지는 대륙붕과 겹쳤다. 따지고 보면 일본이 문제가 아니라 중국이 문제였다.

약삭빠르고 교활하고 주도면밀한 일본은 국제해양법이 채택된 다음 해, 1983년부터 해상보안청 주도로 대륙붕 탐사를 시작했다. 1999년, 국제연합 해양법회의가 대륙붕한계보고서 제출을 요청하자 곧바로 내각관방 산하에 대륙붕조사대책실을 설치하고 일본 영토의 1.7배, 57만 4000제곱킬로미터의 대륙붕을 확보한다는 가이드라인을 설정했다. 일본은 일사불란했다.

IMF 사태로 넋이 빠진 한국은 어렵사리 2000년 5월부터 산업자원부 산하의 한국지질자원연구원 주도로 대륙붕 탐사를 시작했다. 일본만큼 일사불란하지는 못했지만 탐해2호라는 해양물리탐사선을 타고 2006년 12월까지 예산 38억 원을 투입해 대륙붕 탐사를 마치기로 계획을 세웠다.

2009년 5월 12일. 이날은 한국이 JDZ를 지킬 수 있는 마지막 기회일지도 모른다. 한국은 대륙붕한계위원회에 한국 대륙붕의 한계가 오키나와해구 바로 앞까지라는 사실을 보고서로 제출해야 한다. 비록 멍청하고 병신 쪼다 같으며 앞날이 캄캄한 한국일지라도 JDZ를 지킬 수 있는 유일한 방법은 이것뿐이었다.

나는 JDZ를 몰랐다. 두 번째 단락을 읽는 동안 나는 욕지거리를 입에 물었다.

근데 말이요, 대륙붕한계위원회가 일본 손을 번쩍 들어주면 어떻게 될 것 같소? JDZ는 대륙붕으로 치자면 한국의 주권적 권리가 우선하고 배타적경제수역으로 치자면 일본의 주권적 권리가 우선한게 알아서 잘들 갈라 먹어라, 해버리면 어떨 것 같소?

뭔 말이 필요할까? 당연히 전쟁이지. 모름지기 국가는 송곳 꽂을 만큼의 땅뙈기라도, 한 국자 퍼 담을 만큼의 바닷물이라도, 지키고 보존하고 대대손손 물려주는 것이 존재 이유다. 2028년 6월, 한국은 제대로 된 국가 노릇을 할 수 있을까? 앞으로 20여 년 후 군부독재 정권의 후예들이든 군부독재 정권 타도를 외치던 후예들이든 한국의 영혼 없는 좀비 같은 행정부가 국가의 주권적 권리에 대한 중차대한 문제를 조금도 꿀리지 않고 당당하게 제대로 처리할 수 있을까? 후, 나는 깊은 한숨을 내쉬며 두 번째 단락의 마지막 문단을 읽었다.

한일공동개발구역 JDZ는 바다에 그어진 보이지 않는 선에 불과하요. 그 선 위로 하루에도 수십 척의 선박들이 들락거리고 바닷속에는 미국과 중국과 러시아의 잠수함들이 왔다 갔다 하요. 하늘에는 미국과 일본과 중국과 한국의 레이더들이 두 눈을 부릅뜨고 뭔 일 없는가 살피는 바다요. 그런데 참말로 희한하지요? 큰놈, 작은놈, LFEN은 지금도 11명 빼고는 아는 놈이 없으니까 말이요. 한국이 제7광구라고 부르던 JDZ 제4소구역 Ⅶ-2공구, 북위 30도 23분 26초, 동경 126도 27분 26초에서 145도 22분, 남동쪽으로 72.6킬로미터 지점 바닷속에 큰놈 하나와 작은놈 하나 그리고 LFEN이 오늘도 꼭꼭 숨어 있소.

그래서 나보고 어쩌자고? 나는 세 번째 단락이 정말로 궁금했다.

세 번째 단락은 생뚱맞게도 소설 형식으로 쓴 송성철의 자기소개서였다.

송성철은 1960년 전라남도 신안군 압해도에서 태어났다. 압해도에서 국민학교를 마치고 근방에서 가장 큰 도시인 목포에서 중고등학교를 유학한 그는 목포해양전문대학교를 졸업한 후 해군으로 병역의 의무를 다하고 1985년, 한국석유시추주식회사에 입사했다. 1986년, 그는 한일공동개발구역 JDZ 제4소구역 Ⅶ-2공구 근처에 있었다.

"쏭, 제발 입 좀 닥쳐줄래?"

송성철은 궁금한 것을 끊임없이 캐물었다. 라파엘 반 페르시. 네덜란드인 아버지와 일본인 어머니 사이에서 태어난 일본석유공사의 지질탐사 전문가 라파엘은 '카이요'라는 해양물리탐사선을 타고 해저면을 화약으로 폭파한 후 발생한 음파가 지층에 부딪혀 돌아오는 파장, 탄성파를 분석하는 JDZ 물리탐사 책임자였고, 라파엘 옆에 바싹 달라붙은 송성철은 한국 측에서 파견한 지질탐사 옵서버 중 1명이었다.

"쏭, 삐쳤나? 삐쳐서 죽어버렸나? 말 좀 해봐라."

송성철과 일곱 살 많은 라파엘은 서툰 영어와 일본어로 손짓 발짓을 섞어가며 아웅다웅했지만 척하면 착하고 서로를 알아먹었다.

"라파엘 성님, 요기 쫌 보실라요?"

라파엘이 탄성파 오실로스코프 기록지를 살폈다.

"기반암 심도 3170미터. 저류암층은 3040~3170미터. 간격이 너무 좁지? 150미터도 안 되면 유기탄소 함량은 볼 것도 없이 패스."

"그래프 말고 스트리머 로그기록 말이요."

라파엘은 한참 동안 기록지를 들여다보았다. 탄성파를 수신하는 스트리머 A와 B 중 B의 로그기록이 이상했다. 수심 22.8미터? 제4소구역의 평균 수심은 156미터, 가장 깊은 곳은 247미터이고 가장 얕은 곳은 78미터이다. 제4소구역은 해저면에서 평균 430미터까지 펄이나 모래, 갈탄, 이암, 사암 등이 뒤섞여 있고 그 아래부터 암반층이 본격적으로 나타나는 지형이었다. 스트리머 B가 잡은 탄성파 오실로스코프에는 수심 22.8미터부터 암반층이 나타났다.

"쏭, 수중 암초를 발견했어."

"맞지요? 그라지요?"

북위 29도 52분 35초, 동경 126도 53분 02초, JDZ 제4소구역
Ⅶ-2공구에서 남동쪽으로 정확하게 70킬로미터 떨어진 지점, 수심
22.8미터 해저에 수중 암초가 있다는 뜻이었다.

"성님, 요짝 좀 살펴보십시다."

"왜?"

"뭐가 더 있을지 혹시 아요?"

"뭐가 더 있으면?"

"그건 그때 가서 보십시다."

송성철과 라파엘은 해양물리탐사선 카이요의 기수를 그들이 발견
한 수중 암초 쪽으로 돌리게 했다. 크고 작은 봉우리 2개와 주위를
빙 둘러싼 평평한 해저면. 두 사람은 입을 틀어막고 환호성을 질렀
다. 맨 처음 오실로스코프 기록지에 찍힌 위치는 큰놈의 북쪽 비탈
면이었다.

"누가 알기 전에 이름부터 지어야겠어."

의기양양 송성철이 말했다.

"요놈은 큰놈, 요놈은 작은놈."

"이름이?"

송성철이 고개를 끄덕이더니 속삭였다.

"성님, 보고하지 마십시다. 우리만 알고 있읍시다."

"왜?"

"재미날 것 같아서요."

"계속 말해봐."

"지금 요기가 JDZ 제4소구역 Ⅶ-1공구, Ⅶ-2공구하고 70킬로미

터밖에 안 되는 곳이요. 성님이 안 그랬소? JDZ에서 석유든 가스든 나온다믄 요짝 VII-1과 VII-2공구 주변일 거라고 했소, 안 했소?"

"했지."

"그랑께…… 딴 데로 가십시다."

"숨넘어가니까 한번에 죽 말해봐."

"VII-1, VII-2공구 근처에 시추공을 뚫고 석유든 가스든 나와불믄 큰놈하고 작은놈은 암 데도 못 쓰요. 성님, 요짝은 가만 놔두고 딴 데로 가불믄 큰놈하고 작은놈하고 우리 말고는 아무도 모를 텐께, 나중에 여기다 플랫폼들을 쫙 세워갖고…… 딱 세워노믄……."

라파엘이 낄낄거렸다.

"인공섬을 만들자고?"

"징하네, 고 말이 내 말이요."

"거기서 뭐하게?"

"재밌고 신나게 놀지요."

"미친놈…… 언제 만들지?"

"JDZ가 쫄딱 망해불어야 안 하겄소? 석유든 가스든 암것도 안 나와 불고 모두들 철수하믄 그때쯤 시작해야지요. 할라요? 큰놈 하나 작은놈 하나 프로젝트?"

두 사람은 큰놈과 작은놈의 좌표가 찍힌 오실로스코프 기록지들을 모조리 불태워버렸다.

"자, 이제 어디로 가믄 쓰겄소?"

"제2소구역으로 가자."

"V-1공구 근처?"

라파엘이 고개를 끄덕였다.

1980년, 한국과 일본은 JDZ 개발을 시작하면서 가장 먼저 Ⅴ-1 공구와 Ⅶ-1공구에 시추공을 박았다. Ⅴ-1공구에서는 유기탄소 함량이 5퍼센트가 나왔고 Ⅶ-1공구에서는 20퍼센트가 나왔다. 토양 중의 유기물, 즉 동물성이나 식물성 퇴적물이 쌓여서 만들어진 유기탄소의 함량은 석유나 천연가스의 매장 가능성을 살피는 척도였다. 일반적으로 유기탄소 함량이 40퍼센트 이상 나와야 채산성이 있는 곳이지만 20퍼센트 정도면 시추공을 박아볼 만한 곳이고 5퍼센트는 가능성이 없었다. 유기탄소 함량 5퍼센트. 큰놈, 작은놈을 비밀로 간직하고픈 두 사람에게 Ⅴ-1공구 근처는 석유든 천연가스든 절대로 나오지 않을 최적의 장소였다. JDZ가 쫄딱 망하게 될지도 모르는 마지막 공구. 라파엘은 Ⅴ-1공구에서 서남쪽으로 42km 떨어진 북위 30도 52분 18초, 동경 126도 15분 54초 지점에 시추공을 박으라고 시추선 '하쿠류3호'에게 제안했다. Ⅴ-3공구. 송성철과 라파엘의 큰놈 하나 작은놈 하나 프로젝트를 꼭꼭 숨겨줄 미끼 Ⅴ-3공구는 석유든 천연가스든 아무것도 나오지 않는 바짝 마른 건공(乾空)이었다.

1986년, 일본은 Ⅴ-3공구를 마지막으로 JDZ에서 손을 털었다. Ⅴ-3공구를 마지막으로 한국은 더 이상 JDZ에서 공동탐사, 공동투자, 공동개발, 공동분배를 할 수 없었다. 송성철은, 국제해양법이 채택되자 일본이 200해리 배타적경제수역 확보를 노리고 JDZ에서 철수했다고 했지만 그보다 먼저 송성철과 라파엘의 큰놈 하나 작은놈 하나 프로젝트 때문에 JDZ가 끝장난 것 아닌가? 1986년 시추선 '하쿠류3호'가 Ⅴ-3공구가 아니라 맨 처음 계획한 대로 Ⅶ-1공구나 Ⅶ-2공구 근처에서 시추공을 박았더라면 석유나 천연가스가 쏟아져나왔을 수도 있다. 맙소사, 두 사람은 JDZ의 역사를 바꾸어 놓았구나!

정말로 JDZ가 수포로 돌아간 후 송성철은 세계적인 슈퍼 메이저 석유회사에서 근무하겠다는 계획을 세웠다. 그는 밤낮으로 영어공부에 매달렸고 세계 석유시장을 공부하려고 주말마다 일본 교토에 있던 라파엘과 교토대학교 경제학부 교수로 있던 라파엘의 아버지 루트거에게 날아갔다. 라파엘과 루트거에게 궁금한 것을 묻고 또 캐물어 자신의 것으로 만든 그는 세계 석유시장의 미래에 대한 자신의 견해를 적은 20장짜리 팸플릿 형태의 자기소개서를 완성했다.

'Excellent, Brilliant, Absolutely.'

한 달 후 약속이라도 한 듯 브리티시페트로리엄, 걸프오일, 스코니, 로열더치쉘에서 인터뷰 요청이 줄줄이 들어왔다.

선택과 집중. 라파엘과 루트거가 축하인사와 함께 한 말이었다. 송성철은 영국과 네덜란드 합작기업 로열더치쉘을 선택했다. 라파엘과 루트거가 네덜란드 출신이었기 때문에 다른 회사들보다 친근한 까닭도 있었지만 결정적으로 그는 조개구이를 징하게 좋아했다. 세계 석유시장에서 1, 2위를 다투던 로열더치쉘의 로고타이프가 바로 조개껍데기였다. 그는 로열더치쉘의 본사가 있는 네덜란드 헤이그로 날아갔고 회장 로드윅 크리스티앙 반 와켐의 저녁식사 초대를 받았다. 로드윅 회장은 본사 근무를 요청했지만 그는 노가다 정신을 강조하며 석유 시추현장 근무를 자청했다.

1987년 11월, 송성철은 노르웨이 트롤유전을 시작으로 영국 클레르, 시할리온, 니니안유전 등에서 콸콸 쏟아져나오는 까만 석유를 두 눈으로 실컷 보았다. 1996년 1월, 직장상사였던 마논 벨라안과 살림을 합친 그는 네덜란드 헤이그에서 짧고 굵게 함께 살다가 이듬해 12월 헤어졌다. 1998년 3월, 그는 막 개발을 시작한 필리핀 말람파야 천연가스전으로 자리를 옮겼다. 2002년 6월 한일월드컵이 열리던 그해, 말람파야 천연가스전 책임자로 근무하던 그가 한국을 찾아왔다. 15년 만이었다. 축구라면 사족을 못 쓰던 그는 휴가를 내고 월드컵 구경을 하러 왔다가 그 길로 한국에 주저앉았다. 그가 털썩 주저앉은 까닭은 정말로 기가 막혔다.

2002년 6월 22일, 한국과 스페인의 8강전 경기가 열리던 광주월드컵경기장. 경기는 전반전과 후반전 그리고 연장전까지 치르고 0 대 0, 곧 승부차기를 앞두고 있었다. 후다닥, 화장실에서 볼 일을 보고 나오던 송성철 앞으로 한 여자가 걸어왔다. 그는 한눈에 그녀를 알아보았다.

"안녕."

그녀가 걸음을 멈췄다.

"안녕."

그녀도 단숨에 그를 알아보았다. 그는 그녀와 우연히 마주 서있었다. 그와 그녀는 피 말리던 한국과 스페인의 승부차기를 보지 않았다.

열 살이 많았다. 고향 동네 누나였다. 어머니를 일찍 여의고 재혼한 아버지와 새어머니 밑에서 이럭저럭 자라던 송성철에게 언제나 환한 미소를 짓던 누나는 어머니의 다른 모습이었다. 그가 대학교에 입학하던 해, 목포여객선터미널에서 배표를 팔던 누나는 경상남도 진해로 늦은 시집을 갔다. 대학교를 졸업하고 그는 해군에 입대했다. 그의 복무지는 경상남도 진해에 있는 해군작전사령부. 누나를 만날 수도 있다는 생각에 자원한 곳이었다. 누나는 두 살배기 아들을 들쳐업고 혼자서 진해와 맞닿은 마산항 건설현장에서 밥집을 했다. 원양어선을 타던 남편은 북태평양 한복판에서 죽었다고 했다. 그는 누나를 지켜야 했다. 자신만이 지킬 수 있다고 믿었다.

"미친놈."

누나는 한 번만 더 얼쩡거리면 죽여버리겠다고 했다. 펄펄 끓는 물을 끼얹었고 숟가락이며 젓가락이며 식칼까지 닥치는 대로 내던졌다. 요리조리 모조리 피해버린 그는 절대로 물러서지 않았다.

해군 복무를 마친 그는 누나 밥집 근처에 방을 구하고 일자리를 찾아 나섰다. 누나를 지키려면 돈을 벌어야 한다.

"밥 먹었어?"

한밤중, 누나가 처음으로 그를 찾아왔다. 해군 복무 시절부터 누나 곁을 맴돈 지 다섯 해 만이었다. 두근두근 가슴이 터질 것 같았다. 지성이면 감천이고 감천이면 누나 마음도 바꿀 수 있다고 믿었다. 마주 앉은 손바닥만 한 방 안에는 두 사람의 숨결이 가득했다. 누나가 그에게 다가와 입을 맞췄다. 그도 누나에게 다가가 입을 맞췄다. 두 사람은 서로의 몸을 그러안고 쓰다듬었다. 지키고 살피고 보듬고팠던 누나의 몸뚱이었다. 어설픈 첫 경험이었다.

"잘 들어…… 이제 우리는 만나지 않을 거야. 너는 멋진 사내가 되는 거고 나는 멋진 여자가 될 거야. 너는 다시는 나를 찾지 않을 테고 나는 너를 깨끗이 잊을 거야. 이것이 너와 나와 내 아들을 위한 최선이야."

사람의 말은 언제라도 되돌릴 수 있다고 믿었다. 그는 누나 말을 믿지 않았다. 어슴푸레한 새벽녘, 그가 눈을 떴을 때 누나는 없었다. 베개 맡에 놓인 편지 1장이 전부였다.

세월이 지나고 지나서 먼 훗날 혹시라도 우리가 우연히 마주친다면, 그때도 여전히 너는 나를 생각하고 나는 너를 기억한다면 어디서 무엇이 어떻게 돼 있든지 함께 살자. 우리가 하나도 변하지 않았다면 함께 살아도 좋을 거야. 성철아, 지금은 아니지만 나중은 옳을 수 있으면 좋겠다. 너도 나와 같으면 좋겠다. 안녕…… 언제나 어디서나 안녕.

숨을 쉴 수 없었다. 눈물이 목구멍을 막고 채웠다. 서글픈 첫사랑이었다.

송성철은 누나에게 편지를 적었다. 취직을 하고 JDZ에서 시추공을 뚫고 또 한국을 떠나서 세계의 유전들을 뱅글뱅글 도는 동안 그는 부치지 않은 편지들을 적어서 두꺼운 스크랩북을 만들었다.

"쏭, 이 편지들 좀 읽어줄래?"

직장상사 마농 벨라안은 그의 편지에 반했다.

"나랑 함께 살자."

그는 마논과 함께 사는 동안에도 편지를 적었다. 마논은 누나를 향한 한결같은 그의 마음을 사랑했다. 사람 마음이 간사하다고, 그가 적은 편지들 때문에 마논과 사이가 멀어져 헤어진 것은 아니었다. 마논에게 옛 남자친구가 돌아왔던 것뿐이었다. 2002년 6월, 축구를 보겠다고 한국으로 들어오던 비행기 안에서도 그는 편지를 적었다.

"우연이라도 마주친다면 얼마나 좋을까?"

그는 혼자서 되뇌던 말들을 다시 만난 그녀에게 보란 듯이 했다.

"그때도 지금도 나는…… 하나도 변하지 않았어."

2002년 7월, 송성철은 15년 동안 몸담았던 로열더치쉘을 그만두고 한국으로 돌아와 목포의 누나 집으로 들어갔다.

"누님이랑 헤어졌던 시간만큼 누님이랑 징하게 놀고 말 거요."

"징하게 놀더라도 재밌게 놀 곳은 만들어놓고 노세요."

"예, 암요."

그는 누나 말을 징하게 잘 들었다.

"슬슬 놀아보십시다."

그는 동북아시아 해양개발연구소를 만들었고 일본석유공사를 나온 후 나고야대학교 임해실험소장으로 근무하던 라파엘을 한국으로 불러들였다.

북위 29도 51분 15초, 동경 126도 53분 27초, 큰놈과 작은놈 그리고 LFEN. 세상 그 누구도 알 수 없던 송성철과 라파엘의 비밀이 JDZ 제4소구역 바닷속에서 숨을 죽인 채 꼭꼭 숨어 있었다.

두 사람은 가장 먼저 스웨덴의 스테나라는 선박회사에서 스트리머가 8개나 장착된 세계 최고의 해양물리탐사선 '그레이스'를 임대하고, 큰놈과 작은놈 그리고 LFEN 주위를 샅샅이 탐사했다. 지난 1년 동안 탐사한 내용을 요약한 송성철은 오로지 나만을 위한 「큰놈 하나 작은놈 하나」 프로젝트를 적었고 무작정 나에게 들고 온 것이었다.

왜? 도대체 왜 송성철은 보고서를 들고 온 것일까?

큰일날 뻔했소. 제일로 중요한 것을 빠트렸지 뭐요. 누님 말이요. 지금은 나랑 함께 사는 오매불망 우리 누님 이름은 백민정이요. 하나 더, LFEN이 무슨 약자인지 말 안 했지요. The Land of a Fun and Exciting Nation. LFEN은 재밌고 신나는 국가의 땅이라는 뜻이요.

뭐 하자는 거냐? 재밌고 신나는 국가의 땅? 코웃음을 치며 장을 넘긴 나는 달랑 한 줄로 적은 마지막 문장을 보다가 깔깔깔 웃고 말았다.

큰놈이랑 작은놈이랑 LFEN 위에다가 국가를 만들라요.

에라, 미친놈!

국가를 만들라요

목포. 한때는 해골이라고 불렸던 내 친구 구인화 경장의 영결식이 열렸던 곳. 궁금했다. 왜, 어떻게, 어쩌자고 국가를 만들겠다는 것인가? 송성철은 도대체 무슨 까닭으로 큰놈과 작은놈 그리고 LFEN의 존재를 나에게 알려줬다는 말인가? 궁금한 것은 캐물어 반드시 알아내고 싶었다. 나는 미친놈을 만나러 목포로 향했다.

"워메, 오씨요, 어서 오씨요."

송성철의 동북아시아 해양개발연구소는 목포시 용해동 갓바위라는 동네에 있었다. 커다란 대문이 스르르 열리자 초록으로 우거진 아름다운 정원이 눈앞에 펼쳐졌다. 한 100미터쯤 될까? 널따란 정원 너머에 건물이 보였고 하나, 둘, 셋…… 여자 하나에 남자 둘이 환하게 웃으며 앞서거니 뒤서거니 뛰어나왔다. 나도 뛰어야 하나?

"연락도 없이 뭔 일이다요. 아이고, 피차일반인디 방정이요. 인사

들 하시요. 이짜는 우리 누님 백민정 씨, 요짜는 우리 라파엘 성님
이요."

나는 얼결에 백민정, 라파엘과 악수를 나눴다.

"김 선생님, 식사 안 하셨지라? 드가십시다."

그들은 마치 나를 고대하던 백년손님인 양 맞았다.

맙소사, 끝장이라는 말이 무엇인지 두 눈으로 똑똑히 보았다. 널
찍한 식탁 위에는 목포 인근 무안 앞바다에서 잡은 세발낙지를 콩
나물하고 볶고, 두부랑 찌고, 전복을 넣어서 전골을 만들고, 느타리
버섯이랑 초를 무치고, 박 속을 넣어서 맑은 탕을 끓이고, 파래를 넣
어서 죽을 쑤고, 탕탕 탕탕이에, 꿈틀꿈틀 대접에 산 채로 담고, 돌돌
꼬챙이에 말아서 살살 구운 세발낙지호롱이 한가득이었다. 나는 세
발낙지라면 자다가도 벌떡 일어난다. 식탁은 세발낙지에게 지옥이
었고 나에게 천국이었다. 쫄깃쫄깃 세발낙지천국.

"낙지 좋아하시지라? 라파엘 성님이 드시고 잡다길래 우리 누님
이 날 잡고 솜씨를 안 냈소. 막 한 점 할랑께 김 선생님이 떵뚱합디
다. 참말로 묵을 복이 많은갑소. 허리띠 풀어붑시다."

잘 차려진 한 끼 식사와 술 한 잔은 어색한 초면일지라도 스스럼
없는 자리를 만든다. 송성철과 라파엘, 연신 식탁과 주방을 오가며
부산하던 백민정은 멋진 식사와 술 한잔을 곁들여 허물없는 이야기
들로 즐거웠지만 그럴수록 나는 기회를 엿보며 송성철에게 달려온
목적을 되뇌었다. 세 사람이 젓가락질을 멈추고 물끄러미 나를 바라
봤다. 제기랄, 속으로 곱씹던 말이 나도 모르게 불쑥 튀어나온 모양
이었다.

"도대체 어떻게 국가를 세우겠다는 겁니까?"

잘 됐네. 나는 젓가락을 내려놓고 궁금한 것들을 캐물었다.

어떤 국가도 영유권을 주장하지 않거나 영유권을 주장할 수 없거나 영유권을 포기한 지역이 지구상에 있다면 누구라도 그곳에 새로운 국가를 세울 수 있다. 무주지(無主地) 선점을 통한 영토 취득. 지금도 세계 곳곳에는 무주지들이 존재한다. 이집트와 수단 사이에 있는 비르타윌사막, 유럽 다뉴브강 유역의 몇몇 삼각주, 남극대륙에도 점유는 하지만 영유권을 주장하지 않는 지역이 제법 있다. 큰놈과 작은놈 그리고 LFEN이 숨어 있는 한일공동개발구역 JDZ는 무주지가 아니다. 설령 한일대륙붕협정이 종료되거나 파기되고, 한국과 일본이 서로의 주권적 권리를 주장하며 두 국가가 모두 국제사법재판소에 제소를 하든, 어느 한쪽이 쌩을 까는 바람에 한쪽만 국제해양법재판소에 제소를 하든, 재판이 진행되는 몇 년 혹은 몇십 년 동안 한국과 일본 어느 쪽도 주권적 권리를 주장할 수 없는 분쟁지역이 된다고 한들 JDZ는 공해다. 공해는 국제법상 어떤 국가도 영유권을 주장할 수 없고 새로운 국가를 세울 수도 없는 인류의 공동자산이다.

취기가 살짝 오른 송성철이 목소리를 높였다.

"그 국제법이 국제해양법이지라? 그노무 국제해양법이라는 것은 그 법에 가입하고 서명하고 비준한 국가들만 지키라고 있는 법 아니요? 생판 듣고 보도 못한 제3자가 국제해양법을 지키고 말고 할 의무는 없잖소?"

그……렇다. 기존 국가 아닌 제3자가 국제해양법을 지키고 말고 할 의무는 없다. 물론 국제연합 가입국 대부분이 비준한 국제해양법을 쌩 까는 순간 국제깡패집단이나 국제양아치집단으로 몰리게 될 테고, 지들이 무슨 세계의 수호자인 양 눈알을 부라리는 미국에게 찍혀서 흔적도 없이 사라질 수도 있겠지만, 목숨을 내놓고서라도 국가라는 것을 세우고 단 하루라도 왕 노릇이든 대통령 노릇이든 뭐라도 한번 해보겠다는 제3자를 가로막을 필요가 있겠는가? 그럼에도 불구하고 JDZ는 치명적인 약점이 있다. 국제해양법을 깡그리 무시하더라도 시퍼런 바다 위에 어떻게 새로운 국가를 세운다는 말인가?

송성철은 물러서지 않았다.

"큰놈이랑 작은놈이랑 LFEN 위에다가 흙을 쏟아붇든 콘크리트를 쳐붇든 육지를 만들어붇든? 인공섬 말이요."

인공으로 만든 섬은 배타적경제수역이든 대륙붕이든 영해든 국제해양법상 영토로 인정받을 수 없다. 섬이 영토로 인정을 받으려면 바닷물로 둘러싸여 있어야 하고 밀물 때에도 바다 위로 나와 있는 자연적으로 형성된 육지여야 하며 반드시 사람이 살 수 있어야 하고 독자적으로 경제활동을 유지할 수 있어야 한다. 국제해양법을 쌩까는 생판 듣도 보도 못한 제3자가 JDZ에 인공섬을 만들고 영토라고 우기면서 국가를 선포한다면…… 가능한가?

1933년, 미국과 남아메리카 국가들이 창립한 아메리카국가국제회의가 우루과이 몬테비데오에 모여서 '국가의 권리와 의무에 관한 몬테비데오협약'을 채택했다. 한 국가에 대한 다른 국가의 내정간섭을 원칙적으로 금지하고자 만들어진 몬테비데오협약은 학설로만 논의되던 국가의 자격을 법률로써 규정한 최초의 국제협약이었다. 몬테비데오협약 제1조. '국가는 지속적으로 거주하는 주민이 있어야 하고, 일정하게 정해진 영토가 있어야 하며, 정부가 있어야 하고, 다른 국가들과 관계를 유지할 수 있는 능력이 있어야 한다.'

만약 송성철이 말한 국제해양법을 무시하는 생판 듣도 보도 못한 제3자가 주민을 모으고 정부를 만들고 다른 국가들과 관계를 유지한다면 새로운 국가를 세울 수 있다. 제3조와 제6조, 제7조. 정치적 존재로서 국가는 다른 국가의 승인을 받을 필요가 없다. 국가로서 자격을 갖춘 국가는 스스로 국가로 인정된다. 스스로 국가가 된 새로운 국가는 국가의 자격을 지속적으로 유지하여야 한다. 나는 그가 국제관습법으로 인정받는 16개 조항의 몬테비데오협약을 죽 훑어보고 큰놈과 작은놈 그리고 LFEN에 새로운 국가를 세울 수 있다고 믿는다면 꼭 말해주고 싶었다.

"송성철 소장님, 눈이란 게 달리셨으면 사방을 좀 둘러보세요. 남쪽부터 볼까요? 오키나와. 진정으로 전쟁을 사랑해 마지않는 미국의 동북아시아 최대 군사기지가 있습니다. 가데나 공군기지, 후텐마 해병대기지. 서쪽도 볼까요? 중국. 자기네도 정확히 모르는데 2004년 현재 인구가 얼추 13억이랍니다. 덤비려면 덤벼보시던가? 동쪽에는 일본이 있네요. 얘들은 일단 넘어갈게요. 설마 똥이 무서워 피하겠습니까? 마지막으로 고개를 들어서 북쪽을 볼게요. 한, 국. 아시죠? 약한 놈에게 엄청나게 강한 것. 약하다고 소문나면 한국이 바로 지랄발광할 겁니다. 큰놈과 작은놈 그리고 LFEN에 흙을 쏟든 콘크리트를 치든 육지를 만들고 새로운 국가를 세운 제3자는 한국, 중국, 미국, 일본에게 걸려갖고 뼈도 못 추릴 겁니다. JDZ, 거기가 원래 그런 바다입니다. 입 아프니까 딱 한 마디만 더하죠. 제3자, 동북아시아 해양개발연구소 송성철 소장님, 까딱하면 싹쓸이 당하십니다."

으하하, 송성철이 손뼉을 치며 웃었다. 수첩에 메모를 해가며 진지하던 라파엘도 깔깔깔 웃었다. 웃음의 전염성은 강했다. 나도 두 사람을 따라서 웃었다.

"라파엘 성님, 싹쓸이 당해불기 전에 국가 이름이라도 지어봐야 하는 것 아니요?"

"깔끔한 이름이 좋을 텐데, 나는 도무지 떠오르지를 않아서 말이야."

세발낙지천국을 어느새 술상으로 변모시킨 백민정이 온갖 마실거리를 쟁판에 받쳐들고 오며 말했다.

"김 선생님께서 한번 지어보세요."

내가 왜?

"재미로 지어보씨요."

송성철이 부추기자 모두들 나를 바라봤다. 나는 백민정이 식탁에 막 내려놓은 주스병에 눈길이 멈췄다. 까맣고 동그란 열매들이 대롱대롱 매달린 가지와 싱그러운 푸른 잎사귀 그림이 붙어 있는 길쭉한 주스병, ARONIA.

"아로니아로 하죠."

나를 바라보던 시선들이 모조리 아로니아 주스병으로 옮겨갔다.

"아로니아, 좋네요."

백민정이 입을 열자 송성철이 맞장구를 쳤다.

"멋지네, 아로니아!"

라파엘이 아로니아 주스병을 들고 말했다.

"쏭, 하자, 아로니아!"

뭐 이런 어처구니없는 일이 다 있단 말인가? 정신들 차리세요. 국제법을 쌩까고 싹쓸이 당할 각오로 건설할 국가 이름을 한낱 주스병에서 베낀다고요? 최소한 국호는 국가의 정체성을 담보하거나 국가구성원의 중지를 모아야 하는 것 아닙니까?

"정말로 아로니아로 하실 겁니까?"

맙소사, 송성철, 백민정, 라파엘이 고개를 끄덕였다. 에라, 내버려두자. 나랑 무슨 상관이라고! 송성철이 아로니아 주스를 유리잔들에 채우며 말했다.

"김 선생님, 세상에는 누구도 영유권을 주장하지 않는 무주지들이 제법 있다고 하셨지요? 아마도 영유권을 주장할 수 없는 분쟁지역도 있을 것이요. 그래도 나는 JDZ에다가 국가를 만들라요. 라파엘 성님하고 내가 발견했고 우리가 눈앞에서 보고 살폈던 곳이요. 어렵다고, 어려울 것이라고, 어려울 것이 틀림없다고 우리 것을 두고 어딜 가것소? 눈 앞의 것도 안 하고 멀리 있는 것을 어떻게 하것소? 우리 것을 내버려두고 남의 것을 기웃거린다믄 비겁한 일이지요. 나는 우리 것을 할라요. 흐흐흐, JDZ만큼 재밌는 곳이 세상에 또 어디 있것소? 나는 말이요. 큰놈 하나 작은놈 하나 그리고 LFEN 위에다가 국가를 만들라요. 재밌고 신나는 국가의 구성원들이랑 징하고 멋지게 살아불라요."

그러시든가, 마시든가.

"재밌고 신나는 국가, 아로니아를 위하여!"

짠, 얼결에 건배를 한 나는 들쩍지근하면서도 씁쓸하다가 어느새 입안 한가득 침이 고이는 아로니아를 찬찬히 마셨다. 도대체 무슨 까닭으로 큰놈과 작은놈 그리고 LFEN의 존재를 알려줬는지 나는, 묻지 않았다. 먹고 마시고 노느라 틈을 놓친 탓도 있었지만 더 이상 궁금하지도 않았다. 징하고 멋지게, 재밌고 신나게 살겠다는 송성철, 라파엘, 백민정과 하룻밤이면 충분했다.

아슴푸레한 새벽녘, 손님방에서 눈을 뜬 나는 마당으로 나왔다. 유달산자락이 허리춤을 찰싹 감싸고 올망졸망 다도해가 눈앞으로 훤하게 펼쳐졌다. 통통통, 조막만 한 통통배 1척이 바쁘게 바다를 가로질렀다.

"안녕히 주무셨어요?"

백민정이었다.

"예. 안녕히 주무셨습니까?"

눈곱도 안 뗐는데…… 슬쩍 시선을 피했다.

"연구소가 정말로 멋집니다."

"본래는 제가 살던 집인데 쏭…… 그이가 동북아시아 해양개발연구소로 간판을 단 겁니다. 아버님께서 지으셨죠."

"아버님께서 건축업을 하시는 모양이군요?"

"아뇨, 김 선생님의 아버님, 작고하신 김기천 대표님 시절에 동국건설이 지었습니다."

아버지…… 오, 맙소사! 나는 그녀 백민정을 알았다.

"아버님께서는 언제나 어디서나 행복하실 거예요." 누구에게도 들어보지 못한 독특한 조문인사, 나만 알고 있는 비밀로 고스란히 묻어두고 싶었던 아버지의 연인 Club HoHo, Lygia Peck! 바로 그 리기아 펙이 내 앞에서 환하게 웃는 백민정이었다.

세상에, 룸살롱인 줄 알았던 클럽호호는 세계 최고의 휴양리조트였고 아버지의 숨겨둔 연인인 줄로 알았던 리기아 펙은 세계 55개국에 체인을 둔 클럽호호의 한국인 CEO 백민정의 영문이름이었으며, 아버지의 동국건설은 클럽호호의 리조트들을 건설하는 사업파트너였다. 하, 나는 아버지를 몰라도 한참을 몰랐다.

왜 알아보지 못했을까? 머리 모양이 바뀌었나? 립스틱 컬러가 다른가? 백민정은 변하지 않았지만 이 순간 그녀를 만나리라고 예상하지 못한 탓이었다. 나는 그녀에게 장례식에서 오해했던 일을 말했다. 그녀는 폴짝거리며 배를 움켜쥐고 깔깔거렸다. 두 살배기 아들을 들춰 업고 혼자서 건설현장 밥집을 하던 젊은 미망인이 어떻게 세계 최고의 휴양리조트 클럽호호의 CEO가 됐는지 알고 싶었다.

"재수가 좋았지요. 나는 재수가 아주 좋은 여자랍니다."

솜씨가 좋았다. 백민정이 운영하던 또와요밥집은 언제나 손님들로 넘쳐났다. 그녀는 음식 솜씨만 좋은 것이 아니었다. 건설현장의 떠돌이들을 다루는 솜씨 또한 놀라웠다. 운동화에 머리끈을 질끈 동여매고 발랄하게, 어서 오세요. 허드레바지와 긴팔티셔츠로 맨살이 드러나지 않도록 깔끔하게, 안녕히 가세요. 언제나 발랄하고 깔끔하고 깍듯했지만 배알을 틀리게 하는 떠돌이들 앞에서는 여지없이 욕지거리를 퍼부었다.

"깨작거릴 거면 오지 마. 또 올 거라고? 귓구멍 열고 잘 들으세요. 앞으로 깨작거리면 해골을 쫙 빠개버린다."

"멍청한 새끼야, 화투장에 정신이 팔렸으니까 혀가 빠지게 일을 해도 거지꼴을 못 면하는 거잖아."

"한 번만 더 위아래로 나를 훑으면 눈깔의 먹물을 확 뽑아버린다."

사내들이란 배우나 못 배우나, 잘났으나 못났으나, 돈이 있으나 없으나 매한가지로 모성애에 약하다. 모성애, 어머니가 아니라 모성애다. 세상에는 저것도 뱃속으로 자식새끼를 낳았나 싶은 지랄염병 맞은 어미들도 분명히 있지만 본능적으로 자식을 아끼는 모성애에는 누구나 눈물짓게 마련이다. 모성애는 어머니의 젖을 빠는 사람의 원초적 본능이며 관계를 벗어나서는 살 수 없는 사람의 첫 번째 사회적 본능이다. 건설현장의 떠돌이들은 송성철이 그랬던 것처럼 본능적으로 그녀에게 모성애를 느꼈다. 밥을 먹고 욕을 처먹고 깍듯하고 사람다운 대접을 받으며 그녀를 흠모했다. 망하려고 애를 써도 망할 수 없는 타고난 장사꾼이었다. 푸지게 퍼주고 아낌없이 먹여주는 또와요밥집은 돈, 돈, 목을 매지 않아도 돈이 쌓일 수밖에 없었다. 어느새 또와요밥집은 2곳, 3곳, 4곳, 5곳으로 늘어났고 마산, 창원, 부산, 울산, 포항으로 넓어졌다. 그녀는 돈이 쌓이는 대로 땅을 샀다. 사람이 거짓말을 하고 돈이 거짓말을 시켜도 땅만은 거짓말을 하지도 시키지도 않을 것이라는 생각이었다. 그녀는 그녀의 말대로 재수가 좋은 여자였다. 서울의 반포와 잠실에 땅을 샀다. 양재, 개포, 송파로 땅을 넓혔고 이문이 남는 즉시 땅을 처분하고 경부고속도로 주변으로 내려갔다. 분당, 수지, 판교를 훑고 나자 그녀는 돈 것처럼 돈이 많고 미친 것처럼 땅이 많은 부자가 됐다.

"너는 멋진 사내가 되는 거고 나는 멋진 여자가 될 거야. 너는 다시는 나를 찾지 않을 테고 나는 너를 깨끗이 잊을 거야. 이것이 너와 나와 내 아들을 위한 최선이야."

그녀는 최선을 다했고 멋진 여자가 됐다.

백민정이 또 다른 세상에 눈을 뜬 것은 생전 처음 떠난 해외여행 덕분이었다. 멕시코 카리브해 칸쿤의 랑고스타해변을 거닐던 그녀는 세상에서 둘도 없는 나만의 휴양지를 만들겠다고 생각했다. 언제나 어디서나 행복해질 수 있는 나만의 휴양리조트. 클럽호호는 칸쿤을 시작으로 태국과 말레이시아, 몰디브와 모리셔스, 알프스와 그리스, 이탈리아, 포르투갈, 모로코와 브라질, 태평양 한복판까지 체인을 넓혀나갔다. 모든 것이 순조롭기만 한 것은 아니었지만 그녀는 멈추거나 주저하지 않았다. 세상 모든 휴양지는 두 종류로 나뉘었다. 클럽호호가 있는 곳과 없는 곳. 그녀는 세계 최고의 휴양리조트 클럽호호의 CEO가 됐다.

한국은 클럽호호의 CEO가 한국인 백민정이라는 사실을 몰랐다. 클럽호호의 억만장자가 목포 유달산자락에서 산다는 사실을 아는 한국인 또한 거의 없었다. 그녀는 기껏해야 1년에 두어 달 한국에 머물면서 한 번도 잘난 척 나서지 않았고 금박을 씌운 명함을 꺼내들고 으스대지도 않았다. 더구나 누구와도 인터뷰라는 것을 해본 적이 없었다. 그녀가 본래부터 남들 앞에 나서는 것을 좋아하지 않은 까닭도 있었지만 결정적인 까닭은 따로 있었다.

"저는 카메라 앞에만 서면 눈알이 가운데로 쏠리거든요. 이렇게요."

저, 정말이었다.

"가자미처럼 양옆으로는 안 되나요?"

농담이었다.

"해볼까요?"

맙소사, 백민정이 양손 검지로 두 눈을 찢었다. 제발요, 클럽호호 회장님. 여기서 이러면 안 되시는 겁니다. 나는 그녀의 두 손을 덥석 잡고 말했다.

"제발 하지 말아주세요."

우리는 한참 동안 웃었다.

"꼭 다시 만나요."

그녀가 나에게 악수를 청했다. 참, 리기아 펙, 그녀의 영문이름 리기아는 헨리크 시엔키에비치의 소설 『쿠오바디스』에 나오는 여주인공 이름이었고, 펙은 그녀의 성인 백을 Back, Pack으로 적다가 느낌상 빠꾸하고 짐 싸는 것 같아서 아무도 안 쓰는 Peck으로 적은 것뿐이었다. 한 가지 더. 그녀가 밥집을 하면서 들춰 업고 키운 아들 정호수는 오스트레일리아 시드니대학교에서 디자인을 전공한 후 브리즈번에서 디자인회사를 운영했다. 어여쁜 며느리도 있고 귀여운 손녀도 있었다. 어느새 아슴푸레하던 세상이 환하게 밝았다.

서울로 올라가는 길, 추적추적 비가 내렸다. 그냥 이것저것 겪을 만큼 겪고 나이도 먹을 만큼 먹은 어떤 미친놈이 잘 한번 놀아보겠다고 지껄이는 허무맹랑한 헛소리일 뿐이라 여기면 그만이었다지만, 문제는 통 그렇게 여겨지지가 않았다는 점이었다.

"노력하는 사람은 이길 수가 없다고들 하잖아요. 거짓말입니다. 아무리 죽어라고 노력을 해도 날 때부터 타고난 사람한테는 도무지 이길 방법이 없어요. 음악이 그렇고 미술이 그렇고 운동이 그렇고…… 아세요? 제 아무리 능력을 타고난 사람도 든든한 빽 있는 사람한테는 어쩔 수가 없더군요. 하지만 빽 있는 사람이 다 해먹는다면 세상에 무슨 재미가 있겠어요. 빽 있는 사람도 재수가 좋은 사람 앞에서는 힘을 못 쓰죠. 세상에는 뭘 해도 잘 되는 사람이 있거든요. 저는 재수가 참 좋았답니다. 그러다가 쏭을 다시 만나고 알았죠. 재수 좋은 사람보다 더 센 사람은 간절한 사람이다. 쏭은 간절하게 나를 기다렸고 우리는 저절로 만났지요. 노력보다 타고난 것보다 빽보다 재수보다 더 세고 강한 사람은 세상 누구보다 간절한 사람이라는 생각이 들었어요. 그런데 요즘은 생각이 바뀌고 있답니다. 이 세상 누구보다도 힘이 센 사람은 놀자는 사람일지도 몰라요. 앞도 뒤도 보지 않고 놀자고 덤비는데, 무엇이 어찌되든지 놀자는 것뿐이라는데, 재밌게 놀고야 말겠다는데 누가 막겠어요. 김 선생님, 쏭이랑 라파엘은 재밌게 놀고 있는 거랍니다. 두 사람은 지금 김 선생님과 함께 놀고 싶은 거예요. 이 세상 누구보다도 재밌게 놀고 말 거라고 김 선생님을 불러들인 거예요."

환하게 밝아진 목포 앞바다를 바라보며 백민정이 말했다.

"올해 초부터 쏭은 김 선생님을 만나고 싶어 했어요. 재밌고 신나는 국가 건설을 위한 프로젝트에 반드시 필요한 사람이라고 했지요. 궁금해요, 어떻게 될지. 김 선생님이 어떤 결정을 내릴지 정말로 궁금합니다."

모든 것이 계획된 일이었다고? 갑자기 짜증이 올라왔다.

"JDZ만큼 재밌는 곳이 세상에 또 어디 있겠소? 나는 말이요, 큰놈 하나 작은놈 하나 그리고 LFEN 위에다가 재밌고 신나는 국가를 만들라요. 재밌고 신나는 국가의 구성원들이랑 징하고 멋지게 살아 불라요."

터무니없는 송성철의 허황된 말들이 귓가에서 윙윙거렸다.

어느새 '서울'이라고 써진 톨게이트 간판이 와락 달려들었다.

빨간 철골조 건물

약속 장소는 빨갛게 색칠한 철골조가 밖으로 드러난 3층짜리 건물이었다. 외벽을 통유리로 만들고 층마다 정원으로 가꿔진 테라스가 있는 멋진 계단식 건물은 독특하게도 근처 5층짜리 건물보다 훨씬 높았다.

"시간 쫌 내주실라요? 김 선생님을 보고 잡다는 사람들 땜에 난리가 났소. 나 쫌 살려주시오."

목포에 다녀온 지 열흘째 되던 날, 송성철이 전화를 걸어왔다. 나를 보고 잡다는 사람들? 나는 서울특별시 종로구 삼청동 빨간 철골조 건물이 마주 보이는 카페에 앉아 있었다. 약속 시간 3시간 전이었다.

"의뢰인의 요구사항 이외에는 절대로 묻지 않는 것이 제 원칙이자 소신입니다. 그럼에도 불구하고 딱 한 가지만 물어보고 싶습니다."

"물지 마라, 아프다."

퍼펙트기획 대표 임필주가 쩝, 입맛을 다셨다. 나는 녀석이 건네준 서류를 훑으며 빨간 철골조 건물 입구를 살폈다.

"이번 일을 하면서 세계로 눈을 돌려야겠다, 뭐 이런 멋진 생각을 했습니다."

녀석이 제 얼굴이 들어간 명함을 건넸다.

"새로 뽑았는데 한번 봐주세요."

'Pefect Internetional Detactive Agensy, FeelRim'.

"필림은 뭐냐?"

"임필주의 필, 임은 영어로 림, 필림."

"필름이 아닌 게 다행이다."

녀석이 멀뚱멀뚱 바라봤다.

"누가 만들었냐?"

"제 밑으로 대학 나온 애들이 몇 명 들어왔습니다."

"몽땅 다 짤라라."

"왜요?"

"영어 싹 다 틀렸다."

녀석은 뚫어지라고 명함을 노려보다가 꾸깃꾸깃 구겨버렸다.

"열두 통이나 뽑아놨는데, 개새끼들!"

"임 대표가 원칙과 소신을 깨면서까지 물어보고 싶은 게 뭐냐?"

녀석의 얼굴이 환해졌다.

퍼펙트기획 대표 임필주는 내가 시보생활을 마치고 검사 노릇을 시작하며 마주한 첫 번째 피의자였다. 껄렁한 몸짓부터 양동이를 끼운 듯 어기적거리는 걸음걸이까지 영락없는 동네 양아치는 전과 10범으로 나와 동갑내기였다. 아버지가 아니었다면 나는 또 다른 임필주가 됐을지도 모른다.

"임필주 씨, 다시 걸어오세요."

동네 양아치가 느릿느릿 다시 걸어왔다.

"좆만 한 새끼, 디져보실래요?"

동네 양아치가 빠르게 나를 훑었다. 여차하면 검사에게 박살날지도 모른다는 판단이 섰으리라.

"사타구니 딱 붙이고 똑바로 걸어라."

녀석은 땀을 뻘뻘 흘리며 사무실 안을 뱅글뱅글 돌았다.

"한 번만 더 지랄하면 패 죽여버린다."

"예, 알겠습니다."

녀석은 지나온 역사를 말했고 나는 녀석의 지나온 역사를 들었다. 녀석은 쓰레기 같은 자신의 지나온 역사가 부끄럽고 구질구질하다며 눈물을 흘렸다. 부끄러운 것을 부끄럽다고 여기고 구질구질한 것을 구질구질하다고 느끼는 것은 새로운 시작이다. A4용지 한 덩어리와 볼펜 한 다스를 꺼냈다.

"써라."

전과 10범이 되는 동안 저지른 죄들을 낱낱이 까발리고 피해자들에게 용서를 구하라고 말했다. 녀석은 일주일 동안 구치소에서 검찰청으로 출근을 했고 나는 사무실 구석에 녀석의 자리를 마련해주었다. A4용지 한 뭉치를 가득 채운 반성문을 완성하던 날, 녀석은 나를 붙잡고 엉엉 통곡을 했다. 나는 녀석이 쓴 반성문을 피해자들에게 보냈고 피해자들은 선처를 바라는 탄원서를 법원에 제출했다. 나는 법률에 따라 징역 3년을 구형했지만 판사는 징역 1년 6월에 집행유예 2년을 선고하고 녀석을 풀어주었다. 영락없는 동네 양아치 동갑내기 녀석은 부끄럽고 구질구질했던 과거를 청산하고 퍼펙트기획이라는 심부름센터를 시작했다. 참, 녀석에게 집행유예를 선고한 판사는 유럽간첩단 사건의 재판장 정상철이었다. 그는 내 첫 번째 사건 담당판사면서 공교롭게도 마지막 사건 담당판사였다.

"제가 별 희한한 인간들 다 만나봤지만 송성철과 백민정, 두 인간…… 두 분처럼 위인전을 찢고 금방 튀어나온 것 같은 사람들은 처음입니다. 막 친해지고 싶고 뭐라도 막 같이 하고 싶으면서도 느낌이 요상합니다. 뭐라고 해야 되나?"

"금방이라도 사고를 칠 것 같다?"

"어떻게 아셨습니까?"

"촉이 좋네."

임필주가 신나서 물었다.

"왜 두 분을 의뢰하신 겁니까?"

"소신과 원칙은 죽 지켜야지?"

쩝, 녀석은 눈치만 살폈다. 백민정은 송성철이 나에 대하여 많은 정보를 알고 있다고 말했다. 당연히 나도 송성철과 백민정의 정보가 필요했다. 조사는 꼼꼼했다. 녀석은 제대로 적성을 찾은 모양이었다.

송성철은 네덜란드 국적이었다. 송성철의 동북아시아 해양개발연구소는 목포에 있었지만 서울특별시 강남구 압구정동에 본사를 둔 '옴파로스'라는 부동산개발회사의 부설연구소로 등록돼 있었다. 한국 국적의 백민정이 대표로 있는 옴파로스는 전국의 빌딩과 골프장, 호텔과 리조트 등 알려진 자산만 시세로 자그마치 3조 8000억 원이었다. 클럽호호는 제외한 자산이었다. 클럽호호는 한국에 어떠한 연고도 없었다. 세계 55개국에 체인을 둔 클럽호호는 각국마다 독립법인으로 운영됐고 백민정은 한국에서 한 푼의 세금도 내지 않았다. 한국 자산이 3조 8000억 원이면 클럽호호의 자산은? 맙소사, 계산이 불가능할지도 모른다. 송성철의 한국 자산은 아무것도 없었다. 국적이 네덜란드이므로 그쪽에 자산이 있을 가능성이 높았다.

송성철의 가족관계는 아버지와 새어머니, 두 사람 사이에서 난 다섯 살 터울의 배다른 여동생이 전부였다. 송성철은 간암으로 투병 중인 아버지 병원비를 5년째 전액 부담하고 있었지만 1년에 한두 번 아버지와 전화통화를 하는 것이 고작이었다. 새어머니와 여동생과는 왕래가 없었다. 백민정의 가족관계도 단출했다. 부모는 모두 사망했고 친가 쪽은 친척이 없었으며 외가 쪽은 대부분 뉴질랜드로 이민을 간 상태였다. 백민정의 혈연관계는 사망한 남편 정근석 사이에서 낳은 아들 정호수가 전부였다. 백민정의 아들 정호수는 중학교 때부터 오스트레일리아에서 학교를 다녔고 시드니대학교를 졸업하던 해, 고등학교 동기 캐서린 팔머와 결혼을 했다. 오스트레일리아 국적의 정호수는 브리즈번에서 캐서린과 함께 L&K라는 디자인회사를 운영 중이었다. 시드니대학교 3학년 시절 정호수가 캐서린과 함께 창업한 L&K는 컴퓨터게임디자인, 건축디자인, 선박디자인뿐만 아니라 자동차디자인까지 영역을 넓혀나가는 세계적으로 유명한 디자인회사였다. 눈앞에 보이는 빨간 철골조 건물은 정호수와 캐서린 팔머의 L&K 한국지사, L&K Korea였다.

"L&K가 한국에 들어온 것은 2년 전입니다. 건물을 직접 짓고 들어왔죠. 유한회사로 법인등록을 했고 대표는 정호수와 캐서린 팔머. 이사도 있고 감사도 있고 있을 건 다 있는데, 이상한 것은 지난 2년 동안 매출이 0원입니다. 경비는 외부업체에서 담당하고…… 며칠 죽 지켜봤는데 더 이상한 것은 출근하는 직원이 1명도 없다는 겁니다. 뭐 하는 델까요?"

L&K Korea 주차장으로 빨간 포르쉐 1대가 들어갔다. 뒤이어 까만 세단도 들어갔다. 빨간 포르쉐에서 젊은 동양 남자와 젊은 서양 여자, 네다섯 살쯤 보이는 계집아이 하나가 내렸다.

"저 친구가 정호수입니다. 오스트레일리아에서 사흘 전에 들어왔어요. 딸 올리비아, 그 옆은 와이프 캐서린."

까만 세단에서 송성철과 백민정, 서양 남자와 서양 여자, 예닐곱 살쯤 된 계집아이 하나가 내렸다. 그들은 환하게 웃으며 건물 안으로 들어갔다. 잠시 후 MTB 자전거를 탄 사내 하나가 건물 앞에 멈췄다. 헬멧을 벗고 자전거를 둘러메고 건물로 올라가는…… 누구지? 아, 라파엘이었다. 약속 시간 2시간 전이었다.

"송성철과 백민정의 통화기록 2년치를 뽑아서 전화번호별로 정리를 했습니다."

"불법이다."

"걸리면 불법, 안 걸리면 마이 비즈니스."

임필주가 형광펜으로 그은 전화번호 하나를 톡톡 두드렸다.

"신동상사라고 목포에 있는 선박용 페인트 공급업체 대표 배정은이라는 여잡니다. 작년 5월, 처음으로 송성철과 통화를 했습니다. 작년 5월이면 송성철이 그레이스라는 해양탐사선을 들여온 때입니다. 배정은 발신으로 3분과 2분, 2차례 통화를 했고 한동안 통화가 없다가 작년 12월부터 송성철 발신으로 65분, 83분, 107분, 모두 9차례 통화를 했습니다. 배정은을 제외하면 송성철의 통화는 보통 5분 안팎입니다."

"임 대표가 주목한 이유는?"

목포에는 신동상사가 없었다. 신동상사 주소지는 분식집이었다. 25년째 한자리에서 분식집을 하는 할머니는 배정은을 알지 못했다. 신동상사라는 이름도 처음 듣는다고 했고 휴대폰 요금고지서가 날아온 적도 없었다. 임필주는 처음부터 다시 시작했다. 신동상사의 사업자번호 대신 배정은의 주민등록번호로 신상을 캐냈다. 광주, 대전, 부산을 거쳐서 도착한 곳은 강원도 강릉시 교동 마리아요양원. 배정은은 10년째 정신질환을 앓고 있는 중환자였다. 요양원의 배정은과 신동상사의 배정은은 결코 동일인물일 수 없었다. 서울특별시 광진구 화양동. 배정은의 휴대폰 개통 영업점을 찾아갔지만 개통 이력은 나오지 않았다. 신동상사는 유령회사였고 배정은은 정말로 유령이었다. 전국을 빙 한 바퀴 돌고 나자 녀석은 감이 잡혔다.

"국정원입니다."

임필주는 확신했다.

"송성철과 백민정이 금방이라도 사고를 칠 것 같다고 한 이유가 이건가?"

"정확하게 말하자면 송성철입니다. 백민정의 통화기록은 특이할 만한 것이 없습니다. 아, 지난 두 달 동안 옴파로스 직원 정구식, 심상주와 통화가 아주 많습니다. 그전에는 보통 한 달에 한두 번꼴로 통화를 했는데 최근 두 달 동안 하루에 한두 번꼴로 통화를 합니다. 꼬투리를 잡자면 충분히 잡을 수도 있습니다."

나는 배정은의 휴대폰 번호로 전화를 걸었다.

"지금 거신 전화번호는 없는 번호이오니……."

휴대폰 너머에서 녹음된 목소리가 흘러나왔다. 녀석이 씩 웃었다.

"국정원에 제 오른손을 걸겠습니다."

당신, 뭐요? 송성철을 알려고 나섰더니 눈앞으로 낭떠러지가 나타났다.

L&K Korea 주차장으로 출장뷔페 차량이 들어갔고 곧이어 들어간 SUV에서 중년 여자와 서양 남자, 열두어 살쯤 된 계집아이가 내렸다. 임필주는 꾹 입을 다물고 연신 눈치만 살폈다.

"왜 아무것도 안 물어보나?"

"안 그래도 소신하고 원칙하고 만나면 패죽일 작정입니다."

"걔들 죽이지 마라. 나중에 다 이야기해줄게."

녀석의 얼굴이 환해졌다.

"청구서 내놔야지."

"뭐라고요?"

"작업 끝났으면 비용을 청구해야 할 거 아냐?"

"뭐 하시자는 겁니까?"

녀석은 까닥하면 한 대 칠 기세였다.

"사타구니에다가 빠께스 끼고 돌아다니던 임필주가 검사 김강현을 만나는 순간 다짐한 것이 있습니다. 나는 죽을 때까지 이분이랑 함께 간다. 비록 동갑일지나 나는 죽는 순간에도 이분에게 존대를 할 것이다. 만약 이분이 목숨을 빌려달라고 한다면 나는 황송한 마음으로 목숨을 바칠 것이요, 혹시라도 잘못돼서 캑 죽더라도 나는 이분을 알았다는 사실만으로도 감읍할 것이다. 검사 김강현과 지금 제 앞에 계시는 김강현이 같은 분이시라면 더 이상 어떤 말씀도 하지 말아주십시오. 오로지 이것뿐입니다."

얘가 왜 이러냐?

"요즘 사극 많이 보냐?"

"백날 사극을 본들 제 명함의 영어도 읽지 못하는 한낱 무지렁이가 무엇인들 제대로 알겠습니까?"

골고루 한다.

"임 대표?"

"예, 분부만 내리십시오."

"닥치고 꺼져줄래?"

녀석이 환하게 웃으며 일어났다.

"24시간 항시대기로 모시겠습니다."

"꺼져, 꺼져."

녀석이 손을 흔들며 카페를 나갔다. 약속 시간 10분 전, 자리에서 일어났다. 어쩌자고 나는 저 안으로 들어가려는 것일까? 제기랄, 나도 알 수 없는 일이었지만 닥쳐서 닥치는 대로 할 일이었다.

카페를 나서다가 길가의 꽃집이 눈 안에 들어왔다.

사막에서 길을 잃다

빨간 철골조 건물 로비는 거대한 바닷속 같았다. 로비 전체가 바닷물에 풍덩 들어갔다가 물든 듯 파랗고 하얗고 푸르렀다.

"김 선생님!"

백민정이 반갑게 나를 맞았다. 샴페인 글라스를 들고 창가에 모여 있던 사람들이 나를 바라봤다.

빨간 장미 한 다발을 정호수의 부인 캐서린에게 건넸다.

"반가워요."

캐서린이 나를 꼭 안았다.

"예뻐요."

노란 해바라기 한 다발을 송성철의 세단에서 내린 서양 여자 마논에게 건넸다. 한때 송성철과 함께 살았던 마논 벨라안 곁에는 남편 에드워드 킨슬러가 서 있었다. 마논은 옛 남자친구였던 에드워드와 다시 만나는 바람에 송성철과 헤어졌다. 그렇다면 관계가 요상하고 망측한 것 아닌가? 송성철과 동거했던 전 여자친구, 전 여자친구와 바람이 났다가 결혼한 전 전 남자친구, 전 남자친구와 현재의 부인. 사회통념상 송성철과 백민정, 마논 벨라안과 에드워드 킨슬러는 모여서 웃고 떠드는 관계는 아니어야 했다.

"이렇게 누나 동생, 요렇게 언니 동생, 고렇게 형님 동생이에요."

뭐가 어쨌다고요?

"모두 다 친구예요."

친구. 친구는 모든 것을 탈탈 털어내고 통념을 아우르는 멋진 단어였다.

"고마워요."

파란 프리지아 한 다발을 SUV에서 내렸던 쿠로타 유즈하에게 건넸다. 라파엘의 부인 유즈하는 나고야대학교 심리학과 교수였고 함께 내렸던 서양 남자는 교토대학교 경제학부 교수를 은퇴한 라파엘의 아버지 루트거였다.

"멋지네요."

하얀 백합 한 다발을 백민정에게 건넸다. 그녀는 나를 꼭 안더니 쪽 볼에 입을 맞췄다. 얼굴이 살짝 붉어졌을까 싶은데…… 무슨 수로 피할까? 정호수와 캐서린의 딸 올리비아, 마논과 에드워드의 딸 크리스틴, 라파엘과 유즈하의 딸 레이카가 반짝반짝 커다란 눈망울로 나를 바라봤다. 우리도 꽃을 주세요. 아무렴…… 나는 빨갛고 노랗고 파랗고 하얀 꽃들을 엮어 만든 화관을 레이카와 크리스틴과 올리비아의 머리 위에 하나씩 얹어주었다. 향기로운 꽃보다 아름다운 계집아이들이 와락 안기며 양 볼에 입을 맞췄다.

"김 선생님께서 숙녀분들 수대로 꽃을 사오셨소. 어디서 모조리 보고 계셨던 모양이요?"

송성철은 예리했다. 아니다. 이 정도는 알아차려야 국가를 세우든 말든 할 것 아닌가?

"예, 3시간 전부터 건너편 카페에서 지난 2년 동안 매출이라고는 한 푼도 없는 L&K Korea에 누가 들어오고 누가 나가는지 죽 지켜봤습니다."

송성철이 박장대소하며 말했다.

"김 선생님이야말로 참말로 멋진 분이라고 했소, 안 했소?"

캐서린과 마논, 유즈하와 백민정, 레이카와 크리스틴과 올리비아가 환하게 웃었다. 웃는 여자는 다 예뻤다.

"슬슬 밥값들 해보십시다."

뷔페로 식사를 마친 사람들이 송성철을 따라서 나무계단을 올라갔다. 푸르른 바닷속 같던 로비와 달리 2층은 초록으로 물든 숲속이었다. 우거진 나무들과 꽃을 피운 풀들과 바위를 뒤덮은 이끼들이 어우러져 초록으로 테라스까지 이어졌다. 높다란 천장에는 파란 하늘에 하얀 구름이 두둥실 흘러갔다. 여기는 2층, 파란 하늘은 바깥 풍경을 그대로 보여주는 스크린이면서 동시에 조명 역할을 했다. 숲속을 지나고 한 걸음쯤 되는 개울을 폴짝 건너자…… 어라, 피라미도 있네. 개구리도 있고…… 풀꽃들이 자리 잡은 널찍한 공터가 나타났다. 해먹도 걸려 있고 의자로 삼을 만한 나무둥치들이 널린 숲

속 회의실. 모두들 아무렇게나 눕고 기대고 앉았다. 이제 뭘 하겠다
는 것일까? 나는 사람들이 마주 보이는 언덕진 곳에 자리를 잡았다.

루트거와 유즈하. 시아버지와 며느리가 앞으로 나서자 천장에서
스크린이 내려왔다. 스크린을 사이에 두고 선 두 사람이 유창한 영
어로 프레젠테이션을 시작했다.

"우리는 재밌고 신나는 국가 아로니아의 정치제도에 대하여 제안
을 하고자 합니다."

아로니아? 픽, 웃음이 터졌다. 말뚱말뚱, 나만 빼고 모두들 하나같
이 진지했다.

루트거는 아로니아의 구성원을 백성, 서민, 주민, 인민, 공민, 국민
이 아닌 한 사람 한 사람이 국가의 주권자이면서 동시에 국가권력을
책임지고 판단하고 행동하는 시민이라고 불렀다. 시민의 국가 아로
니아는 국가권력을 한 사람이나 소수가 독점할 수 없고, 과반을 차
지한 다수라도 소수의 주권을 존중하는 공화국이라고 말했다. 이의
는 없었다. 질문도 없었다. 그 말은 여기 모인 사람들이 시민이라는
명칭과 공화국이라는 국가형태에 대하여 어떤 방식으로든 이미 합
의를 했다는 뜻이었다. 멀뚱멀뚱, 나만 외부인이었다.

유즈하는 아로니아공화국의 국가권력을 입법, 사법, 행정으로 분
리하고 아로니아 시민이 보통, 직접, 평등, 비밀선거로 선출한 5년
연임제 대통령을 국가수반으로 하는 대통령제 국가를 제안했다. 의
정원, 법무원, 국무원이라고 부르는 아로니아의 입법부, 사법부, 행
정부에 대하여 세세한 설명도 덧붙였다.

"아로니아의 정치제도는 아로니아 시민의 합의를 거쳐서 헌법과

법률로 제정될 것입니다. 이제 재밌고 신나는 국가 아로니아공화국의 건국을 책임지고 실행할 아로니아공화국 건국준비위원회의 조직을 제안합니다."

아로니아공화국 건국준비위원회는 국토건설부, 시민부, 정보부, 방위부, 내무부, 재정부, 법무부, 외교부 모두 8개 부서로 구성됐다. 그리고 아로니아공화국 건국준비위원회를 이끌어나갈 건국준비위원장. 숲속 회의실은 숨소리 하나 들리지 않았다.

"이상입니다."

환호와 박수가 쏟아졌다. 나는 박수를 하지 않았다.

라파엘이 달려가 아내 유즈하와 포옹을 하고 아버지 루트거와 굳은 악수를 나눴다.

"다음 프레젠테이션은 제가 할 차례입니다. 그전에 목부터 축였으면 하는데 어떻습니까?"

"올라들 가십시다."

송성철이 앞장을 섰다. 모두들 개울을 건너고 숲속을 지나서 나무계단을 다시 올라갔다. 도대체 이 사람들은 지금 무엇을 하는 것일까? 정말로 국가를 세우겠다고? 나는 맨 뒤에서 따라갔다. 아무도 말을 걸지 않았다. 스스로 원하던 바였지만 조금은 외로웠다.

3층은 바와 서재와 수영장이 있는 라운지였다. 레이카와 크리스틴과 올리비아가 수풀이 우거진 테라스 수영장에서 놀고 있었다. 라파엘이 바텐더를 자처하자 모두들 맥주, 와인, 콜라를 외쳤다.

"김 선생님, 뭐 자실라요?"

송성철이 물었지만 나는 고개를 저었다. 수많은 책이 빼곡하게 꽂힌 서재 쪽으로 다가갔다. 나무로 만든 멋진 사다리도 보였다. 철학, 역사, 법률, 종교와 정치로 분류한 책들을 지나자 소설책이 가득했다. 눈 안에 들어오는 책 1권, 콧수염을 멋지게 기른 작가 니코스 카잔차키스의 흑백사진이 표지를 가득 차지하고 주황빛으로 제목을 뽑은 『그리스인 조르바』. 나도 이 책하고 똑같이 생긴 『그리스인 조르바』를 읽었다. 반가운 마음에 사다리를 올라가 책을 꺼내들고 표지를 넘겼다. 아, 하마터면 바닥으로 떨어질 뻔했다. 얼른 주위를 살폈다. 백민정은 보이지 않았고 송성철은 라파엘과 함께 칵테일을 만들었다. 가슴이 벌렁거렸다. 다시 표지를 넘겼다.

세상에서 가장 소중한 누나에게 드립니다. 나도 그리스인 조르바처럼 살고 싶어요.

1984년 3월 20일 송성철

1984년이면 세상에서 가장 소중한 누나 그녀가 밥집을 하던 시절이었고 해군 복무를 마친 그는 펄펄 끓는 물과 숟가락과 젓가락과 식칼 사이를 요리조리 피하며 그녀의 밥집을 들락거리던 시절이었다. 그녀가 이 책을 읽었을까? 맨 뒷장에 적힌 그녀의 글씨들…….

나는 어제 일어난 일은 생각 안 합니다. 내일 일어날 일을 자문하지도 않아요. 내게 중요한 것은 오늘, 이 순간에 일어나는 일입니다…….

성철이 조르바처럼 살기를 바란다면 나는 성철을 만나야 한다. 나는 그리스인 조르바가 될 수 없기에 바보처럼 내일 일어날 일을 자문하고 또 자문한다……

이제 우리는 만나지 않을 거야. 너는 멋진 사내가 되는 거고 나는 멋진 여자가 될 거야. 너는 다시는 나를 찾지 않을 테고 나는 너를 깨끗이 잊을 거야……

오늘 밤 만나야 한다.

1984. 3. 23.

그 밤은 아들 딸린 젊은 미망인 백민정이 오랫동안 동생으로만 여겨왔던 열 살 아래의 사내 송성철을 찾아가 이별을 말하던 바로 그날이었다. 꿀꺽, 침이 목구멍을 넘어갔다. 그녀의 글씨 하나하나가 그와 그녀의 가장 은밀했던 순간으로 나를 이끌었다. 나는 숨죽인 채 그들의 섹스를 훔쳐봤다.

제기랄, 백민정이 사다리 아래에 서 있었다. 송성철과 서글픈 섹스를 하던 그녀가 아니라 클럽호호의 CEO 그녀였다. 나는 그들을 훔쳐보느라 그녀가 다가온 줄도 몰랐다. 미끄러지듯 사다리를 내려와 『그리스인 조르바』를 뒤춤에 감췄다. 감추지 말걸…… 바로 눈앞에서 보지 못할 리가 없지 않은가.

"선생님."

"대표님."

그녀가 빨랐다.

"먼저 말씀하세요."

222

뒤춤에 감춘『그리스인 조르바』를 꺼내 보였다.

"죄송합니다."

그녀가 환하게 웃었다.

"읽으라고 꽂아둔 책을 읽은 게 죄송한 일은 아니잖아요."

말은 옳았다.

"책이 많은데 조르바를 꺼내셨네요. 인연인가 봅니다."

그녀의 손이 다가와 어깨를 어루만졌다. 굳었던 어깨가 인연으로 스르르 녹아내렸다. 나는『그리스인 조르바』를 그녀에게 건넸다.

"아세요? 쏭이 조르바를 닮은 것처럼 선생님도 조르바를 닮았어요."

조르바를 닮았다고?

"쏭도 선생님도 조르바도 자유롭잖아요. 함께 놀고 싶어 할 거예요. 누구든지요."

나는 물었다.

"대표님은 누굴 닮았습니까?"

"나는 조용히 그들을 바라보며 전율했다. 내가 찾던 광맥은 바로 이것이구나, 더 무엇이 필요하랴."

나는 그녀가 무슨 말을 하는지 몰랐다.

"시작해볼까요?"

잠시 동안의 휴식이 끝나고 라파엘이 스크린 앞으로 모두를 불러 모았다. 큰놈 하나와 작은놈 하나, LFEN의 해저지형도가 스크린에 나타났다.

"한 달 후면 해양물리탐사선 그레이스가 LFEN과 주변 100킬로미터 해역을 1미터 간격으로 탐사한 결과 전체를 해저지형도로 보게 될 겁니다. 지각구조와 기반암석에 대한 구체적인 분석결과는 일주일 후에 나옵니다. 앞으로 우리는 아로니아 해역의 해류와 조류, 해풍과 태풍의 경로 및 단층을 비롯한 지각구조에 대한 데이터를 수집할 수 있는 시스템을 만들려고 합니다. 아로니아 해양시스템 AOS(Aronia Ocean System)는 아로니아 영토가 완성되고 아로니아 건국을 선포하고 그 후로도 영원토록 아로니아 해양과 지각을 연구하고 보존하는 시스템이 될 것입니다. 캐서린, 준비됐나요?"

캐서린이 환하게 웃으며 자리에서 일어났다.

스크린에 동북아시아 해양개발연구소의 전경이 나타났다.

"쏭, 동북아시아 해양개발연구소의 넓고 멋진 정원이 모두 다 사라질 거예요."

스크린이 둥근 수영장 모양의 조감도로 바뀌었다.

"오, 멋진데!"

송성철이 환하게 웃었다.

"라파엘이 완성한 해저지형도를 바탕으로 큰놈과 작은놈과 LFEN, 그리고 LFEN을 기점으로 22.2킬로미터 아로니아 영해까지는 500분의 1, 다시 22.2킬로미터 아로니아 접속수역까지는 1000분의 1, 탐사를 마친 나머지 55.6킬로미터까지는 5000분의 1 축척으로 해저지형모형을 만들 예정입니다. 바다를 포함하는 전체모형의 크기는 가로 57미터, 세로 43미터로 축구장 절반 정도 크기가 됩니다. 아로니아 해저지형모형은 수영장 모양의 틀 안에 만들어집니다. 이곳에 바닷물을 채우고 아로니아 영토가 만들어지는 과정을 시뮬레이션하겠습니다. 이 해역의 해류와 조류, 해풍과 1년에 20여 차례 지나가는 태풍을 실제처럼 재현하게 됩니다."

캐서린은 해저지형모형의 드로잉을 스크린에 띄우고 설명했다.

"에드워드, 나와주세요."

에드워드가 마논과 입을 맞추고 앞으로 나갔다.

"중력식 구조물 GBS(Gravity Based Structure)입니다."

스크린에 원기둥 모양의 거대한 구조물이 나타났다. 구조물 아래쪽은 플레어스커트처럼 생겼고 외벽에는 1미터 크기의 구멍 수백 개가 빼곡하게 뚫려 있었으며 철제로 만든 석유 시추장비를 머리에 얹은 콘크리트 구조물이었다. 에드워드가 말을 이었다.

"제가 근무했던 하워드-도리스엔지니어링이 1978년 스코틀랜드 키숀의 드라이도크에서 완성하고 원기둥 몸체 안에 바닷물을 채워서 수평을 잡은 다음에 다섯 대의 예인선으로 650킬로미터 떨어진 니니안유전까지 평균시속 10킬로미터 속도로 이동한 후 콘크리트 자체 무게를 이용하여 별도의 고정장치 없이 해저면에 안착시킨 니니안센트럴플랫폼입니다. 쏭, 기분이 어때요?"

송성철이 말했다.

"쉘에서 근무할 적에 저 니니안센트럴플랫폼에서 석유를 캤습니다. 요것이 인연이 아니믄 뭣이 인연이것소? 에드워드 성님이 맹글고 내가 일했고 이제는 아로니아가 벤치마킹할 구조물이 바로 니니안센트럴플랫폼입니다."

직경 140미터, 높이 246미터, 무게는 60만 톤이었다. 서울의 63빌딩 높이가 249미터니까 63빌딩 2개를 나란히 붙여놓은 크기와 엇비슷한 구조물이었다. 니니안센트럴플랫폼은 당시 인간이 움직일 수 있도록 만든 가장 크고 무거운 구조물이었다.

"우리는 LFEN 위에 니니안센트럴플랫폼처럼 생긴 원기둥 모양의 GBS들을 세워서 재밌고 신나는 국가 아로니아의 영토를 만들겠습니다. 우리는 LFEN에 세워질 GBS를 아로니아플랫폼 AP(Aronia Platform)라고 부르겠습니다."

에드워드의 단단한 목소리와 함께 스크린 위로 AP의 조감도가 나타났다. AP는 직경 300미터의 원기둥 위에 가로 300미터, 세로 300미터, 높이 20미터의 플랫폼이 올라간 전체 높이 55미터의 콘크리트 구조물이었다. 원기둥 모양의 AP 몸통 안에는 24개의 동심원 구조로 된 두께 2미터짜리 콘크리트 벽을 세워서 AP 자체가 누르는 힘을 지지하도록 만들었다. 246미터의 높다란 니니안센트럴플랫폼과 다른 점이 있다면 해저면에 안정시키는 플레어스커트 부분이 없다는 점과 둥글납작한 콘크리트 탁자처럼 보인다는 점이었다.

"AP 1기가 만드는 아로니아 영토는 0.09제곱킬로미터입니다. 축구장 8.5개 크기죠. LFEN 전체 면적이 23제곱킬로미터이므로 산술적으로 AP 255.5기를 세울 수 있습니다. 하지만 큰놈과 작은놈의 해산지형과 LFEN 외곽의 계곡지형 때문에 설치할 수 있는 AP는 222기로 줄어듭니다. AP 222기가 세워진 아로니아 육지 면적은 19.9제곱킬로미터. AP들이 감싼 큰놈과 작은놈 면적은 본래 2.54제곱킬로미터에서 3.50제곱킬로미터로 늘어납니다. 큰놈과 작은놈은 아로니아 육지가 둥글게 감싼 바다가 되겠지요. 아로니아 영토는 AP들로 만든 육지와 AP들이 감싼 바다를 포함하여 23.48제곱킬로미터입니다. 서울 마포구 면적이 23.88제곱킬로미터입니다. 아로니아는 마포구보다 살짝 작습니다. 일부러 모양을 만든 것은 아니지만 AP들이 감싼 바다가 하트 모양이 됐습니다."

"블루하트야."

모두들 소리가 난 곳을 돌아보았다. 소파에 나란히 앉은 레이카와 크리스틴과 올리비아. 올리비아가 스크린을 가리키며 크리스틴에게 물었다.

"블루하트?"

"응, 블루하트."

그날 이후 AP들이 감싼 바다는 '블루하트'라고 불렸다.

질문들이 쏟아졌다.

"AP가 콘크리트니까 아로니아 육지는 콘크리트라는 소립니까?"

"AP를 어디서 만듭니까? 한국, 중국, 일본?"

"222개를 다 만들면 어떻게 이동합니까?"

"AP 하나 가격이 얼마죠?"

에드워드가 말했다.

"이 AP는 한국 원화로 5000억 원입니다."

라파엘이 휴대폰의 계산기를 보이며 말했다.

"222기를 합치면 111조 원입니다."

모두들 말이 없었다. 에드워드가 손짓을 했다.

"호수, 도와줄래?"

정호수가 환하게 웃으며 일어났다.

스크린은 AP를 밑에서부터 죽 훑어 올라가 맨 위에 설치된 두께 20미터의 플랫폼 곳곳을 보여주었다.

"플랫폼 가장자리가 퍼즐 조각처럼 생겼죠? 지금 보시는 AP는 전체 222기 중에서 코어(core) 역할을 할 AP입니다. 코어 AP 내부에는 담수화 시설, 빗물 저장시설, 오폐수 처리시설, 쓰레기 처리시설과 에너지 시설 등 국가 주요시설물들이 들어갑니다. 이 코어 AP를 중심으로 퍼즐을 맞추듯이 다른 AP들이 단단하게 결합됩니다. AP들로 감싼 큰놈과 작은놈이 자연적으로 코어 역할을 하므로 AP 아래쪽을 니니안센트럴플랫폼의 플레어스커트처럼 만들 필요는 없습니다. 외벽에 구멍들을 뚫을 필요도 없고요. 아로니아가 세워질 동중국해는 니니안센트럴플랫폼이 세워진 북해처럼 파도가 극심하지 않기 때문에 파도를 약하게 하는 구멍이 필요 없습니다. 지금 보시는 코어 AP는 모두 12기입니다. 이 코어 AP 1기의 예상 최대 건설비가 한화로 5000억 원입니다. 나머지 AP들은 LFEN의 지형에 따라서 생김새와 높이가 조금씩 다르고 무게도 차이가 납니다. 역할과 위치에 따라서 내부구조도 달라집니다. 예를 들자면 큰놈의 북쪽으로 들어갈 AP들은 플랫폼 위에 모래를 쌓아서 해변 역할을 할 겁니다. 블루하트의 해변이 되겠죠. 이 해변 AP의 플랫폼 두께는 20미터가 아니라 20센티미터밖에 안 됩니다. 예상 최대 건설비는 1000억원. 이렇게 산출된 AP 1기의 평균 예상 건설비는 3000억 원입니다."

"66조 6000억 원!"

라파엘이 휴대폰을 흔들었다.

"AP 설계부터 AP를 제작할 드라이도크 건설비용 및 이동과 그에 따른 모든 비용을 최대치로 잡은 값입니다."

정호수가 스크린에 동중국해 지도를 띄웠다.

"아로니아는 한일공동개발구역 JDZ에 세워집니다. 따라서 한국이나 일본에서 AP를 만들 수는 없을 겁니다. 결론은 중국 동해안입니다. 모든 상황을 고려할 때 반드시 중국 동해안에서 만들어야 합니다. 중국 저장성 항저우만 남쪽 저우산에 있는 섬들은 큰놈을 기준으로 400여 킬로미터 정도 떨어져 있습니다. 이 섬들 중에서 AP를 만들 드라이도크 건설지를 찾아야 합니다. AP 최종도면을 완성하는 데까지 최대 5년이 걸릴 것으로 예상합니다. 그중 2년을 썼습니다. 많은 진전이 있었고 앞으로 3년 후 멋진 도면들을 보실 수 있을 겁니다."

송성철과 백민정, 정호수와 캐서린, 라파엘과 유즈하와 루트거 그리고 마논과 에드워드는 2년 전부터 재밌고 신나는 국가 건설을 준비했다. 2년 전, 빨간 철골조 건물을 짓고 한국에 들어온 L&K Korea는 L&K 한국지사가 아니라 재밌고 신나는 국가 건설을 위한 일종의 아지트라는 말이었다. 지난 2년 동안 매출이 0원이었던 이유가 바로 이것이었구나!

정호수의 프레젠테이션이 이어졌다.

"가장 궁금하실 AP 222기의 완성시점은 아직 이야기하기가 곤란하군요. 분명히 말할 수 있는 것은 2028년 6월 이전에는 반드시 완성될 겁니다. AP의 설계와 아로니아 영토 전체설계는 L&K에서 할 것이고, 영국 AMT에서 구조설계, 뉴질랜드 LATT에서 토목설계를 책임질 것입니다. 확정된 것은 아니지만 AMT CEO 마크 브레진스

키와 LATT CEO 엠마 새런든은 아로니아에 관심이 아주 많습니다. 아마도 두 사람은 가까운 시일 안에 이곳에서 함께 만날 것 같습니다. 저는 여기까지입니다."

정호수가 에드워드와 악수를 했다. 휙, 라파엘이 휘파람을 불었고 모두들 손뼉을 쳤다. 캐서린이 자리로 돌아오는 정호수를 꼭 안았다.

스크린 위로 하얗게 반짝이는 철근과 대형 H빔 사진이 나타났다. 슈퍼듀플렉스 스테인리스스틸, S32750합금강, 고로시멘트, 플라이애시시멘트, 이지스애로우페인트, 1500마이크로미터…… 에드워드는 한동안 알아듣기 힘든 말들을 이어가다가 환하게 웃었다.

"우리는 아로니아 국토 관리와 완벽한 보존을 위하여 아로니아 국토시스템 ALS(Aronia Land System)를 만들어 운영할 계획입니다. AP는 바닷물에도 녹슬지 않고 비바람에도 낡지 않을 것입니다. AP는 리히터 규모 9.5의 지진을 견디고 초당 100미터의 엄청난 폭풍이 10시간 동안 몰아쳐도 꼼짝하지 않으며 높이 20미터의 지진해일이 휩쓸고 지나가도 끄떡없을 것입니다. 100년, 1000년이 지나도 여전히 자리를 지키는 인류 최고의 건축물이 될 거라고 굳게 믿습니다."

스크린에 AP의 조감도가 다시 나타났다.

"AP는 콘크리트 구조물입니다. 콘크리트를 땅이라고 할 수는 없습니다. AP 위에 흙을 쌓을 겁니다. 흙을 쌓아서 말 그대로 아로니아 땅을 만들겠습니다. 마논, 계산한 것을 알려줄래요?"

마논이 숫자들로 빼곡한 수식을 스크린에 띄웠다.

"흙은 구성성분과 입자 사이의 빈틈이 차지하는 공극률, 물기를 얼마나 머금었느냐를 따지는 함수율 등에 따라서 무게가 달라지지만 기본적으로 생각보다 많이 무겁습니다. 저는 드라이도크 예상 건설지 중 하나인 중국 저장성 항저우만 저우산에서 흙을 채취하고 무게를 측정했습니다. 공극률 17퍼센트, 함수율 35퍼센트의 1제곱미터 무게가 2400킬로그램, 즉 2.4톤이었습니다. 저우산의 흙을 AP 1기 위에 1미터 두께로 쌓는다면 흙 전체무게는 21만 6000톤이 됩니다. 나무도 심고 농사도 짓고 집도 지으려면 10미터 정도는 쌓아야겠죠? 216만 톤. 15톤 덤프트럭 14만 4000대 분량입니다. 222기의 AP에 적용하면 4억 8000만 톤 정도 됩니다."

루트거가 손을 들고 물었다.

"AP가 그 엄청난 무게를 견딜 수 있나요?"

마논이 어떻게 읽어야 할지 깜깜한 수식들을 스크린에 띄웠다.

"심플하죠? 200메가파스칼. AP는 1제곱센티미터당 2000킬로그램, 1제곱미터면 2만 톤의 무게를 견딜 수 있습니다. 산술적으로 AP 1기 위에 18억 톤의 흙을 쌓아도 됩니다. 18억 톤을 높이로 바꾸면 8333미터. 에베레스트의 높이가 8848미터입니다."

루트거가 말했다.

"문제는 흙을 얼마나 쌓을 수 있느냐가 아니라 LFEN의 지반이 AP의 무게를 버틸 수 있느냐군요."

유즈하가 말을 이었다.

"하나 더 있죠. AP의 무게를 얼마만큼 만들어야 400여 킬로미터 떨어진 LFEN까지 안전하게 이동할 수 있느냐?"

"맞습니다."

마논이 말했다.

"라파엘, LFEN의 지반이 얼마까지 버틸 수 있죠?"

라파엘이 일어나 다시 앞으로 나왔다.

"사진들을 보면서 설명할게요."

스크린에 해저지질도가 나타났다.

"AP가 세워질 LFEN의 표층은 펄과 모래로 이루어져 있습니다. AP들이 세워질 지층은 표층 바로 아래 압축강도 평균 120메가파스칼의 규산질 사암층입니다. 1제곱미터당 1만 2000톤까지 견딜 수 있으니까 AP 1기가 LFEN에서 차지하는 면적은 9만 제곱미터고 그 면적이면 산술적으로 10억 8000만 톤의 무게를 버틴다는 소리가 됩니다. 장담하건대 AP 때문에 LFEN이 주저앉는 일은 절대로 없습니다. 물론 AP를 세우면 짧게는 3개월에서 길게는 3년 혹은 5년까지 자연침하가 일어날 겁니다. 펄이나 모래층까지 75센티미터 정도는 주저앉겠지만 그 후로는 끄떡없습니다. AP의 침하속도와 수치는 시뮬레이션을 통하여 정확하게 산출하도록 하겠습니다."

에드워드가 말했다.

"LFEN의 위치에 따라서 AP들의 침하속도가 차이날 수 있습니다. 결합된 AP들이 서로 어긋날 수 있죠. 이것을 대비하려고 라파엘이 LFEN을 1미터 간격으로 탐사한 겁니다. 모든 AP의 결합부분에는 침하뿐만 아니라 해수면 상승을 대비한 최고 5미터 높이까지 위아래로 조절할 수 있는 리프팅장치가 설치될 겁니다."

마논이 말했다.

"라파엘, 고마워요. 이제 유즈하의 질문에 답하려면 쏨, 당신이 나와야겠어요."

"암요."

송성철이 소파에서 일어났다.

"마논과 에드워드 성님, 라파엘 성님 수고하셨습니다."

짝짝짝, 모두들 손뼉을 쳤다. 나는 손뼉을 치지 않았다. 송성철이 설명을 시작했다.

"지난 40년 동안 발전한 건축기술 덕분으로 AP 1기당 최대 무게는 10만 톤밖에 안 됩니다. 뿌라스 AP 위로 얼마나 흙을 쌓을 것인가는 유즈하 말대로 LFEN까지 끌고 갈 수 있느냐 없느냐에 달렸소. 단순해야지요. AP 위에 흙을 쌓고 고대로 LFEN까지 끌고 가 딱 내려놓은 다음에 딱딱 맞춘다. 요겁니다. 요렇게 되면 흙을 쌓은 AP를 끌고 갈 예인선이 문제가 되지요. 바다 한복판에서 흙은 금맹키로 중한께 AP에 쌓을 수 있을 만큼 흙을 잔뜩 쌓아갖고…… 200만 톤을 쌓았다고 칩시다. 1만 마력짜리 20대, 2만 마력짜리는 10대…… 예인선들이 밧줄로 묶어갖고 줄줄이 끌고 간다? AP가 딱 1대믄 그래불것소. 우리는 222기요. 거기다가 222기를 퍼즐 맞추듯이 딱딱 맞춰야 하는디 예인선 수십 대가 밧줄끼리 엉켜갖고 바다 한복판서 난리가 날 거요. 어째야 쓰까?" 스크린에 거대한 화물선이 나타났다.

"이름은 헤르메스. 길이가 333미터이고 제일 넓은 폭이 55미터, 최대 적재중량 35만 톤이고 전자식 디젤엔진에다가 최대출력이 4만 마력이요. 캐서린, 딱 반으로 갈라주시요."

스크린이 애니메이션으로 바뀌었다. 애니메이션으로 그린 헤르메스 화물선이 두 토막이 났다. 선수만 놔두고 선미가 스르르 사라지더니 깔끔하게 잘린 부분을 아작 베어 문 것처럼 둥그렇게 만들었다.

"1개 더."

똑같이 생긴 배 아닌 배가 1척 더 나타났다. 2척의 배가 베어 문 쪽을 마주하고 달라붙었다. 가운데가 뻥 뚫린 괄호 모양의 배가 둥실둥실 가다가 AP 앞에 멈춰섰다. AP 위에 흙을 높이 쌓자 괄호 모양의 배가 다시 둘로 나뉘었다. 둘로 나뉜 배가 앞뒤로 AP를 꽉 물었다. 괄호 안에 흙을 쌓은 둥그런 AP가 꼭 낀 모양이었다. 오, 저런 방법을 쓰겠다? AP를 중간에 끼운 배가 꽥, 기적을 울리며 멀어져갔다.

송성철이 환한 얼굴로 말했다.

"어부바배, 내가 이름을 지었소. 앞배와 뒷배가 앞뒤로 AP를 꽉 물 거요. AP 표면에는 물기 좋도록 옴폭한 홈을 만들어야지요. 제일로 넓은 폭이 55미터밖에 안 된께 직경 300미터의 AP를 꽉 물라믄 둥글게 베어 문 요 부분은 이빨 같은 구조가 될 거요. 그라고 지금 붙어 있는 4만 마력짜리 엔진으로는 택도 없은께 한국의 두산엔진이라고 거기서 만든 최대출력 10만 8920마력짜리 디젤엔진으로 갈거요. 세계에게 가장 큰 전기식 디젤엔진이라고 들었소. 눈으로 본 거는 아닌디 5층짜리 빌딩보다 더 크다고 합디다. 앞배 뒷배에 각각 달면 21만 7840마력이요. 엔진 들어갈 자리를 다시 잡고 프로펠러 자리를 기가 막히게 잡아야 한다고 합디다. 왜 그라냐믄 어부바 앞배하고 뒷배 중간에 AP가 들어간께 프로펠러가 돌린 회전류가 엉켜불믄 배가 앞으로 안 가고 뱅글뱅글 돈답디다. 암튼 AP 전용 운반

선으로 딱 맞게 맹글믄 1척당 한화로 1000억 원이고, 쌍이어야 한 께 1800억 원에 맞춰주겠다고 합디다. 예인선에 밧줄 걸어갖고 끌고 가는 것보다 100배는 나을 거고 AP들을 딱딱 끼워 맞출 때는 만 배쯤 나을 거요. 나는 요런 어부바배를 모두 5쌍 맹글라요. 잘만 하믄 7500억 원에 가능할 거 같습디다. 어부바배가 쌍을 지어갖고 최대출력으로 AP를 밀고 끈다면, AP 자체 무게 10만 톤 빼고 어부바배 자체 무게 1만 톤씩 2만 톤 빼고 나면 205만 톤하고 조금 더 흙을 쌓을 수 있소. 높이로 치믄 9.49미터요. 마논, 맞지요?"

마논이 'OK' 표시를 했다.

"흙 자체 무게가 덜 나가는 놈을 찾아 흙을 말려갖고 물기를 쫙 빼불믄 10미터 이상도 쌓을 수 있을 거요. 요 모든 것은 한국의 대우중공업이라고 큰 배를 만드는 데는 세계 2등이라고 합디다. 신병진이라고 대우중공업 율포조선소장이고 나랑은 해군에서 함께 복무한 선임병이셨소. 다음번 모임에는 꼭 참석하시겠다고 했은께 실감 나는 설명은 다음번에 제대로 들으십시다. 다 되았소. 어떻게들 생각하시요?"

모두들 환호와 함께 손뼉을 쳤다. 세상모르는 올리비아와 크리스틴과 레이카도 와, 손뼉을 쳤다. 나는 손뼉을 치지 않았다. 백민정도 손뼉을 치지 않았다. 나와 다르다면 그녀는 환하게 웃었다.

서로를 우리라고 부르는 이들은 손발이 착착 맞았다. 그러나 절대로 놓쳐서는 안 되는 두 가지 사실을 얼렁뚱땅 넘어갔다. 첫 번째는 아로니아 영토 건설과 아로니아 건국 준비과정에서 필요한 자금문제였다. 이들은 아로니아 영토 건설에 66조 6000억 원이 든다고 계산했다. 아로니아 건국 준비과정에서 필요한 자금은 아예 언급하지도 않았다. 아무도 이 자금을 어떻게 조달하고 충당할지 말하지 않았다. 두 번째는 한일공동개발구역 JDZ문제였다. 아로니아는 JDZ에 세워진다. 아로니아가 JDZ에 세워지려면 한국과 일본이 대가리 터지도록 싸우다가 JDZ을 분쟁지역으로 선포해야 그나마 가능성이 생기는 일이다. 물론 분쟁지역이 된다고 하더라도 동중국해를 둘러싸고 벌어질 미래가 어떻게 될지 아무도 모른다. 이들은 그 누구도 알 수 없는 이 상황을 당연히 벌어질 일로 여겼다. 이들은 둘 중 하나였다. 바보거나 멍청이, 아니면 둘 다. 이 바보 멍청이들은 자신감이 철철 넘쳐서 흘렀다.

곰곰이 살폈다. 첫 번째 자금문제. 해답은 백민정에게 있다는 생각이 들었다. 그녀의 한국 자산은 부동산개발회사 옴파로스 자산인 3조 8000억 원이었다. 아, 임필주가 말했다. "지난 두 달 동안 옴파로스 직원 정구식, 심상주와 통화가 아주 많습니다." 옴파로스 자산을 처분 중이라는 소리인가? 세계에 흩어져 있는 클럽호호의 자산까지 포함하면 66조 6000억 원? 첫 번째 자금문제를 그녀의 몫으로 돌린다고 하더라도 두 번째 JDZ문제는 답이 없었다. 이들 중 누군가 한국 대통령이 된 후 JDZ를 분쟁지역으로 선포하지 않는 한 모조리 꽝이 될 일이었다. 도대체 이들은 무슨 깡으로 국가를 만들겠다는 것일까? 정말로 자금문제가 모조리 해결되고 JDZ가 분쟁지역으로 선포된다면…… 국제법을 깡그리 무시하는 재밌고 신나는 국가 아로니아가 세상에 나타난다는 소리 아닌가?

"옥상으로 올라들 가십시다."

송성철이 말했다. 옥상에 또 뭔가가 준비된 모양이었다. 모두들 왁자지껄 자리를 털고 일어나는데 정호수가 입을 열었다.

"잠깐만요. 한 가지 더 이야기할 것이 있습니다."

모두들 다시 자리를 잡자 정호수가 말을 이었다.

"캐서린과 저는 지난 2년 동안 재밌고 신나는 국가를 준비했습니다. 무엇이 어떻게 될지 아직은 모르지만 앞으로 더더욱 멋진 일들이 펼쳐질 것이라고 믿습니다. 사흘 전 한국으로 들어오는 비행기 안에서 캐서린이 묻더군요. 아로니아가 뭘까? 비행기가 동중국해를 지나는 순간이었습니다. 비행기 안의 지도를 봤더니 정확하게 JDZ 해상이더군요. 아로니아가 세워질 그곳. 우리는 재밌고 신나는 국가를 준비했지만, 정작 아로니아가 무엇이고 우리가 왜 아로니아를 세우려는지 그럴듯한 답이 떠오르지 않았습니다. 재밌고 신나는 국가 아로니아는 무엇입니까? 김강현 선생님!"

나? 뭐냐? 모두들 나를 바라봤다. 입이 열리기 전에는 아무도 눈길을 거두지 않을 모양이었다. 왜 이러는 거냐? 너도 모르는데 나라고 알겠냐? 나는 외부인이고 외부인을 자처하며 외부인으로 남고 싶었다.

"김 선생님?"

송성철이었다.

"사실 나는 오늘 김강현이라는 사람이 여기서 무슨 말을 할지 참말로 궁금했소. 숲속에서도 지금 라운지에서도…… 김강현이라는 양반이 뭘 보고 뭘 듣는지 쭉 지켜봤소. 당신은 마치 제3자인 양, 그저 밥이나 얻어먹으러 들어온 구경꾼인 양 한 마디도 안 했지만, 한 번도 아로니아에서 눈을 떼거나 귀를 닫은 적이 없었소. 아마도 당신은 머릿속에서 잠시도 아로니아를 비운 적이 없었을 거요. 아로니아…… 그럴듯하지만 터무니없는 소리란 걸 아요. 그래서 나도 묻고 싶소. 김강현 선생님, 아로니아가 뭔지 재밌고 신나는 국가가 뭔지 듣고 본 것들을 말씀해 주시요."

송성철의 말은 모두 옳았다. 나는 한순간도 아로니아를 놓치지 않았다. 나는 급소를 찔린 것처럼 보고 들은 것들을 털어놓았다.

"아로니아는…… 재밌고 신나는 국가 아로니아는 사실 별게 아닙니다. 어쩌면 국가라는 것 자체가 별것도 아닌 그저 그렇고 그런 흔한 것일 겁니다. 지구상에는 수많은 국가들이 있습니다. 2004년 현재 국제연합에 가입한 국가가 191개국이라고 합니다. 그까짓 국제연합…… 아예 가입하지 않은 국가도 있고 끊임없이 인정받고자 독립투쟁을 하는 국가도 있고 누구도 인정하지 않지만 스스로 국가라고 선포한 국가도 있고 뒷마당을 자기네 국가라고 선언한 사람도 있고…… 이건 뺄까요? 플라톤이 말하고 공자가 말하고 루소가 말하고 누군가가 말한 국가는 이미 여러분에게 의미가 없는 글자일 뿐입니다. 밑도 끝도 없고 누가 들으면 틀림없이 정신 빠졌다고 할 재밌고 신나는 국가 아로니아를 세우겠다고 모인 여러분은 서로가 서로를 믿고 있습니다. 서로가 서로를 믿고 믿는 곳이 국가라면 아로니아는 이미 여러분에게 국가입니다. 과연 아로니아가 실체가 있는 국가가 될지는 아무도 모르는 일입니다. 아로니아의 실체를 만드는 일은 아로니아 시민을 자처하는 여러분이 할 일입니다. 국가가 뭐냐고 물으셨죠? 아로니아가 뭐냐고 물으셨죠? 국가는 서로가 서로를 믿는 시민들이 만들고 세우는 보이지 않는 덩어리입니다. 아마도 지금 여러분은 서로가 서로를 믿는 국가가 필요한 것이겠죠. 그래서 저절로 모였고 이렇게 열심히 듣고 말하고 있는 겁니다. 친구…… 여러분이 말하는 재밌고 신나는 국가 아로니아는 여러분이 원하는, 서로가 서로를 믿을 수 있는 친구일 겁니다. 여러분의 아로니아…… 내가 보고 듣고 아는 것은 오로지 이것뿐입니다."

오로지 이것뿐입니다…… 사극 중독자 임필주를 표절했지만 맺음말로 나쁘지 않았다. 모두들 안도하는 눈빛이었다. 왜 그러나? 갑자기 캐서린이 달려들더니 와락 나를 안았다.

"선생님, 멋져요."

뭐가? 뭘 말이냐? 마논이 볼에 입을 맞췄고 유즈하가 덥석 나를 껴안았다. 여자들이 모조리 나에게 흠뻑 빠진 모양이었다. 아무렴, 내가 멋지고 잘생긴 건 알지만…… 미친놈…… 그동안 숨겨왔던 매력이 비로소 뿜뿜, 폭발하는 순간이었다. 송성철이 웃으며 말했다.

"밥값들 했은게 올라들 가십시다. 또 배고플라고 하요."

백민정이 다가와 손을 꼭 잡았다.

"김 선생님이 정확하게 보셨어요. 모두들 서로가 믿는다는 사실을 확인받고 싶었던 모양이에요. 친구. 아로니아가 바로 우리들의 친구였네요. 석양이 아주 멋져요. 올라가요, 우리."

우, 리. 나는 백민정의 손을 잡고 따라갔다.

옥상은 사막이었다. 앞이 보이지 않을 만큼 높다란 모래언덕을 낑낑 올라서 대굴대굴 굴렀다가 다시 푹푹 빠지는 은빛 모래를 밟고 올라서자 하얀 꽃을 피운 산딸나무들이 둥글게 모여서 그늘을 만든 오아시스가 나타났다. 바닷속 같은 로비와 숲속 같은 2층, 서재가 있는 3층 라운지와 마침내 발갛게 석양으로 물든 서울이 한눈에 내려다보이는 눈부시게 빛나는 사막.

빨간 철골조 건물은 무엇을 상상하든 그 이상이었다. 남자들은 바비큐 준비를 했고 여자들과 아이들은 오아시스에서 노닥노닥 놀았다. 어슬렁어슬렁, 나는 어느 무리에 속해야 할지 몰랐다. 송성철이 모닥불을 피웠다. 도대체 나에게 원하는 게 뭡니까? 사람들은 모닥불가에 모여서 밥을 먹었고 술을 마셨고 노래를 불렀고 춤을 추었다. 모래언덕에서 썰매를 탔고 오아시스에서 물장구를 쳤다. 멍하니 사막에 누워 하늘의 별을 구경했다. 서울 하늘에도 별들이 많았다. 온종일 아로니아에 빠져 있던 사람들이 사막에서는 그저 먹고 마시고 잘들 놀 뿐이었다. 아무도 아로니아 이야기를 꺼내지 않았다.

송성철은 큰놈, 작은놈 그리고 LFEN을 아는 사람이 나를 포함해 11명이라고 말했다. 빨간 철골조 건물에 모인 사람들은 나를 합해서…… 어른들만 따지면 10명, 아이들까지 따지면 13명. 11명은 어디서 나온 숫자지, 착각했나? 아니면 어른들만 따져서 1명이 더 있다는 소리? 제기랄, 길고 긴 하루가 저물었다.

2004년 7월 2일, 나는 사막에서 길을 잃었다.

하고 싶은 일을 하세요

2004년 7월 7일, 아버지 기일이었다. 아프리카 우간다와 탄자니아를 거쳐서 바오밥나무로 유명한 마다가스카르의 톨리아라에서 의료봉사 활동을 하던 장인 장모가 영상통화로 제사에 참석했다. 두 분은 아버지가 돌아가셨을 때 병원 사정상 한국에 들어올 수 없었다. 그 일을 안타깝게 여긴 두 분은 기일마다 영상통화로 제사에 참석했다. 서울은 저녁 8시, 톨리아라는 오후 2시. 다른 두 곳의 시간이 한 곳에 모여서 아버지를 그리워했다.

"야들아, 목욕탕 가자."

"예, 준비 다 했어요…… 당신도 갈래?"

"안 갈래."

제사가 끝나자 나는 왕따를 자처했다.

"어머니, 이번 주말에 천진사 가실 거죠?"

"지난 주말에 미카엘라랑 지민이랑 댕겨왔는데…… 이야기 안 했
드나?"

달랑 셋뿐인 집안에서 나는 정말로 왕따였다.

"깜빡했네."

깜빡할 게 따로 있지…… 후딱후딱 꺼져들 주세요. 참!

"어머니, 클럽호호 리기아 펙, 백민정 대표 아시죠?"

"아다마다, 클럽호호 45개를 동국건설이 짓다 아이가? 목포에 있
는 리기아 집도 우리가 짓다. 와? 리기아한테 뭔 일 있나?"

"아뇨, 우연히 알게 됐는데 어떤 사람인지 궁금해서요."

"느그 아버지 장례식 때 봤을 거인데…… 참말로 멋진 여자다. 지
금도 큰일을 하지만 앞으로도 크나큰 일을 할 끼라."

"어머니도 큰일을 하십니다."

"글라? 알면 됐다."

여자들이 떠난 집 안을 어슬렁거리다가 무심코 다락방으로 올라
갔다. 서재에서 밀려난 책들이 다락방을 가득 메우고 있었다.

『그리스인 조르바』. 빨간 철골조 건물에서 보았던 똑같은 책……
그리스인 조르바가 한밤중 금광의 일꾼들과 옷을 벗어젖히고 머리
를 풀어헤치고 고래고래 노래를 부르며 춤을 추는 모습을 바라보던
소설 속 주인공 나는…… 조용히 그들을 바라보며 전율했다. 내가
찾던 광맥은 바로 이것이구나, 더 무엇이 필요하랴.

백민정과 나눴던 말이 떠올랐다.

"대표님은 누굴 닮았습니까?"

"나는 조용히 그들을 바라보며 전율했다. 내가 찾던 광맥은 바로

이것이구나, 더 무엇이 필요하랴."

그녀는 조르바에게 진정한 자유를 배우던 소설 속 주인공 나, 카잔차키스 작가 자신과 닮았다고 말한 것이었다. 『그리스인 조르바』는 한 권의 책에 불과했지만 멋진 여자가 되겠다고 다짐하던 젊은 미망인 그녀와 동네 누나에게 홀딱 빠진 채 조르바처럼 살고파 하던 철없던 사내놈 송성철을 끝끝내 이어준 요망한 책이었다. 어쩌면 『그리스인 조르바』는 그와 그녀와 나를 세상 아무도 모르게 잇고 있던 보이지 않는 고리였는지도 모른다.

훗날 그녀는 나에게 고백했다.

"쏭처럼, 조르바처럼, 그리고 김강현처럼, 자유로운 영혼을 가진 사람들을 사랑해요."

시계가 새벽 1시를 향했다. 어머니와 수영과 지민은 아직 돌아오지 않았다. 『Antoni Plàcid Guillem Gaudí i Cornet』. 이 책 저 책을 뒤적이다가 컬러로 인쇄된 두꺼운 책 1권이 눈에 띄었다. 표지는 라 사그리다 파밀리아, 성가정대성당의 전경. 스페인 건축가 안토니 가우디가 지은 건축물들을 소개하는 스페인어로 된 책이었다. 아마도 아버지나 어머니 책인 듯싶었다. 핀카 미라예스, 구엘공원, 카사 칼베트의 아름다운 사진들을 넘겨보다가 숨이 멎었다. 칸칸이 까만 줄이 그어진 아래쪽에 동국건설이라는 자그마한 글자가 인쇄된 누르스름한 갱지 1장. 그 위에 쓰인 삐뚤거리는 글씨. 분명 아버지 글씨였다.

1982년 12월 23일. 우리 강현이가 천주교 세례를 받았다. 새로 얻은 이름이 미까엘이란다. 하느님을 모시는 천사들 중에서 가장 높은 대천사라고 하였다. 뭐든지 높다고 자만할 일은 아니다. 명심하기 바란다. 미까엘라도 보았다. 일전에 먼발치에서 본 적은 있었지만 가까이 보는 것은 처음이었다. 곱고 영민한 아이다. 이 아이랑 우리 강현이랑 짝이 되었으면 참말로 좋겠다. 지금은 욕심이다. 우리 강현이가 모자라도 한참을 모자란다. 성당에서 앉았다가 일어났다가 하다가 나도 천주교 신자가 되고 싶다는 생각이 들었다. 아이고, 우리 귀례가 누구냐? 천진사 주지 스님의 귀한 따님이고 둘도 없는 두터운 불교 신자가 아닌가? 나까지 성당에 다닌다고 우리 귀례를 홀로 남겨둘 수는 없다. 나는 우리 귀례랑 강현이랑 딱 중간에 서 있겠다. 예수님도 모르고 마리아님도 모르고 하느님도 모르고 천주교 신자는 못 되어도 거룩한 성당은 꼭 한번 지어보고 싶다. 김강현 미까엘이랑 강수영 미까엘라랑 함께 다니는 성당을 지어야 쓰겠다. 미까엘. 부를수록 참좋은 이름이다, 강현아. 이만 총총.

아버지는 한 번도 나를 '미까엘'이라고 부르지 않았다. 그런 아버지가 쓴 미까엘이라는 글씨가 가슴팍을 후벼 팠다. 줄줄, 눈물이 흘렀다. 아버지 글씨가 적힌 갱지를 붙들고 냄새를 맡았다. 시간이 흘러버린 갱지는 아버지 체취를 감추고 날려버렸다. 아버지…… 다시는 볼 수 없다는 사실이 와락 달려든 현실이었고 절대로 만질 수 없다는 사실이 왈칵 쏟아지는 눈물이었다.

자동차를 몰고 천진사로 향했다.

'천진사 가는 중. 도착하면 연락할게.' 느닷없이 사라진 나를 걱정

할까봐 수영에게 문자를 보냈다. '조심해.' 달랑 세 글자뿐이었다. 누구 탓일까? 아버지 말처럼 곱고 영민했던 수영과 나는 맨숭맨숭했다. 언제부터인가? 나 때문인가? 수영 때문인가? 우리 모두 때문인가? 아버지 말처럼 나는 여전히 모자랐다. 늘 바쁘다는 핑계와 항상 버릇이 되어버린 무심이 수영에게 언제나 상처가 되었으리라. 어머니를 외롭게 하였으리라. 지민에게 어영부영하였으리라. 기약 없는 반성과 이제는 잘하고 말리라는 터무니없는 장담을 되뇌다 보니 미명이 걷혔다. 눈앞으로 천진사가 나타났다. 일주문을 지나자 잠에서 깨어난 새들이 재잘거리며 새벽을 열었다.

"강현이가?"

외삼촌이었다. 외삼촌은 돌아가신 외할아버지 뒤를 이어서 태고종 승려가 됐고 천진사 주지 스님으로 있었다.

"뭔 일이고? 어둑새벽에…… 아버지 볼라고 왔나?"

"예, 기별도 없이 죄송합니다."

"자식이 아버지 보러 오는데 기별이 무신 상관이고 죄송이 어딨노? 가자, 요기부터 하자."

"아닙니다. 먼저 인사부터 드리겠습니다."

나는 활짝 열린 대웅전의 부처님을 향하여 두 손을 모으고 깊숙이 고개를 숙였다.

"기특하다. 참말로 기특하다."

외삼촌을 뒤로 하고 명부전 앞 커다란 호두나무로 다가갔다. '요짜서 늘어지게 한숨 잤으믄 조웅겄다.' 아버지는 호두나무 아래에서 잠들었다.

"강현이 왔습니다."

살랑 불어온 바람이 말했다. 오냐, 잘 살았나? 켜켜이 시간을 품은 호두나무는 갈라지고 해어졌어도 아버지의 굳세고 너그러운 마음을 고스란히 전해주었다. 아침햇살이 산자락을 비집고 들었다. 우거진 호두나무 그늘 아래 널찍한 평상에 앉았다. 빛을 따라서 변모하는 호두나무를 올려다보며 평상에 누웠다.

"아버지, 아로니아를 어쩌면 좋을까요?"

닥치라! 벼락 같은 소리가 귓전을 울렸다. 얼른 고개를 들고 사방을 살폈다. 아무도 없었다. 바람조차 잠들어 괴괴했다. 잘못 들었다. 다시 평상에 누웠다. 그 순간 정체 모를 시커먼 덩어리가 와락 달려들었다. 찰나에 세상이 까매졌다. 온갖 새들이 머리맡에서 와글거렸다. 꼼짝할 수 없었다. 정신을 차릴 수 없었다. 일어나야 한다. 오로지 생각뿐 평상에 달라붙은 몸뚱이는 꼼짝도 하지 않았다.

아버지…… 저 좀 구해주세요. 지랄을 안 하나? 떼맥여줘도 못 처묵고 지랄이가? 내가 너만 했으믄 1개, 2개, 100개도 넘게 국가를 세웠을 끼라. 빼고 눙치고 둘러대기는 뭣이 그래 잘났다고 까탈을 부리고 부리다 못해서 지랄 엠병이고, 엠병이? 꼬라지 바라, 더 처맞아야 정신을 차릴 끼가? 처자빠져갖고, 빨딱 안 일나나? 김강현 미까엘!

번쩍 눈을 떴다. 분명히 아버지 목소리였다. 머리가 빠개질 듯 아팠다. 가까스로 몸을 추슬러 앉았다.

"강현아, 그 짜 자믄 큰일난다. 입 돌아간 사람 쎘다. 잤드나?"

외삼촌이었다.

"전화가 계속 울든데 몰랐나?"

휴대폰을 확인했다. 임필주가 다섯 통이나 연속해 전화를 걸었다. 전화가 온 줄도 모르고 잠이 들었다?

"이놈이 이제야 내려왔네."

축구공…… 아까는 없었다.

"동네 아아들이 이짜서 축구 차다가 차올려붓다 아이가? 언 녀석이 차올라붓는지 호두나무 꼭대기에 낑기갖고 영 안 내려오더니…… 강현아, 얻어맞은 거 아이가?"

아뿔싸, 머리가 빠개질 듯 아팠던 까닭이 축구공 때문이었구나!

"괘않나? 안 아프나? 바라, 꼭대기가 20미터도 넘는다. 저 짜서 뚝 떨어진 거믄 대굴빡 깨져불었을 거라. 함 보자, 피 안 나나? 엑스레이 찍으러 보건소 가자, 강현아!"

피, 안 났다. 대굴빡, 안 깨졌다. 엑스레이는 찍지 않기로 합의를 보았고 어머니와 수영에게 알리지 않기로 외삼촌과 담판을 지었다.

나는 살아생전 아버지에게 딱 두 번 맞았다.

나는 돌아가신 아버지에게 한 번 더 제대로 얻어터졌다. 호두나무 꼭대기 높다란 가지에 끼인 딱딱한 축구공으로 하마터면 죽을 뻔했다.

아버지, 정말로 너무하십니다. 웃기고 자빠졌네. 바라. 씨루고 뽀루고 떼맥여줘도 못 처묵는 노무 새끼, 퍼뜩 꺼지라. 잘 끼다. 예, 예…… 안녕히 주무세요. 시끄럽다. 치아뿌라!

나는 아버지가 잠든 호두나무를 뒤로 한 채 천진사를 빠져나왔다.

휴대폰이 울었다. 임필주?

"왜?"

"제가 보낸 사진 보셨어요?"

"사진?"

"신동상사 배정은, 드디어 잡았습니다. 국정원 맞습니다. 본명은 박주연. 신동상사는 목포에 있는 국정원 조직입니다. 한 가지 더 놀라운 사실이 있습니다. 지금 박주연이 누구랑 어디에 있는지 아십니까?"

"말해봐."

"송성철하고 동북아시아 해양개발연구소로 들어갔습니다."

"지금 갈 테니까 근처에서 대기할래?"

나는 전화를 끊고 녀석이 보낸 사진을 봤다. 신동상사 배정은……
박주연이 송성철과 악수를 하는 사진이었다. 낯이 익었다. 누구더라? 맙소사, 박주연…… 박민규의 하나뿐인 여동생 박주연…… 열다섯 살 시절 나와 녀석 사이에 끼여서 울고 불던 그 꼬맹이 박주연이 바로 신동상사 배정은이었다.

박민규에게 전화를 걸었다.

"강현아, 하자. 서치라이트 하자. 아직 자리 비었어!"

다짜고짜 호들갑을 떠는 녀석의 말을 자르고 물었다.

"주연이 직업이 뭐야?"

"우리 주연이, 왜?"

"너도 모르냐?"

"알지. 너도 안다는 소리 같다?"

"국정원, 맞아?"

"엉. 어릴 때부터 그 녀석 꿈이 여자 007이었잖아."

"왜 말 안 했어?"

"네가 묻지도 않는 걸 내가 왜 말하냐?"

녀석은 입이 무거워도 너무나 무거운 녀석이었다.

"이상하네. 올 초에 주연이가 너를 꼬치꼬치 캐묻더니 오늘은 네가 주연이를 찾네? 둘이 뭐가 있는 거야? 빨리 털어라."

그랬구나…… 박주연이 나에 대한 정보를 송성철에게 넘겼고…… 송성철은 어떻게 박주연과 선이 닿았지? 궁금한 것은 묵히고 삭힐 일이 아니었다. 백민정에게 전화를 걸었다.

"대표님, 밥 먹으러 가겠습니다."

송성철보다 백민정과 이야기하는 쪽이 깔끔하다는 생각이었다.

"오세요. 언제든 오세요."

"지금 가겠습니다. 서너 시간쯤 걸릴 것 같습니다. 소장님에게 전해주십시오. 지금 소장님과 함께 있는 박주연…… 신동상사 대표 배정은도 꼭 같이 보자고 전해주십시오."

"예…… 그렇게 전하고 준비할게요. 조심해서 오세요."

나는 목포로 자동차를 몰았다.

백민정이 대문까지 나와서 나를 맞았다. 정원을 가로지르자 송성철과 박주연이 나란히 서 있었다.

"어서 오시오. 낙지가 또 풍년 들었소."

"오빠, 완전 멋있는데!"

"닥치고, 나 좀 보자."

박주연이 송성철을 힐끗 보며 도움을 청했다.

"식사들 하시믄서 말씀들 나누십시다."

내가 알고 싶은 것은 박주연이 아니라 송성철이었다. 더구나 새벽부터 졸졸 굶으며 운전을 했더니 식탁다리라도 뜯어먹을 지경이었다.

"밖에 있는 분도 들어오시라고 해야죠."

아, 대문 밖 차 안에서 대기하던 임필주.

"4시간 전부터 꼼짝도 안 하더군요."

백민정은 모르는 것이 없었다.

전화를 받고 뛰어들어온 녀석이 사타구니를 붙잡고 다짜고짜 애원을 했다.

"제, 제발. 화장실 쫌!"

제기랄, 내 편이라고 불러들인 녀석의 첫인상은 정말로 가관이었다.

나는 또다시 세발낙지천국 앞에 서 있었다.

"식사들 하믄서…… 할 얘기가 많을 것이오."

이럴 때일수록 목적을 잊어버리면 안 된다.

"박주연, 왜 네가 여기 있는지부터 설명해볼래?"

"아따, 드시믄서 하십시다."

식탁다리라도 뜯어먹을 것 같았던 나는 팔짱을 끼고 송성철과 박주연을 쳐다보았다. 힐끗 나를 바라본 임필주도 팔짱을 꼈다. 사실을 말하기 전에는 숟가락질 젓가락질을 하지 않겠다는 뜻이었다. 그

뜻은 두 사람에게 고스란히 전달됐다.

　국가정보원 전라남도지부 목포출장소 제1조정관 박주연은 2002년 12월, 목포시 용해동 갓바위 부근에 세워진 재단법인 동북아시아 해양개발연구소를 주목했다. 네덜란드 국적의 송성철이 오랫동안 유럽에서 거주했다는 점, 느닷없이 한국에 들어왔다는 점, 갑작스레 부동산개발회사 옴파로스 대표 백민정과 결혼식도 없이 혼인신고를 했다는 점과 재단이사장 백민정을 제외하고 한국 국적의 이사가 1명도 없다는 점 때문이었다. 조선과 연계된 대공용의점을 살폈지만 주목할 만한 사항은 없었다. 2003년 5월, 박주연은 다시 한 번 송성철에게 주목했다. 목포남항에 들어온 해양물리탐사선 그레이스 때문이었다. 한국이 보유한 해양물리탐사선 탐해2호보다 훨씬 뛰어난 성능의 탐사선이라는 사실이 시선을 끌었고 출항신고서에 적어놓은 목적지가 한일공동개발구역 JDZ라는 점이 마음에 걸렸다.
　"왜 JDZ를 탐사할 예정입니까?"
　박주연은 송성철에게 전화를 걸었다.
　"동북아시아 해양개발연구소가 동북아시아 해양개발을 할라믄 동북아시아 해양탐사를 해야지요. 동북아시아 해양개발연구소가 동북아시아 해양개발 말고 또 뭣이 있겠소?"
　뭔가 있다. 정보원의 본능이었고 여자의 직감이었다. 일단 얼굴부터 보자.
　"쓰잘 데 없는 명함은 치워불라요."
　송성철은 박주연이 내민 '신동상사 대표 배정은'이라고 적힌 명함을 구겨서 휴지통에 던져버렸다.

"직업상 신분을 밝힐 수 없습니다. 하지만 이곳에 온 것은 순전히 개인적인 호기심 때문입니다. 그레이스가 JDZ에서 무엇을 탐사합니까?"

"개인적인 호기심 때문에 찾아온 누군지도 모를 사람한테 나는 뭣 때문에 직업상 비밀을 이야기한다요?"

"저는…… 박주연이라고 합니다."

신분을 밝힐 수 없다던 사람이 일단 이름을 밝혔다면 굳이 매몰차게 대할 일은 아니었다. 송성철은 JDZ에 대하여 설명했다. 박주연은 자못 진지했고 한국과 일본, 중국의 정치외교에 해박했다.

"그렇다면 왜 JDZ를 탐사할 예정입니까?"

"오늘은 이쯤 하십시다."

다음 날 박주연이 다시 찾아왔다.

"저는 국가정보원 전라남도지부 목포출장소 제1조정관 박주연입니다. 송성철 소장님, 왜 JDZ를 탐사하시는 겁니까?"

"국정원 직원이 묻는 거요, 박주연이라는 사람이 묻는 거요?"

"박주연이 묻는 겁니다."

"내가 왜 JDZ를 탐사하는지 말해주믄 박주연 선생님은 뭘 주실라요?"

"무엇을 원하시나요?"

송성철은 대답 대신 큰놈과 작은놈, LFEN을 설명했다.

"그곳에서 뭘 하실 겁니까?"

"국가를 만들라요. 재밌고 신나는 국가를 만들라요."

박주연은 웃지 않았다. 박주연은 국제해양법에 대하여 말했고 송성철은 흙을 쏟은 콘크리트를 치든 영토를 만들겠다고 말했다. 한동안 침묵이 흘렀다.

"저에게 원하는 것을 말씀하시죠."

"동북아시아 해양개발연구소에 날마다 와주시요. 날마다 올 수 없다믄 나랑 통화를 하십시다. 재밌고 신나는 국가에 대하여 이야기를 해보십시다."

박주연은 한동안 입을 다물었다. 송성철은 채근하지 않았다. 다음 날 저녁, 박주연은 동북아시아 해양개발연구소를 다시 찾아왔다. 그 다음 날도 또 그다음 날도…… 박주연은 재밌고 신나는 국가 아로니아와 함께했다. 하, 큰놈과 작은놈, LFEN을 알고 있는 11명. 빨간 철골조 건물에서 빠진 1명이 바로 박주연 이 녀석이었구나!

박주연은 송성철이 이야기하는 동안 세발낙지호롱을 먹었고 송성철은 박주연이 이야기하는 동안 탕탕이를 먹었다. 은근슬쩍 팔짱을 풀어버린 임필주는 박주연이 이야기하는 동안 초무침을 먹었고 송성철이 이야기하는 동안에도 줄기차게 전골을 먹었다. 배신자들. 그나마 내 편일 거라고 믿었던 백민정마저 맑은 탕을 떠먹었다. 팔짱을 낀 채 쫄쫄 굶던 나는 불끈 짜증이 치밀었다.

"66조 6000억 원, 도대체 어디서 어떻게 충당하겠다는 겁니까?"
본래 믿었던 사람에게 당하는 배신은 살이 에이는 것보다 아프다. 나는 분풀이하듯 백민정에게 쏘아붙였다. 속내를 알아차리기라도 한 듯 백민정이 미소를 머금고 말했다.

"궁금하신 게 뭔가요?"

"지난 주말, L&K Korea에 모였던 그 누구도 AP 건설비용에 대해서 이야기하지 않았습니다. AP를 제외한 비용은 아예 언급조차 없었습니다. 이유가 뭡니까?"

백민정은 한동안 나를 바라봤다.

"1981년, 원양어선을 타던 남편이 북태평양 한복판에서 죽었다더군요. 호수를 포대기에 업고 회사로 달려갔습니다. 남편이 술을 마시고 바다로 실족을 했고 어두운 밤이라서 시신도 찾지 못했다고 했습니다. 전무라는 사람 멱살을 잡고 캐물었지요. 남편은 술을 마시지 않는다. 술을 마신 건 어떻게 아느냐? 본 사람이 있다는 소리냐? 그 사람을 데려와라. 내 입으로 묻고 내 귀로 들어야겠다. 저는 업무를 방해한다고 호수와 함께 경찰서 유치장에 갇혔습니다. 유치장을 나와서 회사 앞에 자리를 깔았습니다…… 남편은 펜팔로 만났습니다. 5년 동안 편지를 주고받았죠. 처음부터 좋은 건 아니었지만 나쁘지만 않다면 한 번도 떠나보지 못한 목포를 벗어날 수 있을 거라고 생각했습니다. 남편 고향은 대구였지만 어려서부터 가족과 떨어져 진해에서 혼자 살았습니다. 시가와 부딪힐 일도 없었고 무엇보다도 남편이 시가와 사이가 좋지 않았습니다. 말이 없는 사람이었죠. 마음은 따뜻한 사람이었습니다. 사진관에서 결혼사진을 찍고 살림을 합쳤지요. 남편과 저는 채 석 달도 함께 살지 못했습니다. 남편은 언제나 바다에 있었죠…… 잘해주지 못해서 미안했고 호수와 단둘뿐이라는 사실이 두려웠습니다…… 회사 앞에서 노숙을 한 지 사흘째 되던 날, 대구에 사는 남편 부모가 저를 찾아왔습니다. 그만 하라

고…… 죽은 사람은 죽은 사람이고 젖먹이랑 살아야 할 것 아니냐
고…… 남편 부모는 보상금으로 2000만 원을 받고 회사와 깔끔하
게 정리를 했다고 하더군요. 남편이 왜 죽었는지 어떻게 죽었는지도
모르는데 깔끔하다니요? 시끄럽게 하지 말자고도 했습니다. 시끄럽
다고요? 남편 잃은 여자가 남편 시신을 봐야 한다는 말이 시끄럽다
니요…… 남편 부모는 시신도 없는 장례를 치렀습니다. 장례가 끝나
자 호수랑 먹고 살라며 1000만 원을 주더군요. 자식 잃은 부모 마음
도 있다면서 보상금의 절반이라고 했습니다. 저는 그 돈을 받았습니
다. 남편이 탔던 원양어선이 돌아오고 기관장이라는 사람이 남편의
유품을 들고 찾아왔습니다. 그러더군요. 사망보상금으로 5000만 원
은 유래가 없는 일이라고요. 남편 부모가 경찰이랑 기자들을 불러오
는 바람에 5000만 원이 나왔다고 했습니다. 1000만 원…… 나는 다
시는 그들과 상종하지 않겠다. 남편 부모에게 절반이라고 받은 1000
만 원은 그들과 인연을 끊는 대가였습니다. 살겠다. 반드시 살아야
겠다. 먼저 서울에 땅을 샀습니다. 손바닥만 한 언덕배기 밭이었죠.
지금은 강남사거리가 된 곳입니다. 남은 돈으로 밥집을 시작했습니
다. 돈이 모일 때마다 서울 강남에 땅을 샀습니다. 그 땅들이 지금의
저를 만들었죠. 잘 살아온 건지 모르겠지만 열심히 살았습니다. 살
다 보니까 꿈에서 그리던 일도 일어나더군요."

백민정이 말을 멈추고 송성철을 쳐다보았다.

"쏭, 키스해줄래?"

숨이 멎는 것 같았다. 백민정과 송성철의 키스는 강렬했다. 아름
다웠다. 아, 사랑에 빠진 것은 두 사람인데 왜 내가 두근거리냐? 아

름다운 백민정이 다시 말을 이었다.

"2002년, 눈앞에 쏭이 나타났습니다…… 그때도 지금도 나는 하나도 변하지 않았어…… 무슨 말이 더 필요할까요? 올해 제 나이가 쉰다섯입니다. 2028년이면 일흔여덟이군요. 정말로 재밌고 신나게 놀아야 할 나이 아닌가요? 저는 쏭과 함께 재밌고 신나는 국가를 만들 겁니다."

백민정을 쳐다보다가 문득 떠오른 사실 하나. 24년 후 2028년이면 나는, 예순 살이 되는구나!

"김 선생님은 아로니아가 서로가 서로를 믿을 수 있는 국가라고 하셨죠? 저는 쏭을 믿습니다. 징하게 놀고야 말겠다는 쏭을 믿는데 제가 무엇인들 못 하겠습니까? 66조 6000억 원. 1981년, 저는 셋방 보증금 30만 원을 합쳐서 1030만 원으로 땅을 사고 밥집을 시작했습니다. 지난달, 제 자산을 합쳐봤더니 11조 8530억 원이었습니다. 23년 동안 저는 115만 배의 자산을 불린 셈입니다. 저는 AP 건설비용 66조 6000억 원을 포함해 아로니아 건설에 필요한 전체비용을 125조 원으로 예상합니다. 2028년 6월까지 만으로 꼭 23년이군요. 125조 원. 11조 8530억 원의 10.5배. 지난 23년 동안 115만 배를 불렸습니다. 또 다시 23년 동안 10.5배를 불리지 말라는 법은 없지요. 아로니아 재정시스템 AFS(Aronia Finance System)를 만들고 아로니아 건국에 필요한 비용과 건국 후 국가재정을 운영할 자금을 준비할 겁니다. 아마도 초기에는 많은 현금이 필요할 겁니다. 김 선생님께서 알아보셨겠지만 옴파로스의 정구식 부장과 심상주 과장이 현금화 작업을 시작했습니다."

백민정이 임필주를 쳐다보았다. 임필주는 마치 처음 듣는 소리인 듯 눈을 동그랗게 뜨고 파래가 들어간 낙지죽을 삭삭 비웠다. 백민정이 웃으며 말했다.

"정구식, 심상주 두 친구는 아로니아와 함께할 겁니다. AFS의 준비과정을 간단하게 설명하면 클럽호호의 자산을 현금화한 후 자산 플로우를 다양화할 겁니다. 금과 구리, 니켈과 희토류 등 광물자원에 직접 투자하고 애플과 구글, 재작년에 만들어진 테슬라라는 미국 자동차회사와 올해 만들어진 페이스북이라는 미국 소셜네트워크회사 주식을 매입할 예정입니다. 한국 자산은 합법, 편법, 불법을 가리지 않고 부동산 자산으로 늘려갈 겁니다. 한국에서는 가능한 일이죠. 125조 원…… 만듭니다. 만들 겁니다. 만들 수 있습니다."

백민정은 단호했고 나는 고개를 끄덕일 수밖에 없었다.

"아따 식사하시지요."

송성철이 말했다. 아직 아니다.

"소장님, 2028년 6월 한국이나 일본이 한일대륙붕협정 종료를 선언하지 않는다면 또 어느 쪽도 국제해양법재판소에 상대방을 제소하지 않는다면 한일공동개발구역 JDZ는 분쟁지역이 될 수 없고, 따라서 소장님이 이야기하는 재밌고 신나는 국가는 헛소리일 뿐입니다. 동중국해 한복판 공해상에 재밌고 신나는 국가 아로니아는 결코 세울 수 없습니다. 어떻게 하시겠습니까?"

"어째야 쓰까요? 김 선생님 말씀은 어디 하나 틀린 것이 없소만 나도 걱정은 없소. 왜냐믄 말이요. JDZ가 분쟁지역이 되든 말든 나는 큰놈이랑 작은놈이랑 LFEN 위에다가 재밌고 신나는 국가를 세

올라요. JDZ의 주권적 권리를 놓고 한국과 일본이 대가리 터지게 싸워분다면 더더욱 좋겠지요. 2028년 6월, 광화문광장하고 도쿄왕궁 앞에서 한국하고 일본이 JDZ가 서로 자기네 바다라고 난리를 칠 것이요. 일본은 몰라도 한국은 틀림없이 국제해양법재판소에 일본을 제소하고 JDZ를 분쟁지역으로 만들어줄 것이요. 그렇게 만들어놓을 것이요. 이 일을 우리 박주연 선생님이 할 것이요."

박주연이 곧장 말을 이었다.

"오빠…… 곧 만날 줄은 알았지만 이렇게 갑자기 만날 줄은 몰랐네. JDZ에 대한 이야기는 우리끼리 해야 할 것 같은데…… 자리를 비켜주시겠습니까?"

박주연이 임필주를 쳐다봤다. 우걱우걱, 산낙지를 먹던 임필주가 박주연을 쳐다봤다. 살짝 미소를 지은 박주연이 손가락으로 나가라는 시늉을 했다.

"안 나갈 건데요. 낙지 다 먹고 나갈 건데요."

"말귀가 어두운 모양인데 맞고 나가실래요?"

"패보시든가. 나는 태어나서 누구한테 맞아본 적이 없으니까…… 내가 누구한테 맞고 다닐 인간은 절대로 아니니까…… 하나 세상에서 나를 팰 수 있는 사람은 오로지 한 사람, 나의 김강현, 주군이 되시는 분…… 주군께서 오른뺨을 친다면 나는 왼뺨을 내밀 것이요, 왼뺨을 친다면 머리를 조아려 목을 내밀 것이요. 나는 오래전 주군에게 의탁한 몸, 주군을 따르는 나를 시험에 들게 하지 말아주시지요."

얘가 왜 이러냐? 빌어먹을 사극 중독자…… 쪽팔려 죽을 지경이

258

었다.

"주연아, 믿을 수 있는 친구니까 이야기해도 돼."

박주연이 임필주를 노려보다가 말했다.

"1961년, 박정희가 중앙정보부를 만들었습니다. 국내 및 해외정보와 대공정보를 수집하고 수사하는 막강한 권력기관이었죠. 전두환은 중앙정보부를 대공정보 업무를 강화시킨 국가안전기획부로 개편하고 대통령 직속기구로 만들었습니다. 장관급인 국가안전기획부장 밑으로 차관급 차장 3명이 실무를 총괄했는데 제1차장은 해외공작, 제2차장은 국내 정치공작, 제3차장은 대공공작을 담당했습니다. 전두환 뒤를 이은 노태우와 김영삼은 국가안전기획부 조직을 그대로 이어받았고 국내 정치공작을 하는 데 국가안전기획부를 제대로 써먹었죠. 1999년 IMF 사태와 함께 대통령이 된 김대중은 국가안전기획부를 폐지하고 국가안전보장에 관련된 정보수집 및 수사를 주임무로 하는 국가정보원을 만들었습니다. 기존의 국가안전기획부와 비슷한 것 같지만 결정적으로 국정원은 더 이상 국내 정치공작을 할 수 없도록 만든 것이었습니다. 그 뒤로 노무현은 국정원을 그대로 이어받았죠. 궁금하지 않나요? 국내 정치공작을 하던 수많은 직원들은 어디로 갔을까요? 대부분 국정원을 나왔고 일부는 다른 부서로 옮겨갔습니다. 김대중, 노무현으로 이어지는 친북좌파 전라도 정권은…… 제 생각은 아닙니다…… 국정원을 국내 정치공작과 완전히 분리시켜버렸죠. 국내 정치공작을 하던 전직 국정원 직원들은 한국을 이대로 놔두면 빨갱이천국이 될 거라고 생각했습니다. 그들은 노무현을 대통령 자리에서 내쫓고자 탄핵을 기획했지만 실패했습니다. 그들은 탄핵 실패를 교훈 삼아서 국정원 내부에 서클을 만들고 전직 직원들과 각계각층의 동조세력을 규합했습니다. '알파'라는 이름의 국정원 이너서클은 더 이상 친북좌파 전라도 정권의 연장을 좌시할 수 없다는 생각으로 보수우파 경상도 정권의 재창출을 목표로 삼았습니다. 과연 그들이 보수라는 단어를 써도 되는지 어이가 없지만, 아무튼 '알파'는 다음 대통령으로 한나라당 서울시장 이명박을 내세울 겁니다. 지금 '알파'는 가장 먼저 언론과 방송을 장악하고 대학과 공공기관의 장들을 보수우파 경상도 출신으로 바꾸는 데 총력을 기울이고 있습니다. 여론을 주도하고 선제적 대응으로 기선을 제압하겠다는 계획입니다. 아마도 결정적인 순간에는 여론 조작과 더불어 가짜뉴스도 무차별 생산하겠지요. 구질구질하죠. 저는 구질구질하고 쓰레기 같은 '알파'를 벤치마킹하려고 합니다. 우선 저는 국정원에 뼈를 묻을 겁니다. 지금은 출장소 조정관이지만 본원으로 들어가 국장, 단장, 차장이 될 겁니다. 비밀조직 '알파'에도 들어갈 것이고 정치상황에 따라서 '알파'를 팔아먹는 짓도 서슴지 않을 겁니다. 마침내 2028년 6월, 저는 한일공동개발구역 JDZ를 분쟁지역으로 만들 겁니다. 이 모든 과정은 '오메가'라는 또 다른 이너서클이 담당합니다. 그들의 이너서클이 처음을 의미하는 '알파'라면 제가 조직할 이너서클은 마지막을 의미하는 오메가입니다. 오메가는 아로니아를 위하여 존재합니다. 저는 국정원에 뼈를 묻을지언정 영혼만은 재밌고 신나는 국가 아로니아에 있을 겁니다. 체질상 저는 스파이가 적성에 딱이거든요."

"왜?"

궁금했다. 여자 007을 꿈꾸던 국정원 직원 박주연이 왜 밑도 끝도 없는 아로니아와 함께하겠다는 건지 정말로 궁금했다.

"저도 한참을 고민했는데 오빠가 진짜로 멋진 이름을 지었어요. 아로니아…… 정말로 사랑스럽지 않나요?"

묻는 말에나 대답해라. 주스병에서 베낀 이름이다.

"세상에 태어난 일은 행복한 일이지만, 세상에 태어나는 순간 좋든 싫든 꼼짝없이 한 국가의 국민이 된다는 사실은 불행한 일이죠. 저는 선택하지도 않았는데 쓰레기들이 장악한 국가의 국민으로 길들여진 채 평생 의무를 지고 권리를 찾아다니며 허둥지둥 살아야 한다면 슬프고 불행한 일 아닌가요? 저는 제가 선택한 재밌고 신나는 국가 아로니아를 만들 겁니다. 제가 살고 제 자식들이 살고 또 그 자식들이 살아갈 재밌고 신나는 국가를 직접 만드는 일은 정말로 멋지지 않나요? 이렇게 멋진 일을 하지 않는 건 제 자신에게 죄를 짓는 거죠."

박주연이 환하게 웃었다. 어떤 구호나 고함보다도 환한 미소는 힘이 셌다. 나는 박주연을 믿었다.

"자, 식사 하실라요?"

그놈의 식사. 송성철은 낙지를 못 먹여서 안달이 난 모양이었다.

"마지막으로 한 가지만 더 묻겠습니다."

나는 묻지 않고는 답을 듣지 않고는 도저히 세발낙지천국으로 들어갈 수 없었다.

"왜, 제가 필요하죠? 왜 접니까?"

송성철이 젓가락을 놓으며 말했다.

"뭐든 한 입 베어 물른 이놈이 먹을 놈인가 못 먹을 놈인가 감이오요. 어디든 한 발짝 딛어보믄 이 길이 갈 길인가 못 갈 길인가 감이 잡히고요…… 아로니아는 먹을 수 있는 놈이고 갈 수 있는 길이요. 나는 한번 가믄 뒤돌아보지 않는 사람이요. 그런데 재밌고 새로운 국가 아로니아는 뒤를 돌아보믄서 앞을 다시 살펴야 하요. 안 그라고는 갈 수가 읎소. 국가는 그래야 쓰는디 어째야 쓰까? 사람이 필요했소. 우리 리기아가 그런 사람을 안다고, 그럴 수 있는 사람이 있다고 합디다."

나는 백민정을 쳐다보았다. 그녀가 환한 미소로 입을 열었다.

"저는 김 선생님을 예전부터 알았습니다."

나를 어떻게 안다는 말인가?

"동국건설 김기천 대표님에게 강현이라는 아드님 이야기를 줄곧 들어왔죠."

아버지가 내 이야기를 했다고?

"중학교 2학년 때였죠? 같은 반 친구를 골목으로 끌고 가 돈을 뺏다가 당신에게 걸려서 죽도록 맞은 일이며 동네방네 사과를 하러 돌아다닌 일, 돈을 뺏었던 친구랑 얼싸안고 운 이야기, 합기도장에 보내놨더니 연애를 한다는 이야기와 그 바람에 무릎을 꿇고 공부를 하겠다고, 성당에 다니겠다고 한 이야기, 결국 그 친구 미카엘라랑 결혼을 했죠…… 서울대학교에 들어간 일이며 사법시험에 합격한 일과 검사가 된 일. 낙지라면 자다가도 벌떡 일어난다는 이야기도…… 아닙니다. 김 대표님은 아드님 이야기를 떠벌이는 분이 절대로 아닙니다. 부동산투자회사 옴파로스를 만들었을 때 저는 김 대표님께 많은 도움을 받았습니다. 그 후로 오라버니 같은 김 대표님께 매주 인사를 드렸는데 자연스럽게 아드님 이야기가 나온 거죠. 어쩌면 저는 김강현이라는 사내 이야기를 들으려고 김 대표님을 찾아뵌 것 같기도 합니다."

백민정은 내가 미처 알지 못했던 아버지의 수많은 생각들을 들려주었다. 아버지는 늘 나를 지켜봤고 항상 나를 보살폈으며 언제나 나를 자랑스러워했다. 백민정은 속속들이 나를 알았다. 세상에 저절로 우연인 일이 어디 있겠는가? 내가 백민정과 마주 앉은 것은 어쩌면 필연이었다.

"지난해, 김 선생님이 텔레비전 인터뷰를 한 적이 있었죠. 홀어머니 밑에서 자란 아들이 공부하라며, 성공하라며 때리는 어머니를 목졸라 죽이고, 6개월 동안 시신을 집 안에 방치한 사건을 다룬 시사 프로그램이었습니다. 담당검사였던 김 선생님이 그러시더군요…… 당신의 꿈은 자식의 성공이 아닙니다. 자식의 성공이 당신의 꿈이라면 당신은 불행하고 또 불행해질 수밖에 없습니다. 만약 자식이 성공하지 못한다면 당신의 꿈은 산산이 깨지는 것이고 당신의 꿈을 깨버린 자식은 나쁜 놈이 되고 마는 겁니다. 왜 당신이 낳은 자식을 나쁜 놈으로 만들려고 합니까? 자식은 당신이 아닙니다. 당신의 꿈은 결코 자식의 성공이 되면 안 됩니다. 당신에게 자식은 하늘이 준 선물입니다. 선물은 선물일 뿐이지 결코 꿈을 꾸는 대상이 아닙니다. 당신은 늘 당신의 꿈을 꾸십시오. 항상 당신의 꿈을 찾으십시오. 언제나 스스로 행복하십시오. 지금 당신이 행복하기를 두 손 모아서 빕니다……."

어머니를 죽인 아들은 사건이 들통나기 전까지 시신이 방치된 안방을 향하여 "학교 다녀오겠습니다", "학교 다녀왔습니다"라고 인사를 했다. 아들에게 죽임을 당한 어머니도, 어머니를 죽인 아들도 가엽고 어리석었다. 나는 다시는 가여운 아들과 어리석은 어머니가 세상에 없기를 바라며 흘러넘치는 생각들을 모아서 인터뷰를 했다. 백민정은 그날의 인터뷰를 정확하게 기억했다.

"한동안 멍하니 앉아 있었습니다. 김 선생님 말씀처럼 저는 제 아들 호수의 성공을 바라지 않았고 그래서 제 꿈을 꿀 수 있었습니다. 돈을 모았고 클럽호호를 만들었습니다. 이제 또 나는 새로운 꿈을 꾸어야겠다고 생각했습니다. 제 곁에는 꿈을 꾸는 쏭이 있었죠. 저는 쏭과 같은 꿈을 꾸고 싶었습니다. 무엇이든 쏭과 함께 하기로 마음먹었죠…… 세상에는 똑똑한 사람, 공부 잘하는 사람, 머리 좋은 사람, 돈 많은 사람들이 참으로 많습니다. 내가 사는 국가는 똑똑한 사람, 공부 잘하는 사람, 머리 좋은 사람, 돈 많은 사람들이 세상을 행복하게 할 거라고 말합니다. 거짓말입니다. 나는 진정으로 국가에 필요한 사람은 착한 사람이라고 생각합니다. 착한 사람은 가엾고 불쌍한 사람을 내버려두지 않고, 부끄러운 일을 부끄러워하며, 늘 겸손하고 사양할 줄 알고, 옳고 그른 것을 가릴 줄 아는 지혜로운 사람입니다. 불행한 사람을 행복하게 만드는 사람입니다. 한 국가에, 한 백 년에, 진실로 착한 사람 1명만 있어도 세상은 행복해질 겁니다. 저는 김강현 선생님이 바로 세상을 행복하게 할 사람이라고 믿습니다."

어쩌자고, 도대체 어떡하라고 눈앞에서 차마 고개도 들 수 없을 만큼 낯부끄러운 찬사를 한다는 말인가? 제발 그 입 좀 다물어달라고 소리치고 싶었지만 할 수가 없었다. 백민정은 정말로 진심이었다. 착한 사람 김강현…… 식탁 밑에라도 꽁꽁 숨고만 싶었다.

"저는 쏭에게 김 선생님을 만나라고 했습니다. 그 무렵 쏭은 박주연 선생님과 만나고 있었습니다. 정말로 인연이더군요. 박주연 선생님은 김 선생님을 가까이 알던 분이었습니다. 작고하신 김기천 대표님의 동국건설 주식을 물려받지 않으셨더군요. 유럽간첩단 사건과 검찰청에서 있었던 폭력사태 이야기도 들었습니다. 쏭이 말했죠…… 김강현한테 올인할래요…… 오늘 아침에 유귀례 대표님께서 전화를 하셨습니다. 김 선생님이 저에 대하여 물으셨다고요. 무슨 일이냐고 물으시더군요. 저랑 함께 일했으면 좋겠다고 말씀드렸습니다. 유 대표님도 대단하시죠. 무슨 일을 할 거냐고 묻지도 않았습니다. 녀석이 까탈스럽지만 경우가 바르다며, 경우가 바르면 다 잘할 수 있을 거라고 하셨습니다. 새벽에 천진사에 갔다는 말씀도 하셨습니다. 곧이어 김 선생님 전화를 받은 겁니다. 드디어 결정을 하는구나…… 쏭이 박주연 선생님이랑 함께 있는 걸 아시더군요. 밖을 살폈더니 임필주 선생님이 자동차 안에 계셨습니다. 곰곰이 생각했습니다. 김강현은 내가 알던 것보다 훨씬 더 꼼꼼한 사람이다…… 착하나 어리석지 않고, 착하나 허술하지 않으며, 착하나 강하고 또한 현명한 사람."

백민정은 나를 모조리 알았다. 나는 백민정을 물끄러미 쳐다봤다.

"처음이고 또한 마지막입니다…… 강현아…… 함께하면 행복할 거야. 나랑 쏭이랑 우리랑 재밌고 신나게 함께 놀아보자, 강현아!"

쿵, 나는 청력을 잃었다. 뭐 하노? 아버지 목소리가 들렸다. 퍼뜩 대답 안 하고? 나는 수영을 생각했다. 수영과 첫 입맞춤을 하던 순간 나는 시력을 잃었다. 시력을 잃었던 나는 수영을 얻었고 청력을 잃은 나는 이제 무엇을 얻을까? 내가 할 수 있는 말은 오로지 한 가지뿐이었다.

"제가…… 무엇을 할까요?"

백민정이 환하게 웃었다. 내 입만 바라보던 송성철이 흠흠 헛기침을 하며 눈물을 훔쳤다. 박주연이 두 손을 모았고 분위기 파악을 못한 임필주는 뚫어지라고 나만 바라봤다. 백민정이 입을 열었다.

"하고 싶은 일을 하세요."

나는 하고 싶은 일을 하겠다고 고개를 끄덕였다. 아, 이제야 비로소 세발낙지천국에 들어갈 수 있겠구나!

돌이켜보면 모든 일은 피할 수 없는 운명이었다.

미친 소리인 줄 알지만

오후 2시 45분. 배롱나무길에 다녀오고 블루토피아 게양식에 다녀오고 마당에서 박민규와 한바탕 뺑뺑이를 돈 것 빼고는 한밤중부터 지금까지 책상머리에 줄곧 앉아 있었다. 아, 골뱅이랑 대구탕도 먹었구나…… 눈도 침침하고 어깨도 뭉치고 허리도 아프고 머리도 띵띵하고 팔굽혀펴기라도 할 요량으로 거실로 나왔는데…… 뭐냐, 저 인간?

"스, 스톱!"
넓적한 마당을 뱅글뱅글 열 바퀴쯤 돌고 났을 때 박민규가 소리를 질렀다. 다행이었다. 까딱하면 숨이 넘어갈 지경이었다.
"왜?"
"로아 킴 체력이 걱정돼서요."

"웃기고 자빠졌네."

나는 숨을 고르고 녀석에게 다시 달려들었다.

"잠깐만요!"

"왜?"

"한 번만 봐주세요."

"왜?"

"갈 데가 없어요."

"왜?"

"우리 집에 그린머슬 놈들만 바글바글합니다."

녀석의 친애하는 마누라는 그린머슬아로니아당의 대통령 후보 정책기획보좌관이었다.

"그러니까 이혼을 하라고 했잖아!"

"남 일이라고 그따위로 말하면 안 되지!"

녀석은 친애하고 존경하는 마누라에게 절절 기었다. 아로니아시민당을 탈당하고 그린머슬아로니아당에 입당하지 않은 것이 용할 지경이었다.

"나는 우리 마누라를 죽도록 사랑한단 말이야!"

에라, 사랑한다는데…… 나는 손가락을 세우고 경고했다.

"귀찮게 굴면 죽는다."

"옛!"

현관문을 열자 헤벌쭉해진 녀석이 후다닥 앞장을 섰다.

훌쩍훌쩍, 박민규가 울었다. 보여주는 게 아니었는데…… 녀석은 내가 적고 있는 글을 보자고 애걸했다. 눈곱만큼만, 병아리 눈물만큼만 보자며 복걸하는 바람에 모니터로 보라고 했더니, 글을 모니터로 읽는 것은 글쓴이의 노고를 허접쓰레기로 만드는 파렴치한 짓거리라나 뭐라나…… 하는 수 없이 프린터로 뽑아서 보라고 했더니 내가 쓴 글을 읽으며 질질 짰다. 아, 질질 짜는 것은 글이 제법 감동적이라는 이야기? 재미있냐고 물어보려다가 때려치웠다. 녀석과 말을 섞는 순간 내 오후는 녀석의 수다로 끝장이 난다. 살금살금, 눈길을 피해서 돌아서는데 녀석이 알아차렸다.

"뭐 하시는 겁니까?"

예민한 놈. 녀석이 눈물을 훔치며 빤히 바라봤다.

"이거 두 번째 읽고 있는 겁니다. 언제 아로니아공화국을 건국할 겁니까? 빨리빨리 들어가 글이나 쓰세요."

"아, 알았는데 비서실장은 왜 우는 거냐?"

"지금 내가 안 울게 생겼습니까? 삥 뜯기고 싸대기 얻어맞고 무차별 폭행에 거지꼴이 다 됐는데 김강현 새끼, 열다섯 살짜리 그거, 정말로 나쁜 새끼 아닙니까?"

말을 잘못 꺼냈다. 슬쩍 자리를 피하려는데 라이프워치에 임필주가 나타났다. 쟤는 왜 또 얼쩡거리냐? 국가안전방위부 차관 임필주는 연락도 없이 무턱대고 쳐들어올 녀석이 절대로 아니었다.

"제가 불렀어요."

"왜?"

"임필주도 분량이 있는데 사실 확인을 해야죠."

미치겠네. 버럭 한소리 하려는데 임필주가 막 들어섰다.

"어인 연유로 소신을 부르셨나이까? 송구스러울 따름이옵니다."

아직도 빌어먹을 사극 중독자. 녀석이 임필주를 끌고 가며 말했다.

"전과 10범, 11범인가? 동네 양아치는 나랑 오순도순 이야기 좀 하십시다."

"어떤 노무 새끼가 나보고 동네 양아치래? 누구야? 그린머슬 노무 새끼들이야?"

아이고, 머리야.

"나다!"

임필주가 뻥뻥한 얼굴로 나를 바라봤다. 자유를 추구하는 아로니아에서 나는 도대체 왜, 집에서조차 자유롭지 못한 것일까? 마음같아서는 당장 두 녀석을 싹싹 쓸어버리고 싶었지만 녀석들을 함부로 치웠다가는 무슨 봉변을 당할지 모를 일이었다. 녀석들은 나를 알고 있다. 알아도 속속들이 너무나 많이 알았다.

"투표하기 전까지 다 쓰세요. 필요한 것 있으면 날 불러요."

"닥쳐!"

버럭 소리는 질렀지만 왜 웃음이 나는 걸까? 녀석들은 오랜 친구들이었고 동지들이었고 또 다른 내 모습들이었다. 얼토당토않은 줄 알면서도 거실의 성모마리아상 앞에서 고개를 숙이고 간절하게 청했다. 마리아님, 녀석들이 건강하기를, 녀석들이 오래 살기를, 녀석들이…… 미친 소리인 줄 알지만…… 늙지 않기를 하느님께 빌어주소서.

3부

아로니아공화국 건국준비위원회

무엇을 망설일까? 무엇을 주저할까? 무엇을 마다할까?

재밌고 신나는 국가. 재밌고 신나게 노는 일이라면 굳이 국가가 아니어도 충분하다. 국제법을 쌩까고 시퍼런 바다 위에 비가역적 주권국가를 세우겠다는 우리는 강하고 새로워야 한다. 이 세상 어떤 국가보다 강하고 새로운 국가만이 재밌고 신나게 놀 수 있다.

나는 아로니아가 세워질 재밌고 신나는 땅 LFEN을 강하고 새로운 국가의 땅 'LSNN(The Land of a Strong and New Nation)'으로 바꿔 부르자고 제안했다. L&K Korea에 모인 모두는 박수와 환호로 LSNN을 승인했다. 2004년 7월, 나는 강하고 새로운 국가 아로니아공화국 건국준비위원회 EPCROA(Establishment Preparation Committee of the Republic of Aronia)를 시작했다.

스웨덴 콘크리트 구조물 건설회사 비깅우데만의 연구개발이사 마티아스 요한슨, 대우중공업 율포조선소장 신병진, 영국 건축설계회사 AMT의 CEO 마크 브레진스키, 뉴질랜드 토목설계회사 LATT의 CEO 엠마 새런든이 송성철, 라파엘, 마논, 에드워드, 정호수, 캐서린과 함께 강하고 새로운 국가 아로니아의 영토 건설을 책임지기로 했다.

미국 사진작가 겸 칼럼니스트 비비안 포겔이 루트거, 유즈하와 함께 강하고 새로운 국가 아로니아의 시민이 될 수 있는 자격과 조건과 원칙을 세우고 아로니아의 정치, 경제, 사회, 문화 등을 논의하는 인터넷사이트 '코뿔소'를 운영하기로 했다.

일본 외무성 국제법무국장 쿠로타 슈헤이, 일본 내각부 궁내청 내부부국 장관관방 비서과 조사기획실장 노무라 하루토가 박주연, 임필주와 함께 강하고 새로운 국가 아로니아의 보안을 책임지고 한국, 중국, 일본, 미국 등의 정보를 수집하기로 했다.

오스트레일리아 컴퓨터게임회사 퍼피대디의 CEO 폴 스완슨, 미국 국방부 국방첨단연구기획국 DARPA의 부국장 다니엘 슈미트, 스위스 로잔공과대학교 화학과 교수 니콜라스 슈미트와 전 체코슬로바키아 방공군 소장 밀로슈 우르바네크가 강하고 새로운 국가 아로니아의 방위를 책임지기로 했다.

오스트레일리아 패션브랜드 CODA의 CEO이며 빅토리아시크릿 모델 에바 마리아 곤잘레스 카르다빌라, 미국 CNN 패션에디터 헤이든 프로스트가 강하고 새로운 국가 아로니아 구성원의 소통과 관리, 기록을 책임지기로 했다.

한국 부동산개발회사 옴파로스의 재무부장 정구식, 옴파로스 경리과장 심상주, 클럽호호 라스베이거스 총지배인 애슐리 콜, 클럽호호 울루루 총지배인 윌리엄 첸이 백민정과 함께 강하고 새로운 국가 아로니아 건설을 위한 재정을 담당하기로 했다.

"거기가 어디라고? 이 새끼, 제대로 사고 칠 줄 알았어."

한국 서울중앙지방법원 제35형사부장판사 정상철이 강하고 새로운 국가 아로니아의 헌법과 법률을 기초하고 아로니아공화국 건국준비위원회의 강령과 규약을 만들기로 했다.

"형, 이거 국가보안법에 저촉되는 거 아닌가?"

"국가보안법은 몰라도 국제해양법은 확실히 걸린다."

"오, 죽이네."

고등학교 후배 서울중앙지방검찰청 공판 제4부검사 김광수가 정상철과 함께했다.

"비용은?"

박민규의 첫마디는 생뚱맞았다.

"그건 우리가 알 필요가 없지."

녀석과 나란히 앉은 왕혜윤이 말했다.

"설마 강현 씨가 삥 뜯으려고 왔겠냐?"

"그건 모르지."

그녀가 나를 힐끗 보더니 고개를 끄덕였다.

"영 아니라고는 할 수 없겠네."

빌어먹을, 주섬주섬 자리에서 일어나는데 녀석이 덥석 손을 잡왔다.

"얼마가 필요한데?"

"내가 필요한 건 돈이 아니라…… 바로 너야."

녀석이 히죽거리며 물었다.

"왜?"

"같이 놀자고."

"왜?"

"같이 안 놀다가 내가 아로니아를 만들었다는 걸 알면 네가 좋겠냐?"

"왜?"

슬슬 짜증이 났다.

"친구니까 친구가 친구랑 같이 놀자고 꼬시는 거다. 됐냐?"

"왜?"

한 번만 더 "왜"라고 하면 가만두지 않겠다고 다짐했다.

"재밌을 거니까…… 세상을 모조리 집어삼킨 것만큼 재밌고 신나는 일이니까!"

"왜?"

에라, 오독오독 씹어먹을 새끼야…… 나는 녀석의 팔뚝을 아작아작 물어뜯었다.

"아파, 아프다고!"

"한 번만 더 물어보면 죽여버린다."

녀석이 이빨 자국이 선명한 팔뚝을 방정맞게 쓸면서 말했다.

"재밌겠다…… 난 뭘 하면 되냐?"

이번에는 내가 묻고 있었다.

"왜? 도대체 왜 밑도 끝도 없는 아로니아를 하겠다는 거냐고!"

"네가 하자고 하잖아…… 피, 피나잖아…… 네가 하자는 거 다 할 건데 그전에 고소부터 할 거니까 콩밥 먹을 준비부터 단단히 해라. 더 이상 합의는 없다. 알았냐?"

그녀가 나와 녀석을 바라보다가 말했다.

"쇼하고들 자빠졌네…… 잘은 몰라도 재미는 있겠다."

박민규는 나와 친구였다. 왕혜윤은 박민규와 친구였다. 정상철은 나보다 열 살이 많았지만 친구가 됐고 김광수도 친구를 먹었다. 정구식과 심상주와 애슐리와 윌리엄은 국적도 다르고 또래도 달랐지만 모두 백민정과 친구였다. 에바는 폴의 연인이었고 헤이든은 에바와 친구였다. 폴은 에바의 연인이면서 정호수와 친구였고 다니엘은 폴과 친구였으며 니콜라스는 다니엘의 동생이었고 밀로슈는 다니엘의 친구였다. 슈헤이는 유즈하의 오빠였고, 하루토는 슈헤이와 친구였다. 박주연은 박민규의 동생이었고 임필주는 나와 친구였다. 비비안은 유즈하와 친구였고 루트거는 라파엘의 아버지였으며 유즈하는 라파엘의 부인이었다. 마티아스는 에드워드와 친구였고 신병진은 송성철과 친구였으며 마크와 엠마는 정호수와 캐서린과 친구였다. 마논은 에드워드의 부인이면서 송성철과 친구였고 에드워드는 마논의 남편이면서 백민정과 친구였다. 정호수는 백민정의 아들이었고 캐서린은 정호수의 부인이었다. 라파엘은 송성철과 친구였고 송성철은 백민정의 남편이었으며 백민정은 송성철의 부인이었다.

나는 2004년 7월부터 미국, 오스트레일리아, 뉴질랜드, 일본, 영국, 스웨덴, 스페인, 스위스, 체코와 한국을 돌아다니며 친구가 됐고 마침내 모두 우리가 됐다. 이제 나는 한 사람을 찾아가야 한다. 세상에 오로지 하나뿐인 지랄맞은 천사, 강수영. 수영은 중국 항저우 저장대학교에 있었다.

"수영아, 앞으로 누가 중국을 지배할 것 같아?"

교수실 책상머리에 앉아 있던 수영이 막 들어서는 나를 물끄러미 바라보다가 말했다.

"꼴, 통, 새, 끼!"

아, 정말로 오랜만에 들어보는 꼴통 새끼…… 나는 욕을 들어먹어도 싼 놈이었다.

2004년 8월, 수영은 저장대학교 사회과학학원 정치학과 교수로 부임했다. 나는 출국하는 수영을 배웅하지 않았다. 2005년 2월, 초등학교를 졸업한 지민이 수영이 머무는 항저우로 날아갔다. 지민은 6개월 동안 중국어학원을 다녔고 2005년 9월, 항저우중학교에 입학했다. 나는 지민을 배웅하지 않았고 졸업식에도, 입학식에도 참석하지 않았다. 아버지 기일에도 히드로공항 라운지에서 영상통화를 켜놓았다. 아로니아에 미쳤던 나는 세상의 욕이란 욕은 다 처먹어도 아깝지 않은 놈이었다.

"꿇어!"

무슨 수로 피할까? 털썩 무릎을 꿇고 처분만 기다렸다. 무릎을 꿇은 동안 학생 2명이 면담을 했고 교수 1명이 수영을 만나러 왔다.

"누구?"

"웬수 덩어리!"

할 수만 있다면 교수실 바닥을 박박, 긁어 파고 들어가고만 싶었다.

"수업 들어갈 테니까 반성문 적어. 성의 없으면 죽는다."

"옛!"

잠정적이었지만 비로소 살 길이 열렸다.

나는 그동안 저지른 만행을 빠짐없이 짚으며 용서를 구하는 반성문과 더불어 지난 1년 동안 누구를 만났고 무엇을 했으며 앞으로 어떻게 할 것이라는 이야기를 적은 후, 가지고 온 송성철의 「큰놈 하나 작은놈 하나」를 책상 위에 함께 올려놓았다.

발갛게 노을이 물들 즈음 수영이 만두를 사들고 들어왔다.

"반성문 읽을 동안 조용히 처먹어."

"옛!"

내가 뭐라고 감히 토를 달겠는가? 꾸역꾸역 만두로 헛헛한 마음을 채우는 동안 수영은 반성문과 「큰놈 하나 작은놈 하나」를 읽고 살폈다.

"아로니아라는 걸 하느라 꼴통 새끼 노릇을 했다고?"

"옛."

"아로니아가 성공할 확률은?"

나는 한 번도 확률을 따지지 않았다.

"성공할 확률 0퍼센트, 실패할 확률도 0퍼센트."

"무슨 소리야?"

"누구도 해본 적이 없는 일이니까 성공할지 실패할지 아무도 모른다는 말이지."

"50 대 50?"

"50 대 50이라면 하지 않고 후회하는 것보다 하고 나서 후회하는 편이 낫지 않을까?"

수영은 한동안 말이 없었다. 나는 궁금한 것을 물었다.

"수영아, 앞으로 누가 중국 최고권력자가 될까?"

"내가 알 거라고 생각해?"

"알 수 없다면 우리가 세우면 어떨까?"

수영이 갑자기 깔깔거렸다.

"중국 최고권력자를 세운다고? 만약 세운다면 뭘 할 거지?"

"강하고 새로운 국가 아로니아의 방패로 삼을 거야."

아로니아의 방패. 한국과 중국과 일본, 미국과 러시아의 항공모함과 잠수함, 전투기와 전폭기가 어슬렁거리는 한일공동개발구역 JDZ에 강하고 새로운 국가 아로니아를 건국하려면 반드시 아로니아를 지지하고 지원하는 국가, 중화인민공화국…… 중국이 필요했다. 나는 앞으로 10년 혹은 그 후로도 오랫동안 아로니아의 방패가 될 중국 최고권력자를 알고 싶었다. 수영이라면 알 것 같았다.

"아로니아는 중국의 위성국가가 되겠다는 소리네."

"위성국가가 아니라 중국을 듬직한 친구로 삼겠다는 소리지. 중국은 작지만 강하고 새로운 국가 아로니아라는 멋진 친구를 얻게 될 거야. 집 앞을 지키던 방패가 동네 어귀를 지키게 된다면 그 동네는 누구네 동네가 될까? 중국은 아로니아의 방패가 되고 아로니아는 동중국해를 중국 동네로 만들어줄 거야."

"미친놈!"

"가끔 미칠 때도 있지만 지금은 미치지 않았어."

"보살님한테 이야기했어?"

나는 고개를 끄덕였다.

"우짜노? 할라믄 단디 해야 안 하것나?"

어머니가 긴 한숨과 함께 물었다.

"느그 아버지였으면 뭐랄꼬?"

나는 천진사 호두나무 아래에서 있었던 일을 어머니에게 말했다.

"뭐라시드나?"

"씨루고 뽀루고 떼맥여줘도 못 처묵는 노무 새끼, 퍼뜩 꺼지라. 잘 끼다……."

"맞네, 맞다, 느그 아부지. 느그 아부지가 축구공으로 고마 확 쎄리뿐 거 맞네!"

나는 어머니에게 조심스럽게 아로니아를 청했다.

"강현아, 한국이 싫라?"

"한국이 싫어서 새로운 국가를 만들겠다는 건 결코 아닙니다."

"다행이네…… 싫다고 도망친다면 새로 해도 별수 없을 거다…… 재수가 좋아서 새로 한다 캐도 싫은 까닭을 찾을 테고 도망칠 궁리를 안 하것나? 뭣보다 후회가 없어야 한다. 고쳐서 쓸 수 없다면 깨끗이 버려뿔고 새로 장만을 해야 쓴다. 그거이 사람 사는 이치 아니것나? 강현아…… 나는 느그 아버지 있는 한국에 있을란다."

평생을 일한 동국건설과 평생을 살아온 신림동 우리 집과 평생을 함께한 아버지가 주무시는 천진사는 무엇하고도 절대로 바꿀 수 없는 어머니의 국가였다. 나는 어머니에게 더 이상 아로니아 이야기를 하지 않았다.

"뭐가 어떻게 될지 모르지만…… 나쁜 일은 아닌 것 같네."

수영은 내가 적은 반성문과 「큰놈 하나 작은놈 하나」를 다시 읽기 시작했다. 나는 확신했다. 수영은 아로니아와 함께할 것이며 수영이 함께한다면 나는 두려울 것이 없었다.

2005년 12월 마지막 주, 세계의 배꼽이라고 불리는 오스트레일리아 울루루 클럽호호에서 제1기 아로니아공화국 건국준비위원회 EPCROA(에피크로아) 제1차 전체회의가 열렸다. 어른 34명, 어린이 10명, 모두 44명이 함께한 에피크로아는 국토건설부장 송성철, 국토건설부위원 라파엘, 마논, 에드워드, 정호수, 캐서린, 마티아스, 신병진, 마크, 엠마…… 시민부장 루트거, 시민부위원 비비안, 유즈하…… 정보부장 박주연, 정보부위원 임필주, 슈헤이, 하루토…… 방위부장 폴, 방위부위원 다니엘, 니콜라스, 밀로슈…… 내무부장 겸 대변인 에바, 내무부위원 헤이든, 왕혜윤…… 재정부장 백민정, 재정부위원 정구식, 심상주, 애슐리, 윌리엄…… 법무부장 정상철, 법무부위원 김광수…… 외교부장 강수영, 그리고 강하고 새로운 국가 아로니아공화국 건국준비위원장으로 나…… 김강현을 선출했다. 나는 건국준비위원장을 보좌하고 각 부 업무를 조정하는 사무총장으로 박민규를 지명했다.

제1기 에피크로아 제1차 전체회의는 라파엘과 유즈하의 딸 레이카, 마논과 에드워드의 딸 크리스틴, 정호수와 캐서린의 딸 올리비아, 폴과 에바의 아들 토마스, 왕혜윤의 아들 지현식과 우민성, 다니엘의 아들 스티븐, 애슐리의 아들 클라이드, 헤이븐의 딸 셀리아, 비비안의 딸 사비나까지 모두 10명의 어린이들이 함께했다. 녀석들은 쓰는 말도 다르고 성격도 다르고 노는 방법도 다르고 다른 것 투성이였지만 만나자마자 이리 뛰고 저리 몰려다니며 녀석들만의 방식으로 전체회의를 열었다. 10명의 녀석들은 아로니아공화국 건국준비위원회의 영문 약칭인 에피크로아의 알파벳 E, P, C, R, O, A를 온갖 색으로 칠하고, 해와 달과 별과 바다와 공룡과 사자와 강아지와 고양이와 엄마와 아빠와 할아버지와 할머니와 친구들이 가득 그려진 현판을 완성했다. 레이카는 하늘빛, 하얀빛, 파란빛으로 에피크로아 깃발도 만들었다.

"위는 하늘이고요, 가운데는 사람들이 살고 있는 거예요. 여기는 바다가 있고요."

레이카의 설명을 듣던 크리스틴이 말했다.

"블루토피아."

"블루토피아가 뭐야?"

"깃발 이름이 블루토피아야."

크리스틴은 이름을 잘 짓는 녀석이었다. 블루하트와 블루토피아. 그날 이후 블루토피아는 에피크로아를 상징하는 깃발이 됐고 훗날 아로니아공화국 국기로 채택됐다.

제1기 에피크로아 제1차 전체회의 마지막 날, 에피크로아 구성원은 세 가지 약속을 했다. 첫째, 에피크로아 구성원은 구성원을 믿고 에피크로아를 믿으며 에피크로아는 구성원을 믿는다는 믿음의 약속. 둘째, 에피크로아 구성원은 자신의 임무와 역할에 최선을 다한다는 최선의 약속. 셋째, 에피크로아 구성원은 많고 적음에 상관없이 자신의 자산 절반을 에피크로아에 기부한다는 절반의 약속. 이 세 가지 약속은 에피크로아 구성원뿐만 아니라 훗날 모든 아로니아 시민과 기업, 법인들에도 동일하게 적용됐다.

믿음의 약속은, 에피크로아의 이름을 함부로 발설하지 않는다는 보안의 약속과 만약 에피크로아에서 탈퇴하거나 임무를 수행하지 못하더라도 에피크로아에서 알게 된 내용을 절대로 발설하지 않는다는 비밀의 약속이 포함됐다. 최선의 약속은 에피크로아 구성원으로서 임무와 역할에 충실하겠다는 약속이었다. 자산의 절반을 에피크로아에 기부한다는 절반의 약속은 사실상 제대로 지켜지지 않았다. 구성원 대부분은 기부계획서를 작성하고 약속을 지켰지만 송성철과 백민정, 정호수와 캐서린, 마논과 에드워드, 라파엘과 유즈하와 루트거, 폴과 에바, 임필주, 비비안, 왕혜윤, 박주연 그리고 박민규는 더럽게 말을 안 듣고 자신들의 자산을 모조리 기부해버렸다. 다른 사람들은 잘 모르겠지만 박민규 이 녀석은 에피크로아를 탈퇴할 경우 기부한 자산을 원금으로 상환한다는 조항에 굵은 밑줄을 그은 후 서명을 했다. 나도 더럽게 말을 안 듣고 통장에 들어있던 8500만 원을 모두 기부했다. 에고, 그 흔한 아파트 한 채 안 사두고 주식투자 한번 못 해보고 뭐 했나 몰라? 에피크로아가 발족한 후 아로니아 건국 기부금 총액은 한국 원화로 15조 7500억 원이었다.

에피크로아는 빨간 철골조 건물 L&K Korea를 에피크로아 본부로 정했다. 에피크로아는 각 부마다 1개월에 한 번씩 정기회의를 개최하고 사안에 따라서 수시로 연석회의를 개최하며 각 부 부장과 사무총장, 에피크로아 위원장이 참석하는 에피크로아 상무위원회는 3개월에 한 번씩 정기회의를 개최하기로 했다. 에피크로아의 모든 구성원이 참석하는 전체회의는 6개월에 한 번씩 세계 곳곳으로 장소를 옮겨가면서 개최하기로 결정했다. 물론 정기회의뿐만 아니라 사안에 따라서 긴급회의가 수시로 열렸고 에피크로아 구성원들만 접속할 수 있는 인터넷사이트 '노네임(No Name)'을 통하여 모든 현안을 실시간으로 공유했다. 노네임을 통한 각 부의 소통과 공유 방식은 훗날 아로니아 건국 후에도 아로니아 시민을 위한 아로니아 정보시스템 AIS(Aronia Information System)가 그대로 이어받았다.

에피크로아는 제1기 제1차 전체회의를 마치고 2006년 1월 1일, 에피크로아 구성원들이 모두 모인 가운데 에피크로아 본부 L&K Korea에서 현판식을 열었다. 10명의 아이들이 완성한 알록달록 삐뚤빼뚤 올망졸망 이상야릇한 세상에서 오로지 하나뿐인 에피크로아 현판을 박수와 환호와 폭소를 터트리며 L&K Korea 로비에 걸었다. 이날 만들어진 에피크로아 현판은 지금도 아로니아공화국 국무원청사 로비에 멋지게 걸려 있다.

에피크로아는 아로니아 건국을 준비하는 동안 모두 220명의 구성원이 함께했다. 220명의 에피크로아 구성원 중 안타깝게도 2명의 구성원이 아로니아 건국을 보지 못하고 세상을 떠났다.

루트거 반 페르시. 2020년 1월 15일 저녁, 라파엘의 아버지이며 에피크로아 시민부장이었던 그가 향년 93세를 일기로 타계했다. 아로니아는 건국 후 아로니아광장 북쪽에 세워진 '기억의 벽'에 가장 먼저 그의 이름을 새겨넣고 그를 국가영웅이라고 불렀다.

송성철. 그 이름만으로도 가슴 벅찬 송성철은 아로니아 건국을 1년 앞둔 2027년 8월 25일 아침, 갑작스럽게 심장마비로 세상을 떠났다. 향년 67세. 나는 울었다.

고맙습니다…… 뭣이 고맙다요, 고맙기는 내가 고맙제…… 당신께서 시작하신 아로니아를 반드시 세우겠습니다…… 누가 시작했든 뭔 상관이것소. 우리 김강현 위원장이 잘하실 거요…… 다시 뵐 때까지 아로니아를 꼭 지켜주십시오…… 암요, 제대로 지켜불 텐께 걱정 붙들어매불고 실실 오시오. 징하게 보고 징하게 놀고 징하게 징하게 찬찬히 오시오. 나중에 만나서 우리, 맛나게 밥 묵읍시다. 알 것지요?…… 예…….

나는 그의 찬 손을 잡고 굳은 다짐을 했다. 강하고 새로운 국가 아로니아를 반드시 세우겠습니다. 나는 그의 주검 앞에서 무릎을 꿇고 간절히 소망했다. 강하고 새로운 국가 아로니아를 살펴주십시오. 아로니아의 국가영웅이여, 영면하소서.

218명의 에피크로아 구성원 중에서 3명이 아로니아 건국을 함께하지 못하고 자진 탈퇴했다. 그리고 215명의 에피크로아 구성원이 강하고 새로운 국가 아로니아의 건국을 함께했다.

돌이켜보면 에피크로아는, 필연이 우연으로 다가오고 우연이 인연을 만들며 인연은 또 다른 인연을 낳고 인연들이 어우러져서 마침내 운명을 만드는 순간들이었다. 2006년 1월, 우리는 반드시 만나야할 사람들이 드디어 만나서 신명나는 놀이판을 벌였다. 약속된 미래는 아무 데도 없었지만 우리는 가슴이 벅찼고 또한 행복했다.

　아로니아공화국 건국준비위원회가 세상에 나타났다.

하오하오츠바

중국은 반제국주의, 반봉건주의, 인민민주독재를 강령으로 하는 유일한 정당 공산당이 국가권력을 장악한 일당독재 국가다. 중국의 국가수반은 국가주석이지만 중국은 실질적인 국가 최고권력 기관 중국공산당이 정치와 군사를 분리하여 집단지도체제로 운영된다. 중국 정치의 최고권력자는 중국공산당 중앙위원회 총서기이고 중국 군사의 최고권력자는 중국공산당 중앙군사위원회 주석이다. 중국은 국가주석과 중국공산당 중앙위원회 총서기, 중국공산당 중앙군사위원회 주석이라는 세 직책이 정치적 상황에 따라서 한 사람에게 집중되거나 혹은 분산되면서 국가권력을 유지한다. 2006년, 중국 최고권력자는 세 직책을 모두 장악한 후진타오였다.

수영은 중국 인구만큼이나 복잡한 중국 정치구조를 도표로 설명했다.

"중국공산당은 크게 3개의 파벌이 있어. 항일무장투쟁을 거치고 1949년 국민당 정권을 타이완으로 내쫓은 다음 중국공산혁명을 완성한 혁명원로들과 그 자녀들, 친척들을 일컫는 태자당이 있고, 1920년 젊은 공산주의 인재양성을 위해서 만들어진 공산주의청년단, 공청단, 그리고 전 국가주석 장쩌민을 거두로 상하이 출신 관료들이 모여든 상하이방이 있지. 중국공산당은 태자당과 공청단, 상하이방이 상호견제와 보완을 하면서 유지된다고 볼 수 있어. 현재 국가주석 겸 중국공산당 중앙위원회 총서기, 중국공산당 중앙군사위원회 주석인 후진타오는 공청단을 오른팔로 삼았지. 지금 중국은 권력층의 부정부패가 만연하고 개혁개방으로 인민들 사이에서 계층이 만들어지면서 심각한 사회적 갈등이 생겼어. 앞으로 다른 파벌들의 강력한 요구를 무마하려면 후진타오가 국가주석직은 몰라도 자신이 장악한 정치와 군사 중에서 한 자리를 내놓아야 할 거야. 물론 자신의 뒤를 이을 새로운 지도자도 준비하겠지."

수영은 컴퓨터를 뒤적여 사진 1장을 보여주었다. 칭화대학교 박사학위 수여식. 박사모를 쓴 수영과 역시 박사모를 쓴 낯선 중년 남자가 나란히 서 있는 사진이었다.

"중국공산당 저장성위원회 서기 시진핑."

수영은 시진핑 가족들과 함께 찍은 사진들도 보여주었다. 지민도 있고 어머니도 있고 모두들 환하게 웃는 사진들 속에는 에고, 나만 없었다.

"시진핑 어머니 치신, 딸 밍쩌, 부인 펑리위안. 펑리위안은 유명한 가수야. 지금은 중국 인민해방군 예술학원 교수. 나를 저장대학교 정치학과 교수로 추천한 사람이 바로 이 사람, 시진핑이야."

2001년 여름 어느 일요일 오후, 수영은 베이징 칭화대학교 도서관에서 중국공산당 푸젠성위원회 서기 시진핑을 만났다. 푸젠성 당서기. 시진핑은 모교에서 법학 박사과정을 밟았고 주말마다 혼자 비행기를 타고 올라와 도서관에서 논문 준비를 했다.

"공산당치고는 꽤 괜찮았어."

수영은 시진핑과 동북아시아의 정치, 경제, 사회, 문화에 대하여 토론했고 베이징에서 근무하던 펑리위안과 주말마다 저녁식사를 함께했다. 2002년 정치학 박사학위를 받은 수영은 한국으로 돌아왔고 법학 박사학위를 받은 시진핑은 그해 저장성 당서기가 됐다.

"박사학위 받은 다음 날, 보살님이랑 지민이랑 다같이 저녁식사를 했어."

2002년이면 검사 노릇을 하던 시절…… 맙소사, 나만 왕따였구나.

"시진핑을 주목하는 이유는?"

"시진핑은 공산당 파벌로 따지면 태자당이야."

작고한 시진핑 아버지 시중쉰은 빨치산으로 공산혁명투쟁에서 혁혁한 공로를 세웠고 국무원 부총리를 지냈으며 중국공산당을 건설한 마오쩌둥을 비판했다는 이유로 숙청당하기도 했지만 복권된 후 중국공산당 광둥성위원회 서기, 제7기 전국인민대표대회 상무위원회 부위원장을 역임한 중국공산당 원로였다. 시진핑의 어머니 치신은 열다섯 살 때부터 중국공산당 국민혁명군 제8로군 소속으로 일본 제국주의자들과 싸우던 존경받는 군인이었다. 시진핑의 부인 평리위안은 젊은 시절 인민가수로 이름을 날렸다. 그녀는 엄청난 인기와 부를 누릴 수 있는 전업가수의 길을 포기하고 중국 인민해방군 총정치국 가무단 소속 군인가수로 복무했으며 공청단의 산하조직인 중화전국청년연합회 부주석이었다. 시진핑은 아버지 어머니의 뒤를 있는 태자당이면서 평리위안 덕분에 공청단의 지지를 받았다.

"시진핑이 당서기로 있는 저장성은 지금 상하이를 잇는 중국 최고의 경제성장 모델로 중국공산당의 주목을 받고 있어. 올해 시진핑이 쉰두 살이니까 내 예상이 맞는다면 앞으로 20년은 시진핑의 시대가 되지 않을까? 직접 만나볼래?"

나는 고개를 저었다.

"중국어부터 배워야지. 조금도 부족하지 않을 때 만날 거야."

"제법 에피크로아 위원장 같네."

수영이 배시시 웃었다.

"저우산이 저장성에 속하는 건 알지?"

아로니아플랫폼 AP를 반드시 건설해야 할 저우산은 시진핑이 당서기로 있는 저장성에 있고 시진핑은 저장성 성도(城都) 항저우에 있으며 항저우에는 에피크로아 외교부장 겸 저장대학교 정치학과 교수 수영이 있다.

딸깍거리는 소리와 함께 아파트 문이 열렸다.

"어, 아빠다!"

지민이 만세를 부르며 달려들었다. 오, 얼마 만이냐…… 다 큰 녀석이 귀를 붙잡고 뽀뽀를 하고 부둥켜안고 뱅글뱅글 돌았다.

"안녕하세요."

지민과 함께 들어온 또래 계집아이가 꾸벅 인사를 했다.

"저는 밍쩌라고 합니다. 시밍쩌."

시진평과 펑리위안의 딸, 시밍쩌? 밍쩌가 지민의 손을 잡으며 말했다.

"지민이랑 같은 반이고 우리는 친구예요, 그치?"

지민이 밍쩌와 잡은 손을 흔들며 말했다.

"아빠, 용돈 좀 올려주세요."

도대체 무슨 상황? 수영이 환하게 웃었다.

"밍쩌, 부모님께 말씀드리고 왔지?"

"네, 지민이랑 시험공부한다고 말씀드렸어요."

세상에, 두말할 필요도 없이 더할 나위 없는 상황.

중국 동해안 항저우만 바깥쪽 1390개의 섬과 3306개의 암초로 이루어진 저우산. 에피크로아 국토건설부장 송성철과 국토건설부위원 전원은 아로니아플랫폼 AP를 제작할 드라이도크 부지를 확보하고자 석 달째 번갈아가며 저우산에 머물렀다. 에피크로아 국토건설부는 오스트레일리아 브리즈번에 본사를 둔 영국연방 합작회사로 사업자등록을 하고, 항저우만 외곽 동중국해상에 초대형 해양리조트 사업을 계획했다. 초대형 해양리조트는 다름 아닌 아로니아플랫폼 AP였다. 훗날 AP가 한일공동개발구역 JDZ로 운송되고 아로니아 영토가 되기 전까지 AP는 에피크로아 해양리조트라고 불릴 예정이었다. 중국은 당분간…… 언제까지일지 아무도 모르지만…… 에

피크로아가 아로니아공화국 건국준비위원회의 약칭이라는 사실을
몰라야 했다.

저우산은 당황했다. 가로 300미터, 세로 300미터, 높이 55미터짜
리 플랫폼 10기를 동시에 제작할 수 있는 드라이도크 건설은 엄청
난 사업이었다. 더구나 도크가 완성된 후 본격적으로 AP를 제작하
려면 거대한 레미콘공장이 필요했고 수만 대의 대형트럭과 공사자
재를 쌓아둘 광활한 부지와 어마어마한 수의 노동자 숙소가 필요했
다. 저우산은 망설였다. 막대한 자금이 쏟아져 들어올 테고 제2의
상하이가 될지도 모르는 사업이었지만 저우산은 간이 콩알만 했다.

에피크로아는 중국공산당 저장성위원회를 찾아갔다. 저장성 당서
기 시진핑은 에피크로아를 집무실로 부르고 닷새 동안 사업계획서
를 꼼꼼히 살폈다.

"왜 이 사업이 필요합니까?"

"왜 하필이면 저장성입니까?"

"에피크로아의 속셈은 뭡니까?"

시진핑의 질문은 단순했지만 정곡을 찔렀다. 에피크로아 해양리
조트 회장 직함으로 마주 앉은 송성철이 웃었다.

"속셈 없는 사업이 어딨겠소? 시진핑 저장성 당서기가 에피크로
아 속셈을 듣고 잡더라도 나는 말 안 할라요. 고거 땜에 에피크로아
해양리조트가 쫄딱 망한대도 지금은 말할 수 없소."

"지금은 아니지만 나중에는 말할 수도 있다는 뜻입니까?"

"말할 수도 있다는 것이 아니라 반드시 말할 거요. 그래도 말이요,
저장성 당서기에게는 말할 수 없지요."

시진핑의 얼굴이 굳어졌다.

"저장성 당서기 따위는 몰라도 된다?"

"저장성 당서기에게는 말할 수 없지만 반드시 시진핑 씨에게는 젤로 먼저 말할라요. 한 가지 원한다면 그 순간이 빨리 오기를 바랄 뿐이지요."

시진핑은 팔짱을 끼고 한동안 송성철을 쳐다봤다.

"남조선 사람입니까?"

"한국에서 태어났지만 한국 사람은 아니요. 한때는 네덜란드 사람이었고 지금은 에피크로아 사람이요."

시진핑의 입가에 미소가 번졌다.

"합시다."

시진핑의 말이 떨어지자 송성철이 입을 열었다.

"방금 중국 역사가 시진핑이라는 사람을 중심으로 돌아가기 시작했소."

"당신이 남조선 사람이었으면 나는 이 사업을 질질 끌다가 제풀에 나가떨어지도록 만들었을 겁니다. 그래야 남조선은 고분고분해지거든요. 에피크로아 사람…… 에피크로아가 뭔 속셈인지 반드시 알아야겠습니다. 그때가 빨리 오기를 나도 바랍니다."

송성철이 벌떡 일어나 시진핑에게 악수를 청했다.

"아직은 속셈을 들을 수 없지만 에피크로아를 알게 돼서 기쁘군요."

시진핑은 송성철의 손을 움켜쥐었다. 시진핑은 통이 컸다. 시진핑은 에피크로아 해양리조트 사업을 저우산뿐만 아니라 저장성 전체로 확장시켰다. 저우산 주변 닝보와 지싱이 직접 참여했고 저장성 전체가 노동자들을 투입하도록 지시했다.

중국은 공산당이다. 중국공산당과 사업을 하려면 지지부진을 각오해야 한다. 얼렁뚱땅과 대충대충은 옵션이다. 이리 뜯기고 저리 뜯기다가 너덜너덜해지는 것은 중국의 관행이다. 다시 한 번 말하지만 중국은 공산당이다. 중국공산당이 결심한다면 중국 인민은 따른다. 군소리가 없다. 조용하고 일사불란하며 속전속결로 모든 일이 처리되는 일당독재 국가다. 에피크로아는 중국공산당과 사업을 한 것이 아니라 결심을 한 것이었다. 중국공산당 저장성위원회 서기 시진핑은 한번 결심한 일은 뒤돌아보지 않았고 인민을 위한 일이라면 물불을 가리지 않았다. 에피크로아 해양리조트는 저장성의 알토란 같은 사업이 분명했다. 에피크로아는 에피크로아 리조트가 완성될 때까지 어떠한 언론 브리핑도 하지 않기로 중국공산당 저장성위원회와 협약을 맺었다. 중국은 역시 공산당이었다.

그날, 시진핑은 저장성 저우산시 푸퉈구 주자젠에서 열리는 에피크로아 해양리조트 드라이도크 기공식에 있었다.

수영은 미약한 아로니아의 현재와 아직은 숨어 있는 중국의 미래가 자연스럽게 만나서 친구가 되는 방법을 찾았다.

"지민아, 밍쩌야, 여름방학을 맞아서 너희가 직접 요리를 만들고 아빠랑 엄마랑 파티에 초대하면 어떨까?"

"예!"

입이 귀에 걸린 지민과 밍쩌는 파티 이름부터 지었다. 이름은 하

오하오츠바(好好吃吧)…… 좋아, 좋아, 먹어요. 지민과 밍쩌는 알록
달록 초대장을 만들어 시진핑과 펑리위안, 수영과 나에게 보냈고 요
리를 한다며 하루 종일 주방에서 부산을 떨었다.

　시작은 다소 음험했지만 나와 수영과 펑리위안은 녀석들의 요리
를 먹으며 하나밖에 없는 딸들이 친구가 된 인연을 기뻐했다. 한 가
지 결정적인 흠이 있다면 시진핑이 참석하지 못했다는 점.

　"아빠도 오셨으면 좋았을 텐데…… 전화 걸어볼게요."

　밍쩌가 시진핑에게 전화를 걸었다. 어쩌면 나는 그 순간을 간절히
고대했는지도 모르겠다.

　"아빠, 우리가 바오쯔도 빚고 꿔바로우도 튀기고 김밥도 말고 떡
볶이도 만들었어요. 진짜로 맛있고 정말로 재밌어요."

　영상통화를 하던 밍쩌가 시진핑에게 나를 소개했다.

　"반갑습니다, 시진핑 씨. 지민이 아빠 김강현입니다. 반갑습니다."

　나는 그동안 갈고닦은 중국어로 말했다.

　"중국어를 잘하시는군요. 약속을 지키지 못해서 미안합니다."

　어쩌면 잘된 일이었다. 미안한 사람은 너그러워진다. 에피크로아
해양리조트 드라이도크 기공식에 참석하느라 하오하오츠바에 올 수
없었던 시진핑은 펑리위안과 밍쩌에게 짐을 지고 있었다. 나는 그
짐이 무겁게 느껴지기를 바랐다.

　"미안하지 않으셔도 됩니다. 지민이와 밍쩌가 하오하오츠바를 계
속할 모양입니다. 다음에 또 기회가 있겠죠?"

　"다행입니다. 다음번은 제 사택에서 모이면 어떨까요? 강현 씨 어
머니도 꼭 모시고 싶습니다."

나는 속으로 환호를 질렀다.

2007년 1월, 어머니 유귀례 씨와 시진핑 어머니 치신 씨가 함께하는 두 번째 하오하오츠바가 저장성 당서기 사택에서 열렸다.

"어서 오십시오. 이제야 뵙는군요."

시진핑은 문 앞까지 나와서 악수를 청했다. 지민과 밍쩌의 요리 솜씨는 나날이 발전했고 하오하오츠바는 더없이 즐거웠다. 그날, 어머니와 치신과 수영과 펑리위안 그리고 녀석들은 하오하오츠바 여성중창단을 결성했다. 하오하오츠바 여성중창단이 피아노 앞에서 노래 연습을 하는 동안 나와 시진핑은 테라스에서 내가 사들고 간 한국의 홍주를 마셨다. 중국의 전도유망한 정치인과 지금은 누구에게도 말할 수 없는 에피크로아 위원장은 머리를 맞대고 딸내미들의 빌어먹을 미니스커트와 염병할 스키니진과 제기랄 배꼽티에 짜증을 냈고, 앞으로 남자친구가 생기고 시집이라도 가버리면 어떡하냐며 한숨을 내쉬었다. 우리는 열다섯 살짜리 딸내미를 둔 그저 함께 속상하고 함께 행복한 아빠들이었다.

"강현 씨, 하고 싶은 일과 할 수 있는 일과 해야 할 일이 있다면 어떤 것부터 하시겠습니까?"

시진핑이 바닥을 드러낸 홍주 대신 장쑤성에서 만들었다는 백주 하이지란을 들고 나오며 물었다. 뜬금없었지만 나는 떠오르는 생각들을 찬찬히 말했다.

"하고 싶은 일은 미래의 일이니까 능력을 키워야 하고, 할 수 있는 일은 현재의 일이니까 노력을 해야겠죠. 해야 할 일…… 과거에는 할 수 없었고 현재는 눈앞에 닥친 일이며 미래에는 반드시 마쳐야 할 일이라면 나는 마땅히 해야 할 일부터 하겠습니다."

물끄러미 바라보던 시진핑이 조심스럽게 입을 열었다.

2006년 9월, 중국공산당 상하이직할시위원회 서기 천량위가 부정부패 혐의로 파면됐다. 중국 최고권력자 후진타오는 자신을 따르던 최측근…… 류옌둥 중국공산당 통일전선공작부장, 리위안차오 장쑤성 당서기, 리커창 랴오닝성 당서기, 장가오리 산둥성 당서기에게 상하이 당서기직을 제안했다. 상하이는 중국에서 가장 중요한 문화, 상업, 금융, 산업, 통신의 중심지이며 중국공산당 파벌의 한 축인 상하이방의 근거지였다. 공청단을 지지기반으로 하는 후진타오는 상하이에 자신의 최측근을 세워서 상하이방을 무력화하고자 했지만 후진타오의 의도를 알아챈 상하이방은 후진타오의 최측근들을 모조리 반대하며 후진타오의 국가주석직 퇴진을 요구했다. 결국 상하이방과 공청단의 파벌 각축장이 된 상하이 당서기직은 다섯 달째 공석이었다. 마침내 저장성 당서기 시진핑의 이름이 오르내렸다. 시진핑은 부정부패로 엉망진창이 된 상하이에 들어갈 이유가 없다며 상하이 당서기직을 단칼에 거절했다.

"정말로 가고 싶지 않습니까?"

"가고 싶지 않은 것이 아니라 상하이가 아직 나를 원하지 않습니다."

나는 다시 물었다.

"상하이는 하고 싶은 일과 할 수 있는 일과 해야 할 일 중에서 어느 겁니까?"

"해야 할 일이죠."

해야 할 일…… 해야 할 일은 반드시 해야만 한다.

"그렇다면 상하이가 시진핑 씨를 열렬히 원하도록 만들면 되겠군요."

시진핑이 웃으며 물었다.

"방법이 있습니까?"

나는 대답 대신 물었다.

"시진핑 씨는 나와 오늘 처음 만났습니다. 처음 만난 사람에게 상하이 이야기를 한 이유가 뭡니까?"

"수영……."

웬 수영?

"강수영 교수가 선택한 사람…… 당신이라면 해답이 있을 거라고 생각했습니다."

하, 질투가 솟구쳤다. 나만 모르고 있던 수영과 시진핑의 관계가 갑자기 나를 짜증나게 만들었다.

"수영이를 사랑합니까?"

아, 조금만 돌려서 말할걸…… 제기랄!

하하하, 시진핑이 웃으며 말했다.

"수영은 공산당을 싫어합니다."

마르크스레닌주의 정치학과 마오쩌둥 정치학을 비교분석하고 칭화대학교에서 정치학 박사학위를 받은 수영은 우스꽝스럽게도 인간 존재를 획일화하는 공산당을 철저하게 혐오했다.

"공산당을 싫어하는 걸 알면서도 수영이를 저장대학교 교수로 추천하셨습니까?"

"공산주의 철학은 사랑하지만 공산당을 싫어하는 사람. 더구나 수영은 중국 사람이 아닙니다. 어떤 정치적 욕심도 없는 사람이죠. 나에게 어떤 말이라도 내뱉을 수 있는 친구가 1명 있다면 수영이 바로 그런 사람입니다."

시진핑은 언제라도 자신을 돌아볼 준비가 된 사람이었다.

"다 떠나서 수영은 절친한 친구죠. 수영은 안사람하고도 멋진 친구입니다."

그렇다. 수영은 눈앞의 상대가 이 세상 누구라도 바른말을 하고야 마는 지랄맞은 천사였다.

"강현 씨가 서울검찰청에서 검사 우두머리들을 모조리 때려눕혔던 이야기를 들었습니다."

빌어먹을, 동네방네 세계적으로 내가 꼴통이라는 사실을 모르는 사람이 없구나!

"그런 강단 있는 사람이라면…… 더구나 내가 믿는 수영이 선택한 사람이라면 해답이 있지 않을까요?"

내가 믿는 수영이 선택한 사람. 나는 가슴이 들썽거렸다.

"방법이 있을 겁니다…… 상하이는 중국 인민의 힘을 빌려야겠군요."

시진핑이 나를 바라봤다. 나는 휴대폰을 꺼내들고 버튼을 눌렀다.

"민규야, 항저우로 와. 왕 작가도 같이 와라…… 시끄럽고, 당장 날아와!"

하오하오츠바 여성중창단이 노래를 불렀다.

"일어나라, 굶주림과 추위를 만난 노예들이여. 일어나라, 세계의 고통받는 인민들이여…… 이것은 최후의 투쟁. 단결하여 내일로 나아가자. 인터내셔널, 반드시 실현되리라."

인민가수 출신 펑리위안과 신림동성당 성가대 출신 강수영, 어머니와 치신, 지민과 밍쩌가 입을 모아서 부르는 세계 노동자들의 찬가 〈인터내셔널의 노래〉는 장엄하면서도 아름다웠다. 나와 시진핑은 손바닥이 터져라 손뼉을 쳐댔고 우리 모두는 목청 높여서 〈인터내셔널의 노래〉를 부르고 또 불렀다. 참, 중국어를 모르는 어머니는 한 소절만 딱 떼어내 한국어로 노래를 불렀다.

"역사의 참주인들, 승리를 위하여…… 인터내셔널 깃발 아래 전진 또 전진!"

왕혜윤이 프레젠테이션을 시작했다. 〈중화인민에게 아룁니다〉. 중국의 과거와 현재를 돌아보고 13억 중국 인민이 나아갈 방향을 제시하는 탐사보도 형식의 프로그램이었다. 프로그램 진행자는 당연히 시진핑. 프로그램은 3세트로 구성됐다. 첫 번째 세트는 항일무장투쟁과 대장정, 공산혁명을 승리로 이끈 중국공산당 영웅 마오쩌둥의 서재. 두 번째 세트는 중국 현대화의 초석을 마련한 개혁개방 영웅 덩샤오핑의 공장. 세 번째 세트는 중국의 과거와 현재와 미래가 공존하는 저장성 항저우. 진행자 시진핑의 의상도 세트에 맞춰서 마오쩌둥의 인민복, 노동자의 작업복, 그리고 세련되고 멋진 양복을 준비시켰다.

박민규가 프레젠테이션을 이어받았다. 모두 8대의 카메라를 동원한 세트촬영과 각종 기자재를 이용한 야외촬영, 러닝타임은 60분. 이렇게 만들어진 프로그램은 중국 최고의 시청률을 자랑하는 상하이동방텔레비전 버라이어티쇼 〈싱싱만만세〉가 끝나는 토요일 저녁 8시로 방송시간을 잡았다.

"상하이동방텔레비전은 엔터테인먼트 방송사인데 가능할까요?"

펑리위안이 물었다. 박민규가 서류 1장을 내밀었다. 상하이동방텔레비전이 속한 상하이미디어그룹 SMG의 회장 리루이강이 서명한 확약서였다.

"리루이강은 시진핑 씨의 열렬한 팬입니다."

박민규가 말하지 않은 것이 있었다. SMG 회장 리루이강은 상하이동방텔레비전 대신 상하이다큐멘터리텔레비전을 제안했었다. 그때 에피크로아 내무부장 겸 대변인 에바가 나섰다.

"올 크리스마스에 빅토리아시크릿 패션쇼를 어디서 할까요?"

"맙소사, SMG가 합니다."

리루이강의 상하이동방텔레비전은 그해 세계 최고의 빅토리아시크릿 란제리 패션쇼를 전 세계에 독점 생중계했다.

박민규가 SMG 제작진을 이끌고 연출을 맡았고, 왕혜윤이 구성안과 '중화인민에게 아룁니다'라는 인터넷사이트를 만들었으며 시진핑이 직접 펜을 들고 대본을 적었다. 시진핑은 중국의 미래를 8글자로 요약했다. 봉황열반 욕화중생(鳳凰涅槃 浴火重生). 불사조 봉황이 500년마다 향나무 가지에 불을 붙여서 자신을 불사른 후 다시 태어나 열반의 경지에 오르듯 중국 인민도 타오르는 불꽃 속에서 고통을 견뎌내고 새로 태어나자는 뜻이었다. 시진핑의 대본은 길이길이 회

자될 명문이었다. 나는 그 자리에 참석하지 않았다. 나는 박민규를 믿었고 자랑하고 싶었다.

시청률 8.8퍼센트. 중국에서 시청률 8.8퍼센트는 대박, 대박, 초대박 사건이라는 소리였다. '중화인민에게 아룁니다' 사이트가 8번이나 먹통이 됐고 재방송 요청이 쇄도했으며 배경음악으로 깔린 펑리위안의 노래들은 불티나듯 팔려나갔다. 상하이에서는 시진핑의 이름을 모르는 사람이 아무도 없었다. 전 국가주석 장쩌민의 상하이방은 후진타오가 세우려고 했던 공청단 소속이 아니라는 이유로 시진핑을 환영했다. 중국 최고권력자 후진타오는 상하이방 소속이 아니라는 이유로 시진핑에게 만족했다.

"박 선생은 왜 일면식도 없는 나를 도와준 거요?"

시진핑이 박민규에게 물었다.

"나는 김강현이라는 멋진 친구가 있습니다. 멋진 친구가 새로운 친구를 돕고 싶다더군요. 친구의 친구는 또한 친구입니다. 내가 친구를 돕지 못할 이유가 하나도 없습니다."

시진핑은 박민규에게 굳은 악수를 청했다.

잘했어, 사무총장. 고마워, 민규야.

친애하는 나의 친구 김강현에게 고개를 숙여서 고마운 마음을 전합니다. 진실로 고맙습니다. 나에게도 친구를 도울 수 있는 기회가 찾아오기를 간절히 바랍니다.

그대의 친구이며 형, 시진핑

2007년 3월, 시진핑은 중국공산당 상하이 직할시위원회 서기로 임명됐다. 시진핑은 나에게 직접 편지를 보냈고 나도 그에게 답장을 보냈다.

> 친애하는 나의 친구 시진핑. 나는 그대가 정말로 자랑스럽습니다. 지민이 아빠와 밍쩌 아빠로 다시 만날 날을 고대합니다.
>
> 그대의 친구이며 아우, 김강현

시진핑은 상하이 당서기로 임명된 지 7개월 만에 중국공산당 중앙정치국 상무위원으로 선출됐다. 전례가 없었다. 이듬해 3월, 시진핑은 제11기 제1차 전국인민대표대회에서 국가부주석으로 선출됐으며 그해 10월, 중국공산당 중앙군사위원회 부주석 자리에 올랐다. 국가부주석과 중국공산당 중앙군사위원회 부주석. 중국공산당이 시진핑을 다음번 중국 최고권력자로 점찍는 순간이었다.

에피크로아는 플랫폼 20기를 동시에 건설할 수 있는 드라이도크를 추가로 건설했고, 완공한 아로니아플랫폼 AP 38기를 드라이도크가 있는 주자젠에서 북동쪽으로 12킬로미터 떨어진 바이샤 동해안 — 국토건설부위원 라파엘이 찾아낸 바이샤 동해안은 AP들이 최종적으로 안착할 한일공동개발구역 JDZ의 LFEN과 수심이 비슷하고 해저면 지형 또한 비슷한 곳이었다 — 까지 차례로 이동한 후 내부에 바닷물을 채워서 임시로 안착시켰다. 에피크로아는 거칠 것이 없었다.

한국은 에피크로아 정보부장 박주연의 말대로 스스로 보수를 떠벌이던 군부독재 정권의 후예 이명박이 대통령으로 당선됐고, 일본을 흠모하는 이명박 정권은 대륙붕한계위원회에 대륙붕한계보고서를 제출하지 않았다. 뭐라고? 한일공동개발구역 JDZ의 주권적 권리를 포기하고 일본에게 넘겨준다고? 받아쓰기에 최적화된 한국 언론은 통 깜깜하거나 간혹 알았더라도 주둥이를 다물었다.

에피크로아 정보부장 박주연은 국정원 이너서클 오메가를 동원하고 대륙붕한계보고서를 제출하지 않은 사실을 한국방송공사 KBS가 폭로하도록 만들었다. 한국 국민들은 석유와 천연가스의 보고(寶庫)인 JDZ를 뺏기면 끝장이라며 난리를 피웠고, 얼렁뚱땅 JDZ의 주권적 권리를 포기하려던 이명박 정권은 2012년 말까지 시간을 벌어놨다면서 반드시 대륙붕한계보고서를 제출하겠다고 설레발을 쳐댔다. 한국은 역시 한국이었다.

어머니 유귀례 씨가 동국건설 대표이사직에서 물러나 천진사로 들어갔다. 물론 머리통이 짱구라서 머리 깎으면 안 예쁜 어머니는 머리를 깎지 않았고, 공산당을 끔찍하게 싫어하는 수영은 베이징 청화대학교 국제정치학과 교수로 자리를 옮겼다. 중국 국가부주석 겸 중국공산당 중앙군사위원회 부주석 시진핑이 원하던 일이었다. 지민이와 밍쪄의 하오하오츠바는 시진핑과 함께 항저우, 상하이를 거쳐서 베이징까지 계속됐다.

하오하오츠바는 언제나 하오하오츠바였다.

담판

휴대폰이 울었다. 한밤중 걸려오는 전화는 불안하다. 더구나 모르는 국제전화번호.

"쏭이요. 주자젠을 멈춰야 쓰겄소."

주자젠을 멈춰야 한다는 소리는 아로니아플랫폼 AP 건설을 멈추자는 말이었다.

"브리즈번에서 보십시다."

브리즈번? L&K의 본사가 있는 오스트레일리아? 왜? 송성철은 전화를 끊었다. 모르는 전화번호, 주자젠 그리고 브리즈번…… 그는 도청과 미행을 염려했다. 나는 곧장 브리즈번으로 날아갔다.

송성철은 아로니아플랫폼 AP 건설노동자들 중에서 신원확인이 되지 않는 10명을 발견했다. 모든 노동자는 중국공산당 저장성위원회로부터 신원확인을 거친 사람들이었다. 나는 즉시 정보부위원 임필주에게 신원파악을 지시했다. 중국 공안부와 인민해방군뿐만 아니라 홍콩 범죄조직 삼합회와도 연줄을 만든 임필주가 10명 중에서 2명의 신원을 알아냈다. 1명은 상하이 공안부 소속 인민경찰이었고 다른 1명은 국가정보부 소속 정보원이었다. 중국 공안부와 국가정보부가 에피크로아 해양리조트를 은밀하게 살피고 있다는 뜻이었다. 나는 외교부장 수영에게 이 사실을 알리고 중국 공안부와 국가정보부에 대하여 파악하라고 지시했다.

에피크로아 긴급 상무위원회를 소집했다. 나와 사무총장, 8명의 부장들이 모인 상무위원회는 더없이 무거웠다.

"저우융캉입니다. 상하이방 저우융캉이 틀림없습니다."

수영은 단언했다. 중국공산당 중앙정치국 상무위원 저우융캉은 중국 공안부와 국가정보부, 최고인민법원을 통솔하는 중앙정치법률위원회 서기직을 겸하고 있었다.

"저우융캉은 시진핑의 강력한 라이벌입니다. 당연히 시진핑을 사찰했겠죠. 시진핑이 저장성 당서기였을 때 한 일들을 뒤지다가 에피크로아 해양리조트를 주목한 것 같습니다. 에피크로아에 주목했다면 하오하오츠바를 알아내는 건 시간문제입니다."

"저우융캉을 박살내버려야겠군요."

가슴은 들썽거렸고 머리는 차가웠다. 국제법을 깡그리 무시하는 에피크로아가 살 수 있는 방법은 죽기를 각오하는 것뿐이었다. 나는 일어나서 말했다.

"저우융캉을 박살내지 않으면 에피크로아는 무사할 수 없습니다.

에피크로아가 무사하지 못하면 시진핑도 무사하지 못할 것이고 결국 누구도 무사할 수 없습니다. 나는…… 에피크로아 대신 시진핑을 택하겠습니다. 시진핑을 다치지 않게 하겠습니다. 시진핑에게 에피크로아의 정체를 말하겠습니다. 저우융캉이 에피크로아를 박살내기 전에 시진핑이 에피크로아를 박살내도록 만들겠습니다. 에피크로아가 죽더라도 저우융캉이 아닌 시진핑에게 죽어야 에피크로아는 일말의 가능성이 있습니다. 나는 시진핑을 살리고 에피크로아를 죽여서 다시 에피크로아를 살리려고 합니다. 지금은 이 방법뿐입니다."

상무위원회 전체가 물끄러미 나를 바라봤다.

"나는 전적으로 동의하오."

송성철이 무거운 침묵을 깼다.

"위원장께서 유일한 방법을 찾았습니다."

백민정이었다. 나는 정보부장 박주연을 손가락으로 가리켰다.

"예, 위원장!"

"정보부는 지금 당장 저우융캉을 샅샅이 뒤지세요. 손톱만 한 비리와 부정과 부패의 고리라도 빠뜨리지 말고 다 찾으세요. 다시는 저우융캉이 지랄 못 하도록 그 자식 숨통을 꽉 조여야 합니다."

"예, 반드시 저우융캉을 박살내겠습니다."

수영이 손을 들었다.

"위원장, 이 일은 남자들보다 여자들이 나서는 것이 좋을 것 같군요…… 내가 펑리위안에게 에피크로아를 말하겠습니다."

수영은 펑리위안을 거쳐서 시진핑에게…… 한 단계를 더 만들자는 뜻이었다.

나는, 몇 해 전 상하이 당서기 사택에서 열렸던 하오하오츠바가 떠올랐다.

"나는 인생에 3명의 여자가 있지. 나를 길러주신 둘도 없는 어머니와 나를 이끌어주는 하나뿐인 아내와 귀담아 들을 수밖에 없는 사랑스런 딸내미. 사내는 말이야, 제 아무리 잘났어도 여자들 말을 안 들으면 말년이 불쌍해진다더군."

시진핑이 술잔을 비웠다.

"맞습니다. 나도 여자가 셋이군요. 친자확인이 필요했던 어머니와 정말로 천사 같은 수영이와 말 참 잘 듣는 지민이. 나도 형님과 같습니다."

우리는 서로의 술잔을 채우고 또 비웠다. 동병상련. 왠지 모르게 우리는 서로가 짠했다.

입가에 미소가 번졌다.

"나는 외교부장과 베이징으로 갑니다. 여러분은 에피크로아와 아로니아공화국을 살릴 수 있는 모든 경우의 수를 준비하십시오."

박민규가 벌떡 일어나 말했다.

"위원장도 함께 계셔야죠."

"나는 다른 경우의 수를 생각하지 않습니다. 다른 경우의 수는 여러분의 몫입니다."

누구도 토를 달지 않았다. 나는 그길로 수영과 베이징으로 날아갔다. 수영이 있어서 다행이었다.

소문은 추잡했다. 저우융캉은 국무원 석유공업부 석유관리국장을 지냈고 쓰촨성 당서기, 중국공산당 중앙위원회 정치국위원, 국무원 공안부장, 중국공산당 중앙서기처 서기 등 알짜배기 요직을 두루 거쳤으며 중국공산당 제17차 전국대표대회에서 시진핑과 함께 중국공산당 중앙정치국 상무위원 겸 중앙정치법률위원회 서기로 선출됐다. 중국 최고권력자 자리를 노리는 그는 샨시성 위린유전을 헐값에 사들였다는 소문과 재산이 900억 위안, 한국 원화로 16조 원이 넘는다는 소문도 있었다. 문제는 모두 소문뿐이라는 사실이었다.

"보세요…… 화끈하잖아요."

임필주는 역시 임필주였다.

"이런 놈이 여자 문제라고 없겠습니까? 지난 일주일 동안 10명의 성접대를 받았습니다. 일주일에 10명은 좀 이상하죠? 이상할 것 없습니다. 4명하고는 그룹섹스. 여대생도 있고 연기자도 있고 가수도 있고…… 그중에 이 여자…… 외교부장님, 혹시 아세요?"

녀석이 자동차 안에서 저우융캉과 벌거벗고 뒤엉킨 여자 사진을 꺼냈다.

"신빙이라고 중국 CCTV 뉴스 앵커 같은데요."

"눈썰미 좋으신데요. 저우융캉 이놈, 여성 앵커 킬러예요. 본부인을 살해하고 자동차 사고로 위장했다는 소문도 있고…… 그 뒤로 둘째 부인, 셋째 부인 다 앵커 출신입니다. 희한하게 뉴스 앵커라면 아주 사족을 못 씁니다. 한 달만 더 주시면 아예 포르노를 찍어오겠습니다."

하하하, 나는 웃었지만 수영은 웃지 않았다. 꼴통 새끼…… 이 순간에 웃음이 나오냐? 물끄러미 나를 바라보던 수영이 휴대폰을 들었다.

"내가 사실을 말하고 싶어…… 큰 부탁, 아주 큰 부탁이 될 거야."
평리위안은 전화를 받자마자 우리가 있는 아파트로 달려왔다. 그녀는 나를 보는 둥 마는 둥 수영의 손을 끌고 거실로 들어갔다. 그녀는 목소리만으로도 수영의 복잡한 속내를 알아차렸다. 나는 우롱차와 간단한 먹을거리를 챙겨서 거실로 들어갔다. 그녀들은 중국어로 나지막하게 속삭였다. 나는 그녀들의 말을 알아듣지 못했다. 중국어 실력이 모자랐다. 그녀들이 마주 보이는 식탁에 자리를 잡았다. 30분, 1시간…… 수영은 차분했고 평리위안은 냉철했다. 수영은 절대로 비굴하지 않았고 평리위안은 절대로 교만하지 않았다. 아, 1시간 30분…… 화장실도 안 가나? 우롱차를 홀짝거렸더니 오줌보가 터지기 직전이었지만 조금씩 싸면서 잘 말려보겠다는 각오로 그녀들의 이야기에 신경을 곤두세웠다. JDZ, 아로니아, 에피크로아, 하오하오츠바, 저우융캉, 저우산, 리파캐럿…… 리파캐럿은 뭐지? 정체를 알 수 없는 리파캐럿을 궁금해하는 순간 그녀들이 움직였다. 일단 화장실부터…… 정확히 1시간 57분 만이었다. 수영이 탁자 서랍에서 한손에 잡힐 정도로 길쭉하고 맨 앞은 불룩하고 뭉뚝하게 생긴 반짝거리는 물건을 꺼냈다. 화장실에 갈 수 없었다. 하나, 둘…… 수영이 요상한 물건을 들고 쥐는 방법을 설명했고 평리위안도 하나를 들고 수영을 따라했다. 오, 맙소사 여성용 자위기구! 새벽마다 발딱 일어나는 남편들을 놔두고 도대체 무슨 짓이냐? 에피크로아가 절체절명에 빠진 순간, 그녀들은 여성용 자위기구를 들고 얼굴을…… 여성용 자위기구로 얼굴을 문질렀다. 우롱차에 뭐가 잘못 들어갔나? 아니면 둘 다 팽 돌았거나 또 아니면 내가 아닌 또 다른 특별한 뭔가가 필요하다는 뜻? 나는 그녀들에게 뚜벅뚜벅 걸어갔다. 도무지 이해할 수 없는 이 상황을 반드시 확인하고 싶었다.

"누가 광고한다고?"

"호날두라고 유명한 축구선수래."

"왜 남자가 이런 걸 광고하지?"

"요즘 한국은 생리대 광고도 꽃미남들이 하더라."

"미쳤나봐."

"미세한 전류가 경락을 자극해서 얼굴 주름을 쫙 펴준대."

"선물로 샀는데 깜빡했다니까!"

"벌써부터 깜빡하면 어뜩하냐?"

으하하, 리파캐럿. 여성용 자위기구라고 믿었던 리파캐럿은 얼굴 마사지기구였다. 에라, 꼴통아…… 나는 버럭 소리를 질렀다.

"화장실 다녀올게요!"

쓰잘머리 없는 소리였다. 후다닥, 화장실에 들어서는 순간 깔깔거리는 웃음소리가 들려왔다. 에피크로아와 시진핑의 목숨이 왔다 갔다 하는 그 순간, 그녀들은 얼굴 마사지를 했다. 도저히 범접할 수 없는 여자들만의 독특한 정신세계. 아줌마들은 정말로 강했다.

"하오하오츠바는 어떻게 하실 거죠?"

펑리위안이 물었다.

"에피크로아가 있든 없든 하오하오츠바는 하오하오츠바입니다."

부창부수. 그녀는 시원한 여자였다.

"에피크로아 해양리조트와 밍쩌 아빠로 이어지는 문제는 외형상 아무런 문제가 없지만, 김강현이라는 사람이 연결되고 에피크로아의 실체가 드러나면 걷잡을 수 없을 겁니다. 저는 이번 일을 두 가지 관점으로 나누겠습니다. 먼저 저우융캉과 에피크로아 해양리조트와 밍쩌 아빠로 이어지는 문제는 밍쩌 아빠에게 직접 이야기하겠습니다. 물론 강현 씨가 확보한 저우융캉의 스캔들과 함께 전달합니다. 이 문제를 해결하는 것은 어렵지 않을 겁니다. 두 번째 문제는 살짝 고민했지만 역시 어려운 문제가 아닙니다. 강현 씨는 에피크로아가 죽더라도 밍쩌 아빠는 다치게 않게 하겠다고 했지요?"

"네, 에피크로아가 살 길은 그 길뿐입니다."

"저는 그 길을 가도록 돕겠습니다."

"무슨 뜻입니까?"

"에피크로아는 강현 씨가 밍쩌 아빠에게 직접 말씀하세요. 저는 이 순간부터 에피크로아가 아로니아공화국 건국준비위원회라는 사실을 모릅니다."

나도 모르게 긴 한숨이 몰려나왔다. 그녀가 다시 말을 이었다.

"한 가지만 알려주세요. 언제쯤 밍쩌 아빠에게 말할 수 있나요?"

"밍쩌 아빠…… 시진핑 부주석은 국가주석, 중국공산당 중앙위원회 총서기, 중국공산당 중앙군사위원회 주석으로 중국 최고권력자의 자리에 우뚝 설 겁니다. 나는 시진핑 국가주석과 에피크로아 위원장으로서 마주 앉겠습니다. 아마도 머지않았습니다."

그녀의 입가에 미소가 번졌다.

"제가 입을 다물더라도 밍쩌 아빠는 분명히 강현 씨와 에피크로아의 관계를 알게 될 겁니다. 어떻게 하실 겁니까?"

"아무것도 원하지 않습니다. 시진핑 부주석이 원하는 대로 하기를 바랍니다. 나는 그저 우리 아이들과 재밌고 멋진 하오하오츠바를 오래도록 함께 하고 싶을 뿐입니다."

물끄러미 바라보던 그녀가 물었다.

"국가를 만드는 이유가 뭔가요?"

나는 웃었다.

"재밌습니다."

거칠 것 없는 대답에 그녀도 웃었다. 내가 물었다.

"나를…… 에피크로아를 도와주는 이유가 뭡니까?"

"나는 수영을 믿으니까요. 수영이 믿고 지키는 강현 씨를 믿는 것은 당연합니다. 그이를…… 밍쩌 아빠를 다치지 않게 하겠다는 강현 씨도 믿습니다. 믿으면 따지고 의심할 필요가 없지요. 친구니까요."

옳다. 지민과 밍쩌가 세상 둘도 없는 친구이듯, 수영과 펑리위안이 모든 것을 믿고 보듬고 의지하는 친구이듯 나도 시진핑과 변하지 않는 친구가 되고 싶었다. 친구는 친구에게 장사를 하지 않는다. 나는 시진핑을 상대로 이득을 보고 싶지 않았다. 그저 친구. 중국은 공산당이므로, 공산당은 최고권력자를 중심으로 결심하므로, 결심을 할 최고권력자와 나는 진정한 친구가 되리라. 그것이 에피크로아의 길이었다.

며칠 후, 아로니아플랫폼 AP 건설현장에 잠입했던 저우융캉의 정보원들은 흔적도 없이 사라졌다. 저우융캉이 에피크로아 해양리조트와 시진핑을 더 이상 건드리지 않는다는 뜻이었다. 또 며칠 후, 홍콩의 청룽이라는 부동산투자개발회사가 가우룽반도 재개발사업에 참여해달라며 L&K Korea를 찾아왔다. 뭔 소리야? 에피크로아 정보부위원 임필주는 사흘 동안 한국에 머물며 신림동 우리 집과 어머니가 있는 천진사를 살피고 간 그들이 국가부주석비서실 사무관 황이평과 리쉬엔이라는 사실을 확인했다. 시진핑이 나와 에피크로아의 정체를 알았다는 뜻이었다. 잔뜩 웅크린 채 날름 나를 잡아먹을 것만 같은, 에피크로아를 홀딱 집어삼켜버릴 것만 같은 시진핑의 그림자가 주위를 어슬렁거렸지만 아무 일도 일어나지 않았다. 에피크로아는 아로니아플랫폼 AP 222기 중에서 111번째 AP를 완공했고 나는 별 탈 없이 베이징을 오고 갔으며 하오하오츠바는 멈추지 않았다.

칭화대학교 부속고등학교를 졸업하고 칭화대학교 경제학과에 합격한 지민이와 항저우외국어고등학교를 졸업하고 추첸이라는 가명으로 미국 하버드대학교 영문학과에 합격한 밍쩌—밍쩌는 신분보안상 가명을 썼다—를 축하하는 하오하오츠바가 베이징의 국가부주석 겸 중국공산당 중앙군사위원회 부주석 관저에서 열렸다. 여느 때처럼 하오하오츠바 여성중창단이 새로운 노래를 연습하는 동안 나와 시진핑은 페치카 앞에서 알코올 도수 65도, 산시성 편양현에서 만들었다는 불처럼 화끈한 분주를 마셨다.

　나는 열다섯 살 시절 협박과 갈취를 일삼다가 아버지에게 박살난 이야기를 풀어놓았고 시진핑은 숙청된 아버지를 따라서 시골마을을 떠돌다가 배급으로 나온 돼지고기를 생으로 뜯어먹고 체해서 죽을 뻔한 이야기를 풀어놓았다. 나는 무림합기도에서 수영을 만나고 고해소를 들락거리던 이야기를 펼쳐놓았고, 시진핑은 첫 번째 결혼에 실패한 후 친구 소개로 펑리위안을 만나던 날 찻잔을 움켜쥐고 달달 떨던 이야기를 펼쳐놓았다. 나는 천진사 호두나무 아래에서 축구공으로 얻어맞은 이야기를 하며 아버지를 그리워했고, 시진핑은 몇 해 전 중앙정치국 상무위원이 됐을 때 배정받은 집무실이 아버지가 국무원 부총리 시절 사용하던 바로 그 집무실이었다며 아버지를 그리워했다. 우리는 중국의 미래를 걱정하거나 동북아시아의 앞날을 탐구하거나 은근슬쩍 에피크로아를 언급하는 대신 철없던 어린 시절 이야기로 깔깔거렸고, 눈부신 사랑 이야기로 애가 탔으며, 다시는 볼 수 없는 아버지들을 보고파 했다.

　그날, 하오하오츠바 여성중창단은 지민과 밍쩌가 좋아하는 중국 배우 겸 가수 쉐즈첸의 애절한 발라드 곡 〈워 치다오 니 도우 치다오(我知道你都知道)〉를 불렀다. 아, 하필이면 가사가 그 모양이냐? 워 치다오 니 도우 치다오…… 나는 네가 다 알고 있다는 걸 알잖아…… 뭐가 어쨌다고? 나도 시진핑도 입술을 깨물며 터지는 웃음을 참아냈다. 시진핑은 나와 에피크로아에 대하여 알았고 나는 시진핑이 그 사실을 안다는 사실을 알았으며 시진핑은 또 내가 그 사실을 안다는 사실을 또한 다 알았다. 정말로 이상하고 요상한 나와 시

316

진핑의 관계. 워 치다오 니 도우 치다오…… 나는 네가 다 알고 있다는 걸 알아! 나는 이 이상한 관계의 결론이 무엇이 될지 정말로 궁금했다.

에피크로아와 시진핑을 사찰했던 중국공산당 중앙정치국 상무위원 겸 중앙정치법률위원회 서기 저우융캉은 앞에서는 순종하고 뒤에서는 딴마음을 품었다는 양봉음위(陽奉陰違) 혐의와 뇌물수수, 직권남용, 국가기밀 누설, 간통, 성매매 등의 혐의로 중국공산당 당적을 박탈당하고 역사상 최초로 구속당하는 중국공산당 중앙정치국 상무위원이 됐다. 훗날 저우융캉은 모든 재산을 몰수당했고 무기징역을 선고받았다. 모든 일은 저우융캉의 자업자득이었지만 따지고 보면 에피크로아를 잘못 건드려 시작된 일이었다. 저우융캉은 멍청하게도 그 사실을 끝까지 몰랐다.

2013년 3월, 중국 제12기 제1차 전국인민대표대회가 시진핑을 국가주석 겸 중국공산당 중앙군사위원회 주석으로 선출했다. 드디어 시진핑은 국가주석, 중국공산당 중앙위원회 총서기, 중국공산당 중앙군사위원회 주석으로 마오쩌둥, 화궈펑, 덩샤오핑, 장쩌민, 후진타오를 잇는 중국의 최고권력자가 됐다. 뛸 듯이 기뻤다. 나는 한 달 전 약속을 잡아놓았던 중국 인민해방군예술학원 총장실로 펑리위안을 찾아갔다.

"중국의 퍼스트레이디가 된 것을 진심으로 축하합니다."

"고맙습니다. 이제야 모든 것을 말할 수 있겠군요."

나는 붉은 비단 위에 황금실로 수놓은 두 마리 용이 금방이라도 세상으로 튀어나올 듯 뒤엉킨 서류철을 그녀에게 두 손으로 건넸다. 그녀가 두 손으로 서류철을 받아들고 물었다.

"밍쩌 아빠는 작년부터 중국 최고권력자 자격으로 미국, 일본, 러시아, 조선과 한국을 방문했습니다. 모두 그이를 중국 최고권력자로 대접했죠. 강현 씨…… 에피크로아는 왜 이제야 밍쩌 아빠를 만나려고 합니까?"

나는 달랐다. 묵인된 사실과 결정된 사실은 근본적으로 다르다. 결국 같은 내용일지라도 완벽하게 제대로 결정되지 않은 사실을 사실로써 받아들인다면 분명히 실수가 생기는 법이다. 에피크로아에게 실수는 없다. 재밌고 신나게 놀려면 반드시 재밌고 신나게 놀 수 있는 완벽한 상황이라야 제대로 놀 수 있다. 조금이라도 찜찜하다면 그건 노는 것이 아니다. 나는 제대로 결정된 중국 최고권력자를 에피크로아 위원장으로서 마주하고 싶었다. 고개를 끄덕이던 그녀가 말했다.

"이 서류철은 오늘 밤 밍쩌 아빠에게 직접 전달하겠습니다."

그녀가 청나라 때부터 5대째 내려온다는 중국 자수 국가무형문화유산 상속자 리우진신이 한 땀 한 땀 정성을 다하여 수놓은 〈에피크로아-아로니아공화국 건국준비위원회 요록(要錄)〉을 들고 환하게 웃었다.

펑리위안과 헤어진 후 나는 베이징을 돌아다녔다. 셀 수 없이 베이징을 오고 갔지만, 베이징을 돌아다니며 놀아본 적은 한 번도 없었다. 이참에 제대로 베이징에서 놀아보자…… 나는 시진핑이 내 친구라는 사실을 의심하지 않았다. 중국 최고권력자 시진핑과 에피크로아 위원장 김강현은 다르다. 첫판에 담판을 짓지 못하고 시진핑에게 끌려다닌다면 에피크로아의 미래는 결국 중국에게 목을 맬 수밖에 없도록 길들여지는 셈이었다. 나는 에피크로아 방위부와 〈에피크로아-아로니아공화국 건국준비위원회 요록〉을 만들었다. 얼마나 걸릴까? 시진핑이 요록을 읽기만 한다면…… 나를 만나고 싶어서 안달할 것이다. 나는 믿었다.

국가주석비서실 사무관 황이펑과 리쉬엔이 나를 따라다녔다. 대놓고 따라다니지는 않았지만 고개를 돌리면 보일 만한 곳에서 어슬렁거렸다. 그들이 나를 따라다닌다는 것은 둘 중 하나였다. 중국에 심대한 악영향을 끼치는 위험인물이거나 중국이 보호할 필요성이 있는 주요인물. 나는 후자라고 믿었다. 하루 종일 베이징 곳곳을 돌아다녔고 해가 떨어지면 호텔로 돌아와서 텔레비전을 보며 낄낄대다가 잠이 들었다. 수영을 비롯해서 에피크로아 그 누구와도 연락을 하지 않았다. 반드시 에피크로아 위원장 혼자서 해결할 일이었다. 다만 에피크로아 정보부위원 임필주가 강력하게 추천한 히든카드 공정화 정보부위원이 보이지 않는 곳에서 나를 살폈고, 에피크로아와 수시로 연락을 주고받았다. 황이펑과 리쉬엔은 변장의 귀재이며 신출귀몰 내 주변을 유령처럼 맴돌며 보호하던 공정화의 존재를 까맣게 몰랐다. 하루가 지나고 이틀이 흘러갔다. 펑리위안에게 〈에피크로아-아로니아공화국 건국준비위원회 요록〉을 넘긴 지 사흘째로 넘어가던 날 밤이었다. 호텔방 초인종이 울렸다. 왔구나…… 황이엔과 리쉬엔이었다.

"갈까요?"

두 사람은 앞장서는 나를 바라보며 당황했다.

"저희가 모시겠습니다."

나는 두 사람의 자동차를 타고 베이징시 시청구 중난하이로 향했다.

"소지품을 모두 꺼내고 검색대를 통과하십시오."

저장성 당서기 사택, 상하이 당서기 사택, 국가부주석 관저……
나는 하오하오츠바가 열리는 동안 한 번도 소지품을 꺼내거나 검색대를 통과한 적이 없었다. 이번에는 다를 것이라고…… 원칙상 통과의례가 있을 것이라고 생각했다. 한국 여권과 신용카드 1장, 현금 3000위안이 든 지갑을 꺼내놓았다. 휴대폰은 들고 오지 않았다. 중국이 내 휴대폰을 샅샅이 뒤지게 하고 싶지 않았다.

"안경도 벗어드릴까요?"

검색대 직원이 물끄러미 안경을 보다가 대답했다.

"아닙니다."

이번이 마지막이다. 오늘이 지나면 중국은 결코 나를 검색하지 못한다. 앞으로 나는 에피크로아 위원장으로서 한 국가의 국가수반과 동등한 예우를 받을 것이다. 검색을 마친 나는 황이엔과 리쉬엔의 안내를 받으며 중국 국가주석 집무실로 들어섰다.

"어서 오십시오. 밤늦게 오시라고 해서 미안합니다."

웬 높임말?

"아닙니다. 불러주셔서 감사합니다. 국가주석에 오른 것을 진심으로 축하합니다."

나도 높임말? 나와 시진핑은 첫 번째 만남 이후 형과 아우로서 편하게 말을 주고받았다. 이곳은 만리장성 사진이 걸린 중국 국가주석 집무실. 서로 예의가 필요한 순간이었다. 나와 악수를 나눈 시진핑이 옆에 있던 중국 인민해방군 상장 계급을 단 군인을 소개했다.

"중국 인민해방군 해군사령원 리샤오광 상장. 이쪽은 에피크로아 김강현 위원장."

위원장이라는 단어가 제법 마음에 들었다. 집무실에는 세 사람뿐이었다. 나와 시진핑과 리샤오광은 둥근 탁자에 자리를 잡았다. 탁자 위에는 〈에피크로아-아로니아공화국 건국준비위원회 요록〉이 놓여 있었다.

'이 요록은 중국 국가주석 시진핑 각하를 위하여 작성됐습니다. 이 요록을 읽으실 분의 성함을 말씀해주십시오.'

시진핑은 붉은 비단과 황금실로 수놓은 서류철의 첫 장을 허투루 넘겼으리라. 아무것도 없는 백지. 뭐 하자는 거야?

"시진핑."

시진핑은 혹시나 싶어서 자신의 이름을 말하는 순간 알았으리라. 아무것도 없던 백지 위에 스르르 나타난 사진과 도표와 글자들. 이 요록은 단순한 종이가 아니구나. 모든 것을 읽고 난 1시간 후, 요록의 사진과 도표와 글자들은 아무것도 없는 백지만 달랑 남긴 채 사라져버렸으리라. 아, 이건 또 뭐냐? 텅 비어버린 요록을 들고 당황했을 시진핑의 얼굴이 떠올라 피식 웃었다.

아로니아페이퍼. 에피크로아 방위부장 폴 스완슨이 기획하고 방위부위원 겸 미국 국방부 국방첨단연구기획국 DARPA 부국장 다니엘 슈미트와 그의 배다른 동생이자 방위부위원 겸 스위스 로잔공과대학교 화학과 교수 니콜라스 슈미트가 개발한 아로니아페이퍼는, 등록된 사람의 음성을 확인한 후에만 인쇄된 잉크가 드러나도록 만들어졌다. 그뿐만 아니라 설정한 시간이 지나면 인쇄된 잉크가 흔적도 없이 공기 중으로 사라지는 세계 최초의 종이. 시진핑은 텅 빈 요록을 들고 분명히 말했으리라.

"에피크로아 김강현 위원장, 빨리 들어오라고 하세요."

시진핑은 아로니아페이퍼에 홀딱 반했겠지만 그보다 먼저 아로니아페이퍼에 적힌 〈에피크로아-아로니아공화국 건국준비위원회 요록〉을 읽으며 분명히 흥분했으리라.

일대일로(一帶一路, One belt One road). 중국의 새로운 국가주석 시진핑은 중앙아시아와 유럽을 잇는 육상 실크로드 일대(一帶)와 동남아시아와 인도, 서남아시아와 아프리카를 연결하는 해상 실크로드 일로(一路)를 연결하는 전략으로 세계의 중심 중국을 건설하고자 했다. 나는 일대일로의 최대 약점인 동중국해를 건드렸다.

중국은 거대한 대륙이지만 바다로 나가는 해안선이 터무니없이 좁은 국가다. 중국의 북해 북중국해는 빼도 박도 못하는 조선과 맞닿아 있고 중국의 남해 남중국해는 베트남, 필리핀, 인도네시아, 말레이시아를 지나야 유럽으로 나갈 수 있으며 중국의 동해 동중국해는 타이완과 일본 오키나와제도가 눈앞을 틀어막고 있다. 더구나 오키나와에는 미국의 군사기지가 24시간 중국 대륙을 감시하고, 그 너머로 태평양 한복판 괌에서는 미국의 전투기가 출격태세를 갖추고 있다. 자, 이제 아로니아공화국. 동중국해 한복판에 건국할 아로니아 공화국은 중국의 추운 이빨을 막아줄 든든한 입술이 될 것이고 머지 않은 장래에 한국과 조선이 통일국가라도 되는 날에는 동북아시아 의 균형추가 되어줄 든든한 중국의 친구라는 사실을 한눈에 알아보 도록 적었다. 2028년 6월, 나는 중국의 든든한 친구이자 중국의 멋 진 친구이고, 중국과 함께 태평양시대를 열어갈 아로니아공화국 건 국을 적극 지지해달라는 말로 요록을 맺었다.

"무슨 이유로 아로니아공화국을 건국하려고 합니까?"

시진핑이 물었다. 나는 환한 미소로 말했다.

"세상에서 가장 재밌는 일입니다. 나는 지금, 내가 하고 싶은 일을 이 세상에서 가장 멋지게 하고 있습니다."

하하하, 시진핑이 웃었다. 픽, 터지는 웃음을 참던 리샤오광이 시 진핑을 따라서 웃었다. 안다. 웃기는 이야기라는 걸…… 내가 하는 말이 두 사람에게는 웃겼겠지만 나는 두 사람이 더 웃겼다. 세계의 중심을 자처하는 중국 국가주석과 중국 인민해방군 해군사령원 상 장이 오전 12시 38분, 존재조차도 희미한 에피크로아 위원장과 얼 굴을 마주하고 앉아 있다. 내가 더 웃긴가, 두 사람이 더 웃긴가. 하 하하, 나도 큰소리로 웃었다.

"자, 김강현 에피크로아 위원장이 우리 중국에게 원하는 것은 무 엇입니까?"

내가 그토록 원하고 듣고 싶었던 질문이었다. 무엇을 원하는가? 나는 천천히 말했다.

"에피크로아를 위하여 아무것도 하지 말아주십시오. 아무것도 원하지 않습니다. 에피크로아가 하는 대로 내버려두십시오."

한동안 물끄러미 바라보던 시진핑이 두 손으로 탁자를 치며 일어났다.

"아무것도 하지 말고 원하지도 않고 내버려두라는데 우리가 함께 있을 필요가 없군요. 이만 헤어질까요?"

나는 일어났다. 리샤오광이 당황한 얼굴로 엉거주춤 일어났다.

"이 요록을 어떻게 만든 건지 알려줄 수 있습니까?"

"물론입니다. 리샤오광 상장과 이야기하겠습니다."

"그렇게 합시다."

"시진핑 국가주석의 일대일로가 성공하기를 기원합니다."

시진핑이 두 팔을 벌리고 나에게 다가왔다. 나는 두 팔을 벌려서 시진핑을 안았다.

"앞으로 우리, 동지라고 부릅시다. 친애하는 김강현 동지."

"친애하는 시진핑 동지, 고맙습니다."

우리는 깊은 포옹을 마치고 다시 한 번 굳은 악수를 나눴다. 나는 리샤오광 상장에게 악수를 건네며 말했다.

"에피크로아에 관한 모든 사항은 에피크로아 박민규 사무총장과 리샤오광 상장께서 전담하여 주십시오."

"알겠습니다. 제가 호텔까지 모시겠습니다."

나는 환하게 웃었다.

"택시를 타겠습니다. 에피크로아가 하는 대로 내버려두십시오."

잔뜩 굳어 있던 리샤오광 상장이 비로소 환하게 웃었다.

"강현 아우, 이제 형님으로서 하는 말인데 다음번 하오하오츠바는 하이난이나 푸젠으로 장소를 옮겨보면 어떨까?"

"여자분들 허락을 받아야 할 텐데요?"

나와 시진핑은 약속이라도 한 듯 한목소리로 내뱉었다.

"제기랄!"

세상에서 가장 멋지고 재밌는 담판이 끝났다. 나와 시진핑은 알만큼 알았고 볼 만큼 봤으며 견줄 만큼 견줬던 사이였다. 어쩌면 담판은 서로가 서로를 확인하는 자리에 불과했을 수도 있다.

'친애하는 나의 친구 김강현에게 고개를 숙여서 고마운 마음을 전합니다. 진실로 고맙습니다. 나에게도 친구를 도울 수 있는 기회가 찾아오기를 간절히 바랍니다. 그대의 친구이며 형, 시진핑.'

몇 해 전, 중국공산당 상하이직할시위원회 서기 시진핑이 보냈던 그 편지가 그대로 이루어졌다. 나와 시진핑은 오랜 친구였고 새로운 동지였다.

훗날 나는 시진핑에게 물었다.

"형님, 그날 나와 에피크로아를 내버려둔 이유가 뭡니까?"

"형님으로서 말할까, 중국 국가주석으로서 말할까?"

"둘 다!"

"중국 국가주석으로 보자면 손해 보는 장사가 아니니까…… 에피크로아는 우리의 화수분이야. 에피크로아가 건국할 곳은 우리의 배타적경제수역 밖이고 남조선이나 일본과 대륙붕 다툼을 할 곳이지. 에피크로아가 그 다툼을 대신하고 아로니아를 건국한다면 우리가 태평양으로 나가는 교두보를 마련할 수 있으니까. 만약 아로니아가 건국을 못 한다고 하더라도 중국에 있는 에피크로아 자산은 우리가 먹으면 되니까 어느 경우라도 절대로 손해 보는 장사가 아니었지."

"하하하, 형님으로서는 왜?"

"강현 아우가 아로니아를 건국할 수 있을까? 내버려두라니…… 내버려두면 과연 어떻게 될지 궁금했어. 정말로 궁금하더라."

시진핑은 에피크로아의 미래가 정말로 궁금했다. 궁금하면 찬찬히 지켜보게 된다. 나는 끝까지 찬찬히 지켜본 시진핑에게 진심으로 찬사를 보낸다.

2013년 3월 21일, 시계가 막 새벽 2시를 지났다.

왈칵 눈물을 쏟다

2015년 12월 마지막 주, 그리스의 아름다운 섬 미코노스의 클럽 호호에서 제2기 아로니아공화국 건국준비위원회 제1차 전체회의가 열렸다. 에피크로아는 제1기 에피크로아를 발족한 지 10년 만에 아로니아플랫폼 AP 168기를 완공했고, 자산은 한화로 103조 원을 돌파했으며, 8명의 각 부 부장을 다시 인준하고 각 부장을 보좌하는 부부장제도를 승인했다. 칭화대학교 경제학과를 졸업한 딸내미 김지민과 라파엘과 유즈하의 딸 레이카 반 페르시를 외교부위원으로 임명하고, 만장일치로 김강현…… 나를 에피크로아 위원장으로 다시 선출했으며, 나는 박민규를 사무총장으로 다시 지명했다. 제2기 에피크로아는 AP와 결합될 국가 주요시설물…… 아로니아 공항시스템 AAS(Aronia Airport System), 아로니아 항만시스템 APS(Aronia Port System), 아로니아 풍력발전시스템 AWS(Aronia Wind power

System)를 착공했다.

2021년 5월, AP 건설에 들어간 지 13년 5개월 만에 드디어 아로니아플랫폼 AP 222기가 모두 완공됐다. 지나온 동안 AP 건설기술은 엄청나게 발전했다. 마지막으로 완성된 AP 60기는 초기 AP 50기에 비하여 75퍼센트까지 가벼워졌고, 120퍼센트까지 튼튼해졌다. 그뿐만 아니라 완성된 AP를 이동하는 어부바배의 성능도 130퍼센트 향상됐으며, 155차례에 걸친 연습으로 AP 1기를 해저면에 안착하고 다른 AP들과 결합하는 시간을 5시간에서 2시간까지 줄였다. 바이샤 동해안에 임시로 안착한 AP들은 55개의 태풍을 너끈하게 견뎠고, 해풍과 조류에 맞서 조금도 흐트러지지 않았다. 에피크로아 국토건설부는 드라이도크 건설과 AP 건설에 참여한 총 145만 9689명의 노동자 이름을 1명도 빠짐없이 222번째 AP 몸체에 새겼다. 몰락한 저우융캉의 정보원 10명은 당연히 빠졌다. AP가 완성되는 동안 185차례의 크고 작은 안전사고가 발생했지만 사망사고는 단 한 건도 없었다.

마지막 222번째 AP가 어부바배에 업혀서 드라이도크를 빠져나가던 순간, 노동자들의 환호가 동중국해에 울려 퍼졌다. 중국공산당 저장성위원회는 에피크로아 해양리조트를 위하여 떠들썩한 잔치를 베풀고 그동안의 노고를 고마워했다. 여전히 놀랄 만한 사실 하나. 어쩌면 터무니없고 허무맹랑한 에피크로아 해양리조트 사업이었지만, 13년 5개월 동안은 물론이고 그 후로도 2028년 6월까지 중국의 어떤 언론도 에피크로아 해양리조트에 대하여 한 마디도 언급하지 않았다. 중국은 확실히 공산당이었다.

아로니아플랫폼 AP 건설을 마친 국토건설부는 아로니아 스포츠 아레나와 거주시설, 상업시설 및 국가 주요시설물들을 조성하고 정비하는 작업에 들어갔다. 정말로 신기한 사실 하나. 가장 먼저 완성된 AP 2기에서 주렁주렁 까만 열매를 맺은 아로니아가 군락을 이뤘다. 초기 AP에 쌓은 흙들은 드라이도크가 있는 주자젠의 흙이었다. 주자젠에 있던 아로니아 과수원에서 과수원 흙과 함께 아로니아가 옮겨온 것이었다. 이유야 어쨌든 아로니아에서 아로니아가 열매를 맺은 것은 당연한 일이었다. AP 건설을 마친 주자젠의 드라이도크 30기 중에서 5기는 AP 수리와 보강을 위하여 에피크로아가 운영을 결정했고, 나머지 도크들은 자연상태로 원상복구시켰다.

2025년 12월 마지막 주, 프랑스로부터 독립을 쟁취한 태평양 타히티의 그림 같은 섬 보라보라 클럽호호에서 제3기 에피크로아가 발족했다. 제3기 에피크로아 제1차 전체회의는 아로니아공화국 건국과 함께 에피크로아 조직을 아로니아공화국 정부수립준비위원회 GPCROA(Government Prepared Committee of Republic of Aronia)로 개편하고, 에피크로아 자산을 아로니아공화국으로 이전한다는 결정을 내렸다. 에피크로아 자산은 한화로 아로니아플랫폼 AP 건설비용 85조 8000억 원―제1기 에피크로아는 AP 건설비용을 66조 6000억 원으로 예상했지만 건축물과 국가 주요시설물, 인공지능 시스템을 추가로 건설하면서 비용이 증가했다―을 제외하고 205조 원이었다. 재정부장 백민정을 필두로 부부장과 부원들 22명은 투자와 재테크의 귀재들이 분명했다. 에피크로아는 중국 상하이직할시 홍커우구 루쉰공원이 내려다보이는 티안아이빌딩을 매입하고 L&K Korea의 에피크로아 본부를 이전했다. 에피크로아 현판은 에피크로아 해양리조트라고 걸었다. 새로운 에피크로아 본부는 일본 제국주의 시절 조선의 윤봉길이 일본군 사령관 시라카와 요시노리를 폭사시킨 루쉰공원이 내려다보이고 상하이 임시정부청사가 넘어지면 코 닿을 자리에 있었다. 한국이 알았으면 뭐라고 했을까?

2027년 3월, 에피크로아 시민부가 23개 국가 출신의 아로니아 예비시민 1만 3532명을 선발했다. 지난 22년 동안 시민부 인터넷사이트 '코뿔소'는 총 37만 5349명의 코뿔소 회원들과 인터넷가상국가 '코뿔소'를 만들고 정치, 경제, 사회, 문화, 교육, 의료, 법률 등의 의견을 모으고 토론했다. 에피크로아는 코뿔소에서 제시한 수많은 의견들을 토대로 아로니아공화국의 나아갈 길을 연구하고 발전시켰다. 시민부는 코뿔소 회원들 중에서 강하고 새로운 국가의 건국을 실제로 원하는 3만여 명의 예비시민들을 선발하고 이들의 신원조회를 정보부에 의뢰했다. 정보부는 5년에 걸친 신원조회를 바탕으로 전쟁, 살인, 테러, 유괴, 강간 등 반인류범죄와 뇌물, 횡령 등 경제범죄를 저지르거나 연루된 적이 없는 사람과 인종차별, 종교차별, 젠더차별, 지역차별 등 차별 없는 사람, 그리고 에피크로아의 세 가지 약속인 믿음의 약속, 최선의 약속, 절반의 약속을 지킬 수 있는 사람들 1만 3532명을 아로니아 예비시민으로 선발했다. 시민부는 아로니아 예비시민들을 백 명씩 140개 팀으로 나누고 에피크로아 본부가 있는 상하이로 초청했다.

시민부, 정보부, 내무부, 법무부가 아로니아 예비시민 면접을 실시했다. 1년에 걸친 면접을 통하여 20개 국가 출신 7350명을 아로니아 최종 예비시민으로 선발했다. 에피크로아는 최종 예비시민들에게 강하고 새로운 국가 아로니아에 대하여 어떠한 정보도 알려주지 않았다. 최종 예비시민들은 믿음의 약속으로 에피크로아를 믿었다.

2028년 5월, 아로니아 최종 예비시민들이 에피크로아가 마련한 상하이와 저우산, 닝보와 지싱에 있는 50여 개 호텔로 속속 도착했다. 최종시한 5월 31일까지 도착한 최종 예비시민은 19개 국가 출신 7320명이었다. 최종 예비시민들을 국가별로 보면 한국이 2010명으로 가장 많았고 미국 1935명, 일본 1724명, 오스트레일리아 1140명, 캄보디아 86명, 뉴질랜드 56명, 라오스 55명, 네덜란드 52명, 베트남 50명, 영국 42명, 체코 30명, 브라질 27명, 마다가스카르 27명, 인도네시아 25명, 케냐 23명, 스웨덴 16명, 아르헨티나 11명, 프랑스 4명, 탄자니아 2명이었다. 에피크로아는 중국과 타이완 출신 시민은 선발하지 않았다. 시진핑은 중국공산당을 반대하는 반체제 인물들이 에피크로아에 들어가는 것을 우려했다. 에피크로아는 시진핑의 의견을 존중했다.

아로니아 최종 예비시민들이 중국에 도착하자 중국 인민해방군 해군사령원 상장 우후아칭은, 중국에서 선발한 3000명을 에피크로아에 보내겠다고 말했다. 중국의 의도는 뻔했다.

"아로니아를 중국의 위성국가로 만들고 싶은 모양이죠?"

에피크로아 사무총장 박민규와 마주 앉은 상장 우후아칭은 부정하지 않았다. 박민규는 에피크로아의 선발과정을 거치지 않은 예비시민은 결코 있을 수 없다고 못을 박았다.

"정말로 중국 인민을 보내고 싶다면, 강하고 새로운 국가 아로니아가 건국된 후 아로니아 법률에 따라 중국 인민의 이민을 받아들이겠습니다. 우후아칭 상장은 공안부나 국가정보부에서 선발한 사람들을 보내겠죠?"

우후아칭이 웃으며 말했다.

"그래도 됩니까?"

"분명한 것은 아로니아 시민은 아로니아가 선발한다는 겁니다. 중국 공안부든 국가정보부든 아로니아 시민이 된다면, 단언하지만 아로니아 시민일 뿐입니다."

2013년, 상장 리샤오광과 에피크로아에 대한 논의를 시작한 이후 모두 3명의 상장들과 형님 아우 지간을 맺은 사무총장 박민규는 빛나는 자부심으로 상장 우후아칭을 압도했다. 중국은 더 이상 아로니아 시민 선발에 관여하지 않았다.

2028년 6월 15일, 에피크로아는 강하고 새로운 국가 아로니아의 위치와 앞으로 벌어질 일들이 적힌 아로니아페이퍼를 아로니아 최종 예비시민 7320명에게 전달했다. 본인확인을 마쳐야 읽을 수 있었던 아로니아페이퍼는 정확하게 10분 후 허공으로 사라졌다. 6월 17일, 베트남 출신 최종 예비시민 3명과 영국 출신의 최종 예비시민 2명이 아로니아행을 포기하고 마침내 7315명의 아로니아 건국시민이 확정됐다. 한일공동개발구역 JDZ에 건국할 아로니아공화국의 건국시민은 19개 국가에서 선발된 7315명과 에피크로아 구성원 215명을 포함하여 모두 7530명이었다.

한국 제18대 대통령 박근혜가 탄핵됐다. 못된 사람들에게 모욕당한 아버지의 역사를 바로잡고자 대통령이 됐다던 군부독재 정권 효시 박정희의 맏딸 박근혜는 40년 동안 알고 지냈던 시녀 같은 여자와 공모하여 사익을 추구하고 국정을 어지럽혔다는 혐의와 대통령으로서 국민의 생명을 허투루 했다는 혐의로 감옥에 갇혔다. 보궐선거로 치러진 제19대 대통령 선거에서 군부독재 정권 타도를 외치던 문재인이 대통령으로 당선됐다. 여기서 기막힌 사실 하나. 박근혜를 추종하던 군부독재 정권의 후예들은 국가를 난장판으로 만들어놓고도 새누리당, 자유한국당으로 이름을 바꿔가며 경상도를 중심으로 24퍼센트의 득표율을 얻었다.

대통령 문재인은 3대에 걸쳐 세습된 조선 최고권력자 김정은과 한반도평화협정을 맺었고, 한국전쟁 이후 철천지원수였던 조선과 미국의 정상회담, 그리고 조선과 일본의 식민지배 피해배상 협상을 중재했다. 우여곡절 끝에 조선과 미국이 군사적 문제에 합의했고 국교 수립 전단계라고 할 수 있는 연락사무소를 평양과 워싱턴에 각각 설치했으며, 조선과 일본은 식민지배 피해배상 협상을 타결하고 국교를 수립했다. 그뿐만 아니라 한국과 조선은 한반도 경제협력개발에 합의하면서 한반도는 자못 통일의 기운이 넘쳐흘렀다. 아이고, 우리가 남이가? 대구를 중심으로 경상도에서 가까스로 명맥만 유지한 채 존폐를 걱정하던 군부독재 정권의 후예들은 정화수를 떠놓고 문재인 정권이 하는 일마다 망하기를 빌어댔지만 제20대와 제21대 대통령 선거에서 또다시 참패하고 막장을 걸었다.

2027년 8월, 미국 대통령이 G20 정상회의에서 200해리 배타적경제수역은 국제법상 부정할 수 없는 원칙이며, 역사적으로 논란의 소지가 있는 영토를 불법으로 점거한 행위는 명백하게 국제질서를 해치는 행위라며 일본 총리와 뜨거운 포옹을 했다. 뭐라고, 뭐가 어떻게 됐다고? 200해리 배타적경제수역 운운은 한일공동개발구역 JDZ가 일본의 배타적경제수역이라는 소리였고, 한국이 역사적으로 논란의 소지가 있는 영토, 곧 독도를 부당하게 점거하고 있다는 소리였다. 미국 대통령의 발언은 뜬금없는 소리가 아니었다. 그동안 미국의 통상 압박에도 불구하고 입안의 혀처럼 알랑거려준 일본에 대한 깔끔한 보상이었다.

20년이 다되도록 꿩 구워 먹은 소식이었던 대륙붕한계위원회가 미국 대통령 발언을 기다렸다는 듯 이명박 정권이 어쩔 수 없이 2009년 12월 말 제출했던 한국대륙붕한계보고서에 대한 최종결정을 내렸다.

'2028년 6월 22일 만료되는 한일대륙붕협정 이후 한국과 일본 양국은 당사국의 이익과 국제사회 전체 이익의 중요성을 고려하면서 형평성에 입각하여 모든 관련사항을 해결하기 바라며, 양국은 대륙붕경계협의가 원만하게 이루어지지 않을 경우 권한이 있는 국제기구를 통하여 구속력 있는 절차를 밟기 바란다, 끝.' 쓸데없이 길게 쓴 최종결정문을 한마디로 요약하자면, 우리는 모르겠으니까 한국하고 일본하고 한일공동개발구역 JDZ 위에다가 적당히 알아서 선을 그어보든가 잘 안 되는 것 같으면 국제해양법재판소에 제소를 하라는 소리였다.

한국 국민들과 일본 국민들이 광화문광장과 도쿄왕궁 앞에서 태극기와 일장기를 들고 벌떼처럼 일어났다. 한국 국민들은 일본에서 집단폭행을 당했고 일본 국민들은 한국에서 단체로 박살이 났다. 오래전 송성철 국가영웅이 한 말이 떠올랐다.

"2028년 6월, 광화문광장하고 도쿄왕궁 앞에서 한국하고 일본이 JDZ가 서로 자기네 바다라고 난리를 칠 것이오."

일본은 주한 일본인들에게 철수 명령을 내리고 날마다 전세기와 여객선을 보냈지만 한국은 주일 한국인들에게 철수 권고만 했을 뿐 전세기나 여객선은 보내지 않았다. 한국인들은 각자도생하라. 한국 대통령은 한일대륙붕협정 만료 즉시 협정을 파기한다는 결정을 내렸고, 독도는 마땅히 한국 영토이므로 일본의 어떠한 주장이나 제소에도 응하지 않을 것이며, 한일공동개발구역 JDZ에 대한 한국의 권리확인 청구소송을 국제해양법재판소에 신청한다고 발표했다. 일본이라고 가만히 있었겠는가? 일본도 한일대륙붕협정 파기를 선언했고, 독도 인근 해역을 바다와 하늘에서 수시로 들락거리며 한국과 물리적 충돌을 일으켰다. 일본은 2006년 한국 대통령 노무현이 국제연합에 제출한 독도 독트린 — 독도는 국제해양법재판소가 어떤 이유로도 재판할 수 없다는 선언 — 을 즉시 반려하라며 국제연합 사무총장의 목을 졸랐고 독도를 국제 분쟁지역으로 만들려고 미친 듯이 달려들었다. 또한 일본의 승소가 확실하다고 판단한 JDZ는 국제해양법재판소에 보란 듯이 제소를 했다.

모든 길이 에피크로아로 열리고 있었다.

2028년 6월 19일 10시 00분. 나는 에피크로아 긴급상무위원회를 소집했다.

"나는 에피크로아 위원장으로서 아로니아 표준시 2028년 6월 23일 00시, 북위 29도 51분 15초, 동경 126도 53분 27초를 중심으로 23.48제곱킬로미터 해역에 강하고 새로운 국가 아로니아공화국을 건국합니다. 이의 있습니까?"

"없습니다."

"찬성합니다."

"동의합니다."

에피크로아 상무위원들이 손뼉을 치며 환호했다. 한일공동개발구역 JDZ는 국제해양법상 누구도 영유권을 주장할 수 없는 공해다. 에피크로아는 국제해양법을 쌩까고 JDZ 위에 강하고 새로운 국가 아로니아공화국을 우뚝 세울 것이다.

6월 20일 05시 00분. 나는 북위 28도 20분 13초, 동경 126도 58분 25초 동중국해 공해상에서 대기하던 에피크로아 방위부장 폴 스완슨에게 전화를 걸었다.

"나는 에피크로아 위원장으로서 명령합니다. 하얀달방위전략프로젝트 WDSP를 북위 29도 48분 00초, 동경 126도 50분 00초로 이동하십시오."

하얀달방위전략프로젝트. 하얀달은 직경 150미터의 하얗고 둥근 달처럼 생긴 탐지거리 1만 5000킬로미터짜리 X-밴드레이더다. 하얀달은 최고시속 70킬로미터로 이동할 수 있고, 스텔스 기능을 탑재하여 레이더에 잡힐 경우 1.5미터 크기의 나뭇조각으로 보이며, 시속 1킬로미터의 저속으로 움직이는 직경 5센티미터짜리 물체까지 식별할 수 있는 세계 최고의 레이더이면서 비핵전자기파 NNMP(Non Nuclear electromagnetic pulse)를 탑재한 세계 최고의 방어무기체계다. '화이트라인'이라고 부르는 비핵전자기파 NNMP는 모든 종류의 미사일과 비행물체를 빛의 속도로 무력화시키면서도 하얀달에는 어떠한 영향을 미치지 않도록 설계됐다. X-밴드레이더와 화이트라인이 하늘을 방어하는 무기체계라면, 하얀달에는 바닷속을 방어하는 대잠수함 탐지용 울트라소나 U-SONAR(Ultra Sound Navigation And Ranging)와 대잠수함 방어무기체계 '그레이트버블'이 꼭꼭 숨어 있다. 하얀달은 에피크로아 방위부가 지난 20년 동안 한국 원화로 22조 원을 들여 태평양 공해상에서 제작을 시작하고 태평양 투발루에서 완성한, 강하고 새로운 국가 아로니아공화국의 국가방위전략프로젝트였다. 1시간 후, 하얀달이 강하고 새로운 국가의 땅 LFEN 남쪽 해상에 도착했다.

"에피크로아 방위부장 폴 스완슨은 현재 시각 2028년 6월 20일 05시 30분 30초, 하얀달방위전략프로젝트 허가를 요청합니다."

"허가합니다."

하얀달이 블루토피아 깃발을 올리고 강하고 새로운 국가 아로니아공화국의 방위를 시작했다. 2028년 6월 23일 00시. 한국과 일본이 서로의 주권적 권리를 주장하며 JDZ에서 국제분쟁을 시작하는 순간, 에피크로아는 당당하게 JDZ를 차지하고 강하고 새로운 국가 아로니아공화국 건국을 선포할 것이다.

6월 20일 10시 00분. 중국 인민해방군 해군사령원 상장 우후아칭이 전화를 걸어왔다.

"중국 인민해방군 동부전구 해군사령부와 동부전구 공군사령부는 2028년 6월 21일 오전 10시부터 6월 23일 오후 10시까지 동중국해상에서 합동 군사훈련 하이우(海霧)를 실시하겠습니다."

강하고 새로운 국가 아로니아공화국의 영토가 될 아로니아플랫폼 AP가 JDZ로 향하고 안착하고 결합하고 마침내 아로니아공화국 건국을 선포하는 순간까지 중국 인민해방군 동부전구 해군과 공군은 에피크로아를 엄호할 것이다.

6월 21일 12시 00분. 나는 바이샤에 있었다. JDZ의 일기예보를 살폈다. 파고는 0.5미터로 잔잔하고, 바람은 북동풍이 살랑 불어오며, 해류는 중국 동해안에서 JDZ로 향했다. 태평양상에는 태풍이 발생하지 않았고 기온은 26도, 구름이 살짝살짝 나타났다가 사라지는 상쾌한 날이었다. 나는 사무총장 박민규와 함께 AP 1호기를 업은 어부바배 1호기의 브리지에 올랐다.

"나는 에피크로아 위원장으로서 국토건설부장 에드워드 킨슬러에게 명령합니다. AP 1, 2, 3, 4, 5호기를 북위 29도 51분, 동경 126도 53분으로 이동하십시오."

명령이 꼬리를 물고 이어졌고 바이샤 동해안에 임시로 안착했던 AP 5기가 어부바배에 업혀서 차례로 닻을 올렸다. 박민규가 다가와 속삭였다.

"강현아, 위원장…… 나, 심장이 터질 것 같아."

"터지지 마, 아직 죽지 마, 더 재밌는 일들이 펼쳐질 거니까."

AP가 영원히 안착할 강하고 새로운 국가의 땅 LSNN까지는 425킬로미터. AP 5기를 각각 업은 어부바배 5척이 시속 30킬로미터 속도로 운항한다면 약 14시간이 필요한 거리였다. 도착 예상시각은 6월 22일 02시. AP들을 안착하고 결합하면 6월 22일 12시. 남은 시간은 12시간. 2028년 6월 23일 00시, 이 시각은 바로 50년 동안 종이 쪼가리로 유지되던 한일대륙붕협정이 종료와 더불어 파기되는 순간이고, 에피크로아가 강하고 새로운 국가 아로니아공화국으로 탄생하는 순간이 될 것이다.

6월 22일 01시 05분. AP 5기가 연안해류를 타고 예상보다 55분 일찍 LSNN에 도착했다. 즉시 AP에 바닷물을 채우고 안착하는 과정과 AP들을 결합하는 작업이 실시됐다. 나는 박민규와 함께 막 안착을 시작하는 AP 1호기로 올라갔다. 가슴은 들썽거렸고 머리는 차가웠다. 박민규가 나를 바라보며 눈물을 흘렸다.

"멋지다, 강현아…… 고마워요, 위원장!"

그 말에 나도 울컥했다.

6월 22일 02시 00분. 아로니아 건국시민으로 선발된 7315명과 에피크로아 구성원 122명 — 국토건설부와 정보부, 방위부 일부 위원들은 각자의 자리를 지키느라 제외됐다 — 을 포함하여 7437명이 중국 저장성 닝보에 위치한 중국 인민해방군 동부전구 해군사령부 제1항구에 집결했다. 에피크로아가 준비한 여객선은 5척. 건국시민 7437명은 30개 팀으로 나뉘어 240여 명씩 한 배에 올랐고 6차례에 걸쳐서 이동할 예정이었다. 1차 건국시민 1228명이 여객선 5척에 승선을 마쳤다. 뚜우, 드디어 여객선 5척이 뱃고동을 울리며 차례로 출항했다.

6월 22일 11시 30분. AP 5기가 안전하게 안착하고 완벽하게 결합됐다. 첫 번째 작업이라 예상보다 25분이 초과됐다. 나는 아로니아광장으로 불리게 될 AP 1호기 한복판에 섰다. 흠, 아로니아의 공기를 마셨다. 폐 속을 파고드는 달콤한 공기가 아로니아공화국을 건국하기에 딱 좋았다.

"만세, 만세!"

박민규가 펑펑 울면서 아로니아광장을 뛰어다녔다. 아직 아니다. 즐기고 놀기에는 아직 할 일이 많이 남아 있다. 어부바배 5척은 즉시 바이샤로 돌아갔다. AP 6, 7, 8, 9, 10호기를 업고 다시 오리라. 아로니아 건국시민을 태운 여객선 1호기에서 연락이 왔다.

"20분 후 강하고 새로운 국가 아로니아공화국에 도착합니다."

나는 미친놈처럼 뛰어다니는 녀석을 불렀다.

"그만 쳐울고 가자!"

가장 먼저 안착한 AP 5기 중에서 5호기는 큰놈과 작은놈 중에서 큰놈 쪽으로 안착한 해변 AP였다. 건국시민을 실은 여객선들은 임시 항만시설을 마련한 해변 AP쪽으로 입항할 예정이었다. 나는 해변을 향해서 달렸다. 눈앞으로 여객선들이 와락 달려들었다. 와, 건국시민의 함성이 들려왔다. 모두 5척의 여객선이 줄줄이 기다리고 있었다.

6월 22일 12시 05분. 여객선 1호기가 닝보를 출발한 지 약 10시간 만에 아로니아 임시 항만에 입항했다. 아, 첫 번째 아로니아공화국 건국시민이 아로니아공화국에 첫발을 디뎠다.

한때는 합기도 천재 겸 무림합기도 관장이었고 상습 혼인빙자간 음 혐의로 징역을 살았으며 무림합기도를 정리한 후 고향으로 내려 가 스태미나의 상징인 전복을 양식하던 바로 그 남자, 민경한.

"강현아…… 위원장님!"

그는 나를 얼싸안고 펄쩍거리며 눈물을 흘렸다.

나는 그가 전복 양식을 하던 전라남도 완도를 찾아갔었다.

"같이 안 가실래요?"

"여자도 있냐?"

"아마도…… 없겠습니까?"

"가자, 거기서 대왕조개 양식을 해야겠다."

무엇이 우리를 가로막으랴? 재밌게 놀겠다는데, 대왕조개 양식을 하고야 말겠다는데!

6월 22일 13시 30분. 여객선 5척을 타고 온 아로니아 건국시민 1228명과 화물이 모두 하선했다. 여객선 5척은 다른 건국시민들을 태우러 닝보로 달려갔다. 아로니아광장에는 아로니아공화국 건국 을 선포할 연단이 만들어졌고, 블루토피아 깃발들이 파랗고 하얗게 휘날렸으며, 아로니아공화국에서 들게 될 첫 번째 식사를 준비했다. 건국시민은 누가 먼저랄 것도 없이 요리를 하고 천막을 세우고 식탁 을 차렸다. 중국 인민해방군 해군함정 열 척이 LSNN 10킬로미터 밖 에서 편대운항 훈련을 실시했고, 중국 인민해방군 공군전투기들은 LSNN 상공에서 편대비행 훈련을 실시했다. 건국시민들이 아로니아 에서 첫 번째 식사를 하는 동안 AP에서 총 3차례의 진동이 발생했 다. 처음에는 제법 소동이 있었지만 작고한 송성철을 이어서 국토건설부장에 오른 에드워드가 안정화되는 AP의 모습을 대형 스크린에 띄우고 설명하자 두 번째 진동부터는 환호가 울려 퍼졌다. 어느새 쪽빛바다 너머로 노을이 붉게 타올랐다.

6월 22일 20시 00분.

"에피크로아 긴급상무위원회를 소집합니다."

나는 아로니아공화국 국무원청사가 될 건물 로비로 들어갔다. 로비 한가운데 마련된 화상회의 시스템 앞에 앉았다. 사무총장 박민규와 국토건설부장 에드워드, 돌아가신 루트거의 뒤를 이은 시민부장 비비안과 내무부장 겸 대변인 에바가 자리를 잡았고, 각자의 자리를 지키던 정보부장 박주연, 방위부장 폴, 재정부장 백민정, 법무부장 정상철, 외교부장 수영이 화상회의 시스템에 나타났다.

"나는 에피크로아 위원장으로서 2028년 6월 23일 00시, 아로니아광장에서 자랑스러운 아로니아 건국시민들과 함께 강하고 새로운 국가 아로니아공화국의 건국을 선포하겠습니다. 상무위원들은 각자 맡은 임무에 따라서 최선을 다하여 주십시오. 이상으로 아로니아공화국 건국준비위원회 마지막 상무위원회를 마칩니다. 여러분, 수고하셨습니다. 고맙습니다."

후, 나는 한숨을 몰아쉬었다. 박민규, 에드워드, 비비안, 에바, 박주연, 폴, 백민정, 정상철, 수영…… 누구도 자리에서 일어나지 않았다. 안다. 누구라도 눈물이 터질 것 같았고 누구라도 엉엉 울 것만 같은 순간, 나는 말했다.

"앞으로 정확하게 3시간 55분 후 아로니아공화국 건국준비위원회를 아로니아공화국 정부수립준비위원회로 개편하겠습니다. 그곳에서 다시 만납시다."

"예, 알겠습니다."

박민규가 벌떡 일어나자 비로소 상무위원들이 화면에서 하나둘 사라졌다.

6월 22일 23시 45분. 모든 준비가 끝났다. 에피크로아 내무부장 겸 대변인 에바와 아로니아공화국 건국어린이 25명이 연단에 올랐다. 이 순간은 박민규와 왕혜윤이 준비한 20대의 카메라에 담겼고 상하이뉴스텔레비전과 CNN, BBC, 알자지라가 릴레이 생중계를 시작했으며 15개의 SNS를 통하여 세계로 퍼져나갔다. 에바는 영어와 프랑스어와 스페인어로 연단에 올라온 19개 국가 출신의 아름다운 어린이들을 일일이 소개했다.

10, 9, 8…… 카운트다운이 시작됐다. 2028년 6월 23일 00시 00분 00초. 25명의 어린이들이 세상에서 가장 아름다운 목소리로 마음껏 외쳤다.

"세계인류와 온 세상에 아로니아공화국 건국을 선포합니다!"

와, 거대한 함성과 함께 건국시민들로 구성된 브라스밴드가 팡파르를 울렸고, 닝보에서 여객선을 기다리던 건국시민들이 환호성을 질렀으며, 아로니아의 까만 밤하늘 위로 수천 마리의 비둘기가 날아올랐다. 파랗고 하얗게 휘날리는 블루토피아 깃발들 사이로 중국 인민해방군 해군함정들이 폭죽을 쏘아 올렸고, 중국 인민해방군 전투기들이 꼬리에 불꽃을 달고 축하비행을 시작했다. 나는 환호하는 아로니아 건국시민들 사이에 있었다. 서로가 서로를 얼싸안고 아르헨티나 출신 엔리코 피네다가 작사 작곡한 〈포에버 아로니아〉를 목청껏 불렀다.

"로아 킴, 로아 킴!"

건국시민들이 나를 연호했다. 아로니아공화국은 누군가의 아로니아가 아니라 우리 모두의 아로니아······ 나는 나서지 않았다. 우리들은 밤을 새우며 춤을 추고 노래를 부르고 건배를 외쳤다. 파랗게 드러나는 첫 새벽, 나는 전율했다. 무엇이 우리를 가로막으랴? 파란 하늘과 맞닿은 수평선이 붉게 물들고 찬란하게 떠오르는 아로니아공화국의 첫 번째 태양을 바라보며 나는 왈칵 눈물을 쏟았다.

아로니아여, 처음과 같이 영원토록 무궁하리라!

강하고 새로운 국가 아로니아공화국이 세상에 태어났다.

국가의 조건

　나는 한국이 싫어서, 짜증나서, 살고 싶지 않아서 아로니아를 만들지 않았다. 아로니아 건국시민 3412가구 7530명은 누구도 자신이 살던 국가가 싫어서, 짜증나서, 더 이상 살고 싶지 않아서 아로니아를 만들지 않았다. 우리는 우리가 살던 국가와 싸우고 지치고 미워서 떠나온 것이 아니라, 우리가 살던 국가에 최선과 정성을 다했으므로 어떠한 미련도 없었고 어떠한 미련도 원망도 후회도 남지 않았으므로 당당하게 새로운 시작을 할 수 있었다. 모름지기 새로운 시작은 회한이 없어야 하는 법. 우리는 인간의 존엄과 자유와 행복을 위하여 새로운 친구가 됐고, 강하고 새로운 국가 아로니아는 언제나 우리를 보듬고 안아주는 믿음직스러운 우리들의 친구였다. 우리 모두는 아로니아공화국의 자랑스러운 건국시민들이었다.

세계인류와 온 세상에 아로니아 건국을 선포한 다음 날, 닝보에서 대기하던 건국시민들이 모두 아로니아에 도착했다. 시민들은 아로니아플랫폼 AP 222기 전체가 안착하고 결합되는 70일 동안 국무원과 의정원, 법무원 등에 마련된 임시숙소에서 머물렀다. 시민들은 아로니아광장에서 함께 음식을 만들고 함께 식사를 했으며 함께 놀았다.

훗날, 시민들은 이렇게 말했다.

"그때 정말로 재밌지 않았냐?"

우리의 나날들은 정말로 행복했다.

나를 비롯해 에피크로아 구성원들을 중심으로 창당한 아로니아시민당과 세상에서 가장 맛있고 안전한 먹을거리를 만들고자 창당한 아로니아카스테라당, 에피크로아 시민부의 인터넷가상국가 '코뿔소'부터 활동을 시작한 태평양녹색당이 참여한 가운데 아로니아 헌법을 제정할 초대 의정의원 선거가 실시됐다.

18세 이상 전체유권자 6218명 중 6094명—한국과 일본, 중국과 미국 등에 있던 정보부와 방위부 일부 위원들은 선거에 참여하지 못했다—이 투표에 참여했다. 아로니아시민당 5082표, 태평양녹색당 510표, 아로니아카스테라당 502표. 득표수 500표당 1명씩, 소수점 첫째 자리는 올림으로 계산한 결과 아로니아시민당 11명, 태평양녹색당과 아로니아카스테라당이 각각 1명, 모두 13명의 의정의원이 선출됐다. 의정원은 의정원장으로 에피크로아 법무부장 출신 정상철을 선출했고, 가상국가 '코뿔소'에서 논의하고 에피크로아 법무부가 완성한 후 아로니아공화국 정부수립준비위원회 GPCROA가 발의한 아로니아공화국 헌법안을 만장일치로 가결했으며, 시민투표에 부쳐서 찬반을 물었다. '제1조, 아로니아공화국은 시민의 존엄과 자유와 행복을 위하여 존재한다.' 모두 50개 조항으로 이뤄진 아로니아공화국 헌법안은 시민투표 결과 전체투표자 99.2퍼센트의 찬성으로 가결됐다.

건국 선포 후 숨 가쁘게 달려온 열네 번째 날, 아로니아는 헌법과 법률에 따라 제1, 2, 3 행정구역을 각각 이끌어갈 아로니아 초대 행정구역장 선거와 기호 1번 아로니아시민당 김강현, 기호 2번 아로니아카스테라당 오쿠라 요스케, 기호 3번 태평양녹색당 마이클 보우어가 출마한 가운데 아로니아 초대 대통령 선거를 실시했다. 제1구역은 에피크로아 국토건설부 부장 출신 마논 벨라얀, 제2구역은 흐······ 대왕조개 양식을 꿈꾸던 민경한, 제3구역은 꼭 공룡이 되고 말 거라던 폴과 에바의 아들 토마스 스완슨이 아로니아 초대 행정구역장으로 선출됐다.

마침내 아로니아공화국 대통령 선거. 투표율 96.5퍼센트, 득표율 95.2퍼센트, 기호 1번 아로니아시민당 김강현. '우리들의 친구 아로니아'를 슬로건으로 내걸었던 내가 아로니아공화국 초대 대통령으로 당선됐다.

"장하다······ 네가 대통령까지 다 해먹어라!"

오래전 무림합기도 관장 민경한이 한 말이 떠오르는 순간이었다.

대통령 당선 후 나는 첫 번째 일정으로 의정의원 전원의 추천을 받은 에피크로아 정보부 출신 쿠로타 슈헤이를 법무원장으로 임명했다. 이로써 아로니아공화국의 입법, 사법, 행정수반이 모두 결정됐다. 나는 의정원을 통과한 아로니아공화국 국무원조직법에 따라서 국가안전방위부 장관 폴 스완슨, 내무부 장관 왕혜윤, 교육부 장관 레이카 판 페르시, 재정경제부 장관 정구식, 국토개발부 장관 에드워드 킨슬러, 외교부 장관 강수영, 법무부 장관 김광수, 문화부 장관 비비안 포겔을 임명했으며 대통령을 보좌하는 유일한 기관인 대통령 비서실장으로 박민규를 지명했다. 이로써 아로니아공화국 초대 정부가 드디어 탄생했다.

2028년 7월 7일, 자랑스러운 아로니아 건국시민들이 지켜보는 가운데 아로니아공화국 초대 대통령 취임식과 정부수립 기념식이 아로니아광장에서 열렸다. 식장에는 어머니 유귀례 씨와 장인 강종환 씨, 장모 손인순 씨가 자리를 빛냈다.

2028년 3월, 제15기 전국인민대표대회에서 국가주석으로 다시 선출된 중국 국가주석 시진핑 — 그는 마오쩌둥 사후 그 누구도 오르지 않았던 중국공산당 주석직을 승계하라는 중국공산당 중앙위원회의 강력한 요구를 물리치고 중국의 젊은 미래를 위하여 중국공산당 중앙위원회 총서기직과 중국공산당 중앙군사위원회 주석직은 사양했다 — 과 부인 펑리위안, 중국공산당 중앙위원회 후보위원으로 이름을 올린 딸 밍쩌가 참석했다.

"김강현 동지, 올 여름 50번째 하오하오츠바는 아로니아에서 합시다."

시진핑의 어머니 치신이 돌아가시고, 지민이 에피크로아 재정부 위원 애슐리의 아들 클라이드와 결혼하고, 밍쩌도 소꿉친구였던 덩차오와 결혼하고, 손녀 마리샤와 예라가 태어나고, 시진핑의 손자 텐위가 태어난 20여 년 동안 하오하오츠바는 우리의 하오하오츠바였고 앞으로도 늘 항상 언제나 하오하오츠바이리라.

아프리카에서 의료봉사 활동을 하는 장인 장모 덕분으로 우간다와 탄자니아, 마다가스카르의 축하사절들이 참석했고 태평양의 해수면 상승으로 국가 수몰 위기에 처했던 투발루와 키리바시공화국, 마셜제도공화국—아로니아는 제3기 에피크로아부터 이 국가들의 영토 복구를 위한 플랫폼을 주자젠의 에피크로아 드라이도크에서 건설하고 무상으로 지원했다—의 총리와 대통령들이 찾아왔으며 예상하지도 않았던 조선에서 대규모 축하사절단을 보내왔다.

그 시각, 한국과 일본은 아로니아공화국 정부수립을 강력하게 규탄하며 국제연합 안전보장이사회에 제재를 요구했다. 멍청한 것들. 아로니아는 국제연합에 가입한 적이 없고 가입하지도 않을 것이며 가입할 까닭이 하나도 없었다. 국제연합이 무슨 수로 국제연합에 가입하지도 않은 국가를 제재한다는 말인가? 한국과 일본이 국제연합에 제재를 요구한 것은 아로니아의 국가적 실체를 인정한다는 말이 되고 말았다.

"나는 시민의 존엄과 자유와 행복을 위하여 대통령의 직무를 성실하게 수행하고 최선을 다하여 헌법을 준수하고 보호하며 보존할 것을 블루토피아 아래에서 엄숙히 선서합니다."

대통령 선서를 마친 나는 반전반핵 영세중립국선언을 했다. 국가방위를 제외한 군대조직과 무장조직을 구성하지 않고, 어떠한 경우에도 다른 국가들의 전쟁에 개입하지 않으며, 다른 국가들로부터 아로니아공화국의 독립과 영토 보전을 보장받는 영세중립국. 중국과 조선, 투발루와 키리바시공화국, 마셜제도공화국이 아로니아공화국 영세중립국선언에 서명했다. 이로써 아로니아는 국제연합에 가입하지 않은 영세중립국이 됐다. 나는 아로니아공화국 초대 대통령으로서 첫 번째 연설을 했다. 15줄뿐인 명쾌한 연설의 마지막, 나는 아로니아 건국시민들에게 말했다.

"시민들이여, 그대들이 세상을 아름답게 하리라!"

그날 아로니아광장에서는 시민들과 축하사절들이 어우러져서 밤새도록 먹고 마시고 노래를 부르고 춤을 추며 즐겁게 놀았다.

"강현아, 오늘이 또 무슨 날인 줄 아나?"

어머니가 물었다.

"예, 아버지 기일이잖아요."

"오늘은 따로 젯상 차리지 말자. 세상이 온통 젯상 아니가? 따로 안 챙겨도 느그 아부지 배부를 끼다."

어머니가 나를 꼭 안으며 말했다.

"다 느그 아버지 덕분이다."

암요, 아버지가 축구공으로 나를 박살내지 않았더라면 이 자리는 없었겠지요. 나는 어머니와 장인 장모에게 아로니아에 계실 것을 권했지만 장인 장모는 마다가스카르를 사랑했고 어머니는 아버지가 잠든 천진사를 사랑했다. 어머니는 벌떼 같은 한국 언론과 한국 정부를 피해서 장인 장모와 함께 마다가스카르에서 한동안 머물렀다.

아로니아 입법, 사법, 행정부가 모든 조직을 완성하고 아로니아 제1구역 광장길에 자리를 잡았다. 아로니아는 중국, 조선, 투발루, 키리바시, 마셜제도, 마다가스카르, 우간다, 탄자니아와 국교를 수립했다. 아프리카 세 국가는 아로니아공화국 영세중립국선언에도 서명했다. 주중국 아시아총괄대사로 지민을 임명하고 주투발루 태평양총괄대사로 정호수와 캐서린의 딸 올리비아를 임명했으며, 주마다가스카르 아프리카총괄대사로 블루하트와 블루토피아 이름을 지은 마논과 에드워드의 딸 크리스틴을 임명했다.

한국 대통령이 광복절 연설에서 아로니아를 적국으로 규정했다. 그러든가 말든가! 그날 오후, 한국 해군함정 5척이 아로니아 부근 20킬로미터 해상에서 시위를 했다. 조금만 더 들어오지. 왜, 무섭든? 아로니아의 하얀달이 나타나자 한국 함정들은 물러갔다. 하얀달의 정체도 모르면서 물러가는 한국의 꼴이 우스웠다. 바로 다음 날, 일본 방위성 규슈방위국 소속 경비정 5척이 아로니아 부근 20킬로미터 해상을 순찰하고 돌아갔다. 국가안전방위부 장관 폴은 일본 경비정에게 메시지를 보냈다.

일본 방위성 큐슈방위국 소속 제1경비대장 요시무라 스즈키에게 알린다. 오늘은 아로니아가 지켜봤지만 다음번에는 응분의 대가를 치를 것이다. 일본 방위성 장관 이나다 나오키에게 이 메시지를 전하라.

아로니아플랫폼 AP 222기가 강하고 새로운 국가의 땅 LSNN에 모두 안착하고 결합됐다. 아로니아는 국토를 제1, 2, 3 행정구역으로 나누고 아로니아 풍력발전시스템, 아로니아 항만시스템, 아로니아 공항시스템을 AP와 결합했다. 마침내 아로니아가 국가의 면모를 갖췄다. 국무원과 의정원, 법무원 등에서 임시로 거주하던 시민들이 인터넷가상국가 '코뿔소' 시절부터 자신들이 설계한 주택, 빌라, 아파트 등으로 입주를 마쳤다. 아로니아를 설계하고 건축한 에피크로아 국토건설부는 인공으로 만들어진 아로니아를 자연에 가깝도록 실현하고자 최선을 다했다. 숲과 언덕과 습지와 빗물을 이용한 개천을 만들었고, 아로니아의 건물들은 각 행정구역의 특성을 살리도록 색깔과 외관을 꾸몄다. 모름지기 건물이 하늘을 가리면 안 된다는 원칙으로 아로니아의 모든 건물은 5층 이하로 지어졌다. 아로니아는 5층짜리 국무원청사가 가장 높은 건물이다.

아로니아의 모든 토지는 국가가 소유, 관리한다. 토지의 매매와 양도, 증여와 상속은 불가능하다. 아로니아는 18세 이상의 모든 시민들에게 토지이용권을 10년 단위로 임대한다. 모든 아로니아 시민은 18세가 되는 날 아로니아로부터 토지이용권을 받는다. 토지이용권은 임대기간 동안 적정한 목적으로 사용됐는지 아로니아가 확인하고 목적에 합당하게 사용된 경우 10년 단위로 다시 임대한다. 토지 임대비용과 1인당 토지면적은 아로니아 내무부가 10년 단위로 산정하고 의정원 의결을 거쳐서 확정되며, 토지이용권을 반납하는 경우 토지 위에 설치한 건물과 부속물은 감가상각 처리하고 은행 이율에 해당하는 이자와 함께 전액 반환한다. 물론 임대기간 동안 토지이용권은 양도, 분할, 매매, 상속이 가능하지만 이 경우 임대기간

10년이 지나면 해당 토지의 이용권은 아로니아에 반납한다. 아로니아는 한국처럼 알량한 허공의 아파트 한 채로 시세차익을 노리고 몰려다니는 부동산투기가 원천적으로 있을 수 없다. 아로니아는 시민들의 행복을 위하여 존재하고 시민들은 부동산 따위로 자신의 행복을 추구하지 않는다. 이 원칙은 시민들뿐만 아니라 기업과 법인도 동일하게 적용된다. 한국처럼 기업이나 법인이 부동산투기를 일삼으며 토지의 공공성을 훼손하는 일은 아로니아에 없다.

아로니아 기업…… 1인 이상 모든 사업장은 아로니아 재정경제부에 사업자등록을 하면서 믿음, 최선, 절반의 세 가지 약속을 한다. 아로니아는 2038년 6월 현재 1029개의 1인 이상 사업장이 있다. 사업장 대부분은 10인 이하의 사업장이고 100인 이상의 사업장은 패션브랜드 CODA, 디자인전문기업 L&K, 플랫폼건설기업 에피크로아드라이도크, 의료기업 블루토피아의료원, 문화창작기업 아로니아 크리에이티브팩토리, 대왕조개와 전복 양식 및 수산업전문기업 민경한의 무림해양수산, 그리고 에피크로아 재정부장 출신 백민정이 CEO로 있는 블루하트파이낸셜이 있다. 세계 부동산과 금융 및 자원과 기술, 문화 등 모든 분야에 투자하는 블루하트파이낸셜은 작년 한 해 수익이 15조 아로…… 달러로 20조에 이르는 세계 최고 기업이다.

아로니아의 모든 기업은 수익창출을 목표로 삼지 않는다. 인공지능 로봇이 인간의 노동을 대신하는 지금, 기업은 노동을 할 수 없는 인간에게 자신의 수익을 배분한다. 21세기 인간은 노동하는 인간이 아니라 창의적 활동과 소비를 미덕으로 삼는 인간이다. 기업의 수익을 배분받은 인간은 기업의 재화와 용역을 소비하고 소비를 바탕으로 기업은 다시 발전한다. 더 이상 수익창출을 기업의 목표로 삼을 수 없는 지금, 아로니아의 모든 기업은 시민의 행복과 세계인류의 평화를 위하여 존재한다.

아로니아는 절반의 약속에 따라서 1인 이상의 아로니아 기업과 법인, 개인들이 납부한 세금을 가장 먼저 아로니아 시민의 시민연금으로 지급한다. 매년 아로니아 재정경제부가 산출하고 의정원 의결을 거쳐서 0세부터 모든 아로니아 시민들에게 매월 지급되는 시민연금은 인간의 존엄을 국가의 존재 이유로 삼은 아로니아의 자랑이다. 아로니아 시민은 아프거나 다치거나 혹은 아무 일도 하고 싶지 않거나 할 수 없더라도 시민연금으로 인간의 존엄을 유지할 수 있다. 물론 기업에서 노동을 하는 아로니아 시민들도 당연히 시민연금을 수령하지만 2038년 6월 현재, 아로니아 노동자의 55퍼센트가 시민연금을 아로니아에 일부 반납하고 15퍼센트는 전액 반납하고 있다. 에고, 부탁합니다. 시민연금 좀 써주세요. 제발요!

아로니아의 교육제도는 유아원, 유치원, 초등학교, 시민학교, 평생학교 과정으로 이뤄져 있다. 학교와 학원을 함께 다녀야 하고, 무조건 남보다 공부를 잘해야 하며, 뭐니 뭐니 해도 공무원이 최고이고, 월세 또박또박 받아먹는 건물주가 조물주보다 높고, 누구에게도 꿀리지 않으려면 든든한 빽 하나쯤 있어야 한다고 가르치는 한국의 교육 따위는 아로니아에 존재하지 않는다. 아로니아의 교육은 재밌게 노는 방법을 가르친다. 재밌고 신나게 많은 사람들과 행복하게 놀

수 있는 기술과 학문을 가르친다. 인간의 존엄과 자유와 행복, 세계 인류의 평화를 배우고 가르친다. 아로니아의 교육은 이것뿐이다. 아로니아는 유아원, 유치원, 초등학교 12학년까지 의무교육이고 대학교, 대학원, 기술학교 등에 해당하는 시민학교와 평생학교는 개인이 선택한다. 아로니아는 외국유학과 개인의 취미나 특기를 위한 교육을 포함해 모든 교육을 국가가 담당한다. 아로니아는 아로니아 시민을 위하여 존재한다.

아로니아 영토가 완성된 날, 나는 아로니아공화국 대통령으로서 아로니아 해안선을 영해기선으로 설정하고 12해리 아로니아 영해와 접속수역을 선포했다. 국제해양법에 가입하지 않은 아로니아는 배타적경제수역 200해리를 선언하지 않은 대신 중국과 양국공동해역에 관한 협정에 서명했다.

'아로니아공화국과 중화인민공화국 공동해역에 관한 협정'은 중국이 아로니아 영해와 접속수역을 존중하고, 중국이 가입한 국제해양법에 따라서 아로니아 배타적경제수역을 존중하며, 중국은 자국 배타적경제수역과 중첩하는 아로니아 배타적경제수역 및 중첩하지 않는 아로니아의 배타적경제수역을 개발하고 보호한다는 내용이다. 이것은 곧 아로니아는 배타적경제수역을 선포하지 않았지만 중국이 대신 아로니아의 배타적경제수역을 인정하고 그 수역을 중국이 아로니아의 동의를 거쳐서 개발할 수 있으며 보호한다는 뜻이다. 중국은 아로니아와 맺은 협정으로 동중국해상 한국의 배타적경제수역 70퍼센트와 일본의 배타적경제수역 40퍼센트를 홀랑 집어먹는 대신 아로니아의 영해를 철통같이 방어하는 임무를 떠안았다. 당장 한국과 일본에서 난리가 났지만 아로니아는 쌩을 깠다. 들어와, 들어와보면 알 거다. 한국이든 일본이든 미국이든 아로니아로 들어오는 순간 강하고 새로운 국가가 무엇인지 처절하게 깨닫게 해주마!

중국과 양국공동해역에 관한 협정에 서명한 다음 날, 나는 대통령 집무실에서 로이터와 BBC, CNN과 알자지라, CCTV 등 세계 뉴스 채널들과 차례로 인터뷰를 했다. 몬테비데오협약 제1조, 국가는 지속적으로 거주하는 주민이 있어야 하고 일정하게 정해진 영토가 있어야 하며 정부가 있어야 하고 다른 국가들과 관계를 유지할 수 있는 능력이 있어야 한다. 나는 세계가 국제관습법으로 인정하는 몬테비데오협약 제1조에 따라서 아로니아공화국을 그 누구도 침범할 수 없는 비가역적 주권국가로 선언했다. 이날부터 세계 언론은 나를 '로아 킴'이라고 불렀다.

아로니아에서 첫 번째 시민, 심첫째가 태어났다. 다음 날 아로니아에서 첫 번째 결혼식이 열렸다. 대통령 비서실장 박민규와 내무부 장관 왕혜윤의 결혼식. 60이 넘은 나이에 드디어 두 사람이 결혼식을 올렸다.

"좋냐?"

"엉, 좋아서 죽을 것 같아."

뭐, 아는 사람들은 다 아는 지지고 볶는 사이였지만 두 사람의 결혼식은 아로니아 시민들의 축하로 더욱 아름다웠는데…… 제기랄, 박민규가 사랑해 마지않는 왕혜윤은 오늘 현재 빌어먹을 그린머슬아로니아당의 정책기획국장으로 배신자의 명성을 날리고 있다.

두 사람이 결혼식을 올리고 한 달 후 안타깝게도 아로니아에서 첫 번째 사망자가 발생했다. 다니엘 블레이크. 미국 전기자동차기업 테슬라 출신의 다니엘은 블루하트에서 야간수영을 하다가 목숨을 잃었다. 조금만 더 일찍 라이프워치를 이용한 아로니아 안전시스템 ASS가 완성됐더라면 일어나지 않았을 안타까운 사고였다. 아로니아는 아로니아광장 북쪽에 세워진 '기억의 벽'에 다니엘의 이름을 세 번째로 새겼다. 루트거 반 페르시, 송성철, 다니엘 블레이크. 아로니아는 아로니아에서 고인이 된 모든 시민들의 이름을 '기억의 벽'에 새겼다.

2029년 1월, 아로니아의 정치, 경제, 사회, 문화 등 국가를 구성하는 모든 시스템이 드디어 제자리를 잡았다. 아로니아는 19개 국가에서 온 아로니아 시민들이 사용하는 언어…… 한국어, 영어, 일본어 등 15개 언어를 공용어로 지정했다. 아로니아의 모든 공식문서는 15개 언어로 작성됐고, 모든 방송과 기업과 법인은 통번역시스템을 갖췄다. 아로니아는 누구라도 자신이 사용하는 언어 때문에 소외받지 않는다.

아로니아중앙은행을 설립하고 '아로'라는 아로니아 통화단위를 만들었다. 아로는 기축통화로 쓰는 달러화와 1 대 1 환율을 정하고 변동환율제를 채택했다. 2028년 12월, 아로니아중앙은행이 잠정 집계한 아로니아 시민 1인당 GDP는 45만 5000달러였다. 아로니아 인구가 1만 명도 되지 않았기 때문에 국가 GDP는 50억 달러에도 미치지 못했지만 1인당 GDP로는 세계 어느 국가도 쫓아올 수 없는 독보적인 수준이었다. 당시 IMF가 집계한 1인당 GDP 1위 국가는 룩셈부르크로 15만 달러였고 한국은 3만하고 몇백 달러였다. 아로니아 시민은 세계에서 가장 부유한 시민이었다.

짚고 싶은 이야기 하나. 아로니아는 석유, 석탄 등 화석연료를 이용한 이동수단을 사용하지 않고자 노력한다. 아로니아의 이동수단은 운전석이 없는 완전자율 전기자동차를 공유하여 사용하지만, 시민들은 대부분 자전거를 타거나 4~5킬로미터 정도는 걷거나 뛰어다닌다. 아로니아는 도로망을 구축하면서 한 가지 원칙을 세웠다. '앞을 볼 수 없고 휠체어를 탔으며 아로니아 공용어를 모르는 외국인이 아로니아를 처음 방문하더라도 누구의 도움 없이 길을 찾아갈 수 있는 도로망을 구축한다.' 이 원칙은 도로망뿐만 아니라 모든 건물에도 그대로 적용됐다.

꼭 짚고 싶은 이야기 하나 더. 아로니아에는 군대가 없다. 검찰과 경찰은 물론 총도 칼도 없다. 아로니아는 시민을 보호하고 국가를 방위한다는 명목으로 폭력적 본질을 바탕으로 하는 국가권력 기관을 만들지 않았다. 도대체 어떻게 시민을 지키고 국가를 보존할 작정이냐고? 국가안전방위부. 국가안전방위부는 시민과 함께 시민을 지키고 국가를 보존하는 아로니아 최고 행정조직이다.

꼭 짚고 싶은 마지막 이야기. 아로니아는 시민의 존엄과 자유와 행복을 위하여 알파벳 A부터 Z까지…… X는 빼고…… 영어 첫 글자를 딴 25개의 아로니아 국가시스템을 완성했다. A - 공항(Airport), B - 해변(Beach), C - 어린이(Child), D - 국가방위(Defence), E - 학교와 평생교육(Education), F-국가와 시민의 재정(Finance), G-쓰레기와 오폐수 처리(Garbage), H-건강(Health), I-국가정보 및 공무원 선발과 관리(Information), J-여행(Journey), K-무엇이든 물어보세요 (Knowledge), L-식수와 개천 등 국토관리(Land), M-미디어(Media), N-동물·식물과 자연 관리(Nature), O-해양(Ocean), P-항만(Port), Q-국가와 시민, 시민과 시민의 분쟁조정(Quarrel), R-취업과 구직 (Recruit), S-시민안전(Security), T-과학기술(Technology), U-아로 니아플랫폼 지하공간 관리(Underground), V-운송과 교통, 탈것에 관한 모든 것(Vehicle), W-풍력발전 및 에너지 관리(Wind power), Y-농업과 어업 생산(Yield), Z-노년의 열정적인 생활과 장례(Zest). 아로니아는 아로니아의 시민을 위하여 존재할 뿐이다.

2029년 4월 1일, 나는 아로니아 대통령으로서 교황이 집전하는 바티칸 성베드로대성당 주님 부활 대축일 미사에 참석했다. 교황은 바티칸 교황청과 아로니아공화국의 국교수립 협정에 서명하고, 아로니아와 아로니아 시민들을 축복하며 아로니아교구청 신설과 아로니아 방문을 약속했다. 아로니아와 바티칸 교황청의 국교수립은 종교적 의미를 떠나서 아로니아가 명실상부한 비가역적 주권국가로 우뚝 섰다는 의미였고, 아로니아는 이탈리아를 시작으로 유럽연합 국가들과 차례로 국교를 수립했다. 나는 주이탈리아 유럽총괄대사로 문화부 장관 비비안의 딸 사비나를 임명했다.

'천주교 신자는 못 되어도 거룩한 성당은 꼭 한번 지어보고 싶다. 김강현 미까엘이랑 강수영 미까엘라랑 함께 다니는 성당을 지어야

쓰겠다.'

오래전 아버지가 남긴 글처럼 아로니아에 성당이 세워졌다. 아로니아 천주교 신자 500여 명이 건립하고, 동국건설 중국법인이 아버지 김기천 이름으로 건축하고, 지팡이로 홍해를 갈랐던 모세 성인을 수호성인으로 삼고, 교황이 아로니아를 방문해 축성미사를 올린 성모세아로니아성당. 천주교 초대 아로니아교구장 겸 성모세아로니아성당 주임사제로 부임한 신부는 맙소사, 열다섯 살 시절 나에게 뻥을 뜯겼던 신림동성당 조동석 안토니오였다. 아이고, 신부님이 되셨군요! 끈질긴 뻥의 인연이 징하게 이어졌다.

두 눈 훤하게 뜨고 한일공동개발구역 JDZ를 빼앗긴······ 맞다, 아로니아는 분명히 JDZ를 빼앗았다······ 한국과 일본은 한동안 조용했다. 광복절만 되면 지랄할 가능성이 많았지만 그래봤자 한국은 한국일 뿐이었고 일본은 온갖 눈치를 살피느라 정신이 없었다.

아로니아 건국 후에도 줄곧 한국과 일본 등에서 활동하던 에피크로아 정보부위원들 대부분이 아로니아로 들어왔다. 정보부장 박주연과 임필주, 에피크로아 위원장 시절 유령처럼 맴돌며 나를 보호했던 공정화가 국가안전방위부로 자리를 옮겼다. 한국 국정원 이너서클 오메가 요원 15명과 일본의 모든 정보를 총괄하는 내각부 궁내청 내부부국 장관관방 비서과장 노무라 하루토는 여전히 자리를 지켰다. 그들은 아로니아를 위하여 복무하는 아로니아 비밀정보요원들이었다.

한국과 일본이 아무리 입을 다물고, 미국이 중국 때문에 아로니아

를 모른 척하더라도 우리는 잠시도 경계를 게을리하지 않았다. 아로
니아 국가안전방위부는 한국과 일본과 미국의 일거수일투족에 온
신경을 곤두세웠다.

아로니아는 시민의 존엄과 자유와 행복을 위하여 존재한다.

코드블랙

"레이카, 커피 한잔 할래?"

2029년 7월 4일 오후 4시 40분, 나는 대통령 집무실에서 교육부 장관 레이카와 의정원에 제출할 아로니아 과학기술원 법률안을 2시간째 살폈다. 20분만 지나면 퇴근시간이고 커피가 간절한 시간, 갑자기 텔레비전에 국가안전방위부 장관 폴 스완슨이 나타났다.

"로아 킴, 코드블루 명령을 요청합니다."

코드블루…… 아로니아 시민 전체가 각 행정구역의 안전건물로 즉시 대피하라는 아로니아 대통령의 긴급명령. 코드블루가 내려지는 경우는 시속 50킬로미터 이상의 초대형 태풍이나 규모 6.0 이상의 지진이 발생하는 자연재해의 순간 혹은 아로니아 영해와 영공을 침범하려는 불특정 적군의 공격 징후가 포착되는 순간뿐이다. 하늘은 맑았고 지진감지시스템은 평온했다.

"코드블루 요청 이유는?"

침이 바싹 말랐다.

"아로니아공화국 동북방 영해기선으로부터 100킬로미터 지점에서 미확인 잠수함이 시속 50킬로미터 속도로 아로니아공화국을 향하여 잠항 중입니다. 약 1시간 후 아로니아 접속수역을 침범할 것으로 예상합니다."

더 이상 물을 것이 없었다.

"시민 여러분, 대통령입니다. 현재 시각 오후 4시 41분. 아로니아 전역에 코드블루를 발령합니다. 실제상황입니다. 코드블루, 코드블루, 코드블루!"

대통령의 라이프워치가 아로니아 시민들의 라이프워치와 직접 연결되고 대통령의 한마디 한마디가 아로니아공화국 국가안전방위사령관의 긴급명령으로 바뀌는 순간이었다.

"모든 국무위원은 각자 정해진 해안 AP로 이동한 후 다음 명령을 기다리십시오."

나는 레이카와 함께 집무실 한쪽의 엘리베이터를 타고 아로니아 플랫폼 AP 지하로 내려갔다.

대통령 비서실장 박민규가 탄 자동차가 막 다가와 멈췄다. 나는 자동차에 올라탔고 레이카는 준비된 자동차를 타고 자신이 담당하는 해안 AP로 향했다.

아로니아는 2028년 10월부터 국가위기상황에 대비한 시민훈련을 매달 4번째 월요일에 실시했다. 만약을 대비한 훈련이 실전으로 바뀌는 순간이었다. 222기의 아로니아플랫폼 AP 지하공간은 방사선 모양으로 모두 연결된다. 자동차가 해안 AP 0번 정중앙의 지하에서 멈췄다. 나는 막 열리는 엘리베이터를 타고 지하 5층으로 내려갔다. 아로니아공화국 국가위기상황센터 NCC(Natioal Crisis Centre). 코드블루를 발령한 지 2분 30초 만이었다.

"지금부터 아로니아공화국 대통령이 국가안전방위사령관으로서 NCC를 지휘합니다."

역시 비서실장. 박민규가 따뜻한 커피를 들고 왔다. 나는 집무실에서 마시지 못했던 커피를 한 모금 마시고 말했다.

"직원들, 보고하세요."

NCC 직원 15명이 각자의 자리를 지키며 보고했다.

"잠수함 소속과 제원, 행선지 보고합니다. 미국 제7함대 제74임무대 소속 버지니아급 공격형 원자력잠수함 SSN-791 델라웨어, 함장 러셀 스위프트, 승조원 145명, 길이 115미터, 폭 10.5미터, 수중 최대시속 63킬로미터, 장착무기는 UGM-133 트라이던Ⅲ, SLBM 50기, 토마호크 순항미사일 250기, MK-48 어뢰 총 350기입니다. 2038년 6월 25일 오전 9시부터 7월 3일 오후 6시까지 한국 동해상에서 잠행훈련을 실시했고, 일본 가나가와현 요코스카 미국 제7함대 사령부로 귀환 도중 7월 4일 오후 3시경 항로를 아로니아 방향으로 변경했습니다. 현재 수심 60미터, 시속 50킬로미터, 위치는 북위 30도 41분 35.35초, 동경 127도 30분 46.21초를 지나고 있습니다."

국가위기상황센터 NCC는 하얀달과 다목적 인공위성 7기, 아로니아 영해와 주변 해역 100킬로미터를 정찰하는 갈매기 100기—무인정찰기 갈매기는 살아 있는 갈매기와 똑같이 생겼다—에 장착된

초전도자기변화탐지기 SMAD(Super-conduction Magnetic Anomal Detection)로 미국, 러시아, 일본, 중국, 조선, 한국의 잠수함들을 24시간 감시했다.

"북대서양조약기구 NATO 사령부 SSIXS(Submarine Satellite Information Exchange System)를 통하여 델라웨어와 통신을 시도합니다."

"하얀달, 보고합니다. 현재 위치 아로니아 정남방 해상 22.4킬로미터, 북위 29도 31분 49초, 동경 126도 56분 08초에 있습니다."

하얀달 국장 정민주가 화상으로 보고했다.

"하얀달, 현 위치에서 명령을 기다리기 바랍니다."

"제1, 2, 3 행정구역장, 통합시민대피상황 보고합니다. 아로니아 영토와 영해 안에 있는 시민 6253명, 외국인 275명, 총 6528명. 현재 시각 안전건물 대피자 4638명. 10분 안으로 전원 대피 완료합니다."

"중국 인민해방군 동부전구 해군사령부 우후아칭 상장 연결하세요."

모니터에 우후아칭 상장이 나타났다.

"안녕하십니까? 로아 킴."

"내가 지금 안녕하게 생겼습니까?"

"죄송합니다…… 국가주석께서 통화를 원하십니다."

모니터에 시진핑이 나타났다.

"로아 킴, 오랜만입니다."

"예, 인사는 나중으로 미루고…… 나는 아로니아공화국 대통령으로서 귀국과 맺은 양국공동해역에 관한 협정에 따라 귀국의 병력 출동을 요청합니다."

"나는 중국 국가주석으로서 귀국의 요청을 받아들이고 중국 인민해방군 동부전구 해군사령부와 공군사령부의 출동을 명령합니다."

"감사합니다. 통신망은 계속 열어두겠습니다."

아로니아와 중국이 맺은 양국공동해역에 관한 협정. 지금이 바로 중국이 아로니아 영해와 영공을 보호할 순간이었다.

"제1, 2, 3 행정구역장, 통합시민대피상황 보고합니다. 현재 시각 오후 4시 00분. 시민과 외국인 6528명, 전원 대피 완료했습니다."

"국무위원들 보고하세요."

"국가안전방위부 장관 폴 스완슨, 해안 AP 1호기에 있습니다."

"내무부 장관 왕혜윤, 해안 AP 2호기에 있습니다."

"교육부 장관 레이카, 3호기에 위치합니다."

"재정경제부 장관 정구식, 4호기에 위치했습니다."

에드워드, 수영, 김광수, 비비안, 8명의 국무위원 전원이 1호기부터 8호기까지 8기의 해안 AP 안전라운지에서 코드블루 다음 단계인 코드레드를 대비했다. 적군이 아로니아 영해와 영공을 침범하는 순간 발령되는 코드레드는 안전건물에 있던 모든 시민을 해안 AP 안전라운지로 이동시키고, 최후단계 코드블랙을 준비한다. 아로니아 서쪽 맨 외곽에 위치하는 해안 AP 50기에는 안전라운지라고 부르는 5층짜리 지하공간이 있다. 이 안전라운지는 적군의 공격으로부터 시민을 보호하는 공간이며 코드블랙을 대비하는 공간이었다. 최악의 상황. 이 상황이 되면 8명의 국무위원들은 각 해안 AP에 대피한 시민들을 지휘하고 보호하는 임무를 수행한다. 나는 어느 순간 닥칠지도 모르는 최악의 상황을 모조리 준비했다. 제기랄, 오후 5시. 퇴근해야 할 시간에 빌어먹을 미국 노무 새끼들 때문에 퇴근도 못하고 무슨 꼴인가?

"현재 시각 오후 5시 05분, 아로니아 대통령은 코드블랙 발령 시 국가안전방위부 장관 폴 스완슨에게 아로니아 대통령의 권한을 위임합니다."

폴이 입술을 깨문 채 대답을 하지 않았다.

"폴?"

"예, 로아 킴."

"코드블랙 시 대통령의 권한을 위임합니다. 아로니아 시민의 존엄과 자유와 행복을 보호하세요."

"예, 명령을 받습니다."

폴의 목소리가 가늘게 떨렸다. NCC를 살폈다. 직원들은 눈을 부릅뜬 채 모니터를 지켰다. 곁에 바싹 붙어 있던 박민규가 말했다.

"이 상황을 뉴스로 직접 알려야 하지 않을까요?"

당연하다.

"우리 방송사들 중에서 가장 인기 있는 곳이 어디지?"

"〈꾸르꾸르꾸르륵〉, 김준현이 하는 먹방입니다."

"지금 NCC로 들어올 수 있냐고 물어봐."

"뉴스채널을 불러야 하는 것 아닙니까?"

"〈꾸르꾸르꾸르륵〉 실시간 시청자 수가 얼마나 돼?"

"평균 1억 명이라고 알고 있습니다."

"됐나?"

"아, 알겠습니다."

박민규가 전화를 걸며 뛰어나갔다.

"우후아칭입니다. 중국 인민해방군 동부전구 동해함대 구축함 제6지대와 제6해공사 제16항공단이 아로니아공화국 북부지구 공동해역으로 출동했습니다. 제16항공단 도착 예정시각 오후 5시 30분, 제6지대 도착 예정시각 오후 6시 00분입니다."

"도착할 좌표 확인하고 아로니아 영해 북서부 외곽 10킬로미터에서 대기하십시오."

"확인했습니다."

"델라웨어, 현재 위치 아로니아 동북방 60킬로미터 지점에서 시속 55킬로미터 속도로 아로니아 접속수역을 향하여 잠항 중입니다. 접속수역 도착 예상시각은 오후 5시 40분입니다."

"델라웨어 연결 아직 멀었습니까?"

"SSIXS가 아로니아 통신을 거부합니다."

"빌어먹을 놈들이 듣고는 있습니까?"

"예, 수신은 하지만 입을 다물고 있는 것 같습니다."

슬슬 짜증이 났다.

"외국인 중에서 미국 국적자 확인하세요."

"여행객 35명 포함 총 46명입니다."

"법무부 차관 요시다 슈이치는 미국 국적자 46명 전원을 NCC가 있는 해안 AP 0번 지하교도소로 이동시키고 연금하세요."

"법무부 차관 요시다, 명령을 받습니다."

나는 미국 국적자들을 인질로 삼았다.

"로아 킴, 진짜 영광입니다. 김준현입니다."

손에 들고 머리에 쓰고 어깨에 앞뒤로 카메라를 달고, 등에는 송출시스템을 짊어진 김준현이 박민규와 함께 들어왔다.

"김준현 씨, NCC에 들어온 이상 NCC와 함께합니다."

"재밌겠는데요."

"방송 시작하세요."

"코드블루 때부터 방송 중입니다. 로아 킴, 죄송하지만 〈꾸르꾸르꾸르륵〉 특성상 뭔가를 먹으면서 방송할 건데 괜찮을까요?"

김준현이 옆구리에 끼고 온 거대한 바게트를 들어보였다.

"맘대로!"

김준현의 〈꾸르꾸르꾸르륵〉이 모니터에 나타났다. 실시간 세계 시청자 수 1억 3000여 만 명이었다.

"델라웨어, 아로니아 접속수역 침범 10분 전입니다."

"우후아칭입니다. 제16항공단, 아로니아 영해 북서부 외곽 10킬로미터 상공에 도착했습니다."

"제16항공단, 다음 요청까지 대기바랍니다."

"델라웨어, 아로니아 통신을 수신하지만 여전히 입을 다물고 있습니다."

뚜껑이 들썩거렸다.

"미국 SSN-791 델라웨어 함장 러셀 스위프트. 나, 아로니아공화국 대통령 김강현이다. 수신했으면 응답하라."

"델라웨어, 잠항속도 시속 60킬로미터로 올렸습니다."

박민규가 말했다.

"로아 킴, 코드레드 발령하십시오."

델라웨어는 아로니아를 직접 공격할 의사가 없다. 델라웨어가 아로니아에 SLBM이나 토마호크 순항미사일을 발사할 생각이었다면 아로니아를 향하여 잠항할 필요가 없다. 그냥 그 자리에서 쏘면 된다. 물론 그전에 세계 최강이라고 떠벌이는 놈들은 예의상 선전포고라는 것을 했을 테고…… 놈들은 지금 미사일을 발사할 의도가 없다. 델라웨어가 아로니아와 정면으로 충돌한다? 그러면 놈들도 다죽는다. 놈들이 대가리에 총을 맞지 않은 한 한국 원화로 2조 원짜리 공격형 원자력잠수함을 쓰레기로 만들겠는가? 그렇다면 놈들의 목적은 아로니아 영토에 최대한 근접하여 최고 속도로 스쳐 지나간다? 왜? 겁먹으라고…… 놈들은 공해상에 건국한 아로니아를 인정하지 않으므로 앞으로 계속 요 따위 싸가지 없는 방식으로 아로니아 영해를 들락거리겠다고 엄포를 놓는 중이었다. 놈들의 의도는 뻔했다. 일단 코드레드 발령이 급했다.

"시민 여러분, 로아 킴입니다. 현재 시각 오후 5시 35분. 아로니아 전역에 코드레드를 발령합니다. 지금은 실제상황입니다. 코드레드, 코드레드, 코드레드!"

안전건물에 대피했던 아로니아 시민들이 해안 AP 8개소 안전라운지로 분산 대피를 시작했다. 아로니아 시민들은 각 가족별로 코드레드 상황에서 대피할 해안 AP가 지정돼 있다. 이제 마지막 남은 코드블랙. 코드블랙은 아로니아 시민들이 아로니아 영토를 포기하고 바다로 탈출하라는 명령이다. 해안 AP의 5층짜리 안전라운지 지하에는 30미터 높이로 바닷물이 채워진 공간이 있다. 이 공간은 AP를 해저면에 안착시키기 위하여 바닷물을 채운 공간이지만 코드블랙 상황에서는 아로니아 시민들이 '범고래'라고 부르는 잠수정을 이용하여 바다로 탈출하는 공간이다. 범고래. 정원 50명이 5일 동안 생존할 수 있는 30미터×10미터짜리 잠수정 범고래는 아로니아가 개발한 위성항법장치 블루라인을 이용하여 중국 저장성 주자젠 북동해안…… AP가 만들어지던 그곳까지 자동으로 잠행하도록 설정돼 있다. 해안 AP 50기의 지하에는 각 AP마다 범고래가 200기씩 정박하고 각 AP에서 탈출할 수 있는 인원은 1000명, 아로니아를 탈출할 수 있는 최대 시민 수는 5만 명이었다. 2029년, 인구 8000명을 넘지 못했던 아로니아 시민들은 해안 AP 1호기부터 8호기까지 지정된 해안 AP로 능숙하게 대피를 마쳤다. 만약에 말이다…… 아로니아 시민들이 아로니아를 버리고 탈출하는 상황이 발생한다면 아로니아는 반드시 다시 살아나리라. 염병할, 지금은 빌어먹을 델라웨어가 먼저였다.

"나는 아로니아공화국 대통령 김강현이다. 미국 SSN-791 델라웨어 함장 러셀 스위프트, 귓구멍 열고 있는 것 아니까 대답해라."

대답이 없었다.

"대답하라니까, 러셀 스위프트 함장!"

여전히 침묵이었다. 씨발…… 펑, 폭발하고 말았다.

"러셀 스위프트, 이 씨발놈아!"

NCC 모든 직원들과 모니터로 연결된 우후아칭 상장의 눈동자가 휘둥그레졌다. 아, 김준현의 카메라가 바로 옆에서 나를 찍고 있었다.

"로아 킴, 세계로 생중계됩니다."

박민규가 팔을 잡으며 말했다. 박민규의 손을 뿌리쳤다.

"좆 까라고 해. 러셀 이 씨발놈, 대갈통을 팍 뽀싸버릴 거야. 하, 좆만 한 새끼 겁 처먹고 대답도 못 하잖아. 셋 셀 동안 대답 안 하면 러셀 이 씨발 새끼는 전쟁범죄자로 간주한다. 하나, 둘⋯⋯."

델라웨어에서 통신이 들어왔다.

"아로니아, 뭐하는 겁니까?"

"좆 까, 씨발놈아. 너 뭐하는 새끼야, 이름부터 말해, 씨발놈아!"

델라웨어에서 끙, 앓는 소리가 들려왔다.

"나는 델라웨어 함장 러셀 스위프트다. 예의를 지키기 바란다."

"예의 같은 소리하고 자빠졌네. 러셀 이 씨발놈아, 지금 당장 항로를 변경하지 않으면 델라웨어를 바닷속에서 끄집어갖고 내던져버릴 테니까 꺼져라. 알아먹었냐? 이 개새끼야!"

나는 통신을 끄고 멍하니 바라보는 우후아칭 상장을 불렀다.

"우후아칭 상장, 구축함 제6지대 도착했습니까?"

"아, 아직⋯⋯ 10분 후 도착합니다."

"남은 거리는 얼마나 됩니까?"

"15킬로미터 미만입니다."

"됐습니다. 현 위치에서 다음 요청 기다리세요."

"알겠습니다."

"델라웨어, 아로니아 접속수역으로 진입했습니다. 현재 시속 60킬로미터. 약 20분 후 아로니아 영해를 침범합니다."

나는 델라웨어를 다시 불렀다.

"러셀 이 씨발놈아, 누가 시켰어? 미국 대통령 새끼가 허가했어? 아가리 열고 대답 안 할래, 좆만아!"

"아로니아, 너희들은 현재 국제해양법을 무시하고 공해상을 불법으로 점거하고 있다. 미합중국 제7함대 델라웨어는 항행의 자유에 의거하여 정당한 임무를 수행 중이다."

"확, 뽀싸버릴라, 좆만 한 새끼야, 당장 안 꺼져?"

"퍼큐, 로아 킴, 입 닥쳐, 씨발놈아!"

오케이, 이제부터 러셀 이 새끼도 입에 걸레를 물었다 이거지? 그렇다면 나는 다르다.

"나, 아로니아공화국 대통령 김강현은 미국 SSN-791 델라웨어 함장 러셀 스위프트에게 명령한다. 현재 시각 5시 45분, 델라웨어의 항로를 즉각 아로니아 영해 밖으로 수정하라."

"네가 뭔데, 씨발놈아!"

"러셀 함장, 말귀가 어두운 모양이군요. 다시 한 번 경고합니다. 말로 할 때 즉시 항로를 변경하세요. 항로를 변경하지 않아서 발생하는 모든 책임은 러셀 스위프트 당신과 미국 대통령에게 있음을 세계에 선언합니다."

"이런 좆 같은 새끼!"

나는 통신을 끊고 김준현의 〈꾸르꾸르꾸르륵〉 모니터를 살폈다. 일, 십, 백, 천…… 실시간 시청자 수가 1억 5000여 만 명이었다. 조금만 더 늘면 좋을 텐데 아쉬웠다. 박민규가 말했다.

"실시간 시청자 수가 15억 명을 막 넘었습니다."

아, 잘못 셌구나…… 1억 5000만이 아니라 15억!

'STOP AMERICA, GO AMERICA.'

'미국 망해라, 아로니아 흥해라!'

'전쟁범죄자 러셀은 자폭하라!'

'백악관 앞 시민 3000여 명 집결 중. 쳐들어간다.'

'로아 킴, 욕 찰지다. 한 번만 더 해주세요.'

'김준현이 먹는 빵, 뭔가요?'

〈꾸르꾸르꾸르룩〉 채팅창이 미어터지고 있었다.

"델라웨어, 5분 후 아로니아 영해를 침범합니다."

들어와, 좆만 한 새끼들!

"하얀달, 그레이트버블 준비하세요."

하얀달 국장 정민주가 모니터에 나타났다.

"그레이트버블 준비했습니다. 강도 요청합니다."

"5단계!"

"발사 기수 요청합니다."

잠깐 고민이 필요했다. 오늘, 바로 오늘 씨발 새끼들의 싸가지를 싹둑 잘라서 없애버리려면 이 세상 그 누구도 맛보지 못한 매운맛을 보여줘야 한다. 모니터에 뜬 그레이트버블 5단계 보유량을 살폈다. 총 500기. 1기당 500킬로그램이니까 총 250톤.

"발사 기수 100기!"

나는 그레이트버블 50톤을 결정했다. NCC 직원들이 나를 바라봤다.

"로아 킴, AP 전체에 영향을 미칠 수 있습니다."

박민규가 말했다.

"AOS(아로니아 해양시스템), ALS(아로니아 국토시스템) 가동하세요."

"AOS, ALS 가동합니다."

"델라웨어, 3분 후 아로니아 영해를 침범합니다."

그레이트버블. 에피크로아 방위부가 개발하고 완성한 그레이트버블은 바다 위와 바닷속으로 다가오는 적의 전함이나 잠수함을 무력화시키는 방어무기체계다. 하얀달에서 바닷속으로 떨어지는 그레이트버블은 고체나트륨과 마그네슘분말로 만들어졌다. 사람이 살아가는 데 반드시 필요한 나트륨은 고체 상태에서 물과 격렬하게 반응하며 거대한 폭발을 일으킨다. 마그네슘 또한 분말 상태에서 물과 격렬하게 반응하면서 수소를 발생시키며 폭발한다. 아로니아는 고체나트륨과 마그네슘분말을 이용해 어뢰로 쏠 수 있는 그레이트버블을 만들었다. 탄두에 고체나트륨과 마그네슘분말을 분리하여 50 대 50으로 담고 기폭장치가 될 공기를 채우고 위성항법장치 블루라인으로 물속의 타격점을 정확하게 찾아간 다음, 정확한 시간에 폭발하도록 만들어진 세계 최고의 방어무기 그레이트버블. 상상해보라. 고체나트륨이 물에 닿아 폭발하면서 그 열과 함께 마그네슘분말이 공기와 함께 폭발하고 수소를 발생시킨다. 물과 닿으면서 물 분자 속의 수소가 다시 폭발하고 바닷속은 거대한 폭발로 이어진다. 나트륨의 폭발성과 마그네슘의 폭발성이 결합한 거대한 수중폭발. 나는 태평양 공해상에서 실험한 그레이트버블 1단계의 폭발성을 두 눈으로 확인했다. 수중 100미터 깊이에서 폭발한 그레이트버블 1단계 100킬로그램짜리 1기는 지름 100미터의 바다를 100미터 상공까지 거대한 물기둥으로 치솟게 만들었다. 나는 델라웨어에게 그레이트버블 5단계 500킬로그램짜리 100기, 50톤을 쏟아부을 것이다. 카레파는 집에 가면 단계별로 매운맛을 조절할 수 있다. 1단계 어린이 맛, 2단계 매콤한 맛, 3단계 혀가 아린 맛, 4단계 눈물 콧물 쏟는 맛, 그리고 5단계 죽을 맛. 델라웨어는 죽을 맛을 보게 되리라.

"델라웨어, 1분 후 아로니아 영해를 침범합니다."

나는 통신을 열었다.

"나, 아로니아공화국 대통령 김강현은 미국 SSN-791 델라웨어 함장 러셀 스위프트에게 경고합니다. 지금 즉시 항로를 변경하시오. 만약 델라웨어가 항로를 변경하지 않고 아로니아공화국 영해를 단 1밀리미터라도 침범할 경우, 아로니아공화국은 델라웨어의 행위를 전쟁범죄로 규정하고 함장 러셀 스위프트와 승조원 145명 전원과 미국 대통령을 전쟁범죄자로 아로니아공화국 법률에 따라 엄중히 처벌합니다. 이상!"

델라웨어에서 통신이 들어왔다.

"퍼큐 아로니아, 갓뎀 로아 킴!"

픽, 웃었다. 나는 통신을 꺼버렸다.

"로아 킴입니다. 아로니아 시민 여러분에게 알립니다. 코드블랙을 준비하십시오. 코드블랙 명령에 앞서서 코드블랙 준비를 발령합니다. 실제상황입니다. 코드블랙 준비, 코드블랙 준비, 코드블랙 준비!"

〈꾸르꾸르꾸르룩〉의 모니터를 살폈다. 실시간 시청자 수 18억 5000여 만 명. 미어터지던 채팅창은 이제 오로지 한 문장만을 보여주고 있었다.

'STOP, AMERICA'

세계의 실시간 시청자들은 각국의 언어로 미국에게 당장 멈추라고 명령했다.

"NCC 전원은 코드블랙 발령 시 아로니아 범고래가 모두 탈출할 때까지 현 위치를 지킵니다. 알겠습니까?"

"예!"

NCC는 최후의 아로니아 시민이 범고래로 아로니아를 안전하게 벗어나는 순간까지 아로니아를 지킨다. 해안 AP 0기에 위치한 아로니아공화국 국가안전방위부 국가위기상황실 NCC는 아로니아 최후의 국가 비상 컨트롤타워였다.

"델라웨어, 아로니아 영해 침범 30초 전…… 29, 28, 27……."

우적우적, 김준현이 1토막 남은 바게트를 입안으로 쏙 집어넣었다. 나는 까만 그레이트버블 버튼 덮개에 오른손을 얹었다. 삑, 대통령 확인 사인과 함께 덮개가 열리고 빨간 그레이트버블 버튼이 나타났다.

"9, 8, 7, 6……."

무엇을 망설일까?

"……3, 2, 1!"

망설일 일이 없었다. 나는 빨간 버튼을 힘껏 눌렀다. 하얀달에서 그레이트버블이 20기씩 짝을 지어서 바닷속으로 발사됐다. 그레이트버블 탄두에 달린 카메라로 파란 바다가 가득 잡혔다. 20기, 또 20기…… 마침내 마지막 20기가 발사되는 순간 델라웨어의 선수가 살짝 보였다.

"그레이트버블 카운트다운…… 9, 8……."

나는 까만 바다 밑바닥을 보여주는 그레이트버블의 화면을 노려봤다.

"3, 2, 1!"

그 순간 그레이트버블의 화면이 사라지면서 먹통이 됐다. 그레이트버블이 폭발했다는 뜻이었다. 모니터 전체가 아로니아의 파란 바다를 비추고 있었다. 오, 맙소사! 용오름 같은 거대한 물기둥과 함께 아로니아 영토 전체가 부르르 떨었다. 휘청한 나는 책상을 붙잡고 모니터를 뚫어지라고 노려봤다. 거대한 물기둥 속에서 시커먼 델라웨어가 선수를 하늘로 치켜들고 파란 바다 위로 솟구쳐 올랐다. 갈치? 갈치는 갈치지만 새까만 갈치. 델라웨어가 솟구치는 물기둥 위에 올라탄 채로 홀러덩 뒤집어졌다. 2016년 4월 30일 기공식을 마치고 2018년 7월 4일 바닷속을 돌아다니기 시작한, 세계 최강이라고 씨불이던 미국의 공격형 원자력잠수함 델라웨어가 선미를 해저면으로 향한 채 꼬라박혔다. 와, NCC가 환호성으로 가득했다. 얼른 〈꾸르꾸르꾸르륵〉을 살폈다. 맙소사, 23억 7000여 만 명. 세계인류 절반이 바닷속으로 처박히는 놈들의 델라웨어를 지켜본다는 뜻이었다.

"우후아칭 상장!"

우후아칭 상장이 침을 꿀꺽 삼키며 말했다.

"예, 로아 킴!"

"즉시 델라웨어를 접수하세요."

"예, 알겠습니다."

시진핑이 모니터에 나타났다.

"로아 킴, 모두 봤습니다."

"예, 전쟁범죄를 저지른 미국 공격형 원자력잠수함 델라웨어를 양국공동해역에 관한 협정에 따라서 중화인민공화국에게 양도합니다. 또한 전쟁범죄자 러셀 스위프트와 승조원 145명은 아로니아공화국에 인도하십시오."

"중화인민공화국은 아로니아공화국의 요청대로 델라웨어를 양수하고 전쟁범죄자들을 아로니아공화국에 양도하겠습니다."

"감사합니다. 곧 다시 뵙겠습니다."

나는 모니터들을 빠르게 훑었다. 하얀달 국장 정민주가 다음 명령을 기다렸다.

"하얀달, 미국 오키나와 가데다 공군기지와 후텐마 해병대기지, 미국 요코스카 제7함대 사령부 상황 보고하세요."

"30초 전, 오키나와 가데나 공군기지에서 전투기 발진 준비 명령이 내려졌고 후텐마와 요코스카는 출동 대기 명령이 내려졌습니다."

"하얀달은 현 위치에서 화이트라인을 준비하고 대기하세요."

"예, 확인했습니다."

화이트라인…… 아로니아를 향하여 날아오는 모든 종류의 미사

일과 비행물체를 빛의 속도로 무력화시키면서도 하얀달과 아로니아에는 어떠한 영향을 미치지 않도록 설계된 비핵전자기파 NNMP. 바다에서 뒤집어졌으니까 하늘에서 또 한 번 뒤집어지고 싶다면 들어와라. 아로니아가 얼마나 강하고 새로운 국가인지 뼈에 새기고 뇌수에 적도록 만들어주마. 들어와라, 들어와.

"3분 전 발생한 충격 보고합니다. AOS, 20미터 해일 발생. 아로니아 피해는 없습니다. ALS, 규모 6.0 지진 발생. 현재 ALS에 보고된 피해상황 없습니다."

"로아 킴, 미국 대통령 비서실장 애론 프리머스가 로아 킴과 통화를 요청합니다."

나는 박민규를 쳐다봤다.

"명색이 대통령인데 내가 받을까?"

"오케이, 비서실장 따위는 비서실장인 제가 해결하죠."

박민규가 헤벌쭉 웃었다.

미국 백악관은 현 상황을 합리적이고 건설적으로 해결하고자 대통령 특사를 아로니아공화국에 파견하겠다고 밝혔다. 박민규는 깐깐했다. 먼저 현 상황에 대한 미국 대통령의 사과부터 요구했다.

"정중하고 절절한 사과 메시지가 없으면 아로니아는 귀국 대통령을 전쟁범죄자로 국제사법재판소에 회부합니다. 물론 사과가 사과로써 타당한지 여부는 아로니아공화국 시민들이 판단합니다. 알아는 먹는 건가, 애론 프리머스 씨!"

호호호…… 잘한다, 박민규!

코드블랙은 발령되지 않았다. 백악관의 전화 한 통으로 모든 상황은 종료됐다. 아로니아 시민은 아무 일 없었다는 듯 일상으로 돌아갔고 그날 저녁, 아로니아에서 태어난 40번째 시민 페트르 피세르의 축하잔치가 아로니아광장에서 재밌고 신나게 펼쳐졌다. 나는 아로니아 열매 5알이 주렁주렁 매달린 모양을 본떠서 만든 황금 펜던트에 이름을 새겨 페트르의 목에 걸어주었다.

"아로니아 시민으로서 영원히 행복해야 할 의무를 부여합니다."

아로니아는 확실히 아로니아였다.

〈꾸르꾸르꾸르륵〉은 실시간 시청자 수 25억 명을 돌파했고 쪽팔리는 일이지만 욕지거리를 퍼붓던 내 영상은 오만 가지 패러디 영상으로 만들어져서 SNS를 돌아다녔으며 나는 세계에서 쏟아지는 수억 통의 팬레터와 메시지를 받았다. 미국 대통령이 직접 사과 메시지를 발표하고 1시간 후, 일본이 총리 특사를 아로니아에 파견하고 싶다는 전화를 걸어왔다. 일본은 확실히 약삭빨랐다. 한국은 분위기 파악을 못 하고 아로니아가 미국을 공격한 양아치 국가라고 떠들었다.

아로니아는 공격형 원자력잠수함 델라웨어 함장 러셀 스위프트와 승조원 145명을 — 델라웨어는 함장을 포함해 승조원 전원이 고막이 터져 청력을 상실했고 골절 등 중상자 129명이 발생했지만 사망자는 없었다 — 계급에 상관없이 1인당 10만 달러의 명목상 보상금을 받고 미국으로 돌려보냈다. 중국은 델라웨어의 알맹이는 쏙 빼먹고 껍데기만 미국으로 돌려보냈고 역시 명목상 보상금으로 100만 달러를 받았다. 미국의 금전적 손해는 소소했지만 그들이 당한 정신적 타격은 막대했다. 그들은 제 얼굴에 제 똥을 스스로 바르고 칠한 꼴이었다. 참, 델라웨어가 허공으로 내던져진 7월 4일은 미국이 그토록 챙기는 그들의 독립기념일이었다.

2030년, 아로니아는 JDZ를 강제로 점령한 지 3년 만에 미국에 이어서 약삭빠른 일본과 겨우 분위기를 파악한 한국과 차례로 국교를 수립했다. 물론 미국과 일본과 한국은 아로니아공화국 영세중립국 선언에 서명하는 것 또한 잊지 않았다.

한국 국정원 이너서클 '오메가' 요원 15명과 일본 내각부 궁내청 내부부국 장관관방 비서과장 노무라 하루토가 마침내 아로니아로 들어왔다. 나는 아로니아를 위하여 최선을 다한 그들에게 아로니아 건국훈장을 수여하고 5년 동안의 유급휴가를 결정했다. 하루토는 징하게 말을 듣지 않았다. 국가안전방위부로 자리를 옮긴 하루토는 유급휴가를 사양하고 국가안전방위부 산하에 세계 정보를 총괄하는 아로니아 정보국을 만들었다.

그 해, 아로니아 인구가 1만 명을 돌파했고 5년째 되는 해, 2만 명을 넘어섰으며 나는 아로니아공화국 제2대 대통령으로 다시 선출됐다.

한국과 국교를 수립한 다음 날, 마다가스카르에 있던 어머니가 천진사로 돌아갔다. 오늘도 어머니는 천진사에서 염불을 하며 지내고 장인 장모는 마다가스카르 톨리아나에서 새로 태어나는 생명들을 맞이한다.

델라웨어를 던져버린 날 새벽, 느닷없이 국가안전방위부 장관 폴이 텔레비전에 나타났다. 나는 놀라서 텔레비전 앞으로 뛰어갔다.

"로아 킴, 아, 아무것도 아니에요!"

폴이 두 손을 저으며 말했다.

"제가 '더 로드'를 완성하고 싶은데 어떻게 생각하세요?"

'더 로드', 신의 회초리. 아로니아공화국 시민안전과 국가방위를 책임지는 폴의 첫 번째 야심작이었지만 60여 년이 지나도록 미완으로 남아 있는 불후의 '더 로드'. 폴은 텅스텐과 티타늄 합금으로 만들어진 기다란 회초리 모양의 금속봉들을 줄줄이 추락시켜서 적의 심장부를 타격하는 세계 최강의 전략무기를 완성하겠다고 말했다. 나는 즉시 허락했다.

"재밌어?"

폴과 '더 로드'에 대해서 이야기하는 동안 물끄러미 보고만 있던 수영이 입을 열었다.

"응?"

나는 수영의 말이 무슨 뜻인지 알지 못했다.

"신나는 모양이네?"

재밌고 신나냐고? 강하고 새로운 국가 아로니아가 세계 최강이라고 떠벌이는 미국과 맞짱을 떴다. 재밌고 신나는 일은 아니지만 뿌듯하고 감격스럽지 않은가?

수영은 한동안 나를 바라보다가 말했다.

"재밌고 신나는 국가가 꼴랑 '더 로드'를 만드는 것이구나?"

"왜 그래?"

"머리란 게 달렸으면 생각이라는 것 좀 하세요, 로아 킴."

수영은 쾅, 방문을 닫았다.

후, 도저히 범접할 수 없는 여자들만의 정신세계⋯⋯ 나보고 어쩌라고!

기호 1번 토마스 스완슨

오후 5시 40분. 어중간했다. 오후 7시 투표를 하려면 시간이 일렀고 다음 단락으로 생각한 글들을 적으려면 시간이 부족할 것 같았다. 텔레비전으로 거실을 살폈다. 박민규는 소파에 누워서 만화책을 보며 문어다리를 씹었고 임필주는 바닥에 앉아서 내가 쓴 글을 읽었다. 녀석들과 얽히고 싶지 않았다. 어쩐다…… 라이프워치에 새로운 일정을 입력했다.

'오후 6시, 국무원청사 투표소.'

텔레비전에 하우징시스템을 띄우고 종료 버튼을 눌렀다. 묻고 또 묻고 정말로 종료할 거냐고 캐묻더니 하우징시스템이 꽥…… 호호호…… 창문을 열고 몸을 구겨서 마당으로 빠져나갔다. 살금살금, 자전거를 옆구리에 끼고 조심조심, 뒷길로 나오는 데 성공. 힐끗 거실을 살폈더니 이상 무. 됐다. 나는 죽어라고 페달을 밟아서 제1구역 국무원청사 투표소로 달렸다. 으하하, 감쪽같이 사라진 것을 알면 녀석들이 뭐라고 할까? 이제야 비로소 나는 자유다.

국무원청사 투표소는 한가했다. 전체 유권자 2만 111명 중 현재 투표한 유권자는 1만 5195명. 오후 6시 현재, 투표율 75.55퍼센트. 투표종료까지 2시간 남았고, 아로니아 선거관리위원회는 최종투표율을 90.2퍼센트~90.5퍼센트로 예상했다. 투표소로 들어서자 제1구역 법무원장 겸 선거관리위원장 통룬 센이 달려왔다.

"로아 킴, 혼자 오셨습니까?"

"옛, 투표만 하고 갈 겁니다."

직접 안내하겠다는 센에게 손을 내젓고 본인확인을 한 다음 의정의원 투표용지와 제3구역장 투표용지, 대통령 투표용지를 받은 후 기표소로 들어갔다.

나만의 공간, 하얀 천으로 둘러쳐진 기표소 안에서 나는 의정의원 투표용지를 탁자 위에 올려놓았다. 보고 말고 할 것도 없이 기호 1번 아로니아시민당 칸에 쾅, 기표용구를 찍었다. 아로니아시민당 이겨라. 의정의원 투표용지를 딱 반으로 접어서 놔두고 제3구역장 투표용지를 펼쳐서 역시 기호 1번 응웬 푸 쭝에게 쾅, 1표. 마지막 남은 대통령 투표용지를 펼쳤다. 대통령 후보 5명의 기호와 이름과 사진들이 인쇄된 투표용지. 어차피 투표는 기호 1번. 앞으로 아로니아의 5년, 10년을 책임질 멋진 녀석 아로니아시민당 토마스 스완슨에게 한 표를 찍겠지만…… 대통령 후보 5명의 사진들을 아래부터 살폈다.

기호 5번 포치드에그당 마리옹 사니에르. 평균 25세의 젊은 과학자들이 세상을 바꾸는 착한 과학을 꿈꾸며 창당한 포치드에그(Poached Egg)는 노른자가 터지지 않게 달걀을 깨고 끓는 물에 반쯤 삶은 포치드에그(수란)를 먹다가 창당을 결정했기 때문에 붙여진 이름이다. '달걀당'이 의정원의 몇 석이나 차지할지 궁금하다. 설마 대통령은 아니겠지. 기호 4번 아로니아카스테라당 오쿠라 요스케. 또 나오셨군요. 세상에서 가장 맛있는 카스테라를 만드는 이 친구는 대통령 선거 때마다 나왔다. 다음에 또 나오면 취미로 인정. 기호 3번 타도신보수주의동맹 유병재. 한국 출신인 이 친구는 자기 입으로 잘나가는 코미디언이라고 하는데 미안하지만 누구신지 통? 마지막으로 기호 2번 그린머슬아로니아당. 나는 사진 속 그녀를 물끄러미 쳐다봤다.

열다섯 살 시절 지랄맞은 천사였고, 스무 살 시절 내 연인이었으며, 서른 살 시절 어머니의 미카엘라였고, 마흔 살 시절 누구보다도 나를 믿어줬고, 쉰 살 시절 에피크로아의 믿음직스런 동지였으며, 예순 살 시절 함께 아로니아를 만들었고, 이제 일흔 살…… 이른 새벽 나도 모르게 발길이 향하는 배롱나무길 맨 마지막 집에 사는 그녀, 강수영. 내가 끔찍하게도 싫어하는 그린머슬아로니아당 아로니아공화국 제3대 대통령 후보는 바로 강수영이었다.

"외교부 장관을 사임할 거야."

뭔 소리? 2032년 6월 23일 아로니아 건국일 밤, 수영이 느닷없는 소리를 했다.

"왜?"

"새로운 정당을 만들려고."

"아로니아시민당을 탈당한다고?"

"난 당원이 아니야."

수영은 아로니아시민당원이 아니었고 어느 정당에도 가입한 적이 없었다. 수영은 에바 마리아 곤잘레스 카르다빌라가 시작한 머슬아로니아플랜을 새로운 정당으로 만들겠다고 말했다.

"왜?"

"국가를 없애려고."

뭐라는 거야? 수영은 국가가 더 이상 인간의 존엄과 자유와 행복을 보장하지 못한다고 말했다. 뭐라고, 아로니아가 시민의 존엄과 자유와 행복을 해친다고? 나는 인내심을 발휘하며 수영의 한마디 한마디에 귀를 기울였다.

근대국가가 성립한 19세기 이래로 국가는 인간의 자유를 억압했다. 국가는 영토 안에서 태어나는 모든 인간을 개인의 자유의지와 상관없이 국민이라는 이름으로 규정했다. 국민으로 규정된 인간은 국가로부터 권리를 보장받지만 그 권리는 국가가 국민에게 강제적으로 의무를 부여하기 위한 일종의 미끼였다. 국가는 끊임없이 국민을 강제하고자 다양한 제도와 방식과 방법을 만들었다. 국호를 정하고 국기(國旗)를 흔들고 국가(國歌)를 부르고 민족을 정의하고 역사를 고치고 종교를 강요하고 법률을 만들고 경찰을 만들고 군대를 만들고 스포츠로 열광시키고 전쟁을 일으켜서 국민을 국가에 종속시켰다. 20세기가 되자 모든 인간은 태어나는 순간 한 국가의 국민이 되는 일을 당연하고 마땅한 일로 받아들였다. 인간은 스스로 개인의 자유의지를 버렸고 국가를 일종의 인격체로 삼았다. 인격체가 된 국가는 인간을 자유의지가 있는 개인이 아니라 국민이라는 집단으로 다스렸고 인간 개인은 스스로 국민이라고 규정짓고 국가에 충성을 맹세했다. 인격체가 된 국가는 끊임없이 변화하고 발전했다. 사상을 만들고 마음에 맞는 국가들끼리 동맹을 맺고 연합을 했으며 약하고 별 볼 일 없는 국가나 미처 국가가 되지 못한 지역을 침략하고 수탈하고 쉴 새 없이 전쟁을 벌였다. 전쟁에서 패배한 국가들은 멸망했고 전쟁에서 승리한 국가들은 강력해졌다. 침략과 수탈과 전쟁 속에서 20세기가 지나고 21세기. 여전히 수많은 국가들이 침략과 수탈과 전쟁에 빠져서 세월을 허송하고 민족과 종교와 법률과 사상으로 인간을 지배한다. 그런데 스스로 국민이라고 규정하고 규정되기를 갈망하던 인간 개인이 어느 순간 국가를 버리기 시작했다. 전쟁이 싫어서 군대가 싫어서 경찰이 싫어서 법률이 싫어서 교육이 싫어서 종교가 싫어서 민족이 싫어서 이웃이 싫어서 세금이 싫어서 공기가 나빠서 그리고 그냥 싫어서…… 자신이 살던 국가를 버리고 다른 국가를 찾아 나섰다. 다른 국가들이라고 다를까? 직접 국가를 만들면 달라질까? 마침내 인간은 스스로 새로운 국가를 만들었다. 오, 아로니아! 국가구성원을 시민이라고 부르는 새로운 국가 아로니아 또한 인간 개인을 종속시키는 국가의 정의에서 벗어날 수는 없었다. 국가는 국민이든 시민이든 국가구성원을 종속시켜야만 존재한다. 종속되고 싶지 않은 인간은…… 국민이든 시민이든 국가구성원이 되고 싶지 않은 인간은 어쩌라는 말이냐?

"국가는…… 아로니아는 시민에게 믿음과 최선과 절반을 강요하지. 강요한 적 없다고? 솔직해야지. 아로니아 시민이 되려면 아로니아를 무조건 믿으라고 최선을 다하라고 많든 적든 자산의 절반을 내놓으라고 강요한 것 아닌가? 웃으면서 때렸다고 아프지 않은 건 아니니까! 아로니아는 인간의 존엄을 존중한다지만 시민을 선발하는 순간부터 인간을 구분하고 결정짓고 갈라놓았어. 아로니아는 인간의 자유를 추구한다지만 아로니아에서 태어나자마자 아로니아 펜던트를 목에 걸어주는 건 인간의 자유를 금붙이로 얽어매는 것 아닌가? 아로니아는 행복하다고 말하지. 아로니아가 바쁘게 돌아가는 덕분에 아로니아 시민은 아무 일도 없으니까. 그래서 아로니아는 행복할지 모르지만 아로니아 시민은 행복을 강요받고 길들여진 것뿐이야. 아무 일도 없다고 행복한 건 절대로 아니니까! 아로니아는…… 국가는 인간의 존엄과 자유와 행복과 양립할 수 없어. 국가의 본성 자체가 그래. 나는 국가를 소멸할 거야. 국가가 소멸하지 않는 한 인간의 존엄과 자유와 행복은 어디에도 없어."

나는 한마디도 하지 않았다. 하고 싶은 말들이 혀끝에서 발버둥을 쳤지만 나는 이를 악물고 참아냈다. 입을 여는 순간 나와 수영은 갈가리 찢어지고 말 것이라는 생각이 들었다. 나는 수영이 아로니아를 소멸하고 도대체 뭘 어쩌겠다는 건지 알 수 없었다. 알고 싶지도 않았다. 나는 수영과 싸우고 싶지 않았다.

수영은 에바와 함께 머슬아로니아플랜당을 창당했다. 대표최고위원 에바는 제2대 대통령 선거에 출마했지만 득표율 5퍼센트로 참패했다. 그러나 머슬아로니아플랜당은 행정구역장 선거에서 세 구역 중 한 구역을 차지하고 의정원 선거에서는 10석으로 제1야당이 됐다. 다음 해, 머슬아로니아플랜당은 태평양녹색당과 합당하고 그린머슬아로니아당이라는 이름으로 다시 태어났다. 강령 제1조, 우리는 인간의 존엄과 자유와 행복을 위하여 국가를 소멸한다. 아로니아를 소멸시키겠다는 염병할 놈들이 당명에다가 아로니아는 왜 갖다 붙였을까? 대표최고위원 에바 마리아 곤잘레스 카르다빌라, 정책최고위원 강수영. 빌어먹을 그린머슬아로니아당은 국무원을 엉망진창으로 만들어버렸다. 국가안전방위부 장관 폴 스완슨은 이혼했고, 내무부 장관 왕혜윤과 교육부 장관 레이카와 재정경제부 장관 정구식은 사임장을 제출하고 그린머슬아로니아당으로 기어들어갔다. 꺼져, 다 꺼져! 나는 사임장을 박박 찢고 왕혜윤, 레이카, 정구식을 장관직에서 파면했다. 폴과 에바의 이혼을 박수로 환영하고 박민규에게 왕혜윤과 이혼하라고 볼 때마다 지껄이던 나는 수영에게 입을 다물어버렸다. 입을 꾹 다문 후, 수영은 대통령 부인으로서 참석해야 할 공식석상에 나타나지 않았다. 이에는 이, 눈에는 눈. 아슬아슬 살얼음판 같았던 나와 수영은 2033년 9월 25일, 와장창 박살나고 말았다.

그린머슬아로니아당이 국가안전방위부 하얀달 국장 정민주를 의정원으로 불러다 놓고 포스트잇 한 박스를 찾아내라고 지랄했다. 시민세금으로 산 물품을 제대로 관리 못 한 이유를 대라며 화장실까지 졸졸 쫓아다녔다. 미친노무 새끼들…… 겨우 2아로짜리 포스트잇 한 박스 때문에 자랑스러운 하얀달 국장을 욕보이다니, 불쌍한 정민주! 그린머슬아로니아당의 지랄은 바로 대통령 김강현에 대한 지랄이었다. 일단 참았다.

그날은 일요일이었고 교중미사가 있는 날. 비록 입은 다물었지만 미사에 참석하는 것이 천주교 신자의 의무였으므로 나는 수영과 눈치껏 성당에 나란히 앉아 있었다.

"정민주 그만 건드리지?"

"미사 중이니까 조용히 해라."

"뭐?"

"닥쳐!"

나보고 닥치라고? 뚜껑이 들썩거렸다.

"무슨 말이 그따위야?"

그 순간 수영의 주먹이 머리통을 쥐어박았다. 아뿔싸! 주임사제 조동석 안토니오가 밀알 하나가 썩어서 수많은 열매를 맺는 신비를 강론하던 그 순간, 아로니아 대통령이 주먹으로 머리통을 얻어맞다니…… 도저히 참을 수 없었다. 더구나 수영의 주먹은 합기도로 단련된 주먹. 눈물이 핑 돌았다. 놀라서 바라보는 형제자매들의 눈길이 따끔거렸다. 따끔거리는 눈길 때문에 나는 뻥, 터져버렸다. 하얀 미사포를 쓴 수영의 머리통을 찬송가 책으로 쾅, 내리쳤다. 동시에 수영의 주먹이 옆구리로 날아들었다. 윽! 사태의 심각성을 눈치 챈 누군가가 나를 부둥켜안고 밖으로 나갔다. 수영이 따라서 나왔다. 솔직히 기억하기 싫지만 우리는 성전 문 앞에서 소리를 지르며 싸우다가 형제자매들에게 잡혀서 마당으로 쫓겨났고…… 미사가 끝날 때까지 마당에서 싸웠다.

"미친놈!"

"나쁜 년!"

아로니아공화국 대통령과 그 부인이 욕지거리를 내뱉으며 성당 마당에서 죽기 살기로 싸웠다.

"나가! 미카엘, 미카엘라, 당장 안 나가!"

한때는 나에게 뺑을 뜯겼던 조동석 안토니오 신부가 뛰어나와서 천둥처럼 소리를 질렀다. 돌이켜보면 확 죽어버리고 싶을 만큼 쪽 팔리는 순간, 나와 수영은 서로에게 삿대질을 하며 소리쳤다.

"꺼져!"

"네가 꺼져!"

"닥쳐, 네가 꺼져!"

그날 밤, 수영은 정말로 지민이네 집으로 꺼져버렸다. 후, 아로니아 대통령과 그 부인이 성당에서 욕지거리를 하며 싸웠다는 뉴스가 하루 종일 쏟아졌지만 아로니아 시민들은 키득거릴 뿐 이러쿵저러쿵 다른 말은 나오지 않았다. 대통령도 사생활이 있으니까…… 한 해, 두 해…… 햇수로 다섯 해, 나와 수영은 따로 살았다. 천진사 어머니와 마다가스카르 장인 장모는 해외토픽으로 소식을 들었지만 아무 말도 하지 않았다. 아버지 기일이면 나와 수영은 아무 일 없다는 듯 나란히 고개를 숙였고 하오하오츠바에서도 우리는 해죽해죽 웃었으니까…… 제기랄, 철저한 쇼윈도 부부!

있잖아요, 폴, 정치적 견해가 다르고 지지하는 정당이 다르다면 남자와 여자는 절대로 함께 살 수 없습니다. 맞지요? 맞다. 아무렴, 맞고말고!

아로니아시민당은 지난 3월, 제3구역장 토마스 스완슨을 대통령 후보로 선출했다. 토마스는 국가안전방위부 장관으로 박주연을 지명하고 인공태양을 이용한 아로니아플랫폼 AP 지하공간 개발계획과 아로니아 인구를 10만 명까지 늘리는 입구유입 정책을 발표했다. 잘한다, 토마스!

그린머슬아로니아당 대표최고위원 에바는 그린머슬아로니아당 대통령 후보 경선에 참여하지 않았다. 에바는 어머니와 아들이 갈라져 다른 정당 대통령 후보로 싸우고 싶지 않았다. 누가 그린머슬아로니아당 대통령 후보가 될 것인가? 에바는 정책최고위원 수영에게 경선 출마를 권했고 5명의 후보가 경합한 가운데 가장 연장자였던 수영이 75퍼센트의 압도적 득표율로 그린머슬아로니아당 대통령 후보가 됐다. 아로니아의 그 누구도 일흔두 살의 수영을 그린머슬아로니아당 대통령 후보로 예상하지 않았다. 숫자에 불과한 일흔둘, 수영은 젊었다.

"우리는 재밌고 신나게 살기 위하여 강하고 새로운 국가를 만들었습니다. 허무맹랑하다고 했고 얼토당토않다고 했으며 미친 짓이라고 손가락질을 했지만, 우리는 파란 바다 위에 그 누구도 침범할 수 없는 강하고 새로운 국가 아로니아공화국을 만들었습니다. 10년이 지났군요. 우리는 재밌고 신나게 살았나요? 몇 해 전 나는 아로니아가 미국 잠수함 델라웨어를 바닷속에서 끄집어냈던 날, 잠을 이

루지 못했습니다. 나와 함께 있던 사람은 중국과 한국과 일본과 미국 사이에서 마침내 말뚝을 박고 강하고 새로운 국가로 우뚝 섰다고 말하더군요. 신의 회초리, '더 로드'. 그는 중국과 한국과 일본과 미국의 틈바구니에서 살아남으려면 좀 더 스마트한 무기로 아로니아를 지켜야 한다고 말했습니다. 아로니아는 재밌고 신나는 국가인 줄 알았는데 결국 우리는 10년 만에 무기를 만들고 눈치를 살피고 정보를 캐내고 시민을 국가에 종속시키며 강제해야만 살아갈 수 있는 국가…… 중국, 한국, 일본, 미국과 하나도 다르지 않은 국가가 되고 말았습니다. 재밌고 신나는 국가는 사라지고 강하고 새로운 국가만 남았습니다. 강하고 새로운 국가가 인간의 존엄과 자유와 행복을 추구하는 국가입니까? 아로니아는 세계인구의 0.001퍼센트도 되지 못합니다. 99.999퍼센트의 인간들이 존엄과 자유와 행복을 찾아서 헤매는 지금, 아로니아는 콘크리트 플랫폼 위에서 우리도 국가라고 으스댈 뿐입니다. 국가는 본질적으로 재밌고 신나는 곳이 아니었습니다. 국가는 태생부터 인간의 존엄을 획일화하고 인간의 자유를 제한하며 인간의 행복을 모른 척할 때 유지됩니다. 강하고 새로운 국가 아로니아는 더 이상 재밌고 신나는 곳일 수 없습니다. 자랑스러운 시민 여러분, 나는 여러분이 재밌고 신나고 존엄하고 자유롭고 행복하기를 원합니다. 그러므로 나는 아로니아공화국을 해체하고 국가를 소멸하겠습니다."

수영은 아로니아공화국 해체를 선언하고 단계적으로 국가시스템을 분할한 후 코뮌이라는 인간공동체들을 세우겠다고 말했다. 인간공동체 코뮌은 이동이 가능한 아로니아 플랫폼 형태의 자급자족형

플랫폼들을 태평양 공해상에 건설하고 공동생산, 공동분배, 공동행복을 추구하며 지금의 아로니아를 구심체로 삼아서 인간의 진정한 존엄과 자유와 행복을 추구하는 태평양공동체연합 PCU를 창설할 계획이었다.

천하(天下)는 천하(天下)의 천하(天下)다. 일찍이 3000여 년 전 주(周)의 강상(姜尙)이 말했고, 1500여 년 전 초기 천주교 공동체가 실현했으며, 500여 년 전 조선의 정여립이 주창했고, 백수십 여년 전 칼 마르크스와 프리드리히 엥겔스가 갈망했으며, 20세기 들어서 블라디미르 일리치 레닌과 마오쩌둥이 공산당과 국가로 탄생시킨 공산주의…… 수영은 국가와 공산당이 없는 공산주의식 인간공동체를 말했다. 돌았구나, 21세기 한복판, 곰팡내를 풍기다가 산산이 조각나버린 공산주의 철학을 들고 나오다니…… 어떤 꼴통이 그따위 허무맹랑한 공동체를 만든다는 말인가?

수영은 슈퍼 꼴통, 슈퍼 울트라 꼴통이었다. 창조적 파괴를 통한 국가의 소멸과 진정한 인간공동체 코뮌의 건설을 주장하는 수영의 논리는 아로니아 시민들에게 시나브로 먹혀들었다. 그 결과 아로니아 전체유권자 20111명 중 어제까지 집계한 그린머슬아로니아당원 수가 4820명! 민주주의 국가에서 타인의 정치적 견해를 존중하는 것은 당연하고 마땅한 일이지만 에잇, 빌어먹을 그린머슬 놈들, 쫄딱 망해버려라!

난감했다. 나는 아로니아시민당 제1호 당원으로서 토마스를 지지하고 지원하며 유세하는 것이 당연했지만 그린머슬아로니아당 대표최고위원 에바가 아들 토마스 때문에 수영의 지원유세에 나서지 않으면서 입장이 난처해졌다. 나와 수영은 비록 헤어져 살지라도, 정당이 다르고 생각이 다를지라도, 지민을 딸내미로 둔 법적 부부가 아닌가? 제기랄, 나도 유세를 포기했다. 마음은 편했지만 머리는 복잡했다. 토마스가 이겨야 하는데…… 혹시라도 수영이 이기면…… 나는 토마스를 믿는다. 아로니아 시민들을 믿는다. 기호 1번 토마스 스완슨!

나는 투표를 마치고 국무원청사 5층 대통령 집무실로 올라갔다. 투표마감 전까지 1시간 50분. 개표 전까지 글을 적어야겠다. 박민규와 임필주가 들이닥칠지도 모르니까 라이프워치에 새로운 일정을 입력했다.

오후 8시까지 대통령 집무실에서 취침. 대통령 비서실장과 국가안전방위부 차관에게 경고하는데 얼쩡거리거나 건드리면 최소한 전치 4주는 각오할 것. 자비나 아량 따위 절대 없음. 헛소리 아님.

아, 얼마 만에 맛보는 자유냐? 자유가 좋다.

굿모닝 아로니아!

오후 7시 30분. 집무실로 자리를 옮겨서 그런지 생각보다 글이 잘 나오지 않았다. 투표종료 30분 전. 텔레비전을 켰다. 아로니아 선거 관리위원회로 채널을 맞췄다. 전체유권자 2만 111명 중 1만 6203명 이 투표를 마쳤고 투표율은 80.5퍼센트. 아마도 유권자들이 줄을 서서 투표를 하는지 투표율이 계속 올라갔다. 텔레비전 소리를 죽이고 창밖을 살폈다. 아로니아의 태양이 바닷속으로 저물고 세상의 모든 빛을 품었던 불그레한 노을이 서서히 사그라졌다. 짠했다. 짠한 것 이 나 때문인지 노을 때문인지 분명하지 않았다.

아로니아공화국 대통령, 나는 노을을 닮았다. 저녁은 세상의 모든 빛을 감추지만 아침은 세상의 모든 빛을 드러낸다. 아무 일 없다는 듯 다시 아침이 오면 세상의 모든 빛이 또다시 드러나겠지? 맥없이 픽 웃었다. 어느새 노을이 사라졌다. 까만 하늘에 하얀 별들이 사르르 뿌려지는 시간. 나는 비로소 자유로웠다.

오후 8시. 최종투표율 90.2퍼센트. 유권자 2만 111명 중 1만 8150명이 투표를 마쳤다. 제1구역 국무원청사 투표소 투표함이 바로 건너편 법무원 개표장으로 옮겨졌다. 제2구역, 제3구역의 투표함들도 모두 개표장으로 이동 중이었다. 아로니아시민당과 그린머슬아로니아당, 아로니아카스테라당과 타도신보수주의동맹 그리고 달걀당. 각 당의 당원들과 시민들이 환한 얼굴로 개표장으로 향했다.

참 복잡하게들 산다. 아로니아는, 아로니아 시민이라면 누구나 가지고 있는 라이프워치로 터치 세 번이면 투표를 할 수 있지만 번거롭고 시끄럽고 하루 종일 걸리는, 이제는 이름도 가물가물한 아날로그 방식을 선택했다. 재밌고 신나는 선거. 번거롭고 시끄럽고 하루 종일 걸릴지라도 민주주의의 꽃은 재밌고 신나는 순간 피어난다고 믿었다.

"강현아!"

텔레비전 한쪽에 어머니들이 나타났다. 천진사에 있는 어머니와 마다가스카르에서 놀러 온 장모가 반갑게 손을 흔들었다.

"나도 왔다!"

장인이 환하게 웃으며 V자를 그렸다.

"밥 묵나?"

"아직요. 개표 끝나면 밥 먹고 술 먹고 신나게 놀 겁니다."

"강현아, 누가 대통령이 되겠노?"

장모가 느닷없이 경상도 사투리로 물었다.

"장모님, 사투리 잘하시네요."

"글라? 니 어무이한테 배왔다 아이가? 괘안나?"

구순을 넘긴 어머니와 장인 장모는 언제나 건강하고 즐거웠다. 얼마나 고맙고 행복한 일인가. 말이야 좀 이상하지만 나는 세 분이 정말로 귀여웠다.

"우리 미카엘라가 대통령 안 되겠나?"

"강현이도 미카엘라도 대통령 되믄 얼마나 좋겠노?"

죄송하지만 미카엘라가 아니라 토마스가 될 것 같습니다. 토마스가 돼야 합니다. 아로니아시민당이 이겨야지요…… 세 분과 통화를 마치자 이번에는 지민과 클라이드가 나타났다. 녀석들은 집무실 밖에서 문을 열어달라며 환하게 웃었다. 할아버지…… 마리샤와 예라, 꼬맹이들까지 모조리 몰려왔다. 혼자 개표방송을 즐기며 빈둥거리고 싶었던 생각이 이토록 분에 넘치는 욕심이었던가? 그래도 복이다. 어머니들과 장인이 건강하시고 딸과 사위와 손주들도 있는 나는 복 중에서도 홍복이었다. 집무실 문을 열자 올망졸망 꼬맹이들이 우르르 달려들었다. 마흔여섯 딸내미 김지민은 주중국 아시아총괄대사를 거쳐 외교부 차관으로 있었고, 사위 클라이드는 블루하트파이낸셜에서 문화담당이사로 있었다.

"마리샤, 예라, 밥들 먹었어?"

"네, 할아버지!"

"아빠, 혹시 새벽에 엄마한테 오시지 않았어요?"

어? 봤나? 뭐라고 말할지 머리를 굴리는데 클라이드가 말했다.

"두 분 같이 지내셔도 되지 않을까요?"

"그치? 내가 아는 한 엄마는 절대로 남자나 여자가 없거든!"

"그건 장인어른도 마찬가지지…… 그래도 정당이 다른데 두 분이 괜찮을까?"

이것들이 남의 말이라고 막 함부로 씨불였다.

"개표 시작했어요."

법무원장 겸 아로니아 선거관리위원장 쿠로타 슈헤이가 개표 개시를 선언했다. 먼저 해외나 국내에서 라이프워치로 투표한 의정의원 선거결과가 화면에 나타났다. 전체 라이프워치 투표자 340명 중에서 아로니아시민당 299표, 그린머슬아로니아당 12표, 아로니아카스테라당 2표, 타도신보수주의동맹 3표, 달걀당 14표! 와, 나는 손뼉을 쳤다. 아로니아시민당의 압승. 아직 의정의원 선거개표일 뿐이고 전체개표의 1.8퍼센트에 불과한 라이프워치 투표결과였지만, 그린머슬아로니아당이 달걀당보다 뒤졌다는 소리는 대통령 선거에서 아로니아시민당 토마스가 압승할 가능성이 높다는 뜻이었다.

"토마스, 이겨라. 이기자, 토마스!"

나는 텔레비전에 두 눈을 고정한 채 두 주먹을 불끈 쥐었다.

"아빠?"

"응?"

"우리, 갈게요."

"개표 안 보고? 봐야지?"

지민과 클라이드가 어색하게 웃었다.

"개표장에서 볼래요. 여기서 보면 아빠를 미워하게 될지도 몰라요."

아, 녀석들은 수영을 지지하고 있었다. 토마스가 이기는 모습을 나랑 함께 보기 싫다 이거지? 가라, 가. 각자 찢어져서 보는 것이 정신건강에 좋을 것 같았다.

"잘 가."

소파 한가운데 자리를 잡고 앉았다.

의정의원 선거 투표함들이 열리고 투표용지들이 탁자 위로 쏟아졌다. 자원한 아로니아 시민들 중에서 제비뽑기로 뽑힌 개표원들이 개표를 시작했다. 지민과 클라이드와 꼬맹이들은 도대체 왜 왔던 거야? 싹 사라지고 나니까 조용하고 좋았다. 커피나 한잔 마시며 보자.

투표율 90.2퍼센트. 총 37명의 의정의원을 선출하는 제3대 의정의원 선거결과는 아로니아시민당 19석, 그린머슬아로니아당 14석, 아로니아카스테라당 1석, 타도신보수주의동맹 1석, 달걀당 2석으로 끝났다. 처음에는 아로니아시민당의 압승을 예상했지만 개표가 진행될수록 그린머슬아로니아당이 치고 나오더니 결국 14석을 차지하고 말았다. 압승은 실패했지만 아로니아시민당은 의정의원 과반을 딱 넘기는 19석을 차지했다. 어쨌든 의정원을 장악했으므로 장하다, 아로니아시민당!

제기랄, 행정구역장 선거는 거지 같은 결과가 나오고 말았다. 제1, 2, 3구역 모두 그린머슬아로니아당이 차지해버렸다. 뭐냐, 이거? 행정구역장은 말 그대로 행정구역의 장. 대통령 선거와는 다르다. 아무렴 그래야지…… 의정의원 선거결과로 대통령 선거결과를 예상해보자면, 압승은 몰라도 무난한 낙승은 가능하겠지? 대통령 선거 투표함이 열리고 투표용지들이 쏟아졌다. 토마스, 이기자. 이겨라, 토마스!

맙소사, 뭐 이런 지랄맞은 경우가 다 있다는 말인가? 총 1만 8150 표 중 토마스 8049표, 강수영 8050표! 나머지 2051표는 다른 후보들의 표와 무효표. 개표결과가 발표되자 개표장은 한순간 정적에 휩싸였다. 8049와 8050. 딱 1표 차. 그린머슬아로니아당원들이 환호성을 올렸고 아로니아시민당원들은 재검표를 요구했다. 심장이 벌렁거렸다. 텔레비전 한가득 나타난 박민규와 임필주가 다, 시, 하, 라, 고 목이 터져라 외쳤다. 아로니아 선거관리위원장 슈헤이는 결코 이 사태를 그대로 끝내지 않으리라. 선거관리위원들이 모여서 의견을 주고받았다. 미치고 팔짝 뛸, 딱 1표 차!

수영이 텔레비전에 잡혔다. 수영은 분명히 미소를 머금었지만 어떤 표정도 드러내지 않았다. 곧이어 나타난 토마스도 환하게 웃었지만 역시나 표정을 읽을 수 없었다. 하, 심장이 튀어나와서 사방에서 쿵쾅거렸다. 슈헤이가 텔레비전 화면에 나왔다.

"아로니아 시민 여러분, 저는 아로니아 선거관리위원장으로서 아로니아시민당 토마스 스완슨 후보와 그린머슬아로니아당 강수영 후보의 동의를 구해 재검표를 실시하겠습니다. 먼저 두 후보가 득표하지 않은 2051표를 재검표한 후 두 후보가 득표한 투표용지들을 다시 확인하겠습니다. 참고로 라이프워치로 투표한 결과는 토마스 후보 300표, 강수영 후보 29표, 다른 후보들 표와 무효표 11표입니다. 이 결과는 각 후보들의 득표수에 합산해놓겠습니다. 시간이 걸리더라도 공명정대한 선거를 위하여 시민 여러분의 양해를 구합니다."

당연하고말고. 무조건 다시 세야 한다. 텔레비전에 2051표를 확인하는 장면이 나왔다. 개표원들이 기호 3, 4, 5번 후보자들의 득표용지와 무효표용지를 다시 나눴다. 시간은 오래 걸리지 않았다. 2051표는 단 한 표도 달라지지 않았다. 아, 이제 온전히 8049와 8050. 소파에서 일어났다. 도저히 앉아서 볼 수가 없었다. 개표원들이 두 테이블로 나뉘어 토마스의 8049표와 수영의 8050표를 일일이 다시 셌다. 개표장을 가득 메운 시민들은 쥐죽은 듯 조용했다. 모두들 개표장의 텔레비전 화면을 뚫어지라고 쳐다봤다. 수영의 8050표 쪽이 먼저 검표를 끝냈다. 곧이어 토마스의 8049표도 검표를 마쳤다. 두 쪽이 득표한 투표용지들이 계수기 위에 놓였다. 이제 저 계수기가 다시 한 번 투표용지를 세면 아로니아공화국 제3대 대통령이 확정된다. 슈헤이가 다시 나왔다.

"아로니아 시민 여러분, 두 후보가 득표한 투표용지들을 모두 확인했습니다. 계수기가 두 후보의 표를 한 번 더 확인하면 저는 아로니아 선거관리위원장으로서 아로니아공화국 제3대 대통령 당선자를 발표하겠습니다."

슈헤이는 당선자를 알았다. 나는 텔레비전 속 슈헤이를 뚫어지라고 노려봤다. 누구요? 누군지 먼저 말해봐요. 제기랄, 아무 말도 하지 않았다. 2대의 계수기가 투표용지를 세기 시작했다. 동시에 텔레비전 화면 하단에 양쪽에서 득표한 표수가 표시됐다. 499, 500⋯⋯ 499, 500! 계수기는 500표 단위로 끊어가면서 토마스와 수영이 득표한 표수를 표시했다. 1000⋯⋯ 1500⋯⋯ 2000⋯⋯ 2500⋯⋯ 7500, 8000! 계수기가 사람을 가지고 놀았다. 인공지능 계수기는 제가 지금 무엇을 하는지 정확하게 알았다. 남은 표는 49냐 50이냐…… 계수기는 양쪽에 남은 투표용지들을 1장씩 세어나갔다. 40, 41, 42…… 입술이 바싹 타고 애간장이 줄줄 녹아내렸다. 저따위 계수기 앞에서 아로니아 시민 전체가 침을 삼켰다. 어쩌랴, 지금 할 수 있는 일은 오로지 이것뿐인데. 아로니아 시민 하나하나가 계수기의 바뀌는 숫자를 외치기 시작했다. 나도 외쳤다. 43, 44, 45…….

나만의 공간, 하얀 천으로 둘러쳐진 기표소 안에서 나는 의정의원 투표용지를 탁자 위에 올려놓았다. 보고 말고 할 것도 없이 기호 1번 아로니아시민당 칸에 쾅, 기표용구를 찍었다. 이겨라, 아로니아시민당. 의정의원 투표용지를 딱 반으로 접어서 놔두고 제3구역장 투표용지를 펼쳐서 역시 기호 1번 응웬 푸 쭝에게 쾅, 1표. 마지막 남은 대통령 투표용지를 펼쳤다. 대통령 후보 5명의 사진을 아래부터 살폈다. 기호 5번 포치드에그당 마리옹 사니에르. 기호 4번 아로니아카스테라당 오쿠라 요스케. 기호 3번 타도신보수주의동맹 유병재. 기호 2번 그린머슬아로니아당 강수영. 나는 사진 속의 그녀를 물끄러미 쳐다봤다.

46, 47, 48…….

붓두껍 모양으로 생긴 기표용구를 들었다.

49…….

꾹, 찍었다.

50!

강수영, 대통령! 그린머슬, 강수영! 대통령, 강수영!

우와, 그린머슬아로니아당원들이 시퍼런 깃발을 휘두르며 강수영과 대통령을 연호했다. 8049와 8050. 토마스와 수영의 개표결과는 바뀌지 않았다. 슈혜이가 수영을 아로니아공화국 제3대 대통령 당선자로 발표했다. 나는 멍하니 텔레비전을 쳐다보았다. 딱 1표, 더도 덜도 아니고 딱 1표 차. 토마스는 낙선했고 수영은 아로니아공화국 제3대 대통령이 됐다. 텔레비전 화면 한가득 수영이 나에게 손을 흔들며 환하게 웃었다. 고마워, 강현아…… 수영이 말했다. 분명히 그렇게 말했다. 누가 들을까봐서 얼른 텔레비전 소리를 죽였다. 오로지 나만의 공간, 하얀 천으로 둘러쳐진 기표소 안에서 나는 기호 2번 그린머슬아로니아당 강수영을 찍었다. 딱 1표. 그 1표는 내가 찍은 1표였다.

나는, 내가 찍은 1표가 토마스를 낙선시킬지 정말로 몰랐다. 당연히 토마스가 대통령이 될 것이라고 믿었다. 구차하고 너절한 변명. 내 심장 속 깊고 오목한 한구석에서는 수영이 대통령이 되기를 간절히 바랐다. 돌이킬 수 없는 명백한 진실. 나는 수영을 찍었다. 대통령 강수영. 배시시 입가에 미소가 번져갔다.

어쩐다…… 지금 집무실을 나서서 국무원청사를 빠져나가면 법무원 개표장에서 나오는 토마스, 박민규, 임필주를 비롯해 아로니아 시민당원들과 부딪힐 것이다. 난감하네. 그 누구도 내가 수영을 찍은 사실을 모르겠지만 나는 그들의 얼굴을 차마 볼 수 없었다. 그렇다고 한밤중에 나간들 수영과 그린머슬아로니아당원들, 수영을 지지한 시민들이 밤새도록 아로니아광장을 차지한 채 축배와 환호를 하겠지. 이쪽과 마주치는 것은 더더욱 난감할 테고…… 막 메시지가 들어왔다. 폴 스완슨. 토마스 아버지 폴이 메시지를 보냈다.

'로아 킴, 오늘 밤 만나서 놀기로 한 것은 나중으로 미루는 것이 좋겠죠. 다시 연락할게요.'

'예.' 달랑 한 글자만 보냈다. 토마스에게 위로의 메시지를 보내려고 머리를 쥐어짜는데 낯선 봉투 1장이 눈 안으로 들어왔다. 책상 위에 놓인 낯선 파란색 봉투. 봉투 곁에는 '강현에게'라고 적혀 있었다. 지민과 클라이드가 놓고 갔구나. 낯익은 글씨. 수영의 편지가 분명했다. 나는 찬찬히 봉투를 열었다.

새벽에 찾아온 너를 보고 얼마나 놀랐는지 몰라. 나도 네 생각을 하고 있었어. 우리가 헤어진 것이 우습더라. 다투고 싸우더라도 끝장을 봤어야 했는데…… 아니다…… 우리가 아로니아를 만들며 즐겁고 행복했던 것처럼 머리를 맞대고 이야기하면 될 일을…… 나는 비겁했어. 언제나 너는 나를 기다렸는데 나는 너를 기다리지 않았어. 환하게 웃으며 손을 흔드는 너를 보고 왈칵 눈물이 나더라. 반갑고 미안하고 죄스러워서 나도 모르게 울었어. 나도 그리웠다고 보고 싶었다고 외치고 싶었지만 흐르는 눈물이 부끄러워서 손만 흔들었지. 망할 년…… 지민이가 나를 불렀어. 한순간이었지만 너는 사라지고 없었어. 혹시나 헛것을 본 것인가 싶어 배롱나무길로 나섰더니 휘적거리며 멀어져가는 네가 보였어. 부르지 못했어. 강현아, 강현아, 강현아…… 가지 마. 마음속에서는 벼락 같은 소리들이 메아리치는데 바보 같은 나는 아무 말도 못 했어. 아무 말도 할 수 없었던 바보가 꼭 이 말은 전하고 싶어서 편지를 적네. 강현아, 오늘 밤 무엇이 되든지 나는 네가 보고 싶어. 꼭 보고 싶어, 강현아. 오늘 밤에도 나에게 와줄래? 배롱나무길 맨 마지막 집으로 나를 보러 와줄래? 아니다, 이번에는 내가 갈게…… 내가 야자수길로 너를 보러 갈게…… 우리 집으로 갈게…… 보고 싶어요.

무엇을 망설일까? 무엇을 주저할까? 무엇을 마다할까?

나는 집무실 문을 벌컥 열고 나왔다. 어떻게 계단을 내려왔는지 어떻게 국무원청사를 빠져나왔는지 기억나지 않는다. 누군가 내 손을 맞잡고 흔들었을 때 나는 아로니아광장으로 모여드는 시민들 사이에 있었다. 광장 남쪽 연단에는 선거에서 승리한 그린머슬아로니아당 당직자들이 환한 얼굴로 줄줄이 서 있었다. 에바가 보였고 왕혜윤도 있었고 지민과 클라이드도…… 아로니아시민당 토마스와 대통령 선거에서 낙선한 오쿠라 요스케, 유병재, 마리옹 사니에르가 단상에 올랐다. 마이크를 잡은 토마스가 아로니아공화국 제3대 대통령 당선자 강수영의 이름을 불렀다. 아로니아는 대통령 선거에 함께 출마했다가 낙선한 후보자들이 당선자를 소개하는 전통이 있다.

비록 서로가 서로를 비판하고 힐난하고 다퉜을망정 민주주의의 꽃, 선거결과에 승복하는 아름다운 전통이었다.

강수영, 대통령! 그린머슬, 강수영! 대통령, 강수영! 시민들에게 손을 흔들던 수영이 나를 바라봤다. 수영은 환호하는 시민들 속에서 단번에 나를 찾아냈다. 수영이 나를 바라보며 말했다.

"자랑스러운 아로니아 시민 여러분, 나는 지금 여러분에게 한 사람을 소개하려고 합니다…… 맨 처음 그 사람은 까다롭고 별스러운 누나를 지키고 보살피는 착한 동생이었습니다. 자신의 목표를 세워서 스스로 공부할 줄 알았고 불의를 강요하는 국가권력의 하수인들을 모조리 때려눕혔습니다. 자만하지 않았고 자신을 돌아보았으며 하수인들을 가엽게 여길 줄 알던 착한 동생은 어느새 멋진 남자가 됐습니다. 멋진 남자는 위선과 거짓과 나태를 혐오했고 정의와 도덕과 부모를 사랑했습니다. 잠시도 안일에 빠지지 않았고 늘 새로운 도전을 두려워하지 않았으며 결정은 산처럼 무거웠지만 목표를 향해서 나아갈 때는 잠시도 망설이거나 주저하지 않았습니다. 멋진 남자는 노력하는 아버지였습니다. 딸에게 한 번도 자신의 생각을 강요하지 않았고 딸의 앞날을 항상 지키고 열어주는 등대였습니다. 노력하는 아버지는 시민의 말을 천금으로 여겼고 시민의 안전을 제 몸같이 생각했으며 저열하고 추잡한 적으로부터 단호하고 굳건하게 시민을 지키는 믿음직스런 친구였습니다. 나는 착한 동생이었고 멋진 남자였으며 노력하는 아버지였고 믿음직스러웠던 나의 친구를 사랑합니다. 한 번도 단 한 번도 사랑하지 않은 적이 없습니다. 자랑스러운 시민 여러분, 나는 여러분에게 우리들의 친구이고 세상에서 가장 아름다운 한 사람을 소개합니다. 아로니아공화국 대통령 김강현!"

어쩌라고…… 어떡하라고…… 눈물이 날까?

아로니아광장을 가득 메운 시민들이 앞길을 열며 나를 환호했다. 김강현, 대통령. 대통령, 김강현. 연단을 폴짝 뛰어내려온 수영이 나에게 다가왔다. 한 걸음, 한 걸음…… 천사처럼 나풀나풀 날아서 나에게 왔다. 열다섯 살 시절 무림합기도 문을 열고 들어서던 그때처럼 가슴은 쿵쾅거렸고 거친 숨은 한순간 멎어버렸다. 아무것도 보이지 않았다. 아무 소리도 들리지 않았다. 오로지 수영뿐. 세상에서 가장 환한 미소로 수영이 다가왔다. 어지럽던 세상이 수영 때문에 멈췄다. 나는 바라봤다. 내가 할 수 있는 일은 오로지 그것뿐이었다. 빌어먹을, 주르르 또 눈물이 흘렀다. 수영이 두 손으로 내 얼굴을 감싸고 눈물을 훔쳤다. 무슨 말이 필요할까? 수영이 나를 꼭 그러안으며 말했다.

"보고 싶었어. 나의 대통령."

오래도록 시간이 멈췄다.

우리는 마당 넓은 우리 집에서 잠들었다. 나는 수영의 품에서 잠들었고 수영은 나의 품에서 잠들었다. 서로가 서로의 품에서 잠들었고 잠들지 못했고 또 잠들었다. 댕, 댕, 댕. 종소리에 눈을 떴다. '미까엘이랑 미까엘라랑 함께 다니는' 성모세아로니아성당 종소리가 아슴푸레한 새벽을 열었다. 나는 수영의 하얀 머리칼을 쓰다듬었다. 수영이 부스스 눈을 떴다.

"깼어?"

"응."

"수영아…… 궁금한 게 있어."

수영이 게슴츠레 나를 바라봤다.

"내가 칭화대학교 교수실로 찾아갔던 날, 아로니아를 만들겠다고 널 찾아갔던 날…… 기억하지?"

"바로 어제 같은데…… 학생들이랑 교수가 들락거렸고, 넌 무릎을 꿇고 반성문을 적었잖아."

"제기랄……."

수영이 배시시 웃었다.

"넌 아로니아를 만들겠다는 나에게 가타부타 말을 안 했어. 그리고 에피크로아에 들어왔고 하오하오츠바를 했고 아로니아를 만들었지…… 왜 허무맹랑했을 나에게 아무 말도 안 했어?"

수영이 몸을 일으켜 앉았다. 나도 일어나 수영의 어깨를 감쌌다.

"너니까…… 네가 하겠다고 하니까…… 너잖아, 뭐가 더 필요한가?"

나는 물끄러미 수영을 바라봤다. 너잖아, 뭐가, 더, 필요한가? 그저 나라는 이유만으로 나와 함께 모든 것을 할 수 있는 사람…… 수영이 미소를 머금고 말했다.

"나도 할 수 있는 일을 해야겠다고 생각했어."

거대한 돌덩이가 어깨를 짓눌렀다. 수영의 말은 나도 내가 할 수 있는 일을 다 하라는 말이었다. 이 세상 어떤 말보다도 강력한 명령. 수영이 한순간도 망설이지 않고 나와 함께 아로니아를 만들었듯이 나도 거침없이 수영과 함께 아로니아를 소멸시켜야 한다는 뜻이었다. 그것은 명령이 아니라 어쩌면 당위였다.

뭣도 모르던 시절, 동구만화방은 나에게 국가였다. 나는 동구만화
방을 버렸고 박민규를 얻었고 해골 구인화를 알았다. 뭣 좀 알 것 같
던 시절, 무림합기도는 나에게 또 다른 국가였다. 나는 또 다른 국가
에서 나의 수영을 만났다. 국가는 멀리 있지 않았다. 국가는 보일 듯
말 듯 가물가물한 존재가 아니라 아버지와 어머니와 박민규와 구인
화와 수영 사이에 있었다. 국가는 늘 언제나 곁에 있었다. 나는 검찰
이라는 추잡하고 초라하고 조잡스러운 국가에서 살았다. 나는 너절
하고 파렴치하고 무능력한 국가가 가소로웠다. 나는 국가를 버렸다.
더 이상 고치고 바로잡으며 살고 싶지 않았으므로 후회는 없었다.
국가를 만들라요…… 나는 나의 생각과 닮은 수많은 동지를 만났
고 셀 수 없는 복을 받았으며 강하고 새로운 국가 아로니아를 만들
었다. 10년이 흐르고 이제 나는 깨달았다. 사람은 언제나 살았고 어
디서나 살아왔다. 어머니는 내가 버린 한국에서 살았고 장인과 장모
는 스스로 찾아간 마다가스카르에서 살았다. 세 분은 항상 즐겁고
행복했다. 언제나 살았고 어디서나 살았던 사람은 국가에서 사는 것
이 아니라 사람과 사람 사이에서 산다. 세상의 사람은 영원하고, 사
람이 만든 국가는 영원하지 않았다. 지나온 세상의 역사가 그랬고
앞으로도 그럴 것이다. 영원하지도 않을 국가를 영원하다고 믿는 것
은 헛되고 터무니없는 아집이다. 사람과 사람이 즐겁고 행복하다면
추잡하고 초라하고 조잡스러우며 너절하고 파렴치하고 무능력한 국
가가 왜 필요한가?

수영은 말했다. 아로니아는 행복할지 모르지만 아로니아 시민은 행복을 강요받고 길들여진 것뿐이라고, 아무 일도 없다고 행복한 건 절대로 아니라고, 인간을 구성원으로 삼은 국가는 인간의 존엄과 자유와 행복과 양립할 수 없다고, 그것이 국가의 본성이라고…… 나는 기호 2번 그린머슬아로니아당 강수영을 대통령으로 뽑았다. 거칠 것 없고 망설일 이유가 없는 엄연한 사실이었다. 국가의 탄생 그리고 국가의 소멸. 무엇이 어떻게 될지 아무도 모르지만 나는 수영을 믿었다. 믿는다는 것은 이유가 없고 까닭이 없다. 수영은 수영의 길을 가리라. 뭐가, 더, 필요한가? 사람의 일은 사람이 하는 대로 돌아가면 된다. 수영을 믿는다. 수영이 그랬던 것처럼 나는 내가 할 수 있는 일을 할 것이다. 나는 수영과 함께 국가를 소멸시키고 인간의 존엄과 자유와 행복을 찾아야 한다.

"조금만 더 자고 싶어."
"자도 돼. 내가 깨워줄게."
나는 품 안으로 파고드는 수영을 꼭 그러안았다.

아침이 세상의 모든 빛을 드러내며 환하게 밝았다.

굿모닝, 아로니아…… 아니구나…… 아로니아, 굿바이!

품에서 잠든 수영을 한없이 바라봤다.

작가의 말

두 번째 소설 『목등일기』를 신나게 적던 2014년 4월 16일, 많은 사람들이 탄 거대한 배가 바닷속으로 사라져갔다. 나는 적던 소설을 멈추고 한동안 텔레비전을 지켜보다가 결론을 내렸다. 국민의 생명과 안전을 지키지 않고, 국민의 존엄과 자유와 행복을 나 몰라라 하는 국가는 국가로서 자격이 없다. 자격이 없는 국가는 존재할 이유가 없다. 나는 존재할 이유와 자격이 없는 국가를 버리고 국민이 국가 그 자체가 되는 재밌고 신나는 국가를 만들겠다. 거칠 것이 없었고 두려울 것이 없었다.

국제법을 쌩까고 푸른 바다 위에 영토를 만들었다. 인간의 존엄과 자유와 행복을 추구하는 시민들이 모였고 시민 한 사람 한 사람이 국가 그 자체가 되는 아로니아공화국을 건국했다. 재밌고 신나는 아로니아는 함께 음식을 만들고 함께 식사를 했으며 함께 일했고 함께 놀았다. 강하고 새로운 아로니아는 저열하고 추잡한 적으로부터 단호하고 굳건하게 시민을 지켰다. 재밌고 신나는 국가, 강하고 새로운 국가 아로니아는 오로지 아로니아 시민의 존엄과 자유와 행복을 위하여 존재할 뿐이었다.

그리고 10년 후, 어처구니없게도 진정으로 인간을 위하는 국가는 세상에 존재할 수 없다는 사실을 깨달았다. 재밌고 신나는 국가든, 강하고 새로운 국가든, 국가는 스스로 존재하고자 국가구성원에게 의무를 강제하고 책임을 부여하고 희생을 요구한다. 만약 국가구성원의 의무와 책임과 희생이 없다면 국가는 존재할 수 없다. 국가는 인간이 없으면 살 수 없지만 인간은 국가가 없어도 산다. 인간은 살았고, 또 살고 있고, 앞으로도 그렇게 살 수 있다.

21세기 한복판, 인간은 국가를 소멸시켜야 한다. 무엇이 어떻게 될지 아무도 모르지만 머지않은 미래에 국가는 소멸할 것이다. 인간이 인간답게 사는 세상은 국가가 없어도 충분하므로.

많은 사람이 이 소설을 읽으면 좋겠다. 이 소설을 읽은 많은 사람이 '한일공동개발구역 JDZ'를 찾아보고 2028년 6월 22일 이후 벌어질 일들을 오래도록 이야기하면 좋겠다. 그리고 나는, 이 소설에 나오는 머지않은 미래의 일들이 결코 한국의 현실이 되지 않으면 좋겠다. 안타깝지만 나는 한반도의 남쪽, 한국에 살고 있으니까…….

내가 지금 바라고 원하는 일은 이것들뿐이다.

오랫동안 기다려준 나의 '미카엘라', 늘 항상 언제나 고맙습니다.

2018년 6월

나의
아로니아
공화국

초판 1쇄 인쇄 2018년 6월 19일
초판 1쇄 발행 2018년 6월 25일

지은이 김대현
펴낸이 김선식

경영총괄 김은영
책임편집 조혜영 **디자인** 유미란 **책임마케터** 이고은, 기명리
콘텐츠개발2팀장 김현정 **콘텐츠개발2팀** 김정현, 조혜영, 유미란, 박보미
마케팅본부 이주화, 정명찬, 최혜령, 이고은, 김은지, 배시영, 유미정, 기명리, 김민수
전략기획팀 김상윤
저작권팀 최하나, 추숙영
경영관리팀 허대우, 권송이, 윤이경, 임해랑, 김재경, 한유현

펴낸곳 다산북스 **출판등록** 2005년 12월 23일 제313-2005-00277호
주소 경기도 파주시 회동길 357 2, 3층
대표전화 02-704-1724 **팩스** 02-703-2219 **이메일** dasanbooks@dasanbooks.com
홈페이지 www.dasanbooks.com **블로그** blog.naver.com/dasan_books
종이 한솔피앤에스 **인쇄** 민언프린텍 **제본** 정문바인텍 **후가공** 평창P&G

ISBN 979-11-306-1740-4 (03810)